회사원 서소 씨의 일일

회사원 서소 씨의 일일

會社員 서소 氏의 日日

글 서소

그림 박현주

siso

중용 씨, 영희 씨께

여기에 적힌 것들은 나의 푸념이자 고백이며, 기쁨이자 슬픔입니다.

나는 이 이야기들을 당신들이 몰랐으면 합니다.
가슴이 아플지도 모르거든요

나중에
시간이 조금 더 흐른 뒤에
언젠가 이 책에 기록한 것들이 내게서 멀어지고 무감각해질 그때쯤.
바로 그때쯤, 읽어주면 좋겠습니다.

- 아들 서소가 -

목차

완벽한 하루

회사에 다니던 어떤 남자가 아니, 회사를 다니는 것 말고는 별로 할 줄 아는 게 없던 서른 후반 즈음의 어떤 남자가 벌써 몇 달째 회사에 가지 않고 있다. 대체 무슨 일이 있었던 걸까.

'그런 사람들 종종 볼 수 있는 거 아니야? 그리 특별한 일도 아닌 것 같은데'라고 생각할 수도 있겠으나 그 나이에 그 정도로 긴 쉼을 갖고 있는 남자 회사원의 일상에 돋보기를 대어 확대해보면 의외로, 몹시 치열한 순간을 살아내고 있는 중일 수도 있다.

이를테면 새로운 직업을 찾아 인생을 걸고 용맹한 퇴사를 했다거나, 현재의 대한민국으로서는 전혀 보편화되지 못한 남성 육아휴직을(쉬는 건 아니지만 회사에 가지 않는다는 범주만으로 생각해보자면) 갖가지 불이익을 무릅쓰고 썼다거나, 직업이 김앤장 변호사이거나 행정

고시에 합격한 고위 공무원쯤 되는 사람이므로 하던 일을 멈추고 조직에서 공짜로 보내주는 해외 유학을 가게 되었다든가, 죄를 짓고 교도소에 간다든가, 큰 병에 걸렸다는 선고를 받고 투병을 시작했다거나, SNS에 꼬물꼬물 올려댔던 글들이 세간의 이목을 끌어 전업 작가를 제안받았다든가, 그것도 아니면 회사에서 정직 같은 징계를 받아 강제로 쉬고 있다든가 하는 사건들 말이다.

고백하건대, 서소 씨는 마지막 케이스였다. 그는 정직 처분을 받고 몇 달 전부터 회사에 가지 않고 있었다. 그가 회사에 가지 않게 된 사정, 그러니까 징계를 받게 된 사정에 대해 궁금해하는 사람들이 많았지만, 아마도 그는 그걸 밝히지 않을 것이다. 서소 씨는 "나도 그걸 무척 밝히고 싶습니다. 하지만 그러려면요, 나는 회사를 그만두고 변호사가 필요한 싸움을 준비해야 할지도 몰라요"라고 말했다. 그는 그에게 적용된 혐의가 무고하다는 것을 밝힐 수 있는 논리와 증거를 면밀히 준비해 두었으며 그에게 벌어진 일에 대해 알고 있는 동료와 변호사들로부터 넉넉한 지지 또한 받을 수 있었지만, 싸움은 하지 않기로 했다. 그러는 대신 그는 자신의 사정을 편지의 형식을 빌려 써냈다. 그의 사정이 정당하다는 근거 또한 촘촘히 보태어 회사에 제출하였다. 그리고 마침내, 이해를 시켰다. 없던 일로 할 수는 없었지만 회사는 서소 씨에게 근신이 끝나면 반드시 돌아와 주었으면 좋겠다고 말했고 그저 운이 좋지 못했던 것일 뿐이라고도 말해주었다. 서소 씨는 거기에 마음이 조금 풀어져 버렸다.

징계로 받은 사 개월의 정직에 휴직을 한 달 더하니 무려 다섯 달을 쉴 수 있었다. 서른 후반의 평범한 회사원에게 오 개월의 쉼이라는 것은 특별한 사건이나 결심 같은 게 있지 않다면 절대로 갖기 어려운 것이라고 생각했다. 적절한 모양새로 찾아온 것은 아니었으나 어쨌든 그 앞에 놓인 안식은 무척이나 달콤해 보였으므로, 덥석하고 물지 않을 도리가 없었다. 무엇보다도 막상 회사와 싸우게 된다면 돈이 없어서 무조건 질 것 같았다. 이겨도 돈을 많이 잃을 것 같았다. 이런저런 이유와 계산들의 결과로, 서소 씨는 회사의 처분을 조용히 받아들이고 휴식을 갖게 되었다.

십이 년을 일했다. 그동안 직장생활을 하면서 가장 끔찍했던 순간은 얼굴에 종이가 뿌려지던 신입사원 때도 아니었고, 못 먹는 술을 억지로 먹다가 코피를 쏟으며 기절했던 날도 아니었다. 그건 '지난 십이 년은 어찌어찌 버텨냈고 오늘도 하여간 살아냈으며, 내일도 그럭저럭 힘을 내어 견뎌볼 순 있겠으나, 나는 앞으로 이십 년 아니, 어쩌면 삼십 년쯤 더 이런 나날들을 반복해야만 하는 것이구나'라는 사실을 느닷없이 깨달았던 바로 그 순간이었다. 이건 어떻게 할 수가 없었다. 회사를 다니건, 프리랜서를 하건 아니면 장사를 하건, 하여튼 남의 돈을 먹기 위해서는 견뎌야 했고 모두들 그렇게 하고 있었다. 아무리 지혜를 짜내도 '나만은 아무래도 그러기가 좀 어렵겠습니다'라는 평계를 도무지 댈 수가 없었다. 그보다 약하고, 힘들며, 어려운 사정의 사람들조차 묵묵히 해내고 있었다. 환갑이 지난 그의 어머니 또한 강남의 부잣집에서 상주 베이비시터로 일을 하고 있었다. 서소 씨는 그 일을 계속하겠다는 어머니에게 그런 식모살이 같은 일은 좀 그만두라며 화를 내보았으나, 그의 어머니는 이유식 조금 만들어 주고 기저귀만 제때 갈아주면 부잣집 며느리가 한 달에 이백만 원씩 주는데 내 나이에 이보다 더 나은 일이 어디 있겠느냐며 네가 그 돈을 줄 게 아니면 가만히 있으라고 말했다. 그는 어머니에게 한 달에 이백만 원씩 줄 수가 없었으므로 가만히 있었다. 거기서 정말 아기만 보면 되는 건지 어떤지는 모르겠지만 아무튼 힘든 일일 것이다. 남의 집에서 먹고 자는 일이라는데 쉬울 리가 없다.

　누구나 그렇게 힘겨운 삶을 살아내고 있다는 것, 앞으로도 계속 그렇게 살아가야만 한다는 것을 그도 받아들여야만 했다. '아무래도 좀 이상한데. 나만 유독 힘든 것 같은데'와 같은 생각이 스멀스멀 올라오려 하면 티브이에서 또는 어디선가 읽거나 들었던 퍽퍽한 사연들이 떠올라 그를 부끄럽게 했다. 엊그제 티브이에서 본 것은 북한의 수용소에서 살다가 탈북한 사람이 눈물 이분의 일, 콧물 이분의 일, 그 틈 사이에 그녀의 서사를 욱여넣어 토해낸 삼 년간의 탈북기였다. 그녀는 수용소에서 먹을 게 없어서 나무뿌리를 캐 먹다가 변비가 생겼는데 더 이상 똥을 누지 못하면 큰 병이 날까 봐 서로의 똥구멍을 나뭇

가지로 후벼주며 살았다는 끔찍한 이야기를 했다. 똥구멍을 언급할 때는 웃으라고 한 이야기였겠으나 패널들 중 아무도 웃지를 못했다. 어디를 돌아보아도 그보다 고달픈 사람들 천지 같아서 찍소리도 못하고 버텨내던 와중이었다. 그러므로 서소 씨에게 가해진 징계는, 차라리 반가운 것이었다. 덥석하고 물지 않을 도리가 없었다. 사람들 앞에서는 "징계를 받다니 내 인생도 참…"이라고 말하며 서글픈 표정으로 위로를 갈구했지만, 내심은 기뻤다.

정직 첫날부터 서소 씨는 바빴다. 그간 하고 싶었지만 미뤄왔던 일들을 할 것이다. 서소 씨는 평소 버킷리스트 같은 걸 만들어 다이어리에 적어두는 성격이 못 되었고, 특히 이번 휴식은 전혀 예상치 못하게 찾으므로 구체적인 계획 같은 걸 세울 틈이 없었으나 하여간 오늘 하루만큼은 만족스럽게 보낼 자신이 있었다.

휴식의 첫날. 서소 씨는 아침에 눈을 뜨자마자 항불안제와 마그네슘과 녹차 카테킨 성분이 들어있다는 시큼한 가루를 한 숟가락 가득 퍼먹고는 고양이처럼 기지개를 켰다. 느긋하고 꼼꼼한 샤워를 마친 뒤 개를 데리고 밖으로 나왔다. 어제보다 조금 더 따뜻한 기운을 품은 바람이 소매 밖으로 삐져나온 양팔을 간질이며 얼마간 남은 잠기운을 날려 보내주었다. 늦봄과 초여름이 바통을 주고받는, 딱 그 며칠

만 느낄 수 있는 포근하고 선선한 바람이 그의 기분을 들뜨게 했다. 통통통. 개의 발걸음이 가벼웠다. 로꾸꺼 로꾸꺼 로꾸꺼 말해 말. 콧노래가 절로 나왔다. 다만, 하늘빛이 새침한 게 조금 아쉬웠다. 슬며시 찌푸린 것이 환한 햇살까지 내어주진 않을 눈치였지만 바람이 포근하여 괜찮았다.

의욕이 넘치고 만 서소 씨는 그의 개(이름 : 꿀단지, 5세, 푸들)와 함께 평소보다 훨씬 길고 힘든 코스의 산책을 마친 뒤 땀에 흠뻑 젖어 집으로 돌아왔다. 입 안으로 자꾸만 배어 들어오는 땀을 퉤퉤 하고 뱉어 내면서 앞으로는 조금 찝찝해도 산책을 먼저 시키고 샤워를 해야겠다는 생각을 했다. 얼려둔 밥을 하나 꺼내 덥히고 동물의 복지를 고려했다는 달걀로 만든 프라이와 간장, 마가린, 어머니가 담가준 열무김치를 썰어 넣어 슥슥 비벼 먹고는 부른 배를 둥덩거리며 잠시 누워 있다가 문득 일어나서는 합정동에 있는 교보문고에 갔다.

재작년, 서소 씨는 로스쿨 진학을 준비했었다. 그때 법학적성시험 공부를 하면서 접했던 토막토막의 철학 지문들로부터 그는 커다란 충격과 자극을 받았었다. 이를테면 '사유는 이렇게 하는 것이었구나'라던가 '이 지루한 글의 끝에는 사실 대단한 위로가 있었구나' 하는 것들. 특히 니체의 영원회귀를 읽고 느꼈던 야릇한 감동 ─ 왜 사는가에 관한 분절되어 있던 생각들이 하나로 이어지며 조금쯤 삶에 의미를 찾아낸 것만 같은 – 은 언제든 떠올릴 수 있을 만큼 강렬한 것이었다. 시험이 끝나면 이 글귀들의 전문을 찾아 반드시 읽어보리라 다짐했지만 일이 바빠서, 바쁜 일이 끝나면 개 목욕을 시켜야 한다든가, 다이소에 가야 한다든가 하는 소일거리들이 은근하게 적지 않아 미뤄두고만 있었다.

서소 씨는 쉬는 동안 철학과 과학을 실컷 읽어볼 요량이었다. 고등학교 수학 교과서를 사다가 처음부터 다시 풀어보고 싶었고 한자 자격증도 갖고 싶었다. 아직 펴보지 못한 책들이 집에 많이 쌓여 있었지만, 새 책을 살 것이다. 옷장에 한 번도 입어 보지 않은 옷들이 그득하더라도 때때로 새 옷이 갖고 싶듯이, 매장 언니의 달콤한 말에 속아서 샀다거나 아무도 그 옷을 사라고 종용하지 않았음에도 홧김에 구입해버린 별로 어울리지 않는 옷들을 억지로 입을 수는 없으므로 새 옷을 사야만 하듯이, 새 책을 살 것이다.

서점에 가서 시간과 돈을 쓰고 싶었다. 그러고 나면 왠지 행복하면서도 게으르지 않은 휴식의 첫날을 보냈다고 느낄 수 있을 것 같았다. 아무렇지 않은 척하고 있었지만, 사실 요즘 숨을 쉴 때마다 담배를 피우는 기분이었다. 그가 없는 곳에서 '징계나 받고 다니는 사람'이라며 사람들이 수군거리고 있을까 봐 두려웠다. 얼마 전, 왜곡과 와전을 반복하면서 괴물처럼 자라난 소문이(미쉐린 맨 비벤덤처럼 나왔다) 그의 목을 조르는 꿈을 꿨다. 나쁜 생각들이 텁텁한 연무가 되어 그의 가습 길목 한켠을 틀어막고 있는 느낌에 답답했다. 서점의 공기라면 그런 답답함을 잠시나마 날려 보내줄 수 있을 것이라 짐작했다.

철학, 과학, 수학 교과서, 에세이, 한자 자격증 수험서. 도합 이십만 원어치의 책을 샀다. 원래는 십만 원어치만 사려 했는데 십만 원어치를 더 사면 다음 달부터 플래티넘 회원이 될 수 있다며 신입 교육중 배지를 달고 있는 캐셔가 살금살금 꾀어댔다. 플래티넘 회원의 혜택에 어떤 것들이 있는지 잘은 모르지만, 교보문고의 최고등급 회원이라는 타이틀은 왠지 갖고 싶어 꾐에 넘어가 주었다. 앞으로 몇 달간은 월급이 들어오지 않을 것이므로 돈을 조금 계획 있게 써야 할 테지만 책을 사는 돈과 커피를 마시는 돈은 아끼지 않기로 했다.

북쇼핑을 마치고 집으로 돌아간 서소 씨는 저녁을 해 먹은 뒤 개를 데리고 다시 산책을 나왔다. 카페에 들러 아이스 아메리카노를 한 잔 마시며 땀을 식힌 뒤, 느린 걸음으로 집에 돌아왔다. 오랜만에 긴 산책을 하루에 두 탕이나 뛰어 지쳐버린 그의 개가 곯아떨어지는 것을 확인하고는 책을 읽기 시작했다. 그렇게 한참을 읽다가 창문 밖에서 쓰레기 수거 차량이 오는 소리가 들렸을 때 책을 덮었다. 쓰레기 수거차 소리가 들렸다면 지금은 새벽 네 시가 넘었을 것이다. 쓰레기 수거 차량인지 아닌지는 단번에 알 수 있다. 엔진 소리가 늙고 거대한 동물의 숨소리 같았다. 다른 트럭들은 '달달달' 하는 방정맞은 소리가 났는데 그 차는 '들들들, 그르릉' 하는 낮고 단조로운 소리가 났다. 서소 씨는 그 소리를 좋아했다. 마치 잠수부처럼, 책이 만들어낸 세계에 푹 하고 빠져있다가 호흡이 가빠질 때쯤 그를 건져 올리는 도르래 소리 같아 좋았다. 뜨끈한 물에 샤워를 하고 마그네슘과 항불안제와 녹차 카테킨을 잊지 않고 챙겨 먹은 뒤 침대에 누워 가슴에 손을 모으고 잠을 청했다. 정신과 육체가 모두 피로하였으므로 곧바로 잠이 들 듯하였다. 내일 반드시 해야만 하는 일이나 걱정거리 같은 건 아무리 생각해봐도 없었다.

오랜만에 가져본 몹시도 완벽한 하루였다.

한여름 밤의 꿀단지

책장을 넘기다 들려버린 부스럭 소리에 잠들어 있던 단지가 깼나 보다. 스르륵하고 다가와서는 팔꿈치 밑 공간 틈 사이로 후비적 파고들더니 무릎 위에 몸을 웅크린다. 살금살금 배를 긁어주니 눈을 지그시 감고 꾸벅 졸다가 번뜩 일어나서는 책을 잡고 있는 내 손을 한참 동안 핥아댔다. 내가 아는 한, 이건 애교라기보다 그만 좀 자자는 투정이다.

나는 지금, 말랑하게 만져지는 꿀단지의 뱃살과 청소부 아저씨가 쓰레기를 실어가면서 내는 위잉- 덜컹- 새벽을 알리는 소리. 아직 얼음이 녹지 않아 쌉쓰름한 간이 살아있는 아이스 아메리카노와 책 한 권 말고는 아무것도 놓여 있지 않아 깨끗한 책상까지 모든 것이 만족스럽다.

이대로 시간이 멈췄으면 좋겠다는 생각을 잠시 했다가 너무 이기적인 것 같아서 그만두었다. 누군가에게는 지금이 끔찍한 고통을 이겨내고 있는 순간일 수도 있으니까.

'왱!'

알았다. 단지야. 그만 잘게.

아, 잔다고.

망원예찬

망원동은 아름다운 동네다. 서소 씨는 망원동처럼 완벽한 동네는 없다며 어디에 내놓아도 자신 있다는 호언을 자주 했다. 그가 사는 집은 깨끗하고 아담한 빌라였는데 전세 보증금이 조금 비싼 편이긴 했지만, 부동산 중개인과 동네를 한 바퀴 돌아보고는 분위기에 반하여 곧바로 계약해 버렸다. 삼억. 대출을 꽤나 받아야 했고 혼자 살기엔 조금 넓은가 싶은 생각이 들기도 했지만, 이혼을 했다고 삼십 대 초반 때처럼 좁은 원룸에 웅크려 오직 생존만을 희구하는 사람처럼 살고 싶지는 않았다. 주차공간이 넉넉했으며 위층에 방방 뛰는 아이가 없었다. 쓰레기통을 복도에 내놓고 사는 할머니 때문에 가끔 냄새로 골치를 앓기는 했지만 그래도 말을 하면 치워주었다. 잊을 만하면 자꾸 그런 일을 반복하긴 했지만.

그가 사는 빌라 앞에는 무얼 파는지 간판도 없는 가게가 하나 있었는데 주말이 되면 사람들이 그 앞에 길게 줄을 섰다. 하지만 평일에, 그것도 낮에는 사람이 거의 없어서 그는 아무 때나 거기에 갈 수 있었다. 알고 보니 한 알에 이천팔백 원짜리 마카롱을 파는 집이라 한 번도 가지 않았으나 자신이 사는 집 앞에 누군가는 어렵사리 찾아와야만 하는 가게가 있다는 사실은 삼억이라는 비싼 전세보증금에 합리를 부여하는 것 같아 뿌듯했다. 그 가게 말고도 이곳 망원에는 그런 가게가 많았고, 서소 씨는 주말만 아니라면 언제든 그런 가게들을 여유롭게 드나들며 즐길 수 있었다. 사실, 사람들이 줄을 서는 가게에 별로 가본 적은 없지만 가든 혹은 가지 않든 언제든 갈 수 있다는 것과 그럴 수 없는 것에서 오는 기분의 차이가 결코 작지 않았다.

그의 집에서 걸어서 삼 분 정도의 거리에 망원시장이 있었다. 시장을 다녀본 적이 별로 없는 그였으나 망원동에 살면서부터는 시장을 자주 찾게 되었다. 더 신선하다거나, 더 저렴하다거나. 그런 것도 시장을 찾게 만드는 좋은 이유가 되었지만, 집에서 삼 분 거리에 시장이 있으면 음식이든 식재료든 혼자서 한 번에 먹을 수 있을 딱 고만큼만 조금씩 사다 먹을 수 있다는 점이 무엇보다 좋았다. 그는 맛없는 음식도 대체로 잘 먹는 편이었지만 도무지 먹기 싫어하는 음식이 있었는데 바로 재탕한 음식, 전자레인지로 데운 음식들이 그러했다. 망원동에 이사를 온 뒤부터는 갓 만들어낸 탱글하고 바삭한 식감의 음식들로 밥상을 차릴 수 있었다.

서소 씨는 스물여덟 살 무렵부터 혼자 살았다. 회사 근처에 살면서 출퇴근 시간을 줄이려고 그렇게 했던 건데, 그런 만큼 이직이나 사옥 이전과 같은 일이 있을 때마다 이사를 다녀야 했다. 그런 연유로 여러 동네에서 살아볼 기회가 많았던 그는 '언덕이 없는 동네'에 산다는 것이 주거 만족에 대단한 영향을 준다는 사실을 깨닫게 되었다. 언덕이 있고 없고가 그 동네의 분위기를 좌우했다. 언덕이 많은 동네는 이쪽 편에서 저쪽 편이 보이지 않아 우울하였다. 집들도 삐뚤빼뚤 정돈되지 못한 모양새로 지어졌다. 으슥한 골목이 많았다. 공영 주차장 같은 게 생기기 어렵고 걷기도 힘들었다. 외부 사람들이 찾지 않았고 그러니 좋은 가게가 생기기 어려웠다. 언덕이 많은 동네는 이런 악순환을 반복하면서 활기를 잃어가는 것 같았다.

망원동에는 언덕이 없었다. 저기 멀리서도 차가 지나다니는 게 잘 보여서 안전하게 개를 데리고 걷기 좋았다. 아담하고 예쁜 가게가 많았고 대형 프랜차이즈는 별로 없었다. 망원시장이 있는 한 이곳은 더 이상 개발되지 않을 것이다. 망원시장이 있는 한 이곳에 사람은 계속 모여들 것이다. 앞으로도 한참 동안 이곳 망원동은 너무 조용하지도 너무 복작거리지도 않은, 적당한 활기를 가진 동네로 남을 것 같다는 생각이 들어 좋았다.

그가 사는 동네에는 언덕이 딱 하나 있었는데(언덕이라고 해봐야 걸어서 2분, 약간 볼록하게 솟은 것이 '둔덕' 정도가 맞을지도 모르겠다) 그 언덕을 올라가면 망원 한강공원이 나왔다. 이 공원 또한 몹시 적절한 것이 서소 씨의 마음에 쏙 들었다. 여의도 한강공원처럼 '나 오늘 힐링 하러 왔소' 하는 사람들이 폭풍처럼 다녀가는 곳이 아니었으며 성수 대교 바로 아래 강변처럼 몇 년째 관리되지 않아 무성하게 자라다 누렇게 죽어버린 잡초더미와 쓰레기가 굴러다니는 곳도 아니었다. 시 멘트에 싸구려 분홍색 페인트를 조악하게 발라놓은 것이 아닌, 오르 내릴 때 삐걱-하며 느낌 좋은 소리가 나는 큼직한 나무 계단이 있었 고, 아담한 잔디밭과 농구대, 달리기 트랙이 하나씩 있는 작은 공원이 었다. 누군가가 '아는 사람만 아는 멋진 곳을 하나만 꼽아보라'고 한 다면 주저 없이 '여기요'라고 말할 수 있는, 그런 곳이었다.

작은 공원이었지만 거기서 바라보는 한강은 여의도공원에서 한강 을 바라볼 때 못지않은 가슴 벅찬 청량함을 충분히 전수하고 있었다. 늦은 밤 망원 공원에 산책을 나가 한강 건너편을 바라보면 콘래드 호 텔과 국회의사당이 발하는 어롱어롱한 조명들이 은은히 아름다웠다. 비록 그 안에서는 국회의원들이 빠루를 들고 휘두르거나 서로 팔짱 을 끼고 드러누워 있을진 몰라도, 망원 한강공원에서는 그런 모습이 보이지 않으므로 상관없었다. 그 공원에는 그가 '개들의 동산'이라 이 름 붙인 작은 잔디 언덕이 하나 있었는데, 밤마실을 나와 조우한 동 네 개들이 서로의 엉덩이 냄새를 맡으려 쫓아다니는 모습이 그곳의 정경에 생동감을 더했다. 나무 계단에 앉아 그의 개를 쓰다듬으며 그 런 것들을 가만 보고 있자면 몹시 그윽한 감정이 마음에 서리며 눈물 이 핑하고 돌 때도 있었다. 서소 씨는 그런 정경이 있는 망원 한강공원을 무척 좋아했다.

　전날 완벽한 하루를 보낸 서소 씨는 완벽한 아침을 맞고자 했으나
이른 아침부터 전화기가 울려대는 통에 실패했다. 그것도 여러 번. 그
가 신경질이 난 것인지 전화기가 신경질이 난 것인지 모르겠으나 하
여튼 전화기는 신경질적으로 랄랄거리며 한참을 자지러졌다. 회사에
서 갑자기 나온 것이기 때문에 어느 정도의 업무 연락이 있을 것이라
는 예상은 했지만, 이렇게 이른 아침부터 이렇게나 자주 올 줄은 몰
랐다. 받아보면 대개 별일도 아니었다. 강제로, 그것도 정직 중인 사
람에게 업무를 묻는 전화 때문에 잠이 깼다는 사실에 불쾌해진 서소
씨는 개를 데리고 산책을 다녀오자마자 다시 침대로 기어 들어가 버
렸다. 쉬는 동안에는 반드시 자고 싶은 만큼 잘 것이다. 떠지지 않는
눈을 억지로 비벼 뜨는 일은 없을 것이다.

　늘어지게 잠을 자고 일어나서는 수학책을 폈다. 몇 개의 공식을 외
우고 비슷한 문제를 반복해서 풀었다. 수학책을 펼치기 전에는 혹시
기억이 나지 않거나 재미가 없을까 봐 걱정했는데 우려했던 것과 달
리 꽤 재미가 있었다. 더 이상 무언가를 머릿속에 집어넣고 싶지 않
을 때까지 외우고 풀고를 반복하다가 수학책을 덮고 철학책을 하나
골라 집을 나섰다. 하늘이 채도 높은 짙은 푸른색을 띠는 것으로 보

아 오후 서너 시쯤 된 듯하다. 정확히 어디로 갈지 정하진 못했지만, 아무튼 카페로 갈 것이다.

　망원동은 반려동물에게 프렌들리한 동네다. 이 년 전, 그가 이 동네에 처음 이사 올 당시만 해도 이 정도는 아니었는데 요즘은 동네 대부분의 카페가 개를 데려오는 것을 허락하고 있다. 카페뿐 아니라 일부이긴 하지만 식당에도 개를 데려갈 수 있었다. 개를 데려갈 수 있는 가게는 '반려동물 출입 가능'이라고 써 붙여놓았는데 그게 싫은 사람은 다른 곳으로 가면 그만이다. 하지만 안타깝게도 망원동에는 반려동물 출입이 불가능한 곳은 별로 없었다. 심지어 '반려동물 출입 환영'이라고 써 붙인 가게들이 늘고 있었다. 이 동네에서 살려면 동물과 함께 먹고, 마시는 일들을 아무래도 받아들일 수 있어야만 한다. 망원동은 개를 키우기 좋은 곳이고, 그래서 개를 키우는 사람이 많다. 그들을 전부 배제해 버린다면, 아마도 이 동네에서는 장사하기가 무척 힘들 것 같다는 생각이다.

　그런 장사꾼으로서의 사정도 있었겠지만, 망원동에는 '힙한' 사장님들이 많다는 점 또한 개들이 가게 안을 발발거리며 돌아다녀도 신경 쓰지 않는 이 동네의 쿨한 분위기를 정착시키는 데 일조한 듯하다. 서소 씨는 '힙함'에 대해 아는 바가 별로 없었지만 최근에 친해진 망원동 사장님으로부터 '힙함'에 대해 들을 수 있었다. '힙함'이란 목부터 팔목까지 길게 이어지는 문신을 한 사람을 보고 '오, 예쁘네요. 어디서 얼마에 했나요'라는 질문을 떠올릴 수 있는 것이고, 성소수자를 딱히 지지할 필요도 없이 '덩치가 큰 사람을 좋아한다거나 단발머리를 좋아하는 취향을 가진 것과 비슷한 정도로 생각하는 것'이라고 힙한 사장님이 말했다. 서소 씨는 그 이야기를 듣고 그도 왠지 그런 생각을 어렵지 않게 할 수 있을 것 같아 다행이라는 생각을 했다. 사장님들은 '힙함'이란 동물이 사람에게 주는 위로에 감사하고 약한 동물을 보호해야 하는 것이라고도 했다. 앞으로 오 개월 동안 망원동을 서성여야 하는 서소 씨로서는 그와 그의 개가 문전박대를 당하지 않아도 될 것 같다는 생각에 안심했다.

정직 둘째 날 오후 세 시, 서소 씨는 책 읽기 좋은 카페를 찾아 집을 나섰다. 너무 어둡지 않고, 아이스 아메리카노 한 잔 값이 4천 원을 넘지 않으며, 개를 데려갈 수 있고(이건 쉽게 클리어하겠지만), 테이블 높이가 책을 읽기에 적당한 그런 카페를 찾고 있었다. 이왕이면 그가 키우는 푸들을 예뻐하는 예쁜 여자 사장님이 있었으면 좋겠다는 생각도 하면서 말이다.

0123456789
1234567890
2345678901
3456789012
4567890123

Welcome
welcome
welcome

welcome puppy DOG
1234567890
0123456789
9012345678
89012345678

welcome
DOG
WELCOME
WELCOME

0 1 2 3 4 5 6 7 8 9
1 2 3 4 5 6 7 8 9 0
2 3 4 5 6 7 8 9 0 1
3 4 5 6 7 8 9 0 1 2
4 5 6 7 8 9 0 1 2 3

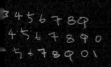

3 4 5 6 7 8 9
4 5 6 7 8 9 0
5 6 7 8 9 0 1

episode_
서소 씨의 모처럼 산책

다소 갑작스럽게, 오 개월의 휴식이 주어졌다.

처음엔 예고 없이 찾아온 긴 휴식에 당황하는 바람에 계획도 세우지 못하고 빈둥거리기만 했다. 여행이나 가볼까, 무얼 하나 배워볼까, 라는 생각으로 며칠을 보내다 마침내 결심하였다. 나는 쉬는 동안 '매우 본격적인 독서'를 할 것이다. 그동안 사놓고 쌓아두기만 한 사십 권의 책과 두 번은 봐야겠다고 생각했던 삼십 권의 책, 그리고 정직 첫날 사 온 열다섯 권의 책, 도합 팔십오 권의 책을 이번 휴식기 내에 기필코 읽어내고 말 것이다, 라고 다짐하였으나 오늘은 쉬기 시작한 지 한 달쯤 된 유월 중순의 화요일이며 책은 현재 여섯 권을 읽었고 육오는 삼십이다.

처음 며칠은 다짐했던 대로 집 앞 카페에서 꿀단지와 함께 책에 파묻혀 지냈으나 그다음 며칠은 조금 게으르게 보내 버렸다. 읽히지 않는 책을 펴놓고 뭉그적거리다 집으로 돌아가 카레나 나폴리탄 같은 음식을 유튜브로 배워 요리해 먹는 재미로 지냈다. 요즘은 다시 마음을 다잡고 책을 읽으러 카페에 다니고 있는데, 새로운 고민이 생기는 바람에 몇 시간째 머리를 감싸 쥐고 엎드려 있는 중이다. 그건 바로 '삼십 대로 보이는, 한창 경제활동인구에 속할 남자가 사회에서 낙오하여 여기에 머물고 있는 것으로 보일까 봐'라는 생각과 '커피 한 잔 시켜놓고 여덟 시간씩 죽 때리는 진상손님으로 보일까 봐'라는 생각이 자꾸만 들어 카페 주인의 눈치를 살피게 된다는 것이었다.

처음엔 매일매일 카페를 바꿔서 가보기도 했지만 자리가 바뀌면 산만해져서 집중이 잘 되지 않았다. 망원동에는 프랜차이즈 카페가 거의 없었고 대부분 개인 카페였다. 그런데 개인 카페들의 인테리어가 대체로 어두운 분위기여서 책을 읽을 때 답답할 때가 많았다.

이곳 B는, 어렵게 찾아낸 밝은 카페이다. 책을 읽기 적당한 조도를 갖춘 카페를 만나는 것이 쉽지 않으며, 매일은 아니어도 평일 낮에 자주 나타나면 어차피 한량으로 보일 것 같아 이제는 그만 포기하고 이 카페에 정착하고자 한다. 지금은 카페 사장에게 내가 어떤 사람이며 왜 평일에 돌아다니는지에 대한 합리적인 소명을 해내기 위해, 사장과의 대화를 내밀하게 시뮬레이션하는 중이다. 말을 트는 것부터 사정을 설명하는 것까지, 중언부언하지 않고 적절한 발성과 호흡으로 알아듣기 쉽게 말해야 한다. 자칫 맥락없이 말을 건다거나 말이 쓸데없이 길어지거나 하면 이상한 사람으로 찍혀 카페 사장이 나를 슬금슬금 피해버릴지도 모른다. 젠장, 벌써 몇 시간째 이따위 잡생각만 하고 있다. 도무지 책이 읽히지 않는다. 나폴리탄도 지겹고 집에 가서 딱히 보고 싶은 넷플릭스 드라마도 생각이 나지 않는다. 그렇다면, 오늘은 좀 걸어볼까. 시간도 많은데 안 하던 짓을 좀 해볼까. 집으로 돌아가 가벼운 차림으로 갈아입고 나왔다. 오늘은 조금 오래 걸을 것이다.

단지를 데리고 오후 다섯 시쯤 출발해서 다리가 조금 뻐근하다고 느낄 때쯤 시계를 보니 두 시간이 지나 있었다. 벌써 여름인가, 이제 꽤나 덥다. 늦은 오후의 태양은 저물어 가는 게 아쉬운지 마지막 남은 힘을 짜내 공기를 덥히고 있었다. 날숨을 쉴 때마다 뜨거운 공기가 훅훅하고 새어 나갔다. 들숨을 쉴 때는 더 뜨거운 공기가 훅훅하고 들어오며 몸이 달아올랐다. 중간에 걷지 않으려는 단지를 들고 가다 놓고 가다를 반복하면서 그냥 북쪽을 생각하며 걸었는데 문득 고개를 들어보니 이런, 여기가 어딘지 모르겠다. 아무래도 길을 잃은 것 같다.

지금 내가 서 있는 곳은 시장통 한가운데인 듯하다. 목이 말라 왔다. 커피 생각이 간절하여 카페를 찾았으나 그런 것은 도무지 없을 무드였다. 복식으로써, 그러니까 아랫배를 꽉 움켜쥔 단단한 소리로 파 한 단에 이천 원. 이천 원에 다 가져가라는 소리와 떡집의 떡 만드는 기계가 내는 윙윙 소리가 우렁찼다. 어지러워 잠시 선 채로 쉬었다. 사람들의 흐름에 따라 걸을 땐 괜찮았는데 가만히 서 있으니 자꾸만 사람들과 부딪혔다. 나와 단지는 시장통을 떠다니며 표류했다.

커피. 커피가 마렵다. 한번 그런 생각이 들자 커피를 마시고 싶은 욕구는 금세 맹렬해졌다. 하지만 눈앞에 보이는 것은 온통 과일가게, 생선가게, 정육점뿐이었으며 큰길로 나가려고 돌아보니 방향을 알 수도 없었고 꽤나 멀어 보였다. 어느 순간부터 아무 방향으로, 뛰다시피 걸었는지 걷다시피 뛰었는지 하여튼 초조한 걸음으로 시장 골목을 헤맸다. 땀이 어찌나 났는지 원래 색깔이 뭔지 알 수 없을 정도로 옷이 흠뻑 젖어 들었다. 그렇게 한참을 헤매다가 '커피&맥주&소주&위스키'라고 쓰인 가게를 발견했고 무작정 문을 열어젖혔다. 문을 열자 차가운 에어컨의 냉기가 나와 단지를 마중하였다. 휘유 하는 소리가 절로 나왔다.

가게 안을 둘러보았다. 사람은 없었으며 빨간 벽, 빨간 바닥, 빨간 테이블, 빨간 의자, 빨간 블라인드… 온통 빨강으로 가득한 인테리어가 지옥의 입구를 연상케 했다. 눈이 아파 비비적거리고 있는데 낡은 에어컨의 퀴퀴한 냄새와 냉동식품을 튀긴 후 남은 냉장고 냄새가 스멀스멀 콧속을 비집고 올라왔다. 기름때가 졌는지 끈적해 보이는 빨간색 테이블과 무언가 지나치게 무성하게 자라난 것이 외계 식물이 아닌가 싶은 화분들, 가슴이 터질 것처럼 풍만한 일본 애니메이션 피규어…가 여기저기 놓여 있었다. 가게의 정경이 다소 기이했으나 그럭저럭 싫지는 않았다. 아니, 사실 좋았다. 아무도 없어서 좋았다.

'저기요오⋯.'

아무도 없는 줄 알았는데 가게 구석에 뚱뚱한 꼬마애가 의자를 네 개나 붙여놓고는 거기에 누워서 휴대폰 게임을 하고 있었다(꼬마와 눈이 마주쳤을 때 흰자밖에 보이지 않아 잠시 섬뜩했다). 몇 번 주인을 불러도 답이 없어 에어컨이나 좀 쐬다가 나가려는데 그때, 아이가 주방 안쪽에 대고 할머니이! 하고 소리를 쳤다. 그러자 주방에서 스포츠로 짧게 깎은 머리에 핑크 염색을 하고 선글라스를 낀 할머니가 발을 헤치며 걸어 나왔다. 우리는 서로의 모습을 마주한 뒤 당황하여 잠시간 말을 잇지 못했지만(할머니도 이 동네에서 민트색 셔츠를 입고 민트색 운동화를 신은 청년이 비 오듯 땀을 흘리며 곧 쓰러질 듯한 얼굴로 개를 안고 서서 커피를 달라는 상황을 자주 겪어본 것은 아니었을 테니) 내색하지 않고 침착하게 말했다. 메뉴판에는 번데기부터 고르곤졸라 피자를 거쳐 아메리카노와 윈저 위스키까지 있었다.

— 저⋯ 얌전한 개인데 커피 한잔 먹고 갈 수 있을까요?

— 안 물죠?

— 네, 얌전해요.

— 그래요, 삼천이백 원이에요. 강아지가 예쁘게 생겼네. 이름이 뭐예요?

— 아, 꿀단지라고 해요.

— 뚱딴지?

- 아뇨, 꿀단지요.

계산을 마치고 잠시 기다리자 주인 할머니가 커피와 함께 단지가 마실 물을 내어주셨다. 커피 내리는 기계 소리 같은 것은 예상대로 나지 않았다. 일단 쭈욱- 하고 들이켰다. 음, 거래처 방문 갈 때 자주 먹었던 그 브랜드의 커피임이 틀림없다. 왠지 주방에 가면 공유가 앞치마를 두르고 싱긋 웃으며 손을 흔들어 주고 있을 것 같은, 바로 그 맛.

차가운 커피를 한껏 마시고, 가벼운 두통이 지나가고 나니 비로소 살 것 같았다. 단지도 목이 말랐는지(말랐겠지) 물을 보자마자 달려들더니 컬척컬척 소리를 내며 마셔댔다. 우리가 신기했는지 자꾸만 쳐다보는 할머니와 몇 번씩 눈을 찡긋거리며 앉아 있다 보니 땀은 금세 식었다.

가게 안에 눈을 둘 곳이 없어 천장을 바라보다가(유리 통창에 빨간 블라인드가 내려져 있어서 바깥을 볼 수가 없었다) 챙겨온 책을 꺼냈다. 빨간색들이 눈에 들어오지 않도록 조심하며 이어폰을 귀에 꽂고 책을 읽는 동안 해가 슬며시 저물었다. 장사를 마친 시장 아저씨와 아줌마들이 하나둘 들어오더니 맥주와 골뱅이, 감자튀김을 시켰다. 옆에서 주문하는 걸 볼 때는 별생각이 없었는데, 주방에서 골뱅이 양념 냄새와 감자튀김 냄새가 솔솔 풍겨오자 입에 침이 고였다. 집에 가면 오른손 왼손 비빔면에 통조림 골뱅이를 썰어 넣어 먹어야겠다는 다짐을 했다. 한 시간 정도, 한쪽에선 맥주를 마시며 코로나 바이러스에 관한 내가 맞네, 네가 틀리네의 시대적 담론-이 이어졌고 그 옆에는 이 동네 사람은 확실히 아닌 듯한 이방인 청년이 아메리카노를 홀짝 거리며 개와 함께 책을 읽는 어색한 정경이 흐르고 있었다. 그들의 목 소리가 커질 때마다 아주머니가 '쉿! 공부하잖아!' 하며 그들을 저지 했는데 그게 오히려 신경 쓰였다. 하지만 이상하게 책이 잘 읽혔으므 로 끊기도 싫었다. 벌떡 일어나 '저 공부 안 합니다. 맘껏 말씀 나누세 요! 여기 호프집이잖아요!'라고 외치고 싶었으나 상상에 그쳤다.

나와 단지를 번갈아 가며 물끄러미 쳐다보는 시선이 느껴졌다. 모 르는 척했다. 하지만 아주머니는 기어이 말을 걸어왔다. '어머, 어쩜 그렇게 강아지가 얌전해요'라며 다가오는 순간, 갑자기 단지가 미친 개처럼 짖었다.

- 웡! 웡웡웡웡웡!
- 죄송해요! 겁이 많아요!

이 녀석은 내 품에 있을 때 누군가 손을 뻗어오면 미친 듯이 짖는 다. 다른 아주머니가 개는 그렇게 만지는 게 아니라며 한두 번 더 시 도했으나 마찬가지였다. 몇 번 그러고 나니 아무도 우리에게 말을 걸 지 않았다.

산만하고 어색한 '커피&맥주&소주&위스키' 가게에서 오묘한 집 중력을 경험하며 책에 몰두하고 있었다. 하지만 쿰쿰한 에어컨 냄새가 계속되는 것만큼은 좀체 참기가 힘들었다. 특히, 주인 할머니가 공부하는 총각 더우면 안 되지,라며 선풍기를 내 테이블 옆에 설치하고는 강풍을 틀어주시는 바람에 이제는 이가 덜덜 떨릴 만큼 춥기도 했다. 시계를 보니 여덟 시 반이었다. 거의 다 읽고 약간 남은 책에 표시를 한 뒤 주섬주섬 짐을 챙겨 일어났다.

　- 할머니, 커피 너무 잘 마셨습니다.
　- 그래요, 애기가 진짜 얌전하네. 신기해. 오호호.
　- 네, 고맙습니다.
　- 잘 가. 뚱딴지이.

해는 완전히 져 있었다. 시장 골목에서 쏟아지는 불빛이 아직 군데군데 환하였으나 아까처럼 큰 목소리로 이천 원에 줄 테니 무엇이든 골라보라는 소리는 들리지 않았다. 큰길을 찾아 걷기 시작했다. 걷다 보니 큼지막한 교회가 하나 보였다. 집회 같은 걸 하는지 드럼을 퉁탕거리는 소리가 들렸다. 어렸을 적 생각이 나서 들어가 보았다. 맨 뒷자리에 조용히 앉아 연주하는 걸 들으며 교회에 비치된 성경책에 아이들이 해놓은 낙서를 읽고 있는데 마스크를 쓴 중년의 아저씨가 나와 단지를 보고 손을 흔들어 주었다. 그래, 이곳은 교회지. 수고하고 짐 진 자들을 환대한다는. 나는 방금 전 카페에서의 환대를 기억하며 단지의 앞발을 잡고 아저씨께 흔들어 주었는데 이런, 아저씨는 손을 흔들어 주신 게 아니었다. 아저씨가 마스크를 벗더니 인상을 쓰며 내게 말했다.

- 아니, 개 안 된다고요.
- 죄송합니다.

집에 돌아오니 열 시가 다 되어 있었다. 다짐했던 대로, 비빔면에 골뱅이를 삶아서 썰어 넣고 청양고추도 총총 썰어 넣고 참기름을 촉촉 뿌려 비벼 먹었다. 단지가 기절하듯 자고 있었으므로 티브이는 켜지 않고 조용하게 호로록 먹었다.

저녁을 먹으며 생각했다. 오늘, 아주 오랜만에 여름을 느낀 것 같다고. 그동안은 늘 에어컨과 히터가 항온항습을 유지하는 사무실에만 있었더니 여름이 오는지, 겨울이 오는지 알 수가 없었다. 드디어 내가 '휴식모드'에 돌입하긴 했나 보다. 머릿속에 회사 업무 같은 게 계속 돌아가고 있었다면 내 성격상 목적지도 없이, 단지 여름을 느껴 보기 위해 걷는 일 같은 건 절대로 하지 않았을 테니까. 갑작스레 주어진 휴식 기간은 본의 아니게 정확히 5, 6, 7, 8, 9 여름 한철이다. 여름을 딱히 좋아한다거나 싫어하는 마음은 없다. 사실 딱히 싫어하는 계절은 없고 모든 계절을 골고루 좋아한다. 모든 계절을 좋아하는 나는, 어쩌면 어떤 계절에만 누릴 수 있는 특별한 것들을 잘 즐길 수 있는 사람이었을지도 모른다. 여름이면 여름인 대로, 겨울이면 겨울인 대로. 그동안 오늘 보고하고 내일 휴지통에 넣어버릴 엑셀 파일 같은 것들에 눌려 살며 그러지 못했던 것 같다. 올여름에는 선크림을 찐득하게 바른 채 땀을 흘리며 걸어보고, 카페 사장의 눈치가 보여도 죽치고 앉아 읽고 싶다. 글 쓰는 모임 같은 것도 다니며 한껏 써 볼 생각이다. 이제 나는 한가로우니까.

직장인 사춘기를 겪고 있거나 지금 하고 있는 일에 회의를 느껴 매일 아침 눈을 뜨는 게 괴롭다는 분들이 많은 것으로 안다. 하지만 이렇게 놀고먹을 계획이라는 나를 너무 곱지 않은 눈으로 봐 주지는 않았으면 좋겠다.

저, 십이 년 동안 정말 열심히 살았단 말이에요.

카페 'B'

서소 씨는 빌라 계단에 묶어두었던 자전거를 꺼내 낑낑대며 짊어 지고 내려왔다. 오랜만에 꺼내는 자전거였다. 그 자전거는 서소 씨가 이혼을 하자마자 구입한 첫 번째 물건이다.

이혼에 관한 모든 절차를 마치고 집으로 터덜터덜 돌아오던 그날, 서소 씨는 여러 가지 감정을 동시에 느꼈다. 잘 좀 살아보려 했던 인 생이 쫄딱 망해버린 것만 같은 자괴에 속이 울렁거렸다. 그냥, 마음이 많이 아팠다는 말이다. 공장 초기화 버튼이 눌리는 바람에 모든 데이 터를 상실해 버린 전화기가 된 것 같은 기분도 들었는데, 그건 조금 좋았다. 팔이나 다리 같은 신체 부위 중 하나가 갑자기 사라져 버린 것 같은 먹먹하고 아릿한 느낌과 시간과 돈을 신경질적으로 써제끼고 싶다는 욕구도 느꼈다. 그 욕구는 특히 강렬하게 느껴졌다. 살림살이 같은 걸 죄 내다 버리고 다시 장만하고 싶었다.

집에 오자마자 그녀와 함께 타던 자전거를 내다 버렸고 소파도 버렸으며 세탁기와 냉장고와 티브이는 헐값에 팔아버렸다. 신혼여행을 갔을 때 쓰려고 샀던 미러리스 카메라, 그녀와의 행복했던 시간이 담겨있던 그 물건 또한 중고장터에 팔아버렸다. 구매자는 커플 수면바지에 카카오프렌즈 캐릭터가 그려진 커플 딸딸이를 신고 나온 신혼부부였다. 여자가 남편의 팔짱을 꼬옥 낀 채 만 원만 네고를 해 달라고 조심스레 물었는데 싫다고 했다. 팔기 전 사진을 지울 때 '포맷하시겠습니까?'라는 카메라의 질문을 보고는 이혼하던 날 판사가 '서소 씨, 그리고 F씨. 마지막으로 묻겠습니다. 이혼에 동의합니까?'라고 물어봤던 순간이 생각나 가슴이 쿡쿡 아팠다. 그날, 서소 씨도 그녀도 단번에 대답하지는 못했다. 책상과 침대는 부수어서 나무판만 남겨두었는데 남은 나무판은 잘라서 새 가구를 만들어 보기로 했다.

몇 시간 동안 땀을 뻘뻘 흘리며 부수고 내다 버렸더니 팬티까지 흠뻑 젖어들었다. 팬티와 셔츠를 벗어 던지고 샤워를 하자 머리가 조금 맑아지고 눈물이 가셨다. 수건으로 머리를 털면서 맥주를 한 캔 땄다. 사실 서소 씨는 술을 못 마신다. 취하기도 전에 숙취가 왔다. 지금 손에 들고 있는 맥주도 한두 모금 마시고 대부분 싱크대에 꼴꼴꼴꼴 부어 버리겠지만, 터덜터덜 돌아왔던 그날은 왠지 맥주 캔을 치익- 하고 따서 크게 한 모금 마시고 크윽- 하는 소리를 낸 뒤 버려 버리는 낭비를 하고 싶었다. 그는 맥주의 첫 번째 딱 한 모금만큼은 좋아했다. 한 손엔 맥주 캔을 들고 다른 쪽 손가락으로 노트북에 '자전거'라고 입력하고는 엔터를 쳤다.

레트로한 디자인의 자전거가 갖고 싶었다. 예전에 타던 자전거는 그와 이별한 여자가 안장이 높지 않은 자전거를 원했기에 그에 맞춰 샀던 것으로 서소 씨가 원하던 것은 아니었다. 그는 둔해 보이지 않도록 얇은 바디로 만들어져 있고, 큼직한 브랜드 로고 같은 게 붙어 있지 않으며, 베이지색이나 하늘색처럼 산뜻한 파스텔톤으로 칠해진 자전거를 갖고 싶어 했다. 바퀴에는 하얀색 타이어가 끼워져 있었으면 했고, 안장은 큼지막한 쇼바 스프링 같은 게 우악스럽게 붙어있지 않은 것이길 바랐다. 밤에도 잘 다닐 수 있도록 자가발전 전구가 하나 달려있었으면 했는데 그 전구의 디자인은 둥글둥글하니 예스러운 것이었으면 했다. 며칠을 뒤져낸 끝에 어렵게 수제 자전거 업체를 하나 찾았고, 주문을 의뢰하여 거의 한 달 만에 받아볼 수 있었다. 오래 기다렸던 만큼 만족스러운 물건이 와서 다행이었다. 예쁜 바구니도 하나 달고 싶었는데 그 업체에서 파는 바구니들이 그렇지 못하여 바구니는 따로 구해서 달았다. 까탈스러운 그의 취향에 맞는 바구니는 해외에서만 파는 제품이어서 배송에만 또다시 한 달이 걸렸고 한 달 만에 도착한 바구니는 자전거의 아귀와 맞지 않는 바람에 그의 속을 썩였지만, 서소 씨는 자전거 앞에 몇 시간 동안 쪼그리고 앉아 펜치로 꺾고 구부리고 하더니 간신히 그럴듯한 모양으로 다는 데 성공했다. 그렇게 고생해서 손에 넣은 자전거였으나 막상 몇 번 타지를 못했다. 어려서부터 스무 번이 넘게 자전거를 도둑맞았던 그로서는 아끼는 자전거를 빌라 밖에 세워둔다는 게 쉽지가 않았다. 그래서 그가 사는 집, 202호 문 앞 계단에 묶어 두었다. 탈 때마다 이고 지고 계단을 오르내리는 것이 번거로워 처음에만 몇 번 타고 그 뒤로 그의 자전거는 계단 난간에 몇 달째 붙어만 있었다.

"흐끄응. 후-"

서소 씨는 빌라 앞에 자전거를 내려놓은 뒤 이곳저곳을 살펴보았다. 먼지가 쌓여 있길래 후후 불고 손으로 쓸어낸 뒤에 올라탔다. 페달을 세차게 한 번 밟았더니 자전거가 맥아리 없이 비실거렸다. 바퀴에 바람이 빠져있었다. 짜증이 솟아 자전거를 다시 계단 위에 올려놓으려다가 어렵게 짜증을 삼키고 동네 자전거포에 끌고 갔다.

"저… 자전거 바퀴에 바람 넣는 건 얼마씩 하나요?"

자전거포 사장은 대꾸도 없이 인상을 쓰면서 들고 있던 렌치로 에어컴프레서를 땅 하고 한 번 쳤다. 서소 씨는 뭘 어쩌라는 겁니까, 라는 표정으로 호주머니에서 천 원짜리 몇 장을 주섬주섬 꺼내 보이며 말했다.

"바퀴에 바람 좀 넣어 주세요."

사장은 다시 인상을 쓰더니 에어컴프레서를 쳐다보며 공짜니까 그냥 넣고 가라고 했다. 사실 그는 자전거포에서 보통 바퀴 바람 정도는 공짜로 넣게 해 준다는 것을 알고 있었다. 어렸을 때 바람 빠진 공이나 자전거를 가져가서 말도 없이 바람만 넣고 나와도 괜찮았던 기억이 분명했지만 그렇게 해본 마지막 기억이 스무 살 즈음, 그러니까 거의 십팔 년 전쯤이어서 요즘엔 안 되겠거니 하는 생각으로 물어본 것이었다. 그런데 여전히 그래도 되나 보다. 그리고 자전거포 사장은 서소 씨가 자전거를 끌고 오는 걸 보고 수리하러 온 줄 안 것 같은데 아니라서 심통이 났나 보다.

에어컴프레서를 오랜만에 써봐서인지 바람이 잘 들어가지 않아 한참을 헤맸다. 자꾸만 삑사리가 나서 허공에다 칙-칙- 거리고 있는데도 사장은 도와주지 않았다. 어찌어찌 바람을 넣은 그는 이럴 거면 돈 천 원 받고 좀 넣어 주지라는 생각을 하며 개를 바구니에 넣고 고정을 한 뒤 비로소, 익숙한 느낌으로 페달을 밟을 수 있었다. 이제 카페에 갈 수 있다.

사실 그에게는 눈여겨 둔 카페가 이미 있었다. 바로 카페 'B'다. 그는 앞으로 다니게 될 카페가 가급적 넓은 곳이었으면 했다. 집에만 있기가 답답하여 굳이 돈을 들여 밖에 나와서 책을 읽자는 것인데 또 좁은 공간에 들어가는 것은 싫었다. B는 웬만한 프랜차이즈 카페만큼 넓었고 커다란 8인용 책상이 있었으며 야외에도 멋진 테이블들이 놓여 있어 평소 눈여겨 두었던 곳이었다. 테이블들의 높이와 넓이가 책을 읽기에 적절해 보였다. 자신감이 지나치게 넘치는 아이돌 댄스 음악이나 돈을 많이 벌어 좋아 죽겠다는 힙합이 아닌 재즈를 틀어주었고 볼륨 또한 적절했다. 작은 조명들이 여러 개 달려있었는데 거기서 나오는 빛들이 차곡차곡 쌓여 카페를 그윽하게 밝혀주는 느낌이 좋았다. 커피는 사천오백 원으로 예상보다 오백 원이 비쌌으며 심지어 커피 맛도 별로였지만, 그래도 카페 B가 가장 괜찮을 것 같았다.

거기에는 무척 친절한 두 명의 여자 사장님들이 있었다. 그러니까 어느 정도로 친절했냐면, 언젠가 서소 씨가 개를 데리고 간 적이 한 번 있었는데 그가 데려간 개 더러 먹으라고 물과 강아지용 쿠키와 담요를 따로 내어줄 정도였다. 사장님들이 예쁜가는 중요하지 않았다. 서소 씨는 정직 기간 중에 진심으로 책 읽는 일에만 몰두할 요량이었으므로. 다만, 우연하게도 카페 B의 사장님들이 예뻤다는 것은 그로서도 어쩔 수 없는 일이었다.

바람을 채워 넣은 자전거가 부드럽게 굴러갔다. 원래는 곧바로 카페 B에 가려 했으나 자전거를 오랜만에 타서 신이 난 서소 씨는 B를 지나쳐 좀 더 달렸다. 자주 다니던 골목길 말고 가본 적이 없는 골목길을 돌아보기로 했다. 처음 망원동에 이사 왔을 때 어쩌다가 길을 한

번 잘못 든 적이 있었는데, 그때 그 골목에서 재밌는 가게들을 많이 발견했던 게 생각났다. 그리스나 일본, 프랑스의 가정식을 전문으로 하는 이국적 풍미가 가득한 식당과 중국에서 마구잡이로 만들어지지 않았을 법한 단정한 소품들을 쌓아 놓은 인테리어 소품샵, 그리고 반려동물 옷과 용품들을 파는 가게가 있었던 기억이다. 그는 그때 보았던 반려동물 옷 가게를 찾고 있었다. 지나가면서 얼핏 본 게 전부였지만 인터넷 쇼핑몰 같은 곳에서는 구하기 힘든 특이한 강아지 옷들이 걸려 있던 것을 분명히 보았다. 이쪽 골목이었는지 저쪽 골목이었는지 기억이 분명하지 않아 자전거에서 내려 천천히 걸으며 거리를 살폈다. 호기심이 이는 가게를 발견하면 멈춰 서서 사진을 찍었다. 시간이 많다는 사실을 그런 식으로 만끽해 보았다.

한참을 돌아다닌 끝에 기어이 봐 두었던 동물 옷 가게를 찾아낸 그는 몇 개의 옷을 만져보고 입혀보고 하더니 코듀로이 재질로 된 브라운색 방울 단추와 같은 텍스쳐의 카라가 달려있는 셔츠를 하나 골라 그의 개에게 입혔다. 개 옷에 코듀로이라니. 이건 구하기 어려운 것이다. 그 옷을 입히고 나니 왠지 그도, 그의 개도 망원동에 어울리는 '힙한' 무언가에 조금 가까워진 듯하여 기분이 좋았다. 늘씬한 클래식 자전거를 타고 코듀로이 셔츠 입은 개를 바구니에 태워 가자 사람들이 쳐다보았다. 남자든 여자든, 아줌마든 아가씨든 그의 개에게 시선을 빼앗기는 것이 느껴져 으쓱했다. 그의 개도 기분이 좋은지 그날따라 평소보다 늠름한 자세로 바구니에 앉아 눈을 가늘게 뜬 채 바람을 맞왔다. 그들은 아까 지나쳤던 그 카페, B로 돌아갔다.

"꺅-"

들어가자마자 B의 사장이 큰 소리를 내는 바람에 사람들이 그들을 쳐다보았다. 여자 손님들 사이에서 감탄이 터져나왔다. 어머. 쟤 좀 봐. 너무 귀엽다. 서소 씨는 시큰둥한 표정으로 천장을 쳐다보았으나 내심은 기뻐하는 중이었다. 그는 그의 개를 슬링백처럼 생긴 포대기에 넣어 다녔는데, 그의 개는 슬링백 포대기에 들어가면 자동차를 운전하는 사람이 팔을 문짝에 올리고 무심하고 나른한 폼으로 턱을 괴는 것처럼 한쪽 팔을 포대기에서 빼놓고 다녔다. 사람들은 그의 개가 취하는 그 포즈를 보면 박수를 쳤다. 신기해했고 귀여워했다. 그의 개는 몹시 꾀바른 편이라 누가 자신을 예뻐하는지 잘 알았고 거기에 맞춰 애교도 부리고 팔도 걸치고, 마음에 안 들면 왕왕 짖기도 하고 그랬다. 사람들이 그의 개를 예뻐하면 왠지 그도 같이 예쁨을 받는 것 같아 쑥스럽고 기분이 좋았다. 배시시 웃으며 서소 씨가 말했다.

"안녕하세요. 아이스 아메리카노 한 잔만 부탁드려요."

"네, 오랜만에 오셨어요. 안녕, 아가야. 강아지 이름이… 뭐였죠?"

"아, 단지예요. 성은 꿀. 합해서 꿀단지."

"안녕, 꿀단지- 아유, 너무 귀여워요."

"하하, 고맙습니다."

카페 B는 이 동네에서 가장 늦게까지 문을 여는 카페였다. 밤 열한 시, 손님이 있으면 열두 시까지도 문을 닫지 않았고 카페였지만 밤에는 맥주와 와인을 팔았다. 거의 밤 열두 시까지 열려 있는 게 보통이었다. 서소 씨처럼 일과를 늦게 시작하여 늦게 마치는 사람과 잘 맞았다.

"여기 단지 물이랑 담요예요."

"네네, 매번 고맙습니다."

그녀가 물과 담요를 챙겨주었다. 서소 씨가 올 때마다 B의 사장이 그런 것들을 챙겨주었으므로 그는 그걸 자연스럽게 받아들였지만 사실 그녀가 아무에게나 그렇게 대해주는 것은 아니었다. 허벅지 위에 얇은 담요를 깔고 그 위에 개를 올려놓았다. 그렇게 하자 그의 개는 책을 쥔 서소 씨의 손에 턱을 올려놓더니 이내 꾸벅하고 졸았다. 개가 졸기 시작하자 그도 책을 펴서 읽기 시작했다.

그의 팔에 턱을 괴고 잠들어 있는 개를 깨우지 않기 위해 꼼짝하지 않고 읽었다. 가끔 그의 개가 낑낑거리면 데리고 나가 오줌을 누이고 똥을 누이고, 그도 화장실에 가서 소변을 보고 오는 시간들 외에는 내내 읽기만 했다. 열한 시가 되자 서소 씨는 조용히 일어나 담요를 개켜놓고 컵을 반납한 후 집으로 돌아갔다. 집으로 돌아가던 도중, 무슨 겨를인지 헤어진 아내의 생각이 갑자기 떠올라 곤란하였다. 선 채로 잠시 눈물을 훔치다 집으로 가는 걸음을 이었다.

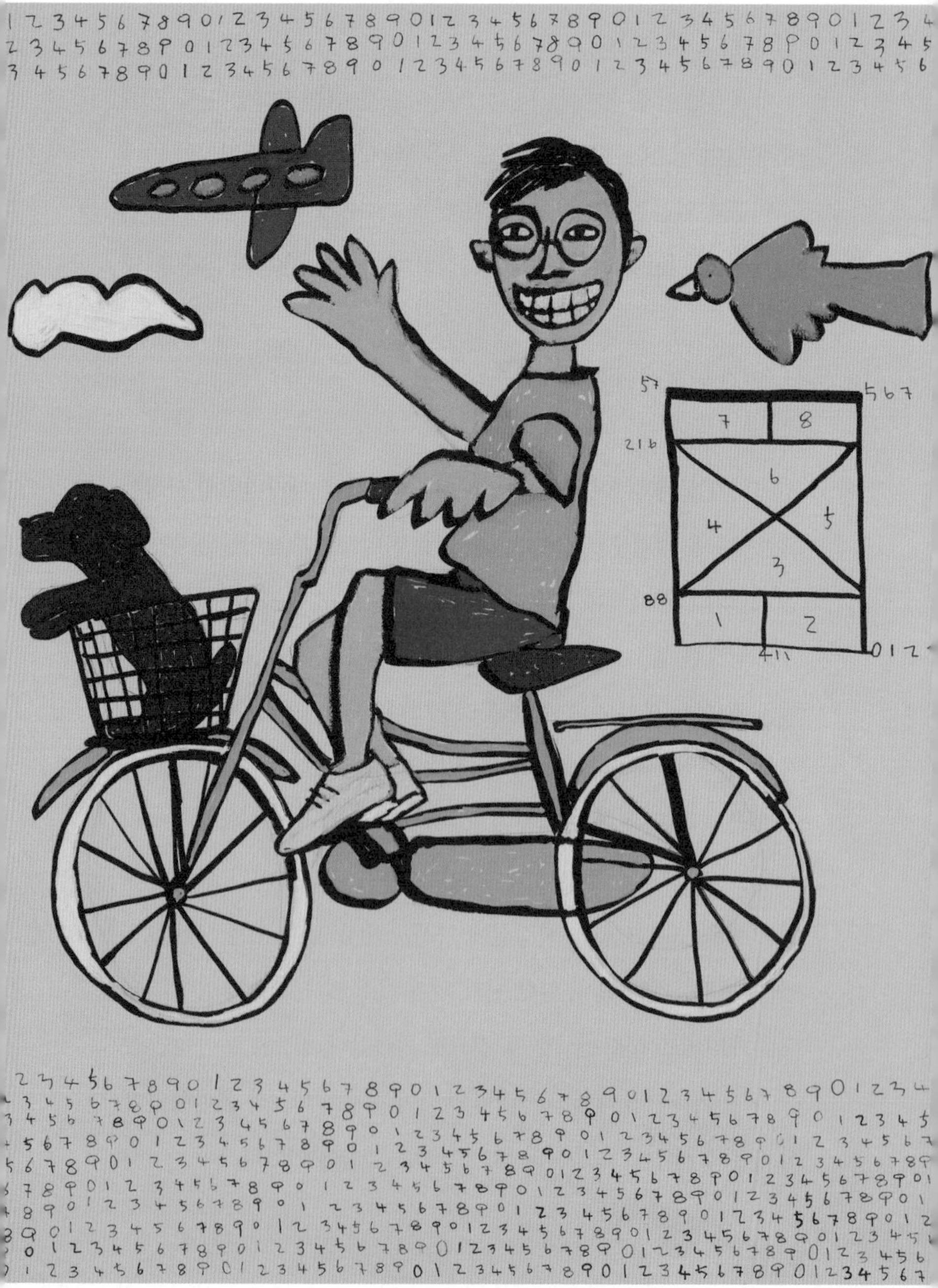
57
567
7
8
216
6
4
5
3
88
1
2
411
012

카페 'B' 관찰일기

　연신 재잘거리던 그녀들의 얼굴에서 웃음기가 사라지더니 일순에 분위기가 바뀌었다. 살포시 고개를 들더니 온 우주의 기운을 받아들이려는 듯 집중하여 지그시, 눈을 감았다가 다시 떴다. 가장 크게 뜬 눈과 가늘게 뜬 실눈의 중간 정도. 고개를 갸우뚱하더니 입술이 달싹거린다. 무언가 말하고 싶은 걸까. '유-' 발음을 하려는 듯하다.

　그녀들 중 한 명이 손을 높이 치켜들더니 볼에 가져갔다. 손길을 따라 움직이는 블라우스 소매가 보드랍게 하늘거렸고 그녀의 볼은 너무나도 촉촉하여 손을 대었다가는 들러붙어 다시는 떨어지지 않을 것만 같았다.

　오! 아름다워라!
　자, 이다음엔 어떻게 할 거지?
　아하, 숨을 멈추는구나.

군대에서 사격을 배울 때 저런 느낌이었다. 그녀들은 사격을 해 본 것일까? 숨을 크게 들이마신 후 천천히 내쉬다가 적절한 시점에 멈춘다. 아마도 들이마신 숨의 절반 정도를 내뱉은 지점쯤 될 것이다. 그렇게 하면 한순간 온몸을 완벽하게 정지시킬 수 있다. 그 상태에서 손가락만 까딱하여 방아쇠를 당긴다. 잘만 하면 명중이다.

'까딱'

'찰칵'

그렇다.

그녀들은 셀카를 찍는 중이었다.

예전에 내 또래 애들이 싸이월드에 오만 가지 창피함을 새겨두었다가 뒤늦게 이불킥을 했듯이, 볼을 감싸 쥐고 메소드 연기하며 부끄러운 포즈를 취했던 오늘을 인스타에 새겨둔 너희들도 언젠가 창피해하겠지? 그리고, 그리워하겠지.

가슴이 시리도록.

대박이

평일 오후의 망원동은 대체로 한가롭다. 금요일 저녁이 되면 붐비기 시작할 테지만 그전까지는 연차를 내고 놀러 온 것으로 보이는 몇몇 연인들이나 대학생 애들만 가끔 눈에 뜨일 따름이었다. 그래서 평일 오후의 카페 B에는 서소 씨와 여사장, 단둘이서만 있을 때가 종종 있었다. 그는 그런 상황이 왠지 모르게 민망하기도 하고, 그녀들에게 한량처럼 보일까 창피한 마음이 들어 가끔은 부러 다른 카페에 가서 책을 읽곤 했다. 하지만 책상 높이가 낮아 허리가 아프다던가, 에어컨을 지나치게 세게 틀어 놓았다던가, 그의 개가 유독 예민해하고 헛짖음을 많이 하는 카페라던가 하는 것들이 불편할 때가 많았다. 도무지 불편하다 싶으면 하루에도 몇 번씩 카페를 옮겼다. 그런 식으로 며칠을 메뚜기처럼 이 카페 저 카페를 전전하면서 보냈다. 카페를 옮길 때마다 내 돈 내고 느긋하게 앉아 커피를 마시며 책을 읽는 일도 생각처럼 쉽지만은 않구나 하는 생각을 하며 쓴웃음을 지었다.

"안녕하세요."

"아유— 안녕하세요. 요즘 왜 안 오셨어요?"

오랜만에 B에 왔다. 오늘의 서소 씨는 굳은 결심 같은 걸 하고 B에 나타났다. 이제는 더 이상 메뚜기처럼 날아다니지 않을 것이다. 이제부터는 카페 B에 오픈할 때 맞춰 가서 가장 마음에 드는 자리에 눈치 보지 않고 앉아 밤 열한 시, 때로는 열두 시까지 뭉갤 것이다. 눈치가 보이면 커피를 한 잔 더 사 먹는 정도의 성의로 충분할 것이다. 혹시 그녀가 '왜 출근은 하지 않고 한량처럼 매일 카페에 와서 책만 읽는지'에 대해 묻는다면 그냥 좀 늙은 대학원생이라고 해버릴 테다.

"요 며칠 어디 좀 다녀왔어요. 오늘도 아이스 아메리카노에 샷 추가해서 부탁드립니다. 물은 적게. 아주 진하게요."

"네, 단지 아버님. 단지가 마실 물 하고 담요도 필요하시죠?"

"네네, 그래 주시면 감사하겠습니다."

어느 순간부터 그녀들은 서소 씨를 '단지 아버님'이라고 불렀다. 그는 그저 '손님'으로 불리기를 바랐지만 무리였다. 낮 열두 시부터 밤 열한 시까지의 시간을 열 평 남짓한 공간에 함께 있는데 굳이 '손님'이라고만 부르며 거리를 두는 것도 그녀들로서는 어색했을 것이다. '단지 아버님'이라는 호칭으로 그녀들 간의 합의가 있었는지 언젠가부터 서소 씨를 그렇게 부르기 시작했다. '아버님'이라는 단어가 왠지 늙어보여 조금 거슬렸지만 그냥 두었다. 서소 씨를 그렇게 부르기 시작한 뒤부터 그녀들은 서소 씨와 그의 개가 나타나면 몹시 적극적으로 개를 안아 들고는 뽀뽀를 하고 배를 긁어 주었다. 그의 개도 그녀들이 마음에 드는지 자기를 마음껏 만지도록 배를 드러내며 누웠다.

"이거 우리 대박이가 좋아하는 간식인데 단지 먹여도 되나요?"

그날따라 사장님이 말을 많이 걸어왔다. 그는 대박이에 대해 아는 것이 하나도 없었지만 분위기로 보아 그녀가 키우는 개를 말하는 것 같았다.

"네, 괜찮아요."

"단지야아. 이거 먹자아."

그녀는 대박이에 대해 조잘조잘 이야기를 늘어놓았다. 그에게 말한다기보다 그가 키우는 개에게 말을 걸었다. 어머, 이건 우리 대박이랑 똑같네, 대박이는 빵야를 할 줄 아는데 단지 너도 할 줄 아니, 이건 대박이가 잘 먹는 건데 너는 왜 안 먹니. 손! 앉아! 엎드려! 이런 말을 자꾸만 했다. 그러다 주저앉더니 갑자기 목을 놓아 울었다.

서소 씨는 난감했다. 갑자기 우는 영문을 알 수 없어 난감한 것은 아니었다. 갑작스레 우는 여자를 어떻게 대해야 할지 몰라서 난감한 것도 아니었다. 우는 여자를 위로하려면 어떻게 해야 하는지 정도는 대략 알고 있었다. 그는 무려 서른여덟 살이었고 그런 것도 모르기엔 여러 번의 연애를 해봤다. 그것도 가볍지 않게 해봤으므로 여자에 대해 알 만큼은 알고 있었다. 부드러운 손수건, 그게 없다면 향기 나는 티슈라도. 그것마저 없다면 근처 편의점에 뛰어가 향기가 나는 여행용 티슈를 사서 건네는 수고를 보여준다. 그리고 눈물을 그칠 때까지 말없이 옆에 있어 주면 된다. 말을 하지 않는 것이 중요하다. 등을 어루만져 주는 것이 좋지만 그럴만한 사이가 아닐 경우에는 어깨를 조심스럽게, 천천히 토닥여 주면 조금씩 진정한다.

사실 서소 씨는 그녀를 별로 위로하고 싶지 않았기 때문에 난감했다. 그는 새로운 관계를 맺는다던가 입장을 강요받는 일 따위에 몹시 지쳐있었다. 징계 명령서에 서명을 하고 회사를 나오면서 앞으로 남은 인생은 복잡한 관계에 얽히는 일이 없이, 은혜를 입거나 원수를 지는 일도 없이, 그의 개와 책과 티브이와 함께 조용하게, 지극히 완만한 삶을 살기로 다짐했었다.

주머니 속에서 손수건이 만져졌다. 서소 씨는 평소 손수건 같은 물건을 챙겨 다니는 성격이 전혀 못 되었지만, 하필 그날은 가지고 있었다. 그러니까, 카페에 책을 읽으러 다니기 시작한 뒤부터는 손수건을 챙겼다. 차가운 커피를 마시다 보면, 유리컵 표면에 금세 서리가 끼었고 서리는 저들끼리 뭉쳐 물방울이 되어 흘러내렸다. 그렇게 흘러내린 물방울들이 또다시 뭉치면 컵 주변에 고여 흥건해지는데 깜박하고 거기에 펼쳐보지도 못한 새 책을 올려놓았다가 물이 스며드는 바람에 우글쭈글해지는 경험을 한 뒤부터는, 컵을 받쳐두기 위한 손수건을 챙겨 다녔다. 서소 씨는 손수건을 만지작거리며 망설이고 있었다. 속으로 '네 슬픔은 네가 이겨내…'라고 읊조리면서.

서소 씨의 개가 버둥거리더니 그녀에게서 빠져나와 그의 품에 뛰어들었다. 그의 품에서 그녀를 물끄러미 바라보았다. 그의 개도 난감한 것 같았다. 그의 개로서도, 우는 그녀를 위로해주는 수고를 하기엔 아직 그녀와 그다지 친밀하지 못한 것이다. 개가 그와 그녀를 번갈아 쳐다보며 혀를 날름거리고 몸을 푸르르 털었다. 불안하다는 뜻이다. 서소 씨는 개와 그녀를 동시에 위로해야만 했다. 개를 쓰다듬으며 울음이 멈추기를 기다렸다. 우는 사람을 가만히 보고 있자니 그도 문득 서글퍼졌다. 생각하고 싶지 않은 일이 다시 떠올랐다. 이미 수백 번을 반추해서 더 이상 생각할 것도 없을 텐데. 또, 떠올랐다.

궁핍했던 어린 시절 때문이었는지, 타고난 나르시시즘적 성향 때문이었는지, 그저 관심받기를 즐겨하는 종자이거나 오지랖이 넓은 성격 때문이었는지. 도대체 왜 그런 것인지 알 수가 없었지만 아무튼 그는 그가 가진 것을 나누고 그걸 받은 사람들이 그를 우러렀으면 하는 욕구가 강했다. 좋은 동기는 아니었지만 좋은 것을 나눈 것은 맞았다. 그런 페르소나로 인식되고 싶어 했다. 그가 굶었으면 굶었지 베풀지 않는 좀스러운 사람이라는 말은 절대로 듣고 싶지 않아 했다. 도움을 청하면 외면하지 않았다. 도움을 청하지 않아도 필요해 보이면 도왔다. 왜 이렇게 피곤하게 사는 걸까에 대한 고민을 해 보았지만 그냥 그렇게 생겨 먹었다는 결론만 자꾸 나왔으므로 어느 순간부터는 그걸 인정하고 열심히 나눴다. 물론 아무리 나눠도 어떤 사람들은 그를 우러르지 않을 수 있다는 것 정도는 그도 알고 있었고 불편해하는 사람들이 있다는 것도 알고 있었지만, 그래도 서소 씨 덕분에 어려움을 해결했다며 고마워하는 사람들을 보면서 보람을 느꼈다. 딱히 고마워하지는 않더라도 최소한 그가 가진 것을 나눈 일들을 빌미로 누군가가 그를 모함하고, 왜곡된 소문을 퍼뜨리며 그로 인해 수치스러운 '징계'가 가해지게 될 거라는 생각을 해본 적은 없었다. 하지만 그런 일은 일어나 버렸고 그래서 그는 조금 변했다. 낯을 가리지 않고 우스운 말을 잘하며 엉키고 꼬여 버린 일에 곤란해하는 이들을 볼 때마다 나서서 해결해 주고 싶어 안달하는 변태 같은 성격의 서소 씨였으나 이제는 모르는 척, 개인적인 의견은 없는 척, 능력이 없는 척, 수줍음이 많은 척 전면에 나서지 않는 삶을 살기로 다짐했다.

그런 다짐을 하게 된 이유가 어쩌다 징계 한 번 받았다는 것 때문만은 아니었다. 그가 청년이던 시절, 그의 인생에서 가장 견디기 힘든 일이 자꾸만 일어났던 바로 그 시절, 가슴 절절하게 앙망했던 신앙과 교회로부터 받은 상처, 교회에서 사귄 십수 년지기 친구들과의 절교, 가난하여 무시당한 일, 가난하여 포기해야 했던 일, 이혼, 이별, 회사,

배신, 프로파간다, 거짓말, 또 거짓말, 또또또 똑같은 거짓말. 그런 일들을 자꾸만 경험하면서 그는 따뜻한 사람인 척, 큰 인물인 척하는 페르소나 따위는 벗어서 던져버리고 싶었다. 누구와도 관계하지 않고 무엇에도 기대하지 않는 것이 인생을 사는 적절한 방법이라는 것을 점차 깨닫게 되었다. 무려 그런 사실을 깨달았음에도, 그럼에도 그는 관계하며 살고 싶어 했다. 그런 방법이 분명히 있을 거라고 믿었다. 관계 속에서 문득문득 피어나는 갈등들은 그가 부족해서, 그의 말투나 방식에 약간의 실수가 묻어나 그런 것일 거라고 짐작했다. 조금 더 성장하고 다듬으면 괜찮을 것이라 믿었다.

하지만 서소 씨는 그 일을 계기로 그런 생각을 완전히 포기하게 되었다. 그런 건 없다. 관계와 갈등은 그냥 동의어다. 외면하고 살 것이다. 경원 받는 사람이 될 것이다. 그러다 보면 가끔 지독하게 외로울 수도 있겠지만, 개와 책과 티브이와 엄마가 있으면 괜찮을 것 같았다. 다섯 달, 특별한 스트레스 없이 살아볼 수 있는 이 소중한 시간 동안 그는 그런 연습을 하고 싶었다. 말을 하지 않고 듣지도 않고 관심 없이, 오직 철학자들의 이야기에만 귀를 기울이면서, 그의 개와 교감하는 일에만 집중하면서 살아보는 연습.

서소 씨는 만지작거리던 손수건을 꺼내 마침내 건네고는 그녀의 곁에 가만히 앉았다. 손수건을 꺼낼 때 섬유유연제의 바닐라 향이 살금 퍼졌다.

"고맙습니다… 흑."

그녀를 위로하고 그녀들과 친밀해지는 일의 끝에는 어떤 종류가 되었든 골치 아픈 일이 기다리고 있을 것이다. 아마도 분명히 그럴 것이다. 하지만 손수건을 건네 버렸다. 최소한 정직 기간 동안만큼은 누구와도 관계하고 싶지 않았는데. 서소 씨가 오지랖 넓은 성격이라는 데에 이견을 달 수 없다. 아무래도 맞다. 앞으로도 그는 이런 일들을 외면하지 못할 것이다. '여기는 회사가 아니니까, 이 카페는 쉬는 동안 조금 다니다 말 거니까'라는 내적 화해를 위한 핑곗거리 몇 가지를 생각해내면서 마침내 서소 씨는 손수건을 내밀었다.

"죄송해요." 그녀가 눈물을 그치고 말했다.

"아니에요. 괜찮습니다."

"지난주에 죽었어요."

"네?"

"우리 대박이는 지난주에 죽었다구요…."

대략 진정하는 듯하더니 또 울기 시작했다. 가게에 아무도 없어서 다행이었다.

"나 때문에 죽었어요."

"그럴 리가요. 무슨 일인지는 잘 모르지만, 사장님 때문에 죽지는 않았을 거예요."

"아니에요, 나 때문에 죽었어요. 우리 대박이는⋯."

왜 죽었는지에 대해 물어볼 수도 없고, 다리에 쥐가 나서 더 이상 쪼그려 앉아있을 수도 없었던 서소 씨는 자리로 돌아와 버렸다. 책을 마저 읽기엔 집중력 같은 게 다 흩어져버렸다. 집중력이 남아있다고 해도 훌쩍이며 우는 사람 옆에서 느긋하고 뻔뻔하게 책을 읽는 것도 좀 그렇다는 생각이 들었다. 그렇다고 이제 와서 주섬주섬 짐을 싼 뒤 울고 있는 그녀 앞에 컵을 반납하고 슬그머니 다른 카페로 가버리는 것도 좀 치사한 일 같았다. 그는 괜히 머쓱한 상황에 놓인 게 억울했지만, 딱히 도리가 없었다. 개를 데리고 나와 오줌을 한번 누이고는 그녀의 주변에서 우물쭈물 서성였다. 그때 그녀와 교대를 하러 온 다른 사장이 들어왔다. 다행이었다.

"어머, 이게 뭐야. 언니 왜 울어?" 방금 들어온 사장이 말했다.

"저 그게⋯ 대박이 이야기를 하다가⋯."

"어머, 정말요? 단지 아버님, 죄송해요. 우리 언니(그녀들은 자매였다) 때문에 많이 놀라셨죠?"

"아니에요, 괜찮습니다. 언니 분께서 많이 우셨어요. 잘 달래 주셔요."

"이런 민폐가⋯ 죄송해요. 죄송합니다."

언니 사장은 택시를 불러 집으로 돌아갔다. 손수건을 돌려주고 가길 바랐는데 그러지 않아 결국 택시에 타려는 그녀를 붙잡고 "저⋯ 손수건 좀⋯"이라고 말을 해야 했다. 동생 사장은 서소 씨가 괜찮다고 해도 죄송하다는 말을 자꾸만 하며 마들렌이나 쿠키 같은 것을 그에게 가져다주었다.

"이것 좀 드세요. 서비스예요. 정말 죄송합니다."

"아, 정말 괜찮아요. 그럴 수도 있죠. 괜찮습니다."

"사실…."

동생 사장이 '사실…'이라고 운을 띄우며 긴 이야기를 하려 했다. 아마도 그녀들의 개가 죽은 사연일 것이다. 그걸 듣고 나면 그도 적절한 반응을 해야 할 것이고, 그러다 보면 친해져 버릴 텐데. 하지만 도리가 없었다. 다른 카페로 옮길 엄두는 나지 않았으므로.

"사실… 저랑 언니가 함께 키우던 작은 강아지가 있었어요. 여섯 살에 까만 푸들이었고, 이름은 대박이에요. 저와 언니는 강원도가 고향이에요. 우리는 스무 살 즈음 서울에 올라왔어요. 꿈을 갖고 서울살이를 시작했지만 연이은 실패, 그러니까 사업, 연애, 직장까지… 뜻대로 되는 일은 없었고 우린 지난 몇 년 동안 많은 상처를 받았었죠. 점점 약해진 우리는… 새로운 시작을 할 용기를 내지도, 고향으로 돌아갈 용기도 내지 못한 채 꾸역꾸역 어제 하던 일을 오늘도 하면서 그냥 그렇게 살았어요.

그런데 대박이를 키우기 시작하면서 우린 조금씩 달라졌어요. 대박이와 사랑을 주고받으면서 우리는 힘을 낼 수 있었죠. 카페 B도 대박이 덕분에 할 수 있었어요. 대박이와 함께 있을 수 있는 일이라면 다시 한번 새로운 시작을 해볼 수 있겠다고 생각했거든요. 대박이는 점점 우리의 전부가 되어 갔어요. 그런데 대박이는… 몸이 약했어요. 툭하면 아팠어요. 걔는 자기가 아프면 우리를 피해 숨었어요. 수의사 선생님이 아픈 자신이 무리에 피해를 줄까 봐 숨는 거랬어요. 우리는 그 말을 듣고 얼마나 울었는지 몰라요. 아픈 날에는 기운이 없어서 혓바닥을 죽 늘어뜨리면서도 비척비척 움직여서 소파 밑이나 침대 밑에 숨어 있곤 했어요."

"네… 그랬군요. 피해 주기 싫어 숨어 있는 그 녀석 마음이 어땠을지 생각하니 가슴이 아프네요."

"대박이가 그러고 있으면 우리도 대박이를 가만히 두었어요. 자꾸 만지고 건드리면 애가 휴식을 못 할까 봐. 고기를 볶아서 든든하게 먹이고, 약도 먹이고, 구석진 곳에서 잠을 자게 두었어요. 가끔 잘 자는지만 확인하면서. 그런데… 흑… 지난주에 대박이가 좋아하는 돼지코를 말려놓은 간식을 주었는데 그걸 뜯어먹다가 목에 걸렸나 봐요."

그녀가 울기 시작했다. 언니와는 다르게 말을 똑바로 하면서, 표정의 변화 없이 닭똥 같은 눈물을 뚝뚝 흘렸다. 그게 더 슬퍼 보였다.

"대박이는 간식이 목에 걸려 숨을 못 쉬는데도 소파 밑에서 나오지 않았어요. 혼자서 해결하려 했나 봐요. 그러다 결국 도저히 안 되겠는지 컥컥하는 소리를 냈는데 우리는 대박이에게 문제가 생겼다는 것을 그때 알았어요. 걔는 우리한테 티도 안 내고 구석에서 혼자 이미 죽을 고생을 하고 있었던 거예요. 머릿속이 하얘졌어요. 왜 입을 벌려 손으로 꺼낼 생각을 못 했는지. 언니는 그 생각을 못 했기 때문에 자기가 대박이를 죽게 만들었다고 생각해요. 하지만 아니에요. 제가 대박이를 데리고 뛰어나와 택시를 잡았어요. 그게 잘못된 거예요. 그냥 집 앞 작은 동물병원에 뛰어가는 게 더 빨랐을 텐데, 괜히 큰 동물병원에 가야 한다고 말한 내 잘못이에요. 퇴근 시간대라서 길이 막혔고, 십 분이나 걸려 병원에 도착했을 때는 이미 늦었어요… 택시 안에서 대박이가 나를 바라보며 낑낑거렸고 세차게 몸을 한 번 부르르 떨더니 그다음부터 움직임이 없었어요. 축- 하고 늘어졌죠. 흑. 그게 마지막이에요. 그게 대박이랑 나랑 눈을 마주친 마지막이라구요. 병원 수의사 새끼는 왜 나한테 그런 말을 해가지고. 그냥 주인이 손으로 빼주면 빠질 위치에 있었다고… 흑. 언니 때문이 아니라 나 때문에 죽었던 거예요. 우리 대박이는… 내가 무조건 큰 병원에 가야 한다고 우기는 바람에….”

힘겹게 말을 마친 그녀가 주저앉더니 소리죽여 울었다. 언니에게 주었던 짠물이 밴 손수건을 팡 하고 털어 그녀에게 내밀었다. 코끝에 대어보니 다행히 아직 바닐라 향이 남아있었다. 그의 개가 그녀에게 몇 번 다가가려다 말고 그에게 되돌아와 혀를 날름거렸다. 카페 B는 이 근방에서 야외 테이블이 꽤 근사한 축에 속해서 평일에도 손님이 늘 있는 가게였는데 그날따라 손님이 없었다. 서소 씨는 원래 저녁 여섯 시가 되면 집에 가서 밥을 먹고 가볍게 운동을 한 뒤 다시 책을 읽으러 나올 요량이었지만 그럴 수가 없었다. 그녀가 준 마들렌 몇 덩어리로 허기를 달래며 앉아 있었다. 오후 여덟 시가 지났다. 저녁 식사를 마치고 입가심을 하려는 손님 몇몇이 카페에 들기 시작했다. 음료를 만드느라 바빠진 그녀를 뒤로하고 서소 씨와 그의 개는 주린 배를 움켜쥐며 집으로 돌아갔다.

그날부터 며칠 동안 언니 사장은 가게에 나오지 않았다. 왜 안 나오냐고 물으니 며칠째 밤마다 술을 마시고 낮에는 뻗어서 자고 있다고 했다. 동생이 더 야물어 보였는데 그게 맞았나 보다. 지난주에 키우던 개를 잃은 사람치고는 가게 일을 척척 해내고 있었다. 동생 사장은 서소 씨와 눈이 마주칠 때마다 자꾸만 미안하다며 이런저런 디저트를 내어주었다. 그도 그런 걸 받고 가만히 있을 수만은 없어서 그때부터는 인사도 적극적으로 하고, 그의 개가 그녀를 좋아하게끔 만들어 주기도 했다. 간식으로 유혹하면서 손이나 앉아, 엎드려 같은 미션을 시킨 다음, 미션에 성공하면 격렬하게 칭찬하면서 간식을 하나 입에 물려주는 일을 반복한다. 그러면 그의 개는 그 사람을 좋아하게 된다. 서소 씨가 책을 읽는 동안 동생 사장은 그의 개와 그걸 하면서 놀곤 했다.

그녀는 말이 없는 편이었다. 가끔 갓 구운 마들렌을 내어주거나 그의 개를 데리고 놀고 싶을 때 말고는 말을 걸지 않았다. B의 마들렌은 촉촉하고 달콤한 것이 무척 맛이 좋았다. 한 입 베어 물고 입 안에서 퍽퍽해질 때쯤 커피를 한 모금 마시면 퍽퍽함은 이내 부드러워지고 씁쓸한 커피 맛 속에서 촉촉한 단맛을 찾아내는 재미가 좋았다. 그러고 다시 커피를 마시면 입 안에 지나치게 돌던 단맛이 가시면서 또 좋았다. 그녀들이 마들렌 반죽을 치대는 소리가 들릴 때마다 입 안에 침이 돌았다. 한 개에 무려 이천오백 원이었으므로 자주 사 먹을 수가 없어서 가끔씩 사 먹고 보통은 얻어먹었다.

평화로운 며칠을 보냈다. 그맘때쯤의 서소 씨는 오전 열 시에 일어나 청소와 설거지를 하고 밥을 먹은 뒤, 열두 시쯤 카페에 가서 책을 읽었다. 오후 여섯 시가 되면 집으로 돌아가 저녁을 해 먹었다. 카레 아니면 나폴리탄. 그리고 다시 카페에 나와 책을 읽다가 밤 열 시가 되면 개를 데리고 개들의 동산에 가서 산책을 한 뒤 티브이를 보다가 잠이 드는 일상을 반복하고 있었다. 부디 지금의 일상이 깨지지 않았으면 하는 것 말고는 바랄 게 없었다. 다만, 내내 읽기만 하니 쓰고 싶다는(아무리 철학이 좋다지만 철학책'만'을 읽는 일은 생각보다 고통스러운 것이었다) 생각이 문득 들었다. 글쓰기 아카데미 같은 코스 교육을 찾아보았는데 대부분이 전문 작가 육성반인지 수강료가 비쌌다. 예전 같았으면 슥 결제부터 했겠지만 지금은 돈을 아껴 써야 했다. 결국 여기저기 알아보다 에세이를 쓰는 독서모임을 하나 찾아 가입할 수 있었다.

거기서 그에게 숙제를 내줬다. 지정한 에세이를 읽고 자신만의 에세이를 써올 것. 서소 씨는 그렇게 처음으로 글을 써보게 되었다. 싸이월드나 인스타그램에 웃긴 사진과 함께 짤막하게 끄적거린 글 말고 200자 원고지 스무 장, 서른 장이 넘는 길고 진지한 글을 쓰게 되었다. 써낸 글은 마음에 들기도, 그렇지 않기도 했다. 좋든 별로든 글을 쓰는 것이 힘들지는 않았다. 즐거웠다. 서소 씨는 이야깃거리가 많았다. 쓰고 싶은 이야기가 넘쳐나서 무엇부터 써야 할지 알 수 없을 정도였다. 회사에서 있었던 웃기는 이야기 몇 가지를 써서 보여줬다. 서소 씨가 말을 웃기게 잘하는 만큼 그의 글도 웃기다고 사람들이 말해주었다. 하지만 그게 전부라 고민이었다. 조금 가벼웠다. 어떻게 해야 무게가 생기고, 정돈이 되며, 울림이 생기는 것인지 알 수가 없었다.

독서모임에서 알게 된 여자에게 이런 고민을 토로하자 그녀는 소설을 읽어보라고 말해주었다. 사실 그는 몇 년 전 『채식주의자』와 『살인자의 기억법』을 읽은 뒤로 현대소설을 읽지 못하고 있었다. 재미있게 읽었고, 순식간에 읽혔지만, 그걸 읽고 난 후의 감상은 요즘 소설은 뭔가 기괴하거나 몇 명씩 죽어 나간다거나 금지된 섹스를 해야 한다거나 하는, 과격한 설정이 있어야만 하는 것인 줄 알았다. 채식주의자면 채식을 하면 그만이지 왜 야채가 되고 싶어 하는지 이해할 수가 없었다. 알몸의 처제를 보고 흥분한 남자의 묘사를 읽고 어떤 남자가 알몸의 여자를 보고 저렇게 복잡한 생각을 할까 싶었다. 사이코패스와 사이코패스의 추격전이 흥미진진했지만 역시나 누군가 죽어야 소설이 되는 것인가 하는 생각에 한동안 소설을 읽지 않고 있었다.

직접 글을 쓰고 읽어보니 문장의 리듬이나 호흡, 적절한 단락 분리 타이밍 같은 게 구렸다. 고치면 고칠수록 더 구려졌다. 독서모임의 여자가 말했듯이 아무래도 소설책을 읽어봐야 할 것 같았다. 그것도 엄청 많이. 서점에 가서 독서모임에서 추천받았던 소설들, 그러니까 정세랑, 최은영, 장류진 작가의 글과 무라카미 하루키. 장강명의 소설과 알베르 카뮈의 책들을 골랐다.

고른 책을 들고 계산대로 향하다가 반려동물과 관련된 책들이 모여있는 코너를 보았다. 언니, 동생 사장이 생각났다. '지난주, 서소 씨의 개가 죽어버렸습니다'라는 상상을 하자마자 눈시울이 뜨끈뜨끈해졌다. 그녀들을 위한 책도 두 권을 골랐다. 펫로스 증후군을 이겨낸 사람들의 이야기가 엮인 책이었다. 도움이 될지, 도리어 슬픔을 자극할지 알 순 없지만 아무튼 책을 읽는 것이 마음을 진정하는 데 도움이 될 거라고 믿었다. 딱히 읽지 않더라도 뭐가 되었든 선물을 받으면 기분이 나아질 거라 짐작했다.

2 0 1 2 3 4 5 6 7 8 9 0 1 2 3 4 5 6 7 8 9
9 0 1 2 3 4 5 6 7 8 9 0 1 2 3 4 5
0 1 2 3 4 5 6 7 8 9 0 1 2 3 4 5 6
0 1 2 3 4 5 6 7 8 9 0 1 2 3 4 5 6 7
1 2 3 4 5 6 7 8 9 0 1 2 3 4 5 6 7
0 1 2 3 4 5 6 7 8 9 0 1 2 3 4

인천 앞바다에 사이다가 떴어도 병따개가 없으면 못 먹십니더

'인천 앞바다에 사이다가 떴어도 병따개가 없으면 못 먹십니더.'
'인천 앞바다에 사이다가 떴어도 병따개가 없으면 못 먹십니더.'
'인천 앞바다에 사이다가 떴어도 병따개가 없으면 못 먹십니더.'
'인천 앞바다에 사이다가 떴어도 병따개가 없으면 못 먹십니더.'

이것은 내가 초조한 감정을 느낄 때마다 마음속으로 부르는 노래
다. 시계를 보았다. 7월 10일 오후 네 시 반.

이제 에세이를 쓰는 모임과의 첫 만남까지 두 시간밖에 남지 않았
다. 오랜만에 망원을 벗어나는 것이라 다소 긴장이 되었다. 혹시나 실
수가 있을까 하여 네 시간이나 일찍 나와 근처 카페에서 모임을 기다
리는 중이다. 고작 두 달 만에 세상에 나왔을 뿐인데 나는 지금 출소
한 장기수 같은 기분을 느끼고 있다. 첫 목소리가 삐익- 삑사리가 나
지 않도록 목을 풀어둬야겠다.
아, 아, 인천 앞바다에 사이다가 떴어도 병따개가 없으면 못 먹십니더.

episode_
바보 × 바보

　세상을 살다 보면 '어떻게 여태까지 무사히 살아왔을까' 싶은, 바보 같은 사람들과 마주치곤 한다. 때때로, 라기보다는 조금 더 많이. 물론 나도, 당신도, 스스로만 아는 바보짓을 한 적이 아마 꽤나 있었을 테니 그런 현장을 좀 봤더라도 그들에게 지나친 비난을 하지는 않았으면 한다. 바보 같은 나와 바보 같은 사람들. 나와 그들이 벌이는 바보 같은 일들을 반복해서 겪다 보니 '이 세상은 도대체 어떻게 굴러가고 있는 걸까?'라는 의문이 든 때가 있었다.

　지금 다니고 있는 회사에는 2011년에 입사했다. 내가 배정받은 부서는 기술영업팀이었는데 나를 포함한 동갑내기 신입사원이 네 명, 세 살 어리지만 1년 먼저 입사한 여자애가 한 명(얘는 우리 모두에게 보자마자 반말을 했다. 세 살이나 어린 주제에. 하지만 우리 중에 '왜 반말을 하세요'-라고 말할 수 있는 사람은 없었다), 그리고 새로 부임한 팀장까지 여

74

섯 명이 모인 신생 부서였다. 우리 회사는 외국회사의 한국지사였는데, 대부분의 외국회사들이 그러하듯 우리 회사도 사람이 필요하면 수시 채용을 통해 사람을 뽑았다. 다들 그렇게 따로따로 입사하는 만큼 대규모 신입사원 연수 같은 것은 없었다. 입사하여 출근하면 선임 직원으로부터 회사 전반에 대해 배우고 업무를 인계받아 출근 첫날부터 일을 시작하는, 그런 형태였다.

그런데 입사를 하고 보니 우리들은 그 '선임'이 없었다. 우리는 신생팀이었으니까. 팀장은 밖에서 영업만 하다 온 사람인지 콤퓨타—를 활용하는 일에 몹시 익숙지 않아 보였고 나보다 한두 달 먼저 입사한 애들(봉남이, 남궁비, 호발이)도 마찬가지였다. 인수인계는커녕 팀장이 '서소 씨가 컴퓨터 학원에서 엑셀 강사를 했던 경력이 있다매'라고 말하는 바람에 나는 입사 첫날 신입사원들 앞에서 엑셀이나 파워포인트 같은 프로그램 사용법 강의를 해야만 했었다. 먼저 입사한 여자애는 일을 곧잘 하여 인정을 받고 있는지 목소리가 컸고 당차게 다녔는데, 그 애는 뭔가 좀 알고 있을 것 같아 이것저것 물어보았으나 잘 모른다고 했다. 걔는 우리와 같은 영업팀 소속이었지만 다른 업무를 담당하고 있었기 때문인지 앞으로 우리들이 해야 하는 일에 대해서는 잘 모르는 것 같았다.

동기 애들이 담배를 피우러 나가자고 했다. 자판기 커피를 뽑아 들고 이야기를 좀 나눠보니 애들의 학벌이 다 좋았다. 다행이라고 생각하며 안심했다. 공부 잘하고 성실한 애들이니 누가 가르쳐주지 않아

도 아마 알아서들 공부해가며 서로 나눌 거고 나는 거기에 얹혀 가면
되겠지, 라는 생각을 했는데 그것은 대단한 착각이었다. 하루이틀 지
켜보니 애들은 출근해서 아무 일도 하지 않았다. 책상 앞에 앉아서 그
냥 늙어가고 있었다. 슬쩍 모니터를 보면 엑셀 프로그램 같은 걸 켜
두긴 했는데 누가 안 볼 때마다 알트-탭을 눌러 인터넷을 하고 있었
다. 뭐, 이게 애들이 잘못한 것만은 아니라고 생각한다. 입사를 했으
면 회사가 나서서 챙기고 뭘 가르쳐주면서 일을 시키든가 말든가 하
는 게 맞지. 신입이 뭘 안다고 일을 찾아서 하겠나. 호발이는 컴퓨터
가 신청해야 나오는 것인지를 몰라서 입사하고 일주일이 넘도록 컴
퓨터도 없이 앉아있었다고 한다. 외국회사였다. 일주일 동안 컴퓨터
없는 빈 책상 앞에 앉아 있어도 물어보기 전에는 아무도 말을 걸지 않
는다는, 외국에서 살다 온 애들이 많아 시크하고 개인주의적 분위기
가 팽배한 외국회사. 다행히 나는 그 여자애가 도와줘서 컴퓨터를 일
찍 받을 수 있었다.

출근 삼 일째가 되었다. 이 회사에 입사하기 전 나는 삼 년 동안 세
군데의 다른 회사를 거쳤었는데, 그때의 경험과 감에 따르면 이대로
가다가는 한 달 내에 윗분들로부터 '자, 다들 한 달 동안 뭐 했는지 볼
까-'라는 확인과 함께 불벼락 쿠사리가 떨어질 것이 분명했다. 나흘
째 되던 날, 결국 나는 모든 것을 포기하고 두어 달 야근할 결심을 하
며 사무실에 남았다. 혼자서라도 파일들을 뒤져가며 일단 파악을 해
볼 것이다. 먼저 입사한 여자애가 오지랖이 넓은 성격이었는지 이것

저것 물어보는데도 귀찮아하지 않고 도와주어 다행이었다. 치킨이나 피자 같은 걸 열심히 사다 먹이며 가르침을 얻었다. 어떤 거래를 성사시키기 위해 승인을 받아야 하는 문서들을 살펴보았다. 거기에는 계약서, 이 거래가 왜 괜찮은 것인지 주절주절 설명하는 기획서, 그리고 원가가 얼마고 마진이 얼마라는 원가명세서 등이 있었다.

그때의 우리는, 그냥 회사 직원들의 스트레스나 받아주는 쓰레기통 같았다. 우리는 며칠째 우리가 왜 혼나야 하는지도 모른 채 이 부서 저 부서에 불려 다니며 혼이 나고 욕을 먹고 있었다. 회사에 출근하면 무엇부터 해야 할지 몰라서 그저 앉아 있었다(그저 앉아있는 것의 고통은 겪어 본 사람만이 안다). 거래처에 가보라고 하면 영문도 모르고 쫄래쫄래 일단 갔다. 여자친구 또는 엄마가 입사 선물로 사주신 번쩍이는 명품 명함지갑에 명함을 꽉꽉 채워 다녔다. 거래처에 가면, 거래처에서는 왜 왔냐고 물었고 우물거리면 짜증을 냈다. 거래처에서 계약을 하자고 하면 대충 우리가 맞다고 생각하는 내용을 담아 계약서를 쓰고 도장을 찍어 회사로 덜렁덜렁 들고 왔다. 그리고 거래처들은 그 계약서를 근거로 돈을 꼬박꼬박 잘도 주었다. 지금 생각해보면 참 위험하게 일을 한 것 같은데 그렇게 해도 회사는 굴러갔고 그 거래처들도 굴러갔으며 이 세상도 잘만 굴러갔다.

하지만 그런 대충대충이 늘 통하는 건 아니었다. 우리는 신입이었고 도저히 감출 수 없는 사고들도 많이 쳤다. 어느 날 호발이는 팀장이 시켜서 거래처 병원에 서류를 전해주러 가야 한다며 외근을 나갔다. 오전에 나갔는데 오후 늦게까지 안 들어오길래 우리는 '오와, 호발이는 이제 중요한 일 하나 봐. 오후까지 회의 같은 거 하느라 안 들어오나 보다' 하며 속닥거리고 있던 중 갑자기 팀장이 씩씩거리며 호발이의 이름을 외쳤다.

  - 어이. 호발! 너 아직까지 안 들어오고 거기서 뭐해? 내가 갖다 주라는 서류는? 뭐? 당장 들어와!

  한 시간쯤 뒤 호발이는 사무실에 들어와서 모두가 보는 앞에서 한참이나 쫑크를 먹었다. 우리는 호발이를 불러내어 무슨 일이냐고 물어보았다.
  - 아니, 그게. 야, 너네 시발 '핵의학과'라고 들어본 적 있냐?
  - 아니, 그게 뭐야?
  - 야, 나도 태어나서 처음 들어봤어. 핵.의.학.과. 아니, 뭐 서류 갖다주라고 해서 갔는데 나는 회계학과에 갖다주라는 줄 알고 온 병원 다 뛰어다니면서 뒤졌거든. 근데 아무도 그런 곳은 없다는 거야.
  자세히 보니 호발이 얼굴이 퀭했고 양복에선 약간 쉰내가 났다. 땀을 무지하게 흘린 듯했다.
  - 말을 똑바로 해줘야지, 회계학과인지 핵의학과인지 내가 어떻게 알아… 씨….

우리는 내과, 외과 말고 핵의학과라고 불리는 의학 전공이 있는지 그때 처음 알았다. 다들 자기를 시켰으면 호발이처럼 욕을 먹었겠구나 하며 가슴을 쓸어내렸다.

이런 일도 있었다. 점심을 먹고 들어온 지 30분쯤 지난 시각이었다. 조용한 사무실에서 갑자기,

'띠띠띠띠띠띠띠띠띠띠띠띠띠띠!'

하고 컴퓨터가 비명을 질렀다. 지금은 다들 노트북을 쓰기 때문에 데스크톱 컴퓨터를 안 써본 사람들은 모를 수도 있는데, 데스크톱 컴퓨터(PC방 가면 있는 타워처럼 생긴 컴퓨터)는 같은 자판을 아주 오랫동안 누르고 있으면 '띠띠띠띠띠' 하는 경고음을 낸다. 이 소리는 컴퓨터 내부에 장착된 메인보드에서 나는 것이라 스피커가 연결되어 있지 않아도 소리가 난다. 정말이지 비명 같은 소리로서, 매우 높고 크며 불쾌하다. 그야말로 경고음이다. 다들 소리가 나는 곳을 쳐다보았는데 남궁비가 벌떡 일어났다. 얼굴이 때꾼한 게 자다 깬 것 같았다. 그의 자리는 하필 전무님 방 바로 앞자리였는데 전무님도 그 소리를 들었는지 문을 열고 나오셨다.

- 방금 무슨 소리야?

나직하게 말하였으나 천둥과도 같았다.

남궁비의 자리는 내 옆이었다. 나는 슬쩍 고개를 들어 남궁비의 모니터를 보았다.

'ddddddddddddddddddddddddddddddddddddddddddddd
ddddddddddddddddddddddddddddddddddddddddddddd
ddddddddddddddddddddddddddddddddddddddddddddd
ddddddddddddddddddddddddddddddddddddddddddddd
dd…'

알파벳 d가 화면 한가득 찍혀있었다. 설마 하며 전무님의 얼굴을 보았다. 부사장님도 남궁비의 모니터를 보고 있었다. 남궁비는 d 버튼을 누른 채로 졸았던 것 같다.

'이야, 이거. 존나 좆됐는 걸.'

전무님이 천천히 다가오더니 남궁비의 어깨에 손을 올리고 어깨동무를 했다. 그리고 말했다.

- 남궁비라고 했나?
- 네….
- 많이 피곤한 것 같은데 일찍 들어가서 자. 저기 팀장.
- 네, 전무님.
- 얘 집에 보내.

- 전무님, 제가 잘 말하겠….

전무님은 남궁비의 어깨를 두 번 꾹꾹 눌러주더니 더 이상 듣지 않고 방으로 들어가 버렸다. 남궁비의 얼굴은 사색이 되었고 우리는 비상 대책 회의를 열었다.

- 야, 잘 지내라.

남궁비가 말했다.

- 아, 왜. 포기하지 마.

- 아니야. 난 이제 끝난 거 같아. 너네라도 잘 지내. 졸리면 꼭 세수하고… 다음에 밖에서 만나면 소주나 한잔 하자. 인사팀이 어디지? 하하하하하.

호발이가 아이디어를 냈다. 전무님은 굉장히 부지런한 분이라서 늘 아침 일곱 시 반에 1등으로 출근했는데 호발이가 '성실함을 보여주기 위해 매일 아침 일곱 시에 출근해서 전무님 눈도장을 찍어보는 게 어때?'라는 의견을 냈다. 남궁비는 그다음 날부터 무려 세 달 동안 아침 일곱 시에 출근했다. 세 달쯤 지나서야 전무님으로부터 '거, 새로 입사한 남궁비라는 친구가 참 성실한 거 같군. 늘 나보다 먼저 와 있어. 그런 직원은 별로 없는데 말이야. 껄껄.'이라는 말을 듣고 수습 기간 중 해고라는 공포로부터 해방될 수 있었다. 우리는 이 일을 '디디디 사건'이라고 불렀다. 그리고 신입사원들이 입사하면 절대 졸지 말라는 의미에서 여러 부서의 선임들을 통해 아직까지 전승되고 있다.

야, 니네 혹시 디디디 사건이라고 들어봤냐- 라는 첫마디를 통해서.

우리가 배워야 할 것들은 산더미 같았다. 신입사원들이 입사하고 가장 당황스러워하는 임무가 무엇인지 아는가. 보고서 작성? 프리젠테이션? 노노. 그렇게 거창한 것들이 아니다. 바로 복사와 팩스 전송이다. 복사와 프린트, 팩스 전송 등을 한 번에 처리할 수 있는 '복합기'. 신입사원의 눈에 그것은 사무실 구석에 또아리를 틀고 앉아 거대한 몸집의 위용을 과시하며 지나가는 신입사원을 잡아먹으려 기다리는 괴수처럼 보였다. 복합기 사용법에 대해 배우지 않은 신입사원에게 툭 하고 던져지는 'OO씨. 이거 모아찍기로 10부 복사 좀'이라던가 '자기야, 이 번호로 팩스 좀'과 같은 주문들은, 내가 대학교를 나와 토익이 몇 점에 무슨 무슨 자격증을 땄는데 복사도 못 하는 병신인가 보다 하는 자괴를 느끼게 하였다.

- 봉남 씨, 이거 앞뒤 양면 복사로 10부 부탁해요.

봉남이가 걸렸다. 봉남이는 어디에 물어보지도 못 하고 해결도 못 한 채 똥 마려운 강아지처럼 복합기 앞에서 서성이고 있었다. 다행히 나는 군복무를 행정병으로 마쳤기 때문에 복합기 사용에 익숙했다. 나의 동기들이 '복사도 못 하는 병신' 소리를 듣는 게 싫어서 모두에게 문자를 보냈다.

- 복합기 사용법 알려줄게. 복합기 쪽으로 모여봐.

설명을 시작하자 애들은 휴대폰을 꺼내 동영상을 찍기 시작했다. 복합기 사용법이 생각보다 복잡하긴 하다. 나는 천천히 알려준다고 알려준 건데 애들은 나보고 밥 로스 같다며 뭐라고 했다.

- 자, 봐. 이쪽 방향으로 여기에 올려두고 이 버튼을 누르면 복사가 돼. 방향을 잘못해서 뒤집어 넣으면 아무것도 복사 안 되고 흰 종이만 나오니까 조심하고. 스캔할 때는 이걸 열고 이쪽에 맞추면 돼. 아, 그리고 양면 인쇄할 때는 한 번 나온 문서를 탁탁 쳐서 이쁘게 갈무리하고, 이렇게 뒤집은 다음에 이쪽 C번 통에다 넣어두고 다시 복사를 걸면 돼.

와, 씨. 존나 어렵다. 애들은 구시렁거리면서도 열심히 들었다. 살면서 그렇게 집중력 있는 카메라 세례를 받은 적은 그때가 처음이자 마지막이었던 것 같다. 그러던 어느 날이었다.

- 서소야, 잠깐 나 좀 봐봐.

남궁비와 봉남이가 사색이 되어 나를 불렀고 호발이의 표정도 심각했다.

- 왜, 왜 또 뭐 무슨 일인데?

- 야, 시발 나 좆됐다.

- 아, 왜 왜.

- 나 거래처에 견적서 보내면서 원가 서류를 같이 보낸 거 같아….

- 뭐?

남궁비는 거래처에 보낼 서류로 견적서를 하나 만들었고, 복사하러 가는 길에 팩스 좀 보내달라며 봉남이에게 부탁했다. 남궁비는 원가명세서는 빼고 보내야 한다고 말을 했으나 봉남이가 까먹고 출력된 문서 전부를 팩스로 보내 버렸다. 호발이가 복합기를 쓰러 왔다가 원가명세서가 팩스에 들어가고 있는 걸 발견했다. 누구의 잘못인지도 모호한 상황이었다. 우리는 회사로부터 '어떤 바보짓도 좋다. 다만, 원가명세서만큼은 외부로 유출되어선 절대로 아니된다'는 주의를 수십 차례 받았었다. 이건 뭐 군이 경고를 받지 않았더라도, 절대로 일어나서는 안 되는 일이라는 것쯤은 알기가 어렵지 않은 일이다. 봉남이와 남궁비는 하필이면, 정확하게, 디디디 사건이 마무리된 지 얼마 되지도 않은 이 시점에, 가장 주의하라고 했던 그 실수를 해 버린 것이다.

- 일단… 너 거기 몇 번 가봤지?

내가 말했다.

- 응.

남궁비가 대답했다.

- 팩스가 그 거래처 사무실 어디에 있는지 알지?

- 응.

- 뿌리자.

우리는 팩스를 보내고 전화를 해서 '방금 팩스 보냈습니다'라는 연락이 닿기 전까지는 상대방이 팩스를 확인하지 않는다는 점에 모든 걸 걸었다. 광고 전단지 같은 것들이 임의로 팩스 수신되어 출력되곤 하기 때문에 보통은 팩스가 울린다고 수신 문서들을 굳이 바로 뒤져 보지는 않을 거라고 생각한 것이다. 다행히 그 거래처는 먼 거리에 있는 곳은 아니었다. 남궁비와 봉남이는 곧바로 그 거래처로 출발했다.

〈작전 개요〉

1. 거래처 담당 직원인 남궁비가 먼저 들어가서 안부를 물으며 주의를 끈다.

2. 봉남이는 서류뭉치 같은 걸 들고 그 부서 내 다른 사람을 찾아온 것처럼 들어가서 두리번거리며 팩스 기계 근처로 다가간다.

3. 남궁비가 마지막으로 망을 한 번 더 보고 안경을 고쳐 쓰는 신호를 하면 봉남이가 빼낸다.

나와 호발이는 초조하게 그들의 연락을 기다렸다. 한 시간쯤 뒤 남궁비로부터 전화가 왔다.

- 어떻게 됐어?

- 크크크큭.

- 뭐야, 왜 웃어. 어떻게 됐냐고.

- 야, 서소야, 호발아. 바보에 바보를 더하면 정상이 되나 봐. 크큭.

- 그게 무슨 소리야? 팩스 찾았어?

- 아니, 찾지는 못했는데….

- 아이 씨, 답답하게. 빨리 말해. 어떻게 됐는데.

- 찾을 필요가 없어졌어.

- 그게 무슨 소리야. 똑바로 말해봐.

- 가서 말해줄게.

두 사람은 차를 돌려 다시 사무실로 돌아왔다. 찾을 필요가 없다는 게 도대체 무슨 말인지 물어보았다.

- 아니이, 가고 있는데 그 거래처에서 전화가 오는 거야. 아, 발견했구나. 완전 심장 터지는 줄 알았다. 그런데 전화를 받았더니 이렇게 말하더라고.

"아, 여기는 OOO인데 거기 XX 회사지라?"

"아, 예. 스… 슨생님."

"그 짝이 남궁비 씨가 맞는지라?"

"네, 맞… 맞습니다."

"팩스를 보냈던디."

"아, 저 그게…."

"아니, 백지가 네 장이나 와 부렀지라. 종이 아깝구로. 일 좀 똑바로 하쇼잉. 견적서 싸게 보내시고."

"아! 네, 넵! 죄송합니다! 바로 보내겠습니다!"

그렇다. 그렇게 된 것이었다.

남궁비는 아까 봉남이에게 서류를 줄 때, 일전에 내가 알려준 복합기 사용 강좌 영상을 보면서 이쪽 방향이 앞으로 가도록이라고 화살표시를 해서 주었다. 그런데 그 표시가 틀렸다. 그리고 봉남이는 표시된 대로 넣긴 했는데 앞뒤를 틀리게 뒤집어 넣었다. 만약 둘 중 한 명만 틀렸으면 원가명세서가 예쁘게 전송되었을 것이다. 둘 다 바보같이 서류를 돌려 꺾어 넣는 바람에 살았다. 병원에 발송된 팩스는 우리 회사 팩스번호와 발신 시각만 찍혀있고 아무런 내용이 없는 백지였다.

나는 이날 크게 깨달았다.

세상은 이렇게 돌아가고 있었다.

실수와 실수, 바보짓과 바보짓이 겹쳐져 오늘도 무사히 넘어가고 있던 것이다. 평소 걱정을 지나치게 많이 하고 사시는 분들께 조금쯤 마음을 편히 가지셔도 되지 않을까-라는 말씀을 조심스레 올려본다.

당신의 실수는 다른 누군가의 실수와 상쇄되어 생각보다 별 탈 없이 넘어가고 있을지도 모른다. 그러니 너무 조마조마하게 살지 마시기를. 그래도 되도록이면, 평소에 정신을 바짝 차리고 바보짓을 최소화하기 위한 노력은 하며 살기를.

펫로스

서점에 다녀온 다음 날, 잠에서 깨어 눈을 떠보니 열두 시였다. 오랜만에 읽게 된 소설이 어찌나 재미있던지 단박에 푹 하고 빠져드는 바람에 밤을 꼴딱 새워버렸다. 그러니까, 쓰레기 수거차 소리가 들렸는데도 계속해서 읽었다는 것이다. 서소 씨는 어렵게 만들어 놓은 일상의 패턴을 스스로 망가뜨린 것 같은 실망감에 바로 침대에서 일어나지 못했다. 몸을 웅크리고 이불을 뒤집어쓴 채 뭉그적거리다 그만 까무룩 다시 잠이 들어버렸다. 그러다 오늘 만나기로 했던 회사 후배의 전화에 잠이 깼다.

"우으… 여보세…."

"차장님, 이따 어디로 가면 돼요?"

"으응. 합정역 도착하면 전화해. 차 갖고 갈 거야. 거기서 픽업할게."

"차장님, 근데 아직까지 잤어요? 팔자 좋네."

"팔자 좋은 게 아니라 어제 늦게까지 책 읽느라 그랬어…."

"그거나 그거나요. 와, 나도 새벽까지 책이나 읽고 뒹굴거리다 늦잠 자고 싶다. 아무튼 이따 여덟 시에 합정역에서 봐요."

"그래, 이따 봐. 늦지 마라. 식당 예약해 뒀으니까."

머리가 멍했다. 샤워를 했는데도 멍한 기운이 가시지 않았다. 서소 씨는 잠에 대단히 취약한 체질이었다. 태생이 허약한 건지, AB형이 유독 잠에 약하다는 블로그의 낭설들이 맞는 건지는 모르겠지만 아무튼 그는 하룻밤을 새면 사흘을 비실거렸다. 잠이 오는 걸 억지로 참아가며 활동을 하면 두통이 왔다. 욱신욱신하고 마는 두통이 아니라 머릿속이 쥐어짜이는 것 같은 심각한 두통.

한 번 더 샤워를 하고 진통제와 녹차 카테킨과 마그네슘과 항불안제를 먹은 뒤 소파에 앉아 티브이를 켰다. 살이 빠진다고 해서 먹기 시작한 녹차 카테킨인데 잘 챙겨 먹어도 자꾸만 살이 붙어서 고민이었다. A 회의실에서 B 회의실로, 그의 자리에서 프린터가 있는 곳으로 잠깐씩 걸어다니는 사무직의 운동량은 적지 않은 것이었나 보다. 티브이에서는 지겹도록 반복된 충돌이 있었던 윤석열 총장과 추미애 장관의 싸움을 이번에야말로 정말 건곤일척의 승부가 날 것 같으니 집중해서 좀 보라고 자극하는 보도와 박원순 시장의 사망 보도, 코로나 뉴스와 코로나 뉴스에 대한 코로나 뉴스가 끝나고 코로나 뉴스가 나왔다. 요즘 코로나 맥주가 안 팔려서 가격을 내렸다는 기자의 드립이 있었는데 웃지 않으려 했으나 피식 웃어버렸다.

팬티바람으로 멍하니 티브이를 보며 앉아 있었더니 한기가 들면서 두통이 조금 가라앉는 것 같았다. '오늘은 루틴도 깨졌고 컨디션도 별로이니 책을 읽지 말고 집에 있을까'라는 생각을 했다가 벌떡 일어나 옷을 입었다. 이런 기분이 들 때는 움직여야 한다. 계획이 어그러졌다는 핑계로 남은 시간을 알차게 보내지 못하고 하루를 낭비했다간 그다음 날 훨씬 더 심한 짜증과 자괴에 시달려야 한다는 것을 잘 알고 있었으므로 서소 씨는 책을 챙겨 들고 밖으로 나왔다.

조금 더 정신을 차려보고자 개를 데리고 동네를 한 바퀴 돌았다. 7월 중순의 여름. 태양이 가까워졌다. 실제로는 공전 궤도가 찌그러진 만큼만, 그러니까 태양의 입장에서 보자면 알아채기도 힘든 겨우 고만큼 지구가 다가간 것뿐일 테지만 땅에서 올려다보는 7월의 태양은 조만간 지구에 떨어질 것처럼 크고 가깝고 또 뜨거웠다. 몇 분 걸었을 뿐인데 등에 땀이 흥건했다. 몸 안쪽에서 피를 빨리빨리 돌리고 땀도 빨리빨리 만들어내느라 바쁘게들 일하는 게 느껴지는 것 같았다. 몸이 잘 작동하고 있는 것 같아 기분이 좋았다. 땀을 훔치며 B로 발길을 돌렸다. 이제는 두통도 가셨고, B에서 목을 축이며 에어컨을 쐬면 적당히 시원하고 상쾌할 것 같았다.

카페에 도착하니 오랜만에 언니 사장이 나와 있었다. 그보다 그의 개를 더 반기는 그녀 덕분에, 서소 씨는 주문도 못 하고 계산대 앞에서 카드를 들고 한참을 서 있어야 했다. 아무래도 그리팅이 금방 끝날 것 같지 않았으므로 적당한 자리에 짐을 풀고 앉았다. 그녀들에게 선물하려 가져 온 책을 꺼내어 펼쳤다. 몇 자 적을 것이다.

'나는 아직 개를 잃어본 경험이 없습니다만, 우리 단지가 없다는 상상을 하자면… 죄송합니다. 솔직히 상상을 못 하겠습니다. 사장님들의 감정을 온전히 이해할 수는 없겠지만, 그래도 어떻게든 위로를 해보고 싶습니다. 대박이가 무지개다리를 건넌 건, 사장님들 탓이 아니라고 생각합니다. 몸이 허약했던 대박이는 오히려 사장님들 덕분에 원래의 운명보다 훨씬 더 긴 삶을 살 수 있었고 더 행복할 수 있었을 겁니다.'

간단하게 '힘내세요' 정도 적으려던 메시지가 길어졌다. 반려동물의 죽음, 그의 부모님이 키우는 루비와 그가 키우는 단지의 죽음에 대해 생각하자 가슴이 미어졌다. 더 쓰자. 더 써야겠다고 생각했다.

'개…라는 동물은 가만 보면 참 안타깝습니다. 어쩌면 이렇게 비참할 정도로 쓸모없는 동물이 생겨났을까요. 사람을 따르는 것 말고는 할 줄 아는 게 없어요. 살쾡이나 고양이처럼 몸이 날래지 못해서 사냥도 못 하고, 자기를 보호할 독도 없고 게처럼 딱딱한 갑옷도 없고. 그렇다고 호랑이나 사자처럼 힘이 세지도 못하고요. 야생에 풀어두면 틀림없이 금방 죽어버릴 겁니다. 들개들 평균 수명이 이삼 년밖에 안 된대요.

대박이는요, 사장님들이 살린 거예요.
원래 개는 그렇게 오래 살지 못한다고요.

강원도에서 살고 계셨던 두 분이 어떤 사연으로 이곳 망원동까지
와서 자리를 잡으셨는지 저는 알지 못하지만, 아마도 많은 일을 겪으
셨던 거겠죠. 동생 사장님이 그러셨어요. 일어나지 못했었다고. 다 포
기하고 싶었다고. 그때 반짝하고 나타난 대박이가 사장님들께 많은
위로를 주었고 카페 B를 시작할 수 있게 해 주었다고. 나는 사장님들
이 얼른 슬픔을 딛고 일어나 어딘가에서 사장님들의 사랑을 기다리
고 있는 개를 만났으면 합니다. 그 아이를 살리고, 행복하게 해 주고,
그 개가 언젠가 무지개를 건너면 또 다른 개를 살리고. 그러면서 사
장님들도 위로를 받으면 좋겠습니다. 나는 그럴 겁니다. 계속 개를 키
울 겁니다. 왠지 꿀단지도 내가 그러기를 바랄 것 같습니다. 언젠가
자기가 없는 날이 오면 다른 개를 구해달라고 말할 것 같습니다.'

메시지를 적은 책을 쇼핑백에 넣어두었다. 언니 사장이 아이스 아
메리카노를 가져왔다. 주문도 안 했는데 함부로. 오늘따라 다른 게 먹
고 싶었으면 어쩌려고.
"아, 아이스 아메리카노군요. 고맙습니다." 서소 씨가 말했다.

"네, 맛있게 드세요." 언니 사장이 말했다.

"사장님, 그리고 이거 받으세요."

"이게 뭐예요?"

갑작스러운 선물에 신이 났는지 그녀가 콧구멍을 벌름거리며 쇼핑백을 들여다보았으나, 책이라는 걸 알아채고는 이내 실망하는 기색을 드러내었다.

"저… 책을 잘 안 읽긴 하는데… 그래도 고마워요. 이건 꼭 읽을게요, 단지 아버님."

"책을… 안 좋아하시는군요…. 괜히 부담되셨겠네요. 죄송합니다. 읽기 싫으면 반드시 읽지 않아도 돼요. 그냥 서점에 갔다가 대박이랑 사장님 생각이 나서 사봤습니다. 펫로스에 관한 책이에요."

"아니에요. 이건 꼭 읽어볼게요."

기껏 준비했더니 별론가 보다. 다소 실망했으나 사실 조금쯤 예상은 했다. 책 선물이 원래 쉽지가 않다. 책을 좋아하지 않는 사람에게는 일단 별로인 선물이다. 그런 사람들에게 책을 선물하려면 그들의 관심사에 맞는 책이어야 한다. 이를테면 만화, 요리, 패션, 반려동물, 캘리그라피, 운동 등 평소 즐겨하는 취미에 부합하는 책. 책을 좋아하는 사람에게 책을 선물하는 것도 쉽지는 않은데 선물을 받을 사람이 좋아하는 장르일 것, 아직 읽어 보지 못한 책일 것, 정치와 종교 성향이 고려되어 있을 것, 페미니즘적 성향이 반드시 녹아있거나 반드시 없는 책일 것 등이 모두 맞아떨어지는 책이어야 한다. 그리고 그런 책을 임의로 골라낼 확률은 대단히 낮다. 그래서 책 선물은 특별하다. 어떤 사람을 잘 알고 있어야만 할 수 있는 선물이다.

벌컥벌컥 커피를 들이켰기 때문인지 머리가 조금 더 맑아졌고 가슴이 가볍게 뛰었다. 아까는 땀을 만드느라 바빴던 몸 안쪽이 이제는 카페인을 실어 나르느라 바쁜 것 같았다. 늘 앉던 자리에 앉아 『피프티 피플』을 꺼내 읽기 시작했다. 어젯밤에도 느꼈지만, 소설이라는 게 이렇게 재밌는 거였나. 책 속 인물들 중 누구도 섹스를 안 하는데도 무척 재미있었다. 책 제목을 발음하기 어려운 것 빼고는 모두 좋았다. 50명이 주인공인 소설이라니. 어떻게 이런 생각을.

"흑."

그날은 카페에 손님이 조금 있던 날이었다. 열네 개의 테이블 중에 열 개가 찼다. 서소 씨는 '흑-'하는 소리를 들은 것 같긴 했으나 웅성거리는 소리에 묻혀 제대로 듣지는 못했다. 사실 제대로 들었더라도 책에 상당히 집중하던 중이었으므로 어차피 반응은 못 했을 것이다.

"흑, 대박아…."

이번엔 분명하게 들었다. 고개를 돌려보니 언니 사장님이 울고 있었다. 책에 관심이 없다길래 그는 그가 선물한 책이 한 번도 펼쳐져 보지 못한 채 카페 B의 구석 어디쯤에서 인테리어 소품이 될 줄 알았는데 그래도 한 번은 펼쳐보았나 보다. 그가 편지를 적어둔 첫 페이지에 고개를 파묻고 울고 있었다. 저렇게 책에 대고 울면 나중에 종이가 우글쭈글 울어버릴 텐데. 종이가 운다는 표현은 먼 옛날의 누군가가 책이나 편지를 읽으며 울다가 이름 붙인 것임에 틀림없다.

"단지 아버님… 감사해요."

"아니, 그렇게 우실 것까진… 죄송합니다. 괜히 제가 대박이 생각 나게 한 것 같아 미안하네요."

카페 손님들이 일제히 그와 그녀를 바라보았다. 창피해진 서소 씨가 얼른 자리로 돌아왔으나 사람들의 시선은 멈추지 않고 그를 좇았다. 아무래도 오늘 책 읽기는 글렀나 보다. 언니 사장이 어딘가에 전화를 하더니 몇 분 뒤 동생 사장이 왔다. 동생이 오자마자 언니 사장은 택시를 타고 가버렸다.

"언니 오늘 또 울었어요?"

"네, 괜히 저 때문에…."

"왜요? 무슨 일이 있었나요?"

그는 몇 분 전 일을 설명했다. 동생 사장도 책에 그가 적어둔 편지를 읽었고 조금쯤 눈물을 훔치기는 하였으나 언니처럼 통곡을 하지는 않았다.

"단지 아버님… 너무 감사해요. 언니는 신경 쓰지 마세요. 원래 잘 울어요. 책 선물 고맙습니다. 꼭 읽어볼게요."

"아니에요. 괜히 제가 대박이 생각나게 해서… 위로를 드리고 싶었는데 죄송합니다. 사장님들께서 서비스를 하도 많이 주셔서 받고만 있기 뭣해서 사 본 건데… 참, 이렇게 되어버렸네요. 언니 사장님께 죄송하다고 말씀 전해주세요."

동생 사장은 전혀 아니라고 극구 손사래를 쳤지만 민망하기도, 미안하기도 했고 손님들의 계속되는 시선도 견디기가 어려웠으며 후배와의 약속시간도 다 되어가던 참이라 읽던 책들을 주섬주섬 챙겨 도망치듯 카페를 나섰다. 집으로 간 그는 침대에 모로 누워 팔을 괴고 『피프티 피플』을 마저 읽었다.

'알랄랄랄랄!'

"우왓, 시발! 깜짝이야(서소 씨는 너무 놀라면 욕을 한다)."

깜박 잠이 들었었나 보다. 저녁 일곱 시 반이었다. 침을 얼마나 흘렸는지 몸을 일으키자 주르륵 하고 흘러내렸다. 휴대폰을 베개 바로 옆에 두고 잤는지 벨소리가 뺨을 치는 것 같았다.

그는 원래 휴대폰을 항상 진동 모드로 해놓고 다녔다. 보고 중이거나 거래처와 회의 중일 때 벨소리가 울리면 안 되니까, 늘 그렇게 하였다. 하지만 그는 진동 모드를 몹시 싫어하였다. 노이로제에 걸릴 것만 같았다. 바지가 어디에 쓸린 건지, 정말로 진동이 울린 건지, 아니면 망상인 건지 가끔 허벅지에서 '웅~' 하는 느낌이 들 때마다 화들짝 놀라 허벅지를 움켜쥐며 휴대폰을 꺼내보지만 보통은, 열에 일곱은 아무것도 와 있지 않았다. 하루에도 수십 번씩 이런 행동을 반복했다. 웨어러블 워치를 사서 차 보았지만 마찬가지였다. 손목이 울리지 않았으므로 분명히 연락 온 것은 없을 테지만 툭하면 다리에 진동을 감지하고 허겁지겁 허벅지를 뒤져 휴대폰을 확인하곤 했다. 나름 직업병이라면 직업병이었다. 전화기를 멀리 던져두고 어디다 뒀는지 잊어버릴 만큼 신경을 쓰지 않고 있다가, 벨소리가 울리면 느적느적 걸어가서 받고 싶다는 생각을 자주 했다.

정직을 당한 뒤부터는 휴대폰을 벨소리 모드로 바꿔두었다. 너무 쨍한 소리는 피하고 마림바 같은 부드러운 폰(phone) 종류의 악기 소리로 골랐다. 벨소리가 울리는 것이 오히려 스트레스 아니냐고 묻는 사람들이 있었고, 방금도 빰을 후려 맞은 것처럼 놀라기는 했지만 괜찮았다. 정직 이후에 오는 전화는 한 달에 한 번, 그가 잘 근신하고 있는지 확인 차 회사에서 연락 오는 것 말고는 대부분 반가운 사람들로부터 온 것이었다. 받으면 틀림없이 기분이 좋아지는 전화들이었다.

"차장님, 나 이제 출발해요. 한 이십 분 걸림."

"응, 알았어. 이십 분 뒤에 역에서 보자."

"차장님 또 잤어요? 팔자 좋네, 정말. 이게 무슨 징계야."

"야, 넉 달을 쉬면 월급 손해가 얼만지 아냐. 차 한 대 값이 날아갔다고."

"그래서 오늘 내가 산다잖아요."

"됐어, 후배한테 얻어먹기 싫어. 아무튼, 역에서 보자."

샤워를 하고 옷을 챙겨 입었다. 부러 화려한 옷으로 골랐다. 두 달 내내 집에만 있다가 간만에 기어나온 꼬질한 홀아비처럼 보이고 싶지 않았다. 망원동 힙스터처럼 보인 다음에 그걸 초원이가 회사에 소문냈으면 좋겠다고 생각했다. 서소 차장 엄청 잘 지내고 있다고. 살도 찌고 맨날 책만 읽어서 척척박사님이 되었다고. 그걸 듣고 나를 이렇게 만든 사람들이 '이거 오히려 휴가를 보내준 거 아닌가, 나는 서소 차장 빈자리까지 메우느라 딱 죽겠는데'라고 생각하며 후회했으면 좋겠다는 생각을 했다.

요즘 한창 유행하는 스트리트 캐릭터가 자수로 새겨져 있는 초록색 커스텀멜로우 티셔츠와 미리 다려둔 베이지색 리넨 바지, 그리고 한정판 나이키 SB를 신었다. 모두 다 한 번도 입지 않고 아껴둔 새것들이었다. 옆머리가 뜨지 않게 드라이어로 꼼꼼히 눌러주었고 비비크림을 로션에 섞은 뒤 티가 나기 직전 정도의 두께로 옅게 발랐다. 얼마 전 망원동 골목을 지나다가 발견한 수제 향수샵에서 구입한 나무와 풀과 흙냄새가 나는 향수도 목덜미와 겨드랑이에 뿌렸다. 초원에게서 거의 다 와 간다는 문자가 왔다. 거기에 놀라 우당탕하고 밖으로 나갔다가 우당탕하고 다시 돌아왔다. 차 키를 깜박했다. 부랴부랴 합정역으로 가서 초원을 만나 차에 태웠다.

"여, 초원쓰. 오래 기다렸어? 미안쓰, 오랜만쓰."

"애들 말투 좀 따라 쓰지 마시라구요. 더 나이 들어 보인다구요. 하, 더워."

서소 씨는 히터를 최대 풍량으로 틀어주었다.

"아, 좀. 이런 장난 고만 좀 치시라구요. 여전하시구만. 아, 진짜진짜 더워요. 빨리 에어컨, 에어컨. 풀파워로."

"알았어. 오랜만이다. 잘 지냈지?"

"차장님도 잘 지냈죠? 살도 좀 붙은 것 같고 잘 지내는 것 같네. 나야 뭐 그렇죠. 배고파요. 빨리 가요. 근데 뭐 먹을 거예요?"

"내가 망원에서 찾은 베스트 쓰리가 있는데 골라봐. 하나는 야키니꾸 집. 여기는 가격이 좀 센데 그래도 고기가 엄청 부드럽고 맛있어. 하나는 파스타랑 피자. 여기는 좀 지루한 메뉴긴 하지만 먹어보면 알 거야. 지루한 메뉴를 왜 굳이 추천했는지. 마지막은 중식당. 이연복 셰프 스승님이 하는 가게인데 몇 년 연속 미슐랭에 올랐지. 다 맛있겠지? <u>으ㅎㅎ</u>."

"다 좋은데… 차장님 먹고 싶은 게 뭔데요? 오늘은 제가 살 테니까 먹고 싶은 걸로 먹어요."

"네가 사니까 너 먹고 싶은 걸로 해야지. 하지만 굳이 내게 결정을 맡긴다면 어쩔 수 없지. 소고기 야끼니꾸로 가자. 둘이 먹으면 십만 원쯤 나올 거야."

"중식당 가요."

"그래, 사실 이미 거기로 예약했어."

그들은 '진진'으로 갔다. 서소 씨가 멘보샤와 어향가지와 쌀밥을 시켰다. 진진은 아주 특별한 식당으로 서소 씨가 가장 좋아하는 가게 중 하나였다. 오 년 연속 미슐랭 빕 구르망을 받은 식당이 메뉴 하나에 만 원을 조금 넘는 가격에 음식을 판다. 회원비를 내고 평생회원으로 가입을 해야 그 가격에 먹을 수 있지만 평생회원비라고 해봐야

삼만 원이다. 두어 번만 가도 회원비 정도는 금방 본전을 찾을 수 있다. 멘보샤는 여기저기서 많이 먹어보았지만 진진이 단연 최고였다. 크기가 큼직한 새우를 아주 많이 다지지 않고 탱글한 식감이 살아있으면서 뭉쳐질 수 있는 딱 그 정도 크기까지만큼만 다진 완자로 만들어 진진만의 특별한 식빵 사이에 넣고 튀긴다. 후추를 썼는지, 고추기름을 섞었는지 모르겠지만 매콤하면서 짭조름하고 고소하다. 중간중간 완자 속에서 양파와 양배추가 씹히면 기분 좋게 향긋했다. 어향가지라는 요리는 여기서 처음 먹어본 것인데 그는 가지가 그렇게 맛있는 음식인 줄 몰랐다. 왜 엄마는 어렸을 때 가지를 무쳐주기만 했을까. 길게 세로로 자른 가지와 파를 잔뜩 넣고 마파소스 비슷한 소스와 함께 볶아낸 요리인데 가지와 파, 소스의 향이 전부 따로따로 느껴졌다. 이 식당에 데려온 그의 지인들 대부분이 크게 만족을 하고 돌아갔다. 진진에 가본 지인들에게 '진진에서 볼까?'라고 하면 거의 오케이였다.

"이제 그만 먹고 얘기 좀 할까? 맛있니?"

"아, 너무 홀린 듯 먹었네요. 미안해요, 차장님. 배고팠다고 했잖아요."

"아니, 그래도… 귀양살이하는 선배 얼굴 보러 왔으면 반가운 척 좀 하지?"

"푸하하, 귀양살이래. 그러고 보니 진짜 귀양살이가 맞네요. 알았어요. 반가워요, 차장님."

"예, 예."

"그동안 어떻게 지냈어요?"

"나야 뭐. 계속 읽었지. 읽다가 지겨우면 걷고. 아, 요즘엔 쓰고 있어. 생각해보니까 내가 재밌는 일들을 많이 겪었더라고. 글 쓰는 모임 같은 것도 나가고 그러고 있지."

"맞아요. 차장님 그래서 옛날에 별명이 월간 서소였잖아요. 매달 기묘한 일이 생긴다고. 요즘엔 좀 뜸했지만 차장님 검은 역사를 전부 다 쓰면 분명 책 한 권은 나오겠네요."

"말을 안 해서 그렇지 더 있어. 몇 권은 나올 거다."

"다행이네요. 축 처져 있을 줄 알았는데."

"안 그래 보이니? 나 축 처져 있는 거 맞아. 네 앞에서 그렇게 보이기 싫어서 아닌 척하는 것뿐이지. 회사는… 다들 잘 지내지?"

"궁금해요?"

"아니, 뭐…."

"다들 차장님 일에 대해선 쉬쉬하는 분위기예요. 아무도 이야기를 꺼내지 않는다고 할까. 아, 전 상무님 하고 주 이사님이랑 박 부장님, 이 차장님이 걱정 엄청 하셨어요. 그러게, 적당히 하지. 회사 사람들한테 정 주지 말고, 그렇게 편하게 대해주지도 말지 라면서…."

"그렇구나. 괜찮다고 전해드려. 전화를 하고는 싶은데, 그냥 못 그러고 있다고, 다들 고맙고 미안하다고 전해주라."

"그들만의 리그에선 차장님이 안 좋게 이야기되고 있는 것 같긴 하지만….”

"상관없어. 당연히 그러겠지. 괜찮아. 내가 잘못한 게 전혀 없는 것도 아니고. 반성도 하고 있고. 후회도 하고 있고…라고 말은 하지만 솔직히 아직은 화도 나고 억울하고 마음이 많이 아프네. 그런 거 말고 뭐 재밌는 이야기는 없어?”

"음… 아, 땡칠이. 곧 아기 낳는대요.”

"에이 씨, 야. 걔 얘기는 갑자기 왜 꺼내. 민망하게.”

"왜요오. 사랑했었잖아요. 깔깔깔.”

'진진' 안에서 사람들이 숟가락을 덜그럭거리는 소리와 칭따오가 꼴꼴꼴 유리컵에 부어지는 소리, 초원이의 웃음소리가 공명하며 진진 특유의 활기가 활짝 피어났다.

episode_
땡칠이

(꿈속의 서소) 그러니까… 지금 이건 꿈…이라는 거군요. 나는 지금 '작가'이고 우리는 인터뷰 중이라는 거죠? 왠지 두근두근하네요. 내가 작가라니. 작가 되는 게 꿈이었거든요. 작가가 된 지금 기분을 기억하고 싶은데 깨어나면 기억이 날까요?

(꿈속의 에디터) 글쎄요. 그건 이 꿈에 당신이 얼마나 몰입했느냐에 따라 다르지 않을까요? 어떤 꿈은 깨고 나서도 기억이 나기도 하고, 암만 생각해도 전혀 기억이 나지 않는 꿈도 있잖아요.

(꿈속의 서소) 그렇겠네요. 참, 시간이 없다고 했죠? 얼른 해요. 작가 서소의 인터뷰라는 거.

(꿈속의 에디터) 네, 시간이 별로 없어요. 방금 쓰레기 수거차가 지나갔으니 곧 아침이에요. 그럼 먼저, 본인 소개부터 해볼까요?

(꿈속의 서소) 네, 그러죠.

음… 나는 평범한 회사원이에요. 언제까지 회사원일지는 모르겠지만 아무튼 지금은 그렇습니다. 이름은 서소. 나이는 삼십팔 세. 지코, 크러시, 딘. 그러니까 팬시차일드의 음악을 좋아하고요, 철학과 과학책 읽는 것도 좋아합니다. 꿀단지라는 이름을 가진 작은 푸들 강아지를 키우며 걷는 것을 싫어하지만 산책은 자주 해요. 단지 때문에.

술은 마시지 않아요. 못 마시기도, 안 마시기도. 그리고 자동차를 좋아해요. 어디 회사 무슨 모델이 어쩌고 엔진이 저쩌고 그런 건 전혀 모르지만, 그냥 막연하게 차를 좋아해요. 최근에 중고 BMW 1 시리즈를 샀는데 아주 만족합니다. 차에 불붙을까 봐 걱정된다고요? 아, 그 얘기 그만 좀 듣고 싶다고요. 리콜 때 점검 잘 받아두었습니다. 차를 좋아한다고 운전을 거칠게 하지는 않아요. 오히려 거칠게 운전하는 사람들을 몹시 싫어합니다. 나는 이런 것들을 좋아하는, 어디서나 볼 수 있는 흔한 이혼남이에요.

(꿈속의 에디터) 어이쿠, 이혼남이셨군요. 축하해요. 부럽습니다. 방금 말씀하신 게 서소 씨의 전부는 아니겠죠? 혹시 특별히 더 소개하고 싶은 게 있나요?

(꿈속의 서소) 당연하죠. 저게 전부는 아니에요. 저건 그냥… 내가 요즘 자주 생각하는 것들, 지금 좋아하는 것들에 불과해요. 그러니까

다음 달쯤에는, 어쩌면 내일부터라도 관심이 떨어지면 전혀 나를 대표한다고 말할 수 없는 게 되어버릴 수도 있겠어요. 좀 더 소개하고 싶은 것이라….

아, 나는 못생겼어요. 못생긴 건지 매력이 없는 건지 하여튼 여자들한테 인기가 별로 없습니다. 내가 이렇게 말을 하면 친구들은 '에이, 왜 그런 말을 하고 그래. 서소가 못생긴 건 아니지'라고 말해주긴 하지만, '그럼 네가 나랑 만나주던가' 아니면 '네 친구 김매력 씨를 소개해 주던가'라고 하면 보통 먼 산을 바라보거나 입을 다물더라고요. 그러다 보니 내가 별로 잘생기지는 못한 편이로구나, 하는 정도는 알게 되었죠. 뭐, 꼭 친구들의 반응을 통해서만 알게 된 것도 아니긴 합니다. 그러니까, 그래요. '많이 차여봤다'라는 말씀입니다.

(꿈속의 에디터) 갑자기 그렇게 자책을 해버리니까 민망해서 말을 잇지 못하겠네요. 그러니 매력 없다는 소리나 듣죠. 자신감을 좀 가져 봐요.

(꿈속의 서소) 껄껄껄. 나는 자신감이 있어요! 매력도 있고요! 그걸 알아보는 사람이 무척 드물긴 하지만, 있긴 있다고요!

(꿈속의 에디터) 흠, 그래요. 넘어가죠. 자, 이제 다음 질문인데요. 음… 역시 서소 씨의 문학적 향방에는 아무도 관심이 없겠죠?

(꿈속의 서소) 그렇죠. 관심이 없겠죠.

(꿈속의 에디터) 좋아요. 계속하죠. 하여튼, 당신의 철학이나 문학적 방향성에 대해서 말하는 건 좋지 않아요. 반드시 지루할 겁니다. 다른 내용을 다뤄보죠. 이를테면…

(꿈속의 서소) 이를테면?

(꿈속의 에디터) 매력에 대한 이야기가 나왔었는데, 서소 씨의 연애 이야기 어때요? 이혼을 했으니 최소한 한 번 이상의 연애는 했다는 거잖아요. 남의 연애 이야기는 늘 엿보고 싶은 궁금한 것이니까 그런 이야기를 하면 사람들이 당신의 이야기를 들어줄지도 몰라요. 하나 해봐요. 가급적 재밌는 걸로. 이야기꾼이라면서요.

(꿈속의 서소) 연애 이야기라… 조금 부끄럽긴 하지만, 좋아요.
가만있어 보자, 내가 연애를 몇 번 해봤더라. 하나, 둘… 다섯 번쯤 되네요. 하지만 이 다섯 번의 사랑이야기를 본격적으로 할 수는 없겠어요. 상대방에 대한 예의도 있고… 몇 년이 지난 지금도 실밥을 풀지 못한 채 대강 여며놓은 상처도 있다, 라는 말이죠. 잘못 들춰내면 나는 그날 그때로 돌아가 갑자기 막 울어버릴지도 몰라요. 사실 지금도 그때의 아픈 기억이 튀어나오려고 들썩들썩하는 걸요. 다른 걸로 할게요, 다른 걸로.

그래, 그게 좋겠어요. 짝사랑하다 차인 이야기들. '커플이 돼서 놀러 다니고 꽁냥거리며 사랑을 속삭이다 헤어졌습니다'라는 완결된 이야기가 뭐가 재미있겠어요. 대차게 차이고 찌질대는 모습을 보는 게 더 재밌지 않나요?

(꿈속의 에디터) 음, 듣고 보니 그렇네요. 그럼 그런 걸로 하나 들려주세요.

(꿈속의 서소) 네, 아까 어디까지 했었죠? 아, 못생겨서 많이 차였다고 했죠. 이어서 할게요.

음… 나처럼 못생기고 평범한 사람이 연애를 한 번 하려면 영화 몇 편은 찍을 법한 사건들을 헤쳐나가야 해요. 가만있어도 이성이 알아서 다가오는 일은 한 번도 없었습니다. 예전에 공연을 한 적이 있었는데 그때 처음 보는 이성이 다가와서는 팬레터를 건네준 적이 있었습니다만, 그건 그냥 기타를 신나고 웃기게 쳐서 그런 거지 남성적인 매력이나 호감을 느꼈기 때문은 아니었던 것 같으니까, 뺄게요.

나는 용감한 편이라 고백 같은 건 씩씩하게 잘해요. 하지만 고백한다고 해서 상대방에게 없던 관심과 호감이 생기는 건 아니더라고요. 다가오지도 않고, 다가가도 안 되고. 휴, 그래서… 나의 경우에는 연애에 성공하려면 매번 대단한 노력과 용기와 행운이 겹쳐져야만 가능했어요. 나처럼 못생긴 사람 중에는 아마 지금 내가 하고 있는 이야기에 깊은 공감을 하고 계신 분들이 분명히 있을 거라고 봅니다. 관심 있는 여자애한테 용기 내어 다가가 잘 대해주고, 나의 친절을 받아주는 그녀의 모습에 내가 조금쯤 특별한 사람이 된 것 같아 고백을 해보지만 "이러지 마세요. 나는 우리가 좋은 오빠 동생 사이라고 생각했는데 실망이에요. 흑흑." 하며 뛰어가 버리는 경험을 살면서 몇 번쯤 했다던가, 오늘만 다섯 번이 넘게 눈이 마주친 것으로 보아 분명히 내게 관심이 있을 거라 짐작한 토익학원의 예쁜 수강생에게 캔커피와 전화번호를 주었으나 그녀는 몹시 불결한 무언가를 본 것처럼 당신을 홱 째려보고 지나갔다던가 - 하는 일들을 겪어보았다면 '우리 같은 사람은 노력과 용기와 행운까지 겹쳐야 연애가 가능하다'라는 말을 이해하실 겁니다.

참, 여기서 그녀가 째려보는 것을 '튕긴다'라고 인식하고 계신 분은 없으시죠? 만약 그렇다면 당신은 조금 위험한 사람일 수도 있습니다. 그 예쁜 토익학원 수강생은 그냥 당신이 싫은 거니까 '지금 그녀는 튕기고 있는 것이다'라는 그런 생각은 절대로 하지 마세요. 범죄로 이어질 수 있습니다.

아무튼, 우리 같은 사람들에게 연애의 기회는 정말이지 어쩌다 한 번씩밖에 찾아오지 않는 소중한 것입니다. 그래서 그게 온다고 느껴질 때면 무척 당황하죠. 그리고 다소 지나친 노력을 하는 경향이 있습니다. 쉽게 말해서 '오버'를 한다는 거죠. 기회를 잡기 위해 노력한다는 것이 때로는 그저 내버려두는 것일 수도 있다는 것. 그러니까, 그런 기회가 왔을 때에는 '상대를 향한 부담스러운 눈길을 그만 거두고, 어깨에 힘을 탁 하고 뺀 채 내게 집중하고 나를 가꾸며 때를 기다려야 한다는 것'을 깨달았던 나의 이야기를 하나 들려드릴까 해요. 어때요. 이 정도면 흥미로울까요?

(꿈속의 에디터) 오, 그런 것이라면 좋습니다. 이제 새벽 다섯 시쯤 된 것 같아요. 당신은, 당신의 개가 새벽 다섯 시쯤 되면 일어나서 오줌을 누고 다시 이불 속에 파고든다는 걸 알고 있나요? 방금 그랬어요. 시간이 없으니 계속해봐요. 곧 아침이 옵니다.

(꿈속의 서소) 네, 어쩐지 가끔 이불에서 오줌 냄새가 조금 나더라니. 더 자주 빨아야겠어요. 아무튼, 계속하죠.
나는 스물세 살에 제대를 했어요. 제대하던 날 집에 도착하자마자 짐을 던져두고 교회로 갔습니다. 어렸을 때 내 친구들은 다 거기에 있었거든요. 제대하기 몇 달 전부터 걔들이랑 스타크래프트가 정말이지 너무 하고 싶어서 옷도 안 갈아입고 교회부터 갔습니다. 그렇게 오랜만에 갔던 교회에서 나는 어떤 여자애를 보게 되었어요. 그리고 그 애한테 곧바로 반해버렸죠. 용기와 노력과 행운이 더해진 고백 끝에, 몇 번 거절당하긴 했지만 나는 그녀와 연인이 될 수 있었습니다. 알콩달콩하며 6년을 만났는데요, 그러니까 내가 스물아홉 살이 되던 해까지 우리는 연인이었던 겁니다.

우리가 만난 지 삼 년이 지났을 때쯤 여자친구는 고시에 도전하고 싶다고 했어요. 나는 좋은 결정이라며 응원을 해주었죠. 그녀가 공부를 시작한 뒤로 우리는 거의 만나지를 못했습니다. 그 기간은 삼 년 동안 이어졌고요. 음, 알콩달콩 육 년이라기보단 삼 년이 맞겠네요. 아무튼, 마지막 시험을 치르고 그 결과가 나오던 날 나는 축하를 하든 위로를 하든 하려고 그녀의 집 근처에서 기다리고 있었습니다. 아직도 기억나요. 오후 세 시 발표였어요. 그전까지는 일부러 연락도 안 했습니다. 위로해줄 선물과 축하해줄 선물을 둘 다 준비하고 근처 카페 같은 데 앉아 조용히 기다리고 있었죠. 이윽고 오후 세 시가 되었지만 내가 먼저 전화를 하지는 않았습니다. 아마 합격이면 바로 연락이 올 테고, 아니라면… 아주 늦게 연락이 올 거라는 걸 알고 있었죠. 한참을 기다렸지만 연락은 오지 않았습니다. 카페에 몇 시간쯤 더 앉아 있다가 합격하면 주려고 했던 꽃다발을 버리고 그녀의 집 앞으로 갔어요. 그리고 그녀에게 전화를 했습니다.

나는 원래 이렇게 말하려고 했어요. 시험 준비는 이제 그만하자, 결혼하자, 결혼하고도 공부가 하고 싶으면 그때 다시 시작하자고요. 그때는 내가 취업에 성공했을 때라서 당장의 수중에는 돈이 없었지만 무리를 조금 하면 결혼이 불가능한 것만은 아니었습니다. 하지만 여자친구는 결혼할 생각도 없고 시험에 한 번 더 도전하겠다고 말했어요. 나는 솔직히, 더 이상 기다릴 자신이 없었습니다. 그녀에게 응원과 이별을 동시에 말했고 그녀를 위로하려고 샀던 와인과 치즈를 버렸습니다. 그때는 여름이었는데 그중에도 무척이나 더운 날이었어요. 집으로 돌아가는 길에 땀이 엄청 많이 났던 기억입니다. 눈물인지 땀인지 알 수 없을 만큼 몹시 더운 날이어서 다행이었습니다.

그렇게 이별을 하고 저는 몇 달 동안 짐승들이나 토해낼 법한 기괴한 울음소리를 꾸엑꾸엑하고 내면서 나의 이십 대와 나의 육 년을 애도하였습니다. 그게 나의 첫 이별이었어요. 그리고 첫 이별은, 정말 많이 아프더군요. 다 아시죠? 믿어지지 않았고, 인정할 수가 없었어요. 손가락 발가락 끝에 전기가 지르르르 오는 느낌이랄까 가슴이 조각나서 아릿한 느낌이 든달까. 아무튼 앉지도 서지도 눕지도 못 하겠는, 그런 기분이었습니다. 다시는 누군가를 만나지 못할 것 같았어요. 하지만 시간은 무섭더군요. 다 풍화시켜 버렸어요. 싹 다. 시간이 지나니 배가 고팠고 밥을 먹고 나니 잠이 오고, 자고 일어나면 얼마간 잊혀졌죠. 몇 달쯤 지나니 가끔 웃을 수 있었고, PC방에도 갈 수 있었고, 강아지와 느긋한 산책도 다닐 수 있게 되었습니다. 물론 지금은 얼굴도 가물가물합니다. 내 인생의 육분의 일을 함께했었는데 말이죠. 어떤 날에는 심심해서 강아지와 함께 동네를 한 바퀴 돌다가 로또를 한 장 샀는데요, 그런데 그게…

(꿈속의 에디터) 뭐요? 당첨? 1등?

(꿈속의 서소) 아뇨, 아뇨. 1등은 무슨, 3등이요. 3등에 당첨됐어요.

(꿈속의 에디터) 에이 씨. 그런 대목에서 뜸을 들이면 어떡합니까? 그래서요? 3등이면 얼마죠?

(꿈속의 서소) 대략… 세금을 떼고 한 이백만 원 정도 받은 것 같아요. 그 돈으로 무엇을 할까 고민하다가 작곡을 배워보기로 했어요. 어렸을 때부터 기타를 쳐왔는데 언젠가는 남의 노래가 아닌 내가 만든 노래를 기타로 쳐보고 싶었거든요. 로또 당첨금으로 작곡에 필요한 장비를 샀고 레슨도 다녔습니다. 그렇게 시작한 작곡은 어찌나 재미있던지, 슬픔을 잊는 데 꽤 도움이 됐습니다. 그렇게 몇 년을 회사에선 신입 쭈구리로, 쉴 때는 곡 작업과 티브이와 책을 탐닉하는 덕후로 지내며 정신없이 보냈습니다. 그녀는 조금씩 희미해져 갔고 나는 어느덧 서른둘이 되었죠.

(꿈속의 에디터) 그게 끝이에요?

(꿈속의 서소) 무슨 소리예요. 이게 끝일 리가. 이제 시작이에요.

(꿈속의 에디터) 음… 서두가 정말 길군요. 일단, 계속해봐요.

(꿈속의 서소) 그러니까, 에이 씨. 까먹었잖아요.

아, 설 연휴가 시작되었어요. 그때쯤의 나는 조금 지쳐있었어요. 그간 너무 바쁘게 살아온 것 같았습니다. 일에서도, 음악에서도 무언가 성과를 내야 한다는 강박의 연속이었어요. 스트레스를 풀려고 시작한 음악인데 자꾸 더 좋은 거, 더 좋은 거를 찾다가 스트레스에 깔려 죽을 뻔했죠. 너무 몰입을 했는지 위경련이 왔고 구급차에 실려 갔었거든요. '당분간은 회사 말고는 모두 쉬어야겠다. 특히 이번 연휴는 절대로 아무것도 하지 않으리라' 다짐을 하고 며칠 동안 방바닥만 긁으며 설 특선영화를 보았어요. 〈미술관 옆 동물원〉이었던 걸로 기억하는데 영화 속 남자 주인공이 좋아하는 여자를 만나러 가기 위해 어푸어푸 세수를 하고 면도를 하는 장면을 보다가 문득, 나도 공들여 샤워를 하고 멋진 옷을 차려입고 나가 누군가와 만나 꽁냥거리고 싶다는 생각이 정말이지 오랜만에 들더군요. 데이트라는 걸 해 본 지 거의 육 년이나 되었으니까 그럴 만도 했겠죠. 예전 여자친구가 고시 준비를 하는 삼 년 동안에는 거의 두어 달에 한 번 잠깐 얼굴만 겨우 봤었거든요.

하지만 그런 생각이 나 봤자 사람 만나길 귀찮아하는 나는 인간관계가 매우 궁핍하여 여사친 같은 사람도 주변에 없었고, 소개팅 같은 건 또 하기가 싫었습니다. '상대방을 잘 모르는데 사귄다는 게 좀'이라거나 '호구조사 같은 거 당하기도 싫고 묻기도 싫어서' 같은 일반적인 이유는 아니고 그냥 못생겼다고 사진 심사에서 까일까 봐 싫었

어요. 몇 번 그런 적이 있었거든요. 이런저런 생각을 하며 애국가가
나오는데도 티브이를 끄지 못하고 새벽을 뒤척이고 있는데, 어라? 메
시지가 하나 왔습니다.

'오빠! 잘 지냈어요?'

땡칠이라는 밴드 동아리 후배였어요. 그녀는 캐나다에 교환 학생
을 갔었는데 이 년간의 공부를 마치고 오늘 한국에 왔다고 합니다. 시
차 때문에 잠이 안 와서 페이스북을 뒤적이다가 제가 주저리주저리
올린 중2병 환자 같은 글을 보고 연락을 했다고 하네요.
'오, 땡칠아. 반가워, 나야 잘 지냈지 뭐. 시간 될 때 애들이랑 같이
한번 보자.'
상투적인 안부나 몇 마디 나누고 잠을 청하려 하는데, 잠이 안 오
더군요. 잠을 하도 자서인지, 설레서인지는 모르겠지만.
땡칠이는 나보다 여섯 살이 어렸는데 무척 예쁘고 하여서 인기가
많던 아이였어요. 키가 크지는 않았는데 다리가 길고 날씬해서 땡칠
이가 하얀색 플레어 스커트를 입고 오는 날이면 남자애들은 개한테
인사도 제대로 못 하고 얼어붙곤 했었죠. 나도 그녀 앞에선 괜히 무
게 한 번씩 잡으며 지나가고 그랬던 기억입니다. 그래 봤자 그녀에게
나처럼 연로한 선배는 그냥 아직 죽지 않고 살아남은, 선캄브리아기
의 플랑크톤 같은 것이었을 겁니다. 결국 학창 시절 그녀와 나눈 대

화는 '음, 잘하는군-'이라고 재수없는 한마디를 내뱉은 게 전부였습니다. 땡칠이네 밴드가 연습하는 걸 한 번 도와줬었거든요. 겨우 그게 다인데도 안부를 물어오다니, '나 옛날에 후배들한테 괜찮은 선배였던 건가?' 하는 생각도 들고 그랬죠. 나는 땡칠이에게 다시 연락하고 싶었습니다. 뭐가 좋을까요. 고민 끝에 가장 순수한 의도로 보일 법한 멘트를 하나 골라 물었습니다.

'곧 졸업일 텐데 걱정이겠다. 취업 스터디 같이 할까? 나 취업 멘토링을 하고 있는데 좋은 자료들이 좀 있어!'라고요. 괜찮죠? 하지만 조금 지나 생각해보니 나와 땡칠이가 그 정도로 친밀한 사이는 아니었으므로 '선배, 제가 알아서 할게요'라며 나의 불순한 의도를 알아채고 거절할 줄 알았어요. 그런데 웬걸요, 글쎄, 땡칠이가 나를 만나겠다는 겁니다. 덜컥하고 약속이 잡혀 버린 거예요. 그녀를 만나기로 했던 날, 나는 영화에서 본 것처럼 공들여 샤워를 했고 헛구역질을 해가며 세 번의 양치를 했으며 그날을 위해 준비한 새 옷을 곱게 차려입었습니다. 분위기가 너무 헤비하지 않도록 신중히 고른 식당에 책을 읽고 있는 척 앉아 문 쪽을 흘끔거리며 땡칠이를 기다렸죠.

"서소 오빠!"

과거에 그다지 친한 사이가 아니었어서 나는 그 자리가 어색할 줄 알았습니다만, 우리는 대화의 주파수가 잘 맞는 편이었나 봅니다. 그날 우린 일곱 시간도 넘게, 정말이지 입이 아플 만큼 이야기를 많이 했어요. 취업 고민도 나누고, 헤어진 전 남자친구 욕도 같이 하고요,

캐나다 이야기, 한국 이야기, 영화 이야기, 동아리에서 그녀에게 집적거리던 어떤 녀석의 근황 이야기. 집 앞까지 바래다주고도 뭔가 아쉬워 길바닥에 쪼그려 앉아 한참을 더 이야기했죠. 집으로 돌아오는 길에 자꾸만 웃음이 났습니다. 잠들기 전, 그날 하루를 꼭꼭 씹어 여러 번 되새겼어요.

다음 날, 나는 회사 후배를 붙잡고 어제의 이야기를 해주면서 혹시 이것은 초록불이 아니겠느냐고 물었어요. 듣는 척도 안 하더니 잠시 후 메일이 한 통 왔습니다.

---

1. 대리님이 웃기긴 함.
2. 땡칠이는 대리님한테 아무 생각 없음. 괜히 고백 같은 거 했다가 멀쩡한 인간관계 날려 먹지 마시길.
3. 자료나 빨리 줘요. 나 오늘 핵바쁨.

(꿈속의 에디터) 음, 후배가 참 똑똑하군요.

(꿈속의 서소) 네, 가끔은 지나치게 똑똑해서 불편한 후배입니다. 그녀가 맞을 겁니다. 겨우 한 번 봐놓고 초록불은 무슨요. 자꾸만 설레 오는 마음을 다스리기 위해 며칠간 땡칠이에 대한 생각은 슥 접어 두고 일만 열심히 했습니다. 그런데 문득, '후배 쟤는 늘 나를 과소평가하지

않았던가' 하는 논점 선취의 오류적 사고가 나를 지배하기 시작하는 겁니다. 정신 차렸을 때는 이미 땡칠이에게 메시지를 보낸 후였죠.

'영화 보자, 오늘.' 이라고요.

(꿈속의 에디터) (입을 틀어막으며) 아… 매우 좋지 않네요.

(꿈속의 서소) 살다 보면 가끔 이렇게 깜빡이 안 켜고 들어갈 때도 있지 않겠습니까, 라는 생각이었습니다만 깜빡이 켜야죠. 그리고 뒤에 차가 과연 비켜주는지 어쩌는지도 살펴 가면서 끼어들어야 합니다. 그렇게 하지 않은 결과는 당연한 것이었습니다. 결국 몇 시간 뒤 '선배, 오늘 저 다른 약속 있어서 시간 안 돼요'라는 문자를 받았습니다.

아, 젠장. 쥐구멍을 분명히 두 번째 서랍에 뒀는데.

(꿈속의 에디터) 그것 보라고요. 그럴 줄 알았어요.

(꿈속의 서소) 후후, 쉬잇- 더 들어보세요. 몇 분 뒤에, 전화기가 한 번 더 울렸어요.

'내일은 괜찮아요.'

엥? 눈을 비비며 다시 보고, 또 보고. 몇 번을 확인한 뒤 나는 그 자리에 서서 한참을 껄껄껄 웃었습니다. 이 정도면 초록불 아닌가요? 딴 마음, 그러니까 흑심 같은 걸 조금쯤 품어 봐도 괜찮은 거 아니에요? 그렇게 우리는 다시 만나 영화를 보고, 밥을 먹고, 걸었습니다. 분명히 데이트였습니다. 처음 만났던 그날처럼 우리의 대화는 즐거웠으며 끊이지 않았죠. 그런데 딱 여기까지만 해야 했습니다. 그녀를 집으로 바래다주는 길을 어스름하게 비춰주던 새벽 달빛에 나는 그만 취해버렸고 참사를 저지르게 되었죠.

"땡칠아, 그거 알아? 나 옛날에 너 좋아했어. 그런데 지금도 그래. 그래서 말인데, 우리 내일 또 만나자."

"에? 아, 저 남자친구 있어요. 말 안 했나?"

"무엇!? 어? 아? 말했나? 그랬나…? 어… 얼른 들어가. 어 그래. 땡큐. 아리가또. 고마워. 바이바이."

지금도 그 당시의 모든 것이 기억납니다. '참고 참았지. 나 말하려다 말았지. 널 생각하는 내 마음은 우정과는 달랐지' 차에서 흘러나오던 프라이머리의 입장정리. 깜-박-깜-박- 하던 비상등의 리듬과 비틀비틀 호랑나비 춤을 추듯 걸어가던 술 취한 아저씨, 새벽하늘을 흐르던 고등어 모양의 구름과 '괜히 멀쩡한 인간관계 날려 먹지 마시고요'라던 회사 후배의 얄미운 이메일까지. 우리는 왜 좋았던 기억은 금세 가물가물 잊으면서 오금이 저릿할 만큼 창피했던 그런 날의 느낌은 잊지 못하는 걸까요. 그날 집에 가서 이불을 뒤집어쓰고 '아, 쪽팔려 시발'을 오백 번쯤 되뇌인 것 같습니다. 한 달쯤 지나 쪽팔림이 내적으로 어찌어찌 수

120

습되었을 때쯤, 땡칠이한테서 다시 연락이 왔습니다.

(꿈속의 에디터) 엥? 왜요. 왜 연락을 했대요? 남자친구도 있다면서? 헤어졌대요?

(꿈속의 서소) 아뇨. 그런 건 아니고. '오빠, 영국이 오빠가 오빠랑 저랑 같이 보자는데 시간 돼요?'라는 연락이었어요. 가면 안 됐습니다. 분명 내 마음만 싱숭할 거예요. 하지만, 거 왜 인간의 욕심은 끝이 없으며 같은 실수를 반복한다는 말이 있잖아요. 역시 나는 조촐하고 평범한 인간일 따름이었습니다.

'어, 돼. 돼.'

우리는 그렇게 다시 만나게 되었습니다. 내가 평소 웃기게 말을 하긴 하지만, 그날은 정말이지 온 우주가 나를 돕는 느낌이었습니다. 그 아이는 이제 내 얼굴만 봐도 웃기다며 같이 있는 내내 숨이 넘어가도록 깔깔대며 웃었어요. 너무 웃어줘서 가슴이 조금 아팠습니다. '저 밝은 웃음은 내 것이 될 수 없는 거겠지'라는 생각이 문득문득 떠올랐기 때문이죠. 그래도, 잘 웃어주는 사람 앞에서 이야기한다는 건 참으로 즐거운 일입니다. 창피함도, 설렘도 잊고 한참을 웃다가 자리를 파하려는데 영국이 놈이 또 기특한 짓을 합니다.

"형, 애 좀 데려다줘요. 여기 택시 안 잡혀요."

땡칠이는 고민하더니, 영국이의 부추김에 못 이겨 내 차를 타겠다더군요. 나는 그때 땡칠이네 집까지의 도착 소요시간 및 어색하지 않게 대화할 적절한 화제 리스트들을 머릿속에 나열하고 있었어요. 아마도 취업 이야기가 좋을 겁니다. 차에 올라 침묵이 흐르고, 1번 리스트를 꺼내려던 찰나였습니다.

"조금만 일찍 말하지."

"뭘?"

"1학년 때. 그리고 한 달 전에도."

내가 땡칠이네 연습을 도와줬던 그날, '그게 아니라 이렇게'라며 몇 마디 베이스 기타 연주를 보여줬었는데 그때 내 모습을 보고 가슴이 콩닥거렸답니다. 자기는 시골에서 여중, 여고를 나왔고 대학교에 와서 처음 남자 생명체를 마주한 것인데 다들 너무 어린애 같았거나 부담스럽게 굴었다더군요. 그런데 내가 무심하게 부웅- 둥기둥-하는 걸 보여주더니 '세뇨리따, 그럼 아디오스' 하고 사라지는 게 멋져 보였답니다. 참나, 별 게 다 멋지고 난리야. 미안합니다.

"땡칠아. 나 그날 너랑 둘이 밥 먹자고 하려 했었는데. 그럼… 그때 물어봤다면?"

"응."

갑자기 말까지 놓고 이거 위험합니다. 땡칠이가요, 글쎄 그동안 나를 궁금해했었답니다. 어학연수에서 돌아오면 나를 꼭 한 번 다시 만나보고 싶었는데, 처음 나와 만났던 그날 내가 땡칠이를 너무 어린애 대하듯 해서 포기했다는 군요. 아니, 왜 물어보지도 않고 그렇게 생각했을까요. 글쎄요, 뭐 이런 것도 그 '사랑의 타이밍'이라는 마법에 포함이 되는 거겠죠. 그게 안 맞았다면 아직 내가 솔로생활을 덜해서 마력이 부족했기 때문일 수도 있겠습니다. 그때쯤 땡칠이가 다니던 영어학원의 어떤 남자가 땡칠이에게 고백을 했고 조금은 홧김에, 사귀게 되었다는데 그다음 날에 내가 고백을 했다는군요. 그리고, 이미 시작한 사랑이므로 함부로 끝낼 수는 없다고 했어요. 그녀의 이야기를 듣는 동안 나는 답답하고 속이 끓어 팔짝팔짝 뛸 것만 같았습니다. 나는 그때 알았어야 했습니다. 우리가 인연이 아니었음을. 나의 마력이 아직 부족했음을.

다행히 땡칠이는 그날 이후에도 나를 불편해하지는 않았어요. 나도 그녀를 크게 의식하지 않고 일상으로 돌아갈 수 있었죠. 시원하게 차이면 속이 편합니다. 망설이지 말고 빨리 고백하고 정신을 차리는 것도 좋은 방법이에요.

비록 그녀의 남자친구가 되는 것에는 실패했지만 나는 정말이지 순수한 의도로서, 땡칠이와의 취업 스터디는 유지를 하고 있었습니다. 정규직 채용 시험에서 자꾸만 탈락하는 그녀가 안쓰러워 우리 회사에서 인턴을 해보는 것이 어떻겠느냐는 정말이지 순수한 의도의 권유를 했는데요. 매번 떨어지던 그녀가 이번에는 합격을 해버렸습니다. 그리고 우리는 매일 보는 사이가 되었어요. 하필이면 자리도 내 맞은편에 앉게 되었죠. 아마 그때부터였을 겁니다. 우리가 왠지 모르게 자주 만나고 연락했던 것이. 남자친구가 있는데 왜 나와의 약속을 거절하지 않는지 따위는 묻고 싶지 않았습니다.

(꿈속의 에디터) 흠, 뭐. 누구와 사귀는 도중에라도 다른 누군가가 마음에 들어올 수는 있겠죠. 그렇다면 정리를 제대로 하고 만났어야지. 그래서 어떻게 됐어요. 설마 그 상태로 계속 만났어요?

(꿈속의 서소) 땡칠이는요, 이상한 사람이 전혀 아니었어요. 내가 이렇게 말하면… 당신은 아마 나보고 바보, 병신 같다고 욕을 하겠지만, 정말 아니었어요. 오히려 양심에 예민한 아이였죠. 그 상황을 몹시 괴로워했고 나를 밀어내든 남자친구와 헤어지든 하려고 무던히 애를 썼습니다. 그녀가 이상한 사람이었으면 내가 그렇게까지 좋아한다거나 기다린다거나 하지도 않았을 겁니다.

우리는 서로를 피해 보기도 했지만 이내 그리워하며 자꾸만 만났습니다. 연인처럼 손을 잡고 걸으며, 무릎을 베고 누워 책을 읽기도 하면서 행복하고 아슬아슬한 시간을 이어 갔습니다. 하지만 오래갈 순 없었죠. 결국 '나를 만나고 남자친구를 만나러 간다'는 땡칠이에게 화가 나서 선택을 강요했습니다.

그리고 그녀는 둘 다 만나지 않겠다는 선택을 했어요. 아마도 죄책감 때문이었으리라 생각합니다. 나를 만나자니 결국 바람을 피운 것 같고, 남자친구를 계속 만나자니 더 이상 사랑하지 않게 되었고… 그랬던 것 아니었을까요? 하여간 그렇게 땡칠이와의 짧은 인연은 완전하게 끝이 나게 되었습니다. 인턴 기간이 끝나던 날, 상자에 짐을 넣어 들고 엘리베이터를 기다리는 뒷모습을 본 게 마지막이에요. 그 모습을 보는 게 참 마음이 아팠었는데 내가 좋아했던 여자를 오늘로서 더 이상 볼 수 없음을 예감했기 때문이었는지, 비정규직 사회초년생에 대한 안타까움이었던 건지는 모르겠습니다만 아무튼, 현재는 결혼해서 잘살고 있다는 소식을 영국이로부터 들을 수 있었습니다.

솔직하게 말하자면, 나는 그때 땡칠이를 많이 원망했습니다. 연애의 발견인가, 정유미 배우가 두 남자 사이에서 갈등하는 모습을 그린 드라마가 인기를 끌었던 시기였는데 그 드라마를 씁쓸한 마음으로 끝까지 봤던 기억이 나네요. 하지만 시간이 지나 생각해보니, 땡칠이가 아니라 내가 이 연애를 망친 것 같다는 생각도 듭니다. 만약에 내가 그녀로부터 한 발 떨어져 내 삶을 살피는 데 집중하고 있었더라면, 땡칠이와 연인이 되었든 안 되었든 이렇게 서로에게 상처가 되고 사람을 잃는 일은 생기지 않았을지도 모르겠습니다.

어때요. 조금 재미있었나요?

단지 아빠

    오늘도 어김없이 서소 씨는 카페 B에 출근했다. 그날따라 '카페가 왜 이렇게 정신이 없고 북적이는 것일까'라는 생각이 들었는데 토요일이라서 그런 것이었다. 회사를 두 달쯤 안 가고 보니 겪게 되는 신기한 경험 중 한 가지는 바로 요일을 잊어버린다는 것이다. 월요병이 없어졌지만 주말의 반가움 또한 느낄 수 없게 되어버린 것은 조금 아쉬웠다. 토요일이래봐야, 서소 씨에게는 어제와 다를 바 없는 연속적인 어떤 요일일 따름이었다.

    서소 씨는 어제와 다를 바 없이 귀에 이어폰을 꽂고 뉴에이지 음악을 틀은 뒤 눈을 지그시 감고 명상을 시작했다. 그가 그러고 있으면 요즘 부쩍 슬금슬금 친하게 구는 언니 사장이 와서는 잠 좀 그만 자라며 자꾸만 핀잔을 놓곤 하였으나 그날은 주말이라 정신이 없었는지 그러지 못했다. 옆에 앉아 있는 커플들이 전혀 부럽지 않다는 자기 암시 명상의 시간을 가진 뒤 어제 읽다가 만 부분을 펼쳤다.

한참 동안 책을 읽다 보니 어깨가 아파 왔다. 잠시 고개를 들고 눈을 감았다. 들었던 고개를 다시 파묻기가 도무지 힘들어서 고개를 든 그대로 의자에 몸을 폭 파묻어 버렸다. 어제 삼각함수를 공부해서 그런지 하늘을 바라보는데 구름이 흘러가는 속도를 구하는 방정식 따위가 떠올랐다. sin A는 나와 구름 사이의 거리를 구름이 몇 초 후에 이동한 거리로 나눈 것이다. 시선을 조금 내려 지나가는 사람들을 보았다. 망원동에는 독특한 사람들이 많이 살았다. B에 앉아 지나가는 사람들을 구경하는 일은 아무리 오래해도 질리지가 않았다.

망원시장에 들고 나는 사람들의 모습은 가히 전투적이었다. 장사하는 사람들은 새벽부터 부산했다. 물건을 떼어 와서 늘어놓고, 안 팔리는 것들의 가격을 내렸다가 올렸다가. 하루를 그렇게 정신없이 보내다 회사원들이 퇴근을 하고, 밥을 먹고, 티브이를 보고 있을 시간쯤이 되어서야 그들은 주섬주섬 물건을 정리하고, 가게 주변을 청소하느라 구부정해진 허리를 두드리며 집으로 돌아갔다. 뚝뚝 떨어지는 땀을 목에 건 수건으로 훔쳐 가며 일하는 그들을 보고 있자면, 때때로 부끄러웠다. 땀내와 사랑내 포근히 담긴 학비 봉투를 받아 늙은 교수의 강의를 들으러 가던 도중, 시가 쉽게 쓰여서 부끄럽다고 말하는 시인의 마음을 조금쯤은 이해할 수 있을 것 같았다.

해가 질 때쯤이면 나이 드신 분들이 하나둘 덜덜거리는 카트를 끌고 시장에 들어갔다. 떨이로 싸게 나온 것들을 사기 위해 부러 느지막이 나오는 것이다. 나이가 좀 더 드신 분들은 빈 유모차에 몸을 의지해 주춤주춤 시장에 갔다. 누구를 먹이려는지, 며칠을 먹으려는지 그들은 자그마한 몸보다 훨씬 더 큼직한 식재료들을 한아름 사서 유모차에 싣고는 아주 느린 걸음으로 주춤주춤 돌아갔다. 그 모습을 보고 있으면 어쩐지 조금 먹먹했다. 누군가의 뒷모습을 바라보는 건 어찌 되었든 쓸쓸한 감정을 조금쯤 야기한다.

망원동에 산다면, 하루에 한 번은 무조건 '막걸리 아저씨'를 보게 된다. 서소 씨는 몰랐지만 그는 유명한 사람이었다. 무작스러운 넝마옷을 입고 리어카에 막걸리를 싣고 다니며 눈이 마주치는 사람들마다 크게 인사를 했다. 그러다 보면 어쩌다 하나씩 막걸리가 팔리곤 했다. 이 동네 주민 누구에게 물어도, 인터넷 어디를 뒤져봐도 그가 웃지 않는 모습을 본 사람은 없다고 했다. 막걸리 아저씨는 늘 웃고 다녔다. 서소 씨는 과연 웃는 표정을 얼마나 오랫동안 지을 수 있을까 따라 해 보았다가 십 분도 못 되어 안면근육을 파르르 떨며 포기하고 말았다. 그에 대한 소문이 무성하였다. 차가 벤츠다, 홍대 KFC 건물의 주인이다, 아니다, 아픈 어머니를 모시고 사는 가난한 효자다. 정확히 밝혀진 것은 없다. 아무튼 중요한 것은 매일매일 막걸리를 잔뜩 실은 리어카를 끌다가 집으로 돌아가 밥을 해 먹고 잠에 드는 일을 수십 년째 반복하는 그런 인생도 있다는 것이며 그가 행복한지 그렇지 않은지는 아무도 모르는 것이므로 함부로 '불쌍하다'라는 생각을 품어서는 안 된다는 것이다.

망원동에는 음악을 하는 사람들도 많았다. 홍대를 중심으로 클럽 공연 문화가 발달했고 거기서 공연을 하며 먹고사는 음악인들이 합정, 연남동에 모여 살았었다. 그런데 상권이 발달하면서 집값이 비싸지고, 젠트리피케이션이 발생하면서 거주 공간, 작업 공간이 상수동, 망원동 등으로 서서히 밀려나게 되었다. 그러다 보니 망원동에도 음악 작업실이나 합주 연습실 같은 곳이 많아지게 되었다. 거길 이용하기 위해 서울과 경기도 여기저기서 뮤지션들이 모여들었다. 육중완도 여기서 살며 음악을 하다가 돈을 번 뒤 이사를 갔다지. 망원시장 가게들의 절반은 육중완이 다녀간 집이라는 배너가 붙어있다. 얼마 전까지는 YG 기획사가 이곳에 있었고 그 외에도 엔터테인먼트라는 간판이 붙어있는 건물들을 지나다니면서 문득문득 볼 수 있다. 비쩍 마르고 얼굴이 뽀얀 남자 아이돌 연습생들이 그 건물을 드나드는데 그들을 구경하기 위해 이곳을 찾아오는 여자애들이 많았다.

당장 힙합 뮤직비디오에 출연하여 스웨그를 자랑해도 전혀 어색하지 않을 법한 패션, 그러니까 배꼽이 보이는 튜브 탑에 땅에 질질 끌리는 카고 바지를 입고 보라색 또는 초록색으로 머리를 물들인 여자애들이 오갔다. 눈, 코, 입 등 귀만 빼고 다 뚫은 피어싱 성애자도 많았다. 머리의 반쪽은 어깨까지 길게 늘어진 노란머리를 휘날리고 나머지 반쪽은 빡빡 밀어버린 남자애가 기타를 메고 지나간다. 목 아래 왼쪽 몸통 전체에 문신을 한 애들도 지나간다. 뮤지션들의 행색이 망원 거리를 알록달록하게 꾸몄다.

　망원동 낡은 빌라들 틈바구니에 간혹 4층, 5층짜리 거대 단독주택이 솟아있었다. 젊은 나이에 무얼 해서 돈을 벌었는지 그 집에 드나드는 사람들 중에 나이가 오십을 넘어 보이는 사람은 없었다. 거의 두 달을 유심히 지켜본 결과이니 아마도 맞을 것이다. 그들이 타고 다니는 머슬카들이 으르렁 세차게 지나다니며 가끔 동네를 흔들었다. 머슬카들의 질주를 막을 수 있는 사람이 한 명 있었다. 지난한 세월의 흔적을 얼굴에 새기고 폐지가 담긴 유모차를 끌며 길 한가운데로 유유히 지나가는 할머니. 그분은 가능했다. 아무리 빵빵거려도 비켜주지 않는다는 걸 알기에 머슬카들은 교차로가 나올 때까지 할머니의 뒤를 으르렁거리며 졸졸 따라갔다. 역시나 이곳은 재밌는 동네다.

　"단지 아빠, 뭐 해요?"

　"아, 잠깐 생각 좀 했어요."

　"생각은 무슨. 공부하기 싫어서 멍때렸구만."

　"공부 아니라니깐."

　카페 B의 사장들은 그가 책을 선물한 뒤부터 서소 씨를 단지 아빠라고 불렀다. 단지 아버님에서 한 글자를 줄이면서 다른 말도 짧게 줄여버렸다. 그는 아무것도 허락한 바가 없었지만 말이다. 하나를 내버려두니 서소 씨가 허락하지 않은 일들을 자꾸만 했다. 그즈음 서소 씨는 망원동 거리에서 (아주) 조금 유명해져 버렸는데 언니 사장이 단골들이 B에 들를 때마다 단지 아빠를 그들에게 억지로 소개해 주었기 때문이었다. 혜성처럼 돌연히 개를 안고 나타나 하루 종일 책만 읽다 집에 가는 말 없는 사나이, '단.지.아.빠.'라고. 그 바람에 사람들이 자꾸만 인사를 하고 말을 걸어왔다. 무언가 잘못되어 가고 있는 것 같다. 역시, 손수건을 주지 말았어야 했다.

"단지 아빠. 여기는 장군이 엄마, 여기는 육백이 아빠."

"안녕하세요오…."

"안녕하세요오…."

그들끼리도 몹시 어색하였으나 언니 사장이 억지로 인사를 시키고 말을 걸어대고 하는 통에 젠장, 얼굴이 익어간다, 고 서소 씨는 속으로 중얼거렸다. 이제 언니 사장이 없어도 그들끼리 마주치면 인사를 해야 할 것이다. 카페 B가 아닌 곳에서 걷다가 마주치기라도 하면 못 본 척해야 하나, 먼저 인사를 해야 하나 하는 생각에 머릿속이 바빠졌다.

처음 계획했던 것보다 일상이 다소 번잡스러워지긴 했으나 그래도 나쁘지는 않았다. 가끔 고개를 들어 인사해야 하는 것 말고는 크게 방해받는 일 없이 책을 읽을 수 있었다. 최근엔 몇 권의 독서에 실패하면서 다소 낙담하던 중이었다. 하지만 그러는 과정에서 서소 씨는 자신에게 필요한 글이 무엇인지를 깨달아 가고 있었다. 몇 편의 에세이를 실패하면서 어떤 이야기가 쓰고 싶었는지도 조금쯤 알 것 같았다. 그즈음에는 집중하는 시간이 길었기 때문인지 시간이 빠르게 흘러갔다. 휴식 기간이 소진되는 것은 안타까웠으나 날려 보낸 것은 아니었으므로 괜찮았다. 시간을 내어주는 대신 작가들의 농밀한 경험을 차곡차곡 쌓아갔다.

"이거 어때요?"

"아잇, 시발! 깜짝이야!"

"설마 지금 욕한 거예요?"

"어이쿠 죄송해요. 아뇨, 그게 아니라…."

생각을 좀 할라치면 여지없이 언니 사장이 나타나 집중을 흩어놓는다. 그녀는 소리 없이 다가와서는 갑자기 팔을 불쑥 내밀었는데 팔에 피딱지가 덕지덕지 붙어 있었다.

"아니, 갑자기 피딱지가 더덕더덕한 팔을 들이미는데 누가 안 놀라냐고요. 미안해요. 나 너무 깜짝 놀라면 욕을 해요."

"됐고. 단지 아빠. 나 문신했어. 이거 대박이야."

그녀의 팔에는 귤보다는 조금 작고 깡깡보다는 큼직한, 흐릿하게 어떤 형체를 띄고 있는 피딱지가 있었다. 아, 개였구나.

"예쁘네요…라고 하려 했는데 전혀 못 알아보겠는걸요. 그리고, 으윽. 피딱지 봐."

"단지 아빠가 샌님에다 늙어서 그래. 문신 같은 걸 해봤어야 알지."

"샌님 아니거든요? 나도 질풍노도 때 대단했거든요? 나 어릴 때 십자가 귀걸이 하고 다니던 사람이에요. 그리고, 왜 자꾸 말을 짧게 합니까. 존대를 하시라고요, 존대를."

"됐고. 한 번에 다 하면 염증 생긴다고 해서 나눠서 하는 거예요. 이거 아물면 두 번 정도 더 해야 돼요. 다 하면 그때 또 보여줄게. 여기는 하얗게, 여기는 까만색으로. 대박이 얼굴을 그릴 거예요. 엄청 예쁘겠죠?"

"네, 예쁘겠네요. 그럼 저 책 좀 읽어도 될까요?"

"단지 아빠도 단지 새겨봐요."

"아뇨, 아뇨. 이 나이에 문신은 무슨. 그런데 저 책 좀 읽어도 될까요? 제발요."

사실 그도 문신을 해볼까 하고 홍대 타투샵에 간 적이 있었다. 작년쯤인가. 아무튼 얼마 안 된 일이다. 용기가 안 났다거나 아플까 봐 무서워서 안 한 건 아니었다. 늙어서 주책이라는 소리 들을까 봐 하지 못했다. 하지만 단지 문신이라면 괜찮을 것 같았다. 회사를 그만두는 일이 생긴다면 다시 한번 생각해봐야겠다.

"아 참, 단지 아빠 오늘 시간 돼?"

"말 짧게 하지 말라니까? 요? 내가 그쪽보다 일곱 살이나 많구만. 요."

"됐고. 오늘 가게에서 맥주 한잔 할 거예요. 강원도에서 내 친구들도 온다 하고, 연탄이네랑 육백이네, 장군이네도 온다니까 단지 아빠도 먹고 가. 내 친구들 예뻐."

"아뇨, 아뇨. 나는 술도 못 먹고 그냥 커피 마시다가 갈게요."

"아오. 그놈의 아뇨, 아뇨. 그냥 좀 와요. 단지 아빠랑 친해지고 싶어 하는 사람들이 얼마나 많은데."

"누가요? 왜요?"

오늘 B에서 망원 주민 단합대회가 있나 보다. 언니 사장은 모르겠지만 동생 사장이 서소 씨에게 당부한 것이 있었다. 언니가 가게 문 닫고 술을 마시려고 하면 꼭 자기에게 알려달라고 말이다. 그는 "아니, 내가 왜 그걸 알려줘야 합니까…"라고 말했지만 똑바로 전달하지 못했다. 동생 사장이 그때 자기 말만 하고 휙 가버렸다. 언니는 오지라퍼였고 동생은 기계인간이었다. 그래도, 그들은 착한 아우라가 느껴지는 좋은 사람들이었으므로 봐주기로 했다.

밤이 되었다. 적당한 시간에 그럼, 사요나라, 하고 도망치려 했으나 언니 사장에게 붙잡혀 버렸다. 밤 열한 시가 넘자 언니 사장이 가게의 팻말을 OPEN에서 CLOSED로 뒤집어 걸었다. 술을 마시기로 했다면서 오후 다섯 시부터 죽치고 앉아 있는 그녀의 친구 두 명과 몇 명의 동네 주민이 모였다. 동네 주민의 수만큼 동네 개들도 모였다. 서로 킁킁거리고 더러는 미친 듯이 짖었으며, 언니 사장이 사 온 치킨을 늘어놓자 그 냄새에 이성을 잃은 개들이 또 미친 듯이 짖고 난리가 났다. 여덟 사람과 여덟 마리의 개가 모였는데 치킨이 두 마리였다. 서소 씨를 포함한 몇몇 사람들이 한숨을 쉬며 배달앱을 켰다.

누가 양념치킨을 먹을지, 누가 와인을 마시며 누가 맥주를 마실지에 대해 정하느라 가벼운 혼란이 있었으나 어찌어찌 주문은 완료되었다.

음식을 기다리는 동안, 사람들이 조용하였다. 그들은 친하지 않았다. 서로 이름도 제대로 모르는 것이다. 우리를 그렇게 내버려두고 언니 사장은 그새 어딜 갔는지 보이지 않았다.

'싸늘하다. 어색함이 비수가 되어 날아와 꽂힌다. 하지만 걱정하지 마라. 손은 눈보다 빠르…'

서소 씨는 어색함이 위태롭게 흐르는 카페 B의 기류를 느끼고는 어제 다시보기로 보았던 타짜의 한 장면을 떠올렸다. 분위기를 풀기 위해 먼저 말을 할 수도 있었으나 그러고 싶지 않았다. 그는 변했으니까. 이제 깔깔거리며 흥을 돋우는 광대 서소 씨는 죽었으니까. 혹시나 글감을 얻을까 하여 사람들을 관찰하기 위해 어색함을 딛고 거기에 있을 뿐, 그 자리를 즐기거나 누군가와 사귀고 싶은 마음은 없었다.

"단지 아버님, 말씀 많이 들었어요. 저는 육백이 아빠입니다."

"네, 안녕하세요. 처음 뵙겠습니다."

"네, 공부를 엄청 열심히 하신다고. 허허."

육백이 아빠가 그들 중 가장 연장자일 것이다. 기어 들어가는 듯한 목소리와 제스처, 말투로 보건대 육백이 아빠는 내성적인 사람이 틀림없었지만, 연장자로서의 책임을 느꼈는지 그가 대화의 포문을 열었다. 그런데 하필이면 서소 씨를 목표로 하여 발사하였다.

"맞아요. 지나가다 보면 맨날 책만 읽더라. 무슨 공부하세요?"

연탄이네가 말했다.

"아뇨, 아뇨. 그냥 심심해서 소설책 읽는 거예요. 공부는 무슨요."

"에이, 막 밑줄도 치고 띠지도 엄청 붙이고 그러시던데요."

"아, 그냥 좋은 표현이나 와 닿는 문장이 보이면 표시하는 것뿐이에요. 별것 아닙니다."

"그런데 단지 아빠 몇 살이에요?" 장군이 엄마가 물었다.

"저는… 서른여덟 살입니다."

"예에?" 언니 사장의 친구들이 크게 놀랐다.

"어이쿠, 엄청 젊어 보이시네요. 저희는 단지 아빠가 대학생이나 대학원생쯤인 줄 알았어요."

"어이쿠. 에이, 제가 옷을 좀 주책스럽게 입고 다녀서 그래 보였나 봐요. 저, 늙었어요. 아무튼… 고맙습니다."

그들의 이야기에 서소 씨는 웃음이 나왔다. 어려 보인다는 말은 서소 씨가 가장 듣기 좋아하는 말 중 하나였으므로 미소가 자꾸만 비집고 나왔다. 멋쩍어서 웃는 척 진짜 미소를 섞어서 흘려보냈다. 눈치 못 챘겠지.

디어 마이 테스토스테론

내 안에 피터팬이 살고 있다. 나이가 드는 것을 싫어하는 이놈 때문에 나는 상당히 귀찮은 일상을 살아내는 중이다. 다행히도 어린 채로 남아 있고 싶은 욕구가 지나치게 강렬하여 정상적인 생활이 불가능하다거나 사회 통념을 벗어나는 이상 행동을 하는 정도까진 아니다. 하지만 이놈을 내쫓지 않고 내 안에 살도록 그냥 내버려두고 있는 것은 맞다.

나는 나의 생각이나 말투, 외모나 옷차림 따위가 나이 들어 보이지 않도록 하는 데에 꽤 많은 에너지를 소모하고 있다. 근육질은 전혀 아니지만 어느 정도 이상은 살이 찌지 않도록 매우 조심을 한다던가, 트렌디한 옷이나 신발, 안경 같은 것들을 챙겨 입는 데에 열심이라던가… 그런 노력들을 매일 한다. 사실, 옷을 잘 입는 편이라고 말할 만한 수준은 전혀 못 되지만 옷 잘 입는 동생들에게 꼬치꼬치 물어보면서, 떡상이라던가 쿠쿠루뻥뽕, 두두등장 같은 애들 말을 유튜브를 통해 열심히 습득해 가면서 나이가 들어 보이지 않도록 하는 데 몹시 공을 들이고 있다. 이런 노력들 덕분인지 나이나 차장이라는 직급 같은 걸 말하기 전에 내 나이를 맞추는 경우는 드문 편이었다. 적게는 세 살에서 많게는 여덟 살까지 어리게 봐주는 것 같다. 정말 가끔이기는 하지만 담배를 살 때 신분증을 물어보는 경우도 아직 있다. 믿어줘요.

패나 진중한 취미로서, 힙합 비트를 만드는 작업을 하고 있다. 그러다 보니 20대 초반의 아이들과 소통할 일이 많았다. 아직까진 그들로부터 꼰대나 아재라는 이유로 내쳐지지는 않고 있으니 내가 하고 있는 것들이 내 안의 피터팬을 붙잡아 두는 데 어느 정도 효과가 있는 게 아닐까 하고 (조심스레) 생각하고 있다. 누군가 '굳이 왜 이렇게까지 애를 써가며 어려 보이려 노력하는가'라는 질문을 한 적이 있었는데 거기에 답을 못 했다. 별다른 이유가 없었다. 그냥 그렇게, 어려 보이고 싶을 따름이었다. 머릿속에 '어려 보인다=여러 세대와 소통할 수 있는 센스가 있다'라는 공식이 세워진 듯하다. 혹시 나와 비슷한 생각으로서, 어려 보이고 싶은 분들이 있다면 참고 정도는 될 수 있을까 하여 내가 하고 있는 것들을 끄적여 본다.

먼저, 요즘 애들 말이나 유행어 같은 것은 쓰지 않는 것이 좋다. 나는 애들 말을 공부한다고 했으면서 왜 당신보고는 쓰지 말라고 하냐고? 내가 하고 싶은 말은, 쓰지는 아니하되 알아는 들을 수 있도록 공부해 둘 것을 권장한다는 말이다. 공부한다고 또 노트 같은 걸 펼쳐서 필기하며 외우지 말고 유튜브에서 관심 있는 콘텐츠 몇 개 보다 보면 금세 익숙해지니 이 방법을 추천한다.

배우고 나면 아마도 자꾸만 써먹고 싶어질 것이다. 그런데 상대방이 이미 내 나이를 알고 있을 터임에도 무리해서 'ㅅㅌㅊ'라던가 '엄근진' 같은 모호한 포지션의 애들 말을 잘못 구사하면, 나이 든 사람이 무리하는 태가 금방 나고 말 테니 잘 참아내도록 한다. 차라리 못 알아들어서 어리둥절한 표정을 짓는 모습이 그들에게는 호감이다. 어려 보이려는 노력을 들키지 말아야 한다. 중요하므로 반복한다. 노력을 들키지 말아야 한다.

두 번째는 옷을 챙겨 입는 것이다. 지금 입고 있는 옷을 벗고 새 옷을 입자. 젖꼭지가 오돌토돌 튀어나오는 쫄쫄이 라코스테 PK 셔츠를 버리고 Y존이 도드라지는 흉측한 핏의 청바지도 당장 내다버리자. 그렇다고 너무 힙한 애들 옷(스투시 같은 브랜드 로고가 크게 박힌)을 입는 것도 좋지는 않다. 너무 어렵나. 적절히 후리해 보이면서도 깔끔한 이미지를 유지할 수 있는 옷이 좋다는 것이다. 이를테면 아메카지 스타일. 요즘에는 여러 인터넷 쇼핑몰을 한 곳으로 모아둔 쇼핑 플랫폼이 많은데 이런 곳을 활용하여 쇼핑하는 것을 추천한다. 프린팅이 과하지 않은 저렴한 무지 티셔츠나 셔츠를 여러 개 사서 두 번 이상 빨면 버릴 생각을 하고 새 옷의 단정함이 부각되도록 자주 바꿔 입는 것이 좋다. 심심한 느낌은 요상한 액세서리나 강렬한 프린트가 있는 옷으로 커버하지 말고 비비드한 컬러의 신발이나 모자, 가방을 활용하여 보충하는 것이 좋다. 옷을 입고 거울 앞에 서보면 밋밋해 보이는 것 같아도 힙한 신발을 잘 골라 신는 순간 느낌은 확 달라진다. 내 나이에 그런 걸 입어도 될까 걱정되는 분들은 김칠두 할아버지의 룩북을 살펴보시라.

세 번째, 얼굴에 풍화나 침식이 이미 많이 진행되었는가. 보톡스나 필러 같은 가벼운 시술을 받아보는 것도 좋다. 나이 들어가는 것을 막을 수는 없겠지만 과하지 않은 수준의 시술을 통해 늦출 수는 있다. 서른 중반을 넘자 팔자주름이나 미간 주름이 점점 뚜렷해지는 것 같아 조금 스트레스를 받았었는데 필러를 맞아보니 주름을 펴주기도 하고 주름이 생기는 시기 자체를 뒤로 미뤄주는 것 같아 크게 만족했다. 지금은 남자가 뭐 그런 걸 맞고 다니냐는 시선이나 생각이 옅어진 아주 좋은 세상이다. 잠깐 어색하고 창피한 것만 참아내면 좋은 것들을 많이 누릴 수 있다. 정말이지 감쪽같아서 말 안 하면 아무도 모른다. 돈도 얼마 안 든다. 보톡스 한 병에 오만 원, 끝.

마지막으로, 나이가 상대방보다 많으니까 또는 적으니까 나는 이렇게 해야 한다는 생각 자체를 하지 않으려 노력 중이다. 내가 공부하기 싫으면 고등학생인 저 녀석도 공부하기 싫다. 공부를 해야만 하는 나이라던가 공부하기 좋은 나이 같은 건 딱히 없다. 어쩌면 공부는 평생에 걸쳐 해야 하는 것일지도 모른다. 새로운 것, 상식을 깨는 것은 계속 나오니까. 인생을 폭넓게 즐기려면 그러는 수밖에 없다.

내가 어찌할 수 없는 무언가는, 경험을 자랑하고 혁신을 부르짖는 회사의 높은 어르신들도 별로 어쩔 도리가 없는 무언가였다. (아닌 척하지만) 다 똑같다. 경험해보지 않은 일을 잘할 때도 많고 분명히 경험해 본 일임에도 망칠 때도 있다. 2020년 7월 15일은 누구에게나 처음이므로 나이가 많고 적음을 따지기보다는 '모두가 처음 맞이하는 오늘이라는 물결'이 어디로 어떻게 흘러가게 될지 아무도 알 수 없음을 인정하고, 모든 세대가 둥글게 모여앉아 2020년 7월 15일을 무사히 보내기 위한 토론을, 대화를 하자는 것이다.

나이를 배제하기 위한 노력들을 열심히 했다. 어린 사람들이 나에게 불만을 말할 수 있도록 몹시 공을 들였다. 공감의 제스처를 취하며 열심히 듣기만 했다. 머뭇거리던 아이들은 점점 속마음을 털어놓기 시작했고 나는 미안하다고 말했다. 그리고 그들이 불만을 말했기에 나도 말했다. 어린 사람에게 내가 나이로 밀어붙이고 있는 게 아닐까 하는 걱정 같은 걸 하지 않고 당당하게 필요한 것을, 섭섭한 것들을 말했다. 친구라도 기분이 나쁠 수 있는 상황인지 점검하고 말했다.

어느 날엔가 백화점에서 그동안 한 번도 들러보지 못했던 매장에 전시된 머스터드 컬러의 헐렁한 티셔츠가 눈에 들어왔다. 내 나이에 입어도 되는지 아닌지에 대한 생각은 하지 않았다. 내 얼굴과 피부톤에 어울리는지만 생각했다. 내가 갖고 있는 신발 중에 어울리는 게 있는지를 생각했다. 어울린다고 판단하면 사서 편하게 입었다. 그렇게 입게 된 요즘 애들 옷은 생각보다 어색하지 않게 잘 어울렸다. 이런 생각과 행동들을 자꾸 하다 보니 나도 상대방도 서로의 나이를 잊어갔다. 서른여덟이라는 내 나이를 의식하지 않게 된 애들이 솔직한 생각들을 내게 말했다. 그중에 괜찮은 것들이 꽤나 많았다.

하지만 아무리 노력을 해도 서른여덟 내 나이를 상기시켜 주는 사건이나 생리적 변화 같은 것은 가끔씩 당연하게 찾아왔다. 체력이라던가 뭐 그런 종류의 것은 아니다. 체력은, 운동만 열심히 하면 80세 이전까지는 젊은 애들보다도 좋은 상태로 유지할 수 있다고 본다. 하프마라톤 대회 같은 곳에 다녀왔다는 애들 말을 들어보면 다들 50~60대 할저씨들한테 탈탈 털리고 집에 간다고 했다.

최근 내게 찾아왔던 '나이가 들어가는 것에 대한 두려움'에는 두 가지가 있었다. 하나는 어느 날 내 안의 피터팬이 나에게 이렇게 물어보았을 때였다. '네가 열심히 노력해서 외모가 나이보다 조금 어려 보이는 것까진 알겠는데, 과연 그거면 된 것이냐'라고. '물론'이라는 대답을 하려다가 말문이 막혔다. 언젠가는 이런 나의 모습이 주책맞아 보일 수도 있겠다는 생각이 들었다. 사십 대는 사십 대에 어울리는 멋과 매력이 있을 텐데 그게 뭔지 모르겠다는 생각이 들자 갑자기 불안해졌다. 지금처럼은, 조금 가볍다. 경박할 수 있겠다. 그럼 어떻게 나이를 먹어야 하지? 오랜 시간을 고민한 끝에 잠정적으로 찾은 답은 이러하다.

'책을 읽자.'

캐주얼하고 가벼운 태도를 유지하는 것은 어린 상대방에게 편안함을 줄 수는 있겠지만 멋져 보이지는 않을 것 같았다. 유머러스하고,

대화를 나누기가 부담스럽지는 않으나 그저 그게 전부인 철없는 사십 대처럼 보이긴 싫었다. 누가 멋진 아저씨인가에 대한 고찰을 곰곰이 해보니 캐주얼한 것 같으면서도 말을 할 때 은연중에 느껴지는 교양 같은 게 있는, 그런 사람이 멋지다는 생각이 들었다. 노무현, 유시민, 유재석, 이적, 황석영, 채사장, 무라카미 하루키, 물리학 교수 정재승 같은 사람들. 이들은 나이가 꽤 들었음에도 '매력'을 유지하고 있었다. 그 매력은 지성과 교양에서 나오는 것 같았다. 나도 그런 사람들을 따라 열심히 읽고, 쓰기로 했다. 물어보기 전에는 아는 척 말하지 않는 연습을 하면서 멋진 사십 대가 되기 위해 노력하기로 했다. 잘 생각한 것 같다.

이제 한 가지 걱정은 해결을 했는데 나머지 한 가지는 아직 미결이다. 건강에 관한 것인데 아까 체력에 관한 건 아니라고 했고. 그렇다. 말하기가 대단히 창피하지만 호르몬에 관한 것이다.

서른일곱이 되던 2019년 연초의 어느 날, 갑자기 이런 생각이 들었다.

'내가 지나가는 여자를 마지막으로 흘끗 쳐다본 게 언제였지?'

기억이 나지 않았다. 언제부턴가 나는 이성에 대한 관심이 별로 없어졌고 성욕도 없어진 것 같다는 생각이 들었다. 불안이 불현듯 엄습

했다. 결혼을 했기 때문에 의식적으로 다른 이성에 대한 관심을 끊고 사는 것과 생리적으로 관심 자체가 없는 것은 조금 다르다. 2019년 초는 이혼한 지 아직 얼마 안 된 시점이기는 했지만, 아무튼 이혼을 한 상태였으므로 의식적으로 이성에 대한 관심을 멀리할 필요는 없었다. 하지만 그냥 관심이 안 갔다.

그날 밤 잠을 자려고 누웠다가 생각했다. 오늘 소변 보러 화장실에 몇 번 갔더라. 응? 10번? 왜 이렇게 많이 갔지? 평소 화장실에 자주 가는 편이기는 하다. 나는 하루에 서너 잔 이상의 아메리카노를 마시니까. 불안감이 조금 잦아드나 싶더니 다시 튀어 올랐다. 생각해보니 오늘은 커피를 안 마셨다. 혹시 전립선 이런 데가 안 좋아진 건가? 생각이 꼬리를 물었고 잠이 오지 않았다. 티브이를 틀었다. 예능프로그램을 반복적으로 틀어주는, 좀 전까지 낄낄거리고 보던 케이블 채널이 나왔다. 박수홍이 남성호르몬 검사를 받는 장면이 나왔는데 6.98에서 1년 사이에 4로 뚝 떨어졌고, 윤정수는 정자 활동성 검사 결과 하위 5%에 해당한다는 내용이 나오고 지랄이다. 이런 생각을 하는 동안 또 화장실이 가고 싶어졌다. 소변을 보면서 생각했다. '아무래도 비뇨기과에 가봐야겠다'라고. 그러나 가야지, 가야지 하고 마음만 먹다가 벌써 일주일이 흘렀다. 인터넷에 '전립선 소변 횟수'라고 검색해보니 하루에 7~8회를 넘으면 의심해보라고 했다. 일주일 동안 소변 보는 횟수를 체크해봤다.

하루 평균 10번.

점점 더 신경이 쓰였다. 나는 그날 점심을 먹으러 나가지 않고 출근할 때 미리 사둔 삼각김밥을 오물거리며, 사무실에 아무도 없는지 확인한 뒤 인터넷 화면 창을 글자만 간신히 보이는 최소 크기 수준으로 줄여놓고는 회사 근처의(회사 근처가 집 근처다) 비뇨기과를 검색했다. 큰 병원도 있었고 작은 병원도 있었는데 부러 작은 병원을 찾았다. 큰 병원을 예약했다가 회사 사람과 마주칠 수도 있으니까. '나랑 같은 생각을 하는 회사 사람이 있을 수 있으니 큰 병원으로 할까'라는 생각이 나면서 포커를 치는 것 같은 기분이 잠시 들었다. 후, 이게 뭐라고 포커까지 나오는 거냐.

고민 끝에 작은 병원에 가보는 것으로 결정했다. 전화를 걸어 신호 대기음이 이어지는 동안, "예약자가 꽉 차 있으니 몇 주 뒤로 예약 잡으실게요"라는 멘트를 기대하였으나 병원 간호사는 나른한 목소리로 "아무 때나 오시면 돼요. 지금도 괜찮으신데요."라고 말했다. 젠장, 생각해보니 전화를 받은 간호사가 여자다. 비뇨기과에서 일하는 모든 사람은 남자일 줄 알았는데 아닌가 보다.

- 오늘은 좀 어렵고요. 저 혹시 사람이 별로 없는 시간대가 언제인가요.

아무 소리도 들리지 않았지만 수화기 너머로 웃음 참는 소리가 들리는 것 같았다.

- 아침 일찍 오실수록 사람이 없어요. 오후에는 환자 많습니다.

- 네, 그럼 내일 오전에 갈게요.

다음 날 오전, 아침 일찍 사무실에 와서 옷을 의자에 걸어두고 모니터를 켜놓는 등 출근한 척 책상을 세팅하고는 병원으로 향했다. 꽤 일찍 왔지만 늘 아침 일찍 출근하는 분들이 계셔서 사무실에 아무도 없지는 않았다. 나는 지각을 밥 먹듯이 해왔기 때문에 일찍 온 것이 되려 그분들의 눈길을 받게 되었다. "여- 서소 과장, 오늘 일찍 왔네." 라고 어떤 이사님이 내게 인사를 하자 다른 사람들도 말을 걸어오기 시작했다.

"서소 과장. 근데 지금 어디 나가?"

"아, 저는 지금 으… 은행. 은행 가요!"

"응? 은행 문 열려면 아직 40분은 더 있어야….'

급한 척, 뒤에 들리는 말을 못 들은 척하며 엘리베이터 닫힘 버튼을 긴급히 눌러댔다. 그렇게 사무실을 빠져나와 비뇨기과가 있는 작은 상가 건물로 달려갔다. 좁은 계단을 몇몇 내려오는 사람들과 부딪히며 우당탕 올라가 비뇨기과 의원이라는 시트 스티커가 붙은 문을 열어젖혔다. 크기가 작긴 했지만 개원한 지 얼마 안 되었는지 깔끔한 것은 다행이었다. 문을 열자마자 여성 간호사가 몇 명인지 세어 보았다. 하나, 둘, 셋… 세 명 전부 여자였다. 그래, 뭐. 주사를 놓거나 수납 업무 같은 걸 하는 사람들이겠지. 남자 고추를 보는 일을 직업으로 삼은 분들은 아닐 것이다. 아마도. 접수를 마치고 에어컨 앞에 서서 헐떡이는 숨을 고르며 안내를 기다렸다.

"서소님. 1번 진료실로 들어가실게요."

　보통 의사들은 진료실 책상 위에 자신의 전공에 관한 신체 모형을 올려두는 걸 많이 보았다. 예컨대, 신경외과에서는 뇌나 척추 모형을, 정형외과에서는 무릎 모형을, 회사 업무 때문에 방문했던 유방 전문 클리닉에서는 여성 가슴 단면이 있었다. 그렇다면 과연 비뇨기과에는 남성 고추 모형이 있을까. 있었으면 좋겠다. 나도 내 단면이 어떻게 생겼는지 관심 있게 살펴본 적은 없었어서. 진료실 문을 열고 들어가자 나보다 서너 살쯤 많아 보이는 젊은 남자 선생이 앉아 있었다. 오른쪽 팔목에는 끈 팔찌가 두어 개 채워져 있었고 왼쪽 팔목에는 롤렉스 시계가 있었다. 가운 안에 받쳐 입은 셔츠도 옷에 관심 많은 사람이나 알 법한 브랜드의 것이었다. 잘생긴 얼굴을 했는데 피부과나 성형외과에 앉아 있으면 히트일 것 같았다. 저렇게 멋진 외모를 가진 내 또래의 남자와 전립선과 성욕에 관한 고민을 나눈다는 게 왠지 좀 창피하지만, 어쩔 수 없다.
　"안녕하세요. 서소님. 어디가 불편해서 오셨을까요?"
　"최근… 화장실을 너무 자주 가는 것 같습니다. 방광염인지, 전립선이 비대해져서 그런 건지 궁금해서 왔고요. 최근 성욕 같은 게 없는 것 같기도 하고… 나이가 30대 중반 넘어가니까 남성호르몬 검사 같은 것도 한번 받아보고 싶어서요."
　멋지게 차려입은 비뇨기과 의사는 차갑고 세련된 외모와 다르게,

다행히도 상당히 친절했다. 나긋한 말투로 설명을 해주었다. 가끔 왼팔을 움직일 때마다 롤렉스 데이토나가 눈에 띄게 번쩍이긴 했지만 크게 신경 쓰이진 않았다. 나는 서혜부(고추) 단면 모형을 물끄러미 바라보며 그의 말을 들었다.

"서소님, 일단 호르몬 검사부터 해보죠."

의사가 컴퓨터에 뭐라고 입력하자 밖에서 간호사가 들어와 나를 혈액 채취실로 데려갔다. 그녀는 '자, 팔에 힘 빼실게요, 따-끔-' 하는 전국 간호사 협회 공식 지정 톤으로 말하며 피를 뽑아갔고 나는 다시 진료실로 돌아왔다.

"호르몬 검사 결과는 내일이면 나올 거고요, 다음에 다시 오셨을 때 같이 결과 보면서 설명 들으시죠."

"네, 선생님."

"그리고 전립선이 커졌는지 보려면 초음파 검사를 해봐야 하니까 바지 벗고 여기 침대에 누워보세요."

올 게 왔나 보다. 바지 벗고 눕는 거야 별일이 아닌데 저 밖에 있는 하나, 둘, 셋 여자 간호사들이 들어올까 봐 겁이 났다. 물어볼까 말까 망설이다가 물었다.

"초음파 검사할 때 혹시 밖에 간호사분들도 들어오시나요…?"

"원래는 들어오는데요, 크흠. 오늘은 저 혼자 해드릴 테니 안심하세요."

"네… 정말… 고맙습니다."

그렇게 초음파 검사가 시작되었다. 의사는 축축하고 차가운 젤을 내 배꼽 아래에 잔뜩 바르더니 초음파 프로브로 비비적거리며 모니터를 보았다.

"음, 전립선이 비대해지진 않았는데요. 방광염이면 소변볼 때 통증이 있을 수 있는데 그렇지는 않으시죠?"

"네, 소변볼 때 불편한 건 없어요. 그냥 화장실에 너무 자주 가는 것 같다는 거랑 새벽에 한두 번쯤 소변이 마려워서 잠이 깬다는 것 빼고는 괜찮습니다."

"아무래도 전립선에 염증이 생긴 것 같은데… 전립선 분비물을 추출해서 염증이 있는지 검사를 해 보는 게 좋겠습니다."

나는 나의 전립선이 뚱뚱해지지 않았다는 사실에 안도하며 의사 당신이 하고 싶은 것 다 해보라는 심정으로서 밝게 대답하였다. 전립선 염증 검사라… 뭐 또 피를 뽑거나 소변을 받아오면 되나?

"네, 서소님. 그러면, 바지 벗은 그 상태로 침대에서 내려와서 저기 있는 저 봉을 잡고 뒤돌아 서주세요."

동작 지시가 복잡하여 한 번에 알아듣지를 못했다. 예? 예?를 반복하며 의사의 지시에 따르고 나니, 나는 아가처럼 하의가 벗겨진 채 벽에 붙은 기다란 봉을 붙잡고 허리를 굽혀 의사에게 엉덩이를 내민 옹색한 자세가 되어 있었다. 아, 저 기다란 봉은 이런 용도였구나. 허리를 굽히자 넥타이가 달랑달랑 거슬렸다. 넥타이 말고 다른 게 하나 더, 즉 두 개가 흔들렸으므로 지금 둘 중에 어떤 게 달랑거리고 있는 것인지 혼란스러웠다. 넥타이를 풀어야 하나 말아야 하나 고민을 하다가 남자 둘만 있는 밀폐된 공간에서 바지를 벗은 채 넥타이를 푸는 정경이 도무지 이상한 것 같아 그냥 맨 채로 있었다.

"자, 서소님. 전립선 분비물을 추출하려면 제가 손으로 전립선을 눌러 짜줘야 합니다. 조금 불편하시겠지만 참으세요. 시작합니다."

남자끼리 고추를 내보이는 거야 뭐 목욕탕에서 자주 있는 일이니, 그리고 바지를 내린 채로 하도 오래 있었더니 이제 익숙해졌는지 하의를 상실한 현재의 상황이 그렇게 창피하지도 않았다. 전립선을 눌러 짠다는 게 내 아랫배를 눌러서 전립선을 짜고 그 분비물을 소변으로 받아오는 일인가 보다 생각하는 순간 무언가 쑤욱 하고 들어왔다.

내 항문에.

– 이히익!!

의사는 손에 고무장갑을 끼고 젤을 묻히더니 항문에 손가락을 찔러 넣었다. 그것도 두 개나. 그러고는 그 안에서 손가락을 조물락거리기 시작했다.

"흐허어억."

"서소님, 힘들어도 참으세요. 전립선을 자극하려면 이렇게 뒤로 손을 넣어서 앞쪽으로 눌러줘야 합니다."

전기가 오는 것처럼 온몸이 저릿했고 눈물이 찔끔 나왔다. 거기는 사람의 몸에서 가장 첨단의 감각을 갖고 있다고 분명히 백과사전에서 본 적이 있다. 그래서 깊이 숨겨져 있는 것일 터인데 막 이래도 되는 것입니까. 아무리 의료행위라지만 이건 지나치게 폭력적인 것 아닙니까. 현대 의학이여, 정녕 이 방법밖에 없었습니까. 눈물이 찔끔 나오면서 소변이 마려웠다. 그냥 마려운 게 아니라 의사가 손을 움직일 때마다 터져 나올 것처럼 마려웠다. 으읏, 으읏. 터져 나올 것 같은 오줌을 간신히 참고 있었다.

"서소님, 지금 소변 마렵죠. 그냥 누세요. 지금 빨리. 자 하나, 둘, 하나아… 두울….”

이것은 고통스럽다기보다는, 입에서 하으응- 하는 신음소리가 새어 나오는 류의 자극이다. 야, 이 새끼야. 내가 올해 삼십칠 살인데 그냥 바닥에 누라고 말해봤자 병원 바닥에 오줌이 질질 흘려지겠냐. 난 안 쌀 거다. 안 돼. 절대로 무리다. 안 돼!

'주륵'

단언할 수 있다. 그 어떤, 정신력이 강하고 자기 통제력이 강한 사람이라 하더라도 이걸 하고 나면 분명히 오줌을 싸게, 아니 지리게 될 것이다. 점점 빠르고 강해지는 자극에 머리가 아득해지는 느낌이 들었고 나는 주륵, 주륵 하고 그가 자극할 때마다 소변을 배출하였다. 하나둘, 하나둘. 맨바닥인 줄 알았는데 다시 보니 내가 소변을 흘릴만한 위치에 널따란 플라스틱 통이 놓여 있었다. 처음이 어렵지 그다음은 쉬웠다. 그 잘생긴 의사의 손길에 따라 내 몸은 춤을 추었고 의사가 아닌 내가 봐도 충분한 양을 배출한 뒤에야 잘생긴 의사는 손을 뺐다.

"자, 고생하셨습니다. 이제 가보셔도 됩니다. 문밖에 계신 간호사와 다음 방문 일정 잡아주세요."

보람찼던 오전 진료를 마치고 밝게 미소짓는 젊은 의사의 얼굴을 뒤로한 채 진료실 문을 닫고 나왔다. 세 명의 간호사들과 눈이 마주쳤는데 아무런 표정을 짓고 있지 않았지만 나는 그녀들이 속으로 웃고 있다는 것을 분명하게 느낄 수 있었다. 진료실에서 나온 널따란 플라스틱 통만 보아도 안에서 무슨 일이 있었는지 알 수 있었겠지. 내가 '흐으흥' 하는 소리도 꽤나 크게 내버린 것 같은데 그것도 아마 다 들었겠지. 비틀거리며 밖으로 나왔다. 아무래도 영혼이 훼손된 것 같다. 나의 몸속을 헤집은 게 잘생긴 남자 선생의 손가락이라는 것이 묘하게 나를 더 창피하게 만들었다. 그가 안경을 고쳐 쓸 때마다 반짝이던 롤렉스가 다시금 떠올랐다.

병원을 나와 회사로 돌아갔다. 아침부터 그런 무지막지한 일을 겪었음에도 회사 직원들과 아무렇지 않게 웃고, 떠들고, 일하고 있는 내가 잘못한 것도 없이 위선자처럼 느껴졌다. 그날 하루 종일 아랫배와 엉덩이에 손가락이 들어와 꿈틀대는 듯한 느낌을 감각하였다. 감각을 망각하기 위해 걸어본다거나 말을 많이 한다거나, 하여간 노력해

보았으나 별 소용이 없었다. 오히려 감각은 점점 또렷해져만 갔다. 오타쿠 시절, 어떤 일본 애니메이션을 보다 들었던 대사가 떠올랐다.

"이마 와칸지테이루. 에에니 키요쿠스루요네!"(지금 이 느낌. 영원히 간직할게!)

며칠 뒤, 다시 병원을 찾았다.

"안녕하세요. 선생님."

"네, 서소님. 그럼 검사 결과를 같이 볼까요. 먼저, 전립선 분비물 검사 결과인데요, 염증이 발견되었어요. 아무래도 빈뇨증은 염증 때문에 전립선이 붓고 방광을 자극해서 그런 것 같습니다. 비대증은 아니고 조금 부은 거에요. 2주 정도 약을 먹고…."

"2주 정도 약 먹고 또 전립선 분비물 검사를 해야 하나요?"

"사실 염증이 완전히 없어졌는지 확인하려면 그래야 하는데, 일단 약을 먹고 빈뇨가 없어지면 그때 생각해보죠."

"네…."

"그리고 남성호르몬 수치는 5.9가 나왔습니다. 낮기는커녕 정상보다 높은 수치예요. 성욕이 별로 없다는 느낌은 호르몬 수치 때문은 아닌 것 같습니다. 스트레스 많이 받으시나요? 그런 것 때문일 수도 있어요."

"그렇군요…."

호르몬 수치를 듣고 안심했다. 그즈음 나는 딱히 스트레스를 받을 일이 별로 없었다. 하지만 여자를 만나는 일에 대해 떠올려 보자면 '귀찮음'이라는 생각만 떠올랐다. 그렇다면 원인은 아무래도 이것으로 추정된다. 최근 다시 복용하기 시작한 '항불안제'. 아직 내원 예정일까지 한 달은 남았지만, 그 주 주말 나는 다니던 신경정신과를 찾아갔다.

"안녕하세요. 선생님."

"안녕하세요. 서소님. 아직 약이 많이 남았을 텐데 일찍 오셨네요. 혹시 약 과복용한 건 아니시죠?"

"네네. 아니에요, 그런 거. 다름이 아니라…."

나는 자초지종을 설명했다. 의사 선생님이 씨익- 웃으며 설명해 주었다.

"서소님. 걱정 마세요. 서소님이 이혼하셔서 그런지 별로 성생활에 대한 불편을 호소하지 않아서 말씀을 안 드렸는데요, 지금 드시고 있는 약들 중에 분홍색 알약 있잖아요. 그걸 먹으면 성욕을 감퇴시키는 부작용이 좀 있을 수 있습니다. 성욕뿐만 아니라 성감도 감퇴가 돼요. 발기에 영향이 있는 것은 아니지만 성감이 떨어져서 관계 시 사정에 실패하실 수도 있습니다. 그리고 땀이 많이 난다거나 식욕이 왕성해지는 부작용도 있을 수 있어요. 지금으로서는 그 약을 쓰는 게 좋기는 한데 혹시 성생활하는 데 불편하시면 다른 약으로 바꿔드릴게요."

"아녜요. 그런 거….'

얼굴이 빨개져서 병원을 나왔다. 약 때문에 잠깐 그런 것뿐이라는
데 왜 자꾸 기분 나쁘게 머릿속에 '고개 숙인 남성' 따위 단어가 돌아
다니는지 모르겠다. 의사 선생님이 고개가 숙여지는 일은 없다고도
말해줬는데.

관계가 안 될 수도 있다니. 태어나서 한 번도 해본 적이 없는 걱정
이었다. 나는 평생 혼자 살 생각은 없는데 이대로, 약을 끊어도 안 돌
아오면 어떡하지? 나 어떡해요?

나는 2주 뒤에 다시 비뇨기과에 가서 전립선을 짰다. 두 번 짰더니
감각은 더욱 선명하게 뇌에 새겨진 듯하다. 이마 와칸지테이루. 에에
니 키요쿠스루요네! 다행히 염증은 다 나았단다. 하지만 항불안제는
적어도 내년 초까지는 복용해야 한다. 약을 끊고 나면 나는 다시 별
탈 없는 삼십 대 후반 청년으로 돌아갈 수 있는 거겠지? 제발.

술이 술을 술술술

마지막으로 술을 마신 건 거의 1년 전쯤이었다. 구 년 차 차장님이 된 서소 씨는 이제 회식이든, 워크숍이든, 거래처와의 식사 자리에서든 그에게 술을 권하는 사람들에게 "아, 제가 요새 먹는 약이 좀 있어서요"라고 말하며 거절할 수 있게 되었다. 처음 그 말을 했을 때는 그의 상사와 가벼운 신경전이 있었으나 이제는 상사라고 해서 그를 함부로 대할 수 없다. 그가 기획하고 완료한 일에 그의 상사의 이름을 적어 바치는 것들이 상당했으므로, 그 달콤한 맛에 취해버린 상사들은 이제 그에게 물어보지 않으면 상사의 상사로부터 받는 질문에 답변이 거의 불가능해졌으므로 그의 상사들이 일방적으로 또는 불필요하게 그의 기분을 상하게 할 수는 없었다. 서소 씨도 그의 상사를 자극하지 않았다. 다만, 술과 회식을 완곡하게 거절하는 정도, 휴가만큼은 쓰고 싶은 날 쓰는 정도, 별로 급한 일도 아닌데 그의 상사가 오두방정을 떨면 그 장단에 맞춰 약간의 호들갑을 함께 떨어주는 정도. 거기서 균형을 이루고자 하였다.

"우우우…."

서소 씨가 취해버렸다. 오랜만에 마셨더니 주량을 잊었다. 소주 다섯 잔 또는 맥주 두 잔. 기억하기가 그다지 어려운 주량도 아니었건만. 홀짝홀짝 받아먹었더니 어느 순간 취기가 훅- 하고 올랐다.

"그러니까 제가요… 억울하다니까요…."

술이 들어가자 입이 활짝 열렸다. 서소 씨는 사람들에게 최근에 그가 겪은 일들에 대해 말했다. 다소 두서가 없긴 하였으나 다행히 대체로 조리 있게 말을 이어갔다. 그 일만큼은 취중에도 제대로 전달하고 싶었나 보다. 말하고 나니 그가 왜 몇 달째 카페에 출근을 하고 있는지, 왜 시무룩하게 앉아 말없이 책만 읽다 가는지에 대한 많은 것들이 소명되었다. 그 자리에 있던 사람들이 그의 편을 들어주었다. 잘 알지 못한 채, 초면이라는 상황에 떠밀려 하는 메마른 위로였겠지만 그래도 위로는 되었다. 위로를 받아서 위로가 되었다기보다 말을 할 수 있어서 위로가 되었다. 오늘 보고 말게 될 사람들이라고 생각하니 술술 말이 나왔다. 사실 그는 아직 그의 가장 친한 친구에게도, 그의 부모님에게도 그가 겪은 일을 말하지 못하고 있었다. 그들로부터 진심 어린 위로를 받으면 가슴이 아플 것 같아서 하지 못했다. 그와 가까운 사람들은 서소 씨가 오늘도, 내일도 어제와 같이 출근하여 직장에서 대단한 사투를 벌이고 있는 줄로만 알고 있다.

그가 그의 이야기를 꺼내자 다른 사람들도 자신의 이야기를 하나둘 꺼내기 시작했다. 육백이 아빠는 그보다 열 살이 많은 마흔여덟이었다. 사람들은 서소 씨의 나이를 들었을 때보다 더 크게 놀랐다. 마흔여덟의 육백이 아빠는 이번에 새로 출시된 뉴발란스 327, 그러니까 'N' 로고가 주먹만하게 박힌 주황색 스니커즈를 신고 있었다. 검정 슬랙스에 5252 반팔 티셔츠를 입었고 어깨까지 오는 파마머리 위에는 칼하트 모자를 얹었다. 서소 씨보다 나이가 많겠다는 생각은 했지만 마흔여덟일 줄은 아무도 예상하지 못했다. 그는 이혼을 두 번 했다고 한다. 결혼 두 번이 아니라 이혼 두 번. 첫 번째 결혼은 스물 몇 살에 했는데 첫 번째 아내가 갖고 있던 벤처회사 주식이 상장되면서 갑작스레 수십억 대 부자가 되었고, 돈이 생기자 그녀가 변했다고 했다. 어디까지나 그에 말에 따르면 말이다. 두 번째 아내와는 헤어진 지 얼마 되지 않았다고 한다. 육백이 아빠는 작은 여행사를 운영하면서 동남아를 오가며 가이드 생활도 했었는데 코로나로 인한 사업 적자가 누적되면서, 거기에 원래 앓고 있던 우울증이 심해져 두 번째 아내와의 갈등이 깊어졌고 종국에는 헤어졌다고 했다. 현지 가이드라… 묘하게 그에게서 풍겨져 나오던 기운은 역마의 기운이었나 보다. 얼핏 보아도 바람처럼 살아온 사람 같아 보였다.

육백이 아빠의 천로역정이 밝혀지자 다른 사람들도 가세하였다.

누가 누가 힘든 인생을 살았나- 갑작스레 경연이 펼쳐졌다. 일단 언니 사장을 제외한 모두가 정신과에 다니고 있었다. 서소 씨도 불안장애가 있어 1년 넘게 병원을 다니고 있었지만 거기서 나온 병명들이 1형 양극성 장애, 경계선 인격장애 등 무시무시한 것들인 바람에 그는 자신도 병원에 다니고 있다는 말을 꺼내지 못했다. 그는 하루에 네 알의 약을 먹는데 그들은 열 알, 열두 알을 먹는다고 했다.

연탄이네는 성격이 밝았다. 하지만 그녀의 밝은 모습은 양극성 성격장애의 증상 중 하나라고 했다. 별로 밝고 싶지 않은데 말을 섞다 보면 자꾸만 흥분이 된다는 것이다. 그렇게 에너지를 쏟아내고 나면 나중에 그 반작용은 무시무시한 우울로 찾아와 그녀를 괴롭힌다고도 했다. 그녀의 적극적인 성향은 그가 카페 B에 온 지 얼마 되지 않았을 때부터 무척 두드러졌으므로 그도 잘 알고 있었다. 카페 B의 맞은편에서 작은 카페를 운영 중인 그녀는 항상 크고 밝은 목소리로, 눈이 마주치는 모두에게 인사를 건넸다. 가끔 강아지 간식을 만들어 와서는 근방의 카페를 돌며 개를 데리고 온 손님들에게 나누어 주곤 했다. 원래는 미술을 전공했는데 그쪽 일을 하다가 그녀가 자세히 말할 수 없다고 하는 어떤 사건을 겪은 뒤 그림을 그만두었고, 이곳 망원으로 이사를 와 카페를 차렸다고 한다. 현재 유튜버로 활동 중이라고도 했다. 유튜브 이야기가 나오자 언니 사장이 말을 보탰다.

"연탄이네 유명해요. 막 방송국에서 취재도 오고 그래요. 뉴스랑 무슨 특공대인가 하는 방송에도 나갔어요."

툭하면 동네 이곳저곳을 기웃거리며 크게 인사하는 모습만 보았기 때문에 한가한 사람인 줄 알았는데 그녀는 사실 사뭇 바쁜 사람이었다.

언니 사장은 동대문에서 옷 장사를 하다가 정리한 뒤(망한 뒤), 강원랜드에서 딜러로 일하던 동생을 꾀어 B를 차렸다고 했다(차렸다기보다는 원래 있던 카페를 인수했다). 언니는 서른한 살, 동생은 스물여덟 살이었다. 동생이 동안이긴 했지만 말투나 행동거지가 무척 어른스러워서 스물여덟보다는 많게 보았는데 스물여덟 살밖에 안 되었다고 해서 적잖이 놀랐다. 강원랜드에서 나락에 떨어진 인간 군상 같은 걸 많이 봐서 그런 걸까. 엔간한 일에는 눈 하나 깜짝하지 않을 인상이다. 강원랜드 딜러였다니… 앞으로 동생 사장의 눈은 정면으로 보지 말아야겠다. 패가 읽힐지도 모르니까. '싸늘하다. 가슴에 비수가 날아와 꽂힌다. 언니 사장에게 한 장, 동생 사장에게는 밑에서 한 장…' 동생 사장의 이야기를 듣던 중에 이런 엉뚱한 생각이 머릿속에 맴도는 것을 보니 역시나 서소 씨도 범상치는 않다.

언니 사장의 친구들은 그녀가 예고한 대로 예뻤다. 엄청난 미인까지는 아니고. 알고 보니 그녀들은 언니 사장의 친구가 아니라 동생들이었다. 스물여덟 살이라는 동생은 방송국에서 작가로 일하다가 최근 그만두고 승무원을 준비 중이라고 했다. 아직 승무원이 되지도 않았으면서 하도 도도한 말투로 말해서 서소 씨도 그녀에게는 별로 말을 걸지 않았다. 다른 친구는 서른 살이었는데 결혼을 하면서 다니던 직장을 그만두고 놀고 있다고 했다. 그녀가 거기 모인 사람들 중 가장 행복해 보였다. 그녀는 남편 욕을 자꾸만 했는데 끝까지 들어보면 죄 자랑이었고, 회사를 그만둬서 심심하다고 자꾸만 말했으나 서소 씨의 이야기를 듣던 그녀가 자신이 다니던 회사 욕을 쏟아내는 것으로 보건대 퇴사를 안 했으면 조만간 큰일을 냈을 사람 같았다.

서소 씨는 그들의 이야기를 들으며 남중, 남고를 나와 대학을 졸업하고 회사에 다닐 줄 아는 것이 전부인 그의 인생이 왠지 시시하게 느껴졌다. 그도 나름 대단한 사건들을 품고 살아왔다고 생각했지만, 후배 초원 씨를 만났을 때 쓸거리가 넘쳐서 뭘 써야 할지 걱정이라고 했었지만, 그들이 말하는 '누가 누가 힘들게 살아 왔나' 대회에서는 완패였다. 언니 사장은 수금이 안 돼서 거래처에 휘발유 통을 들고 쫓아간 적이 있었다고 했고 그녀의 친구도 방송 작가 생활을 하며 얻어맞았다거나 72시간 동안 잠을 자지 못하고 일을 했다거나, 담배와 다방 커피 냄새가 섞여 말을 할 때마다 우유 썩은 냄새가 나는 아저씨들이 그녀의 가슴골을 노골적으로 쳐다보는 시선을 참아내는 정도의 경험을 툭툭하고 내놨다. 두 번 이혼한 사람의 사연이야 말할 것도 없다. 한 번 이혼한 서소 씨가 절반쯤은 이해할 수 있는 감상이었겠으나 그 감상에 곱하기 2를 하는 괴로움에는 닿을 수 없었다(어쩌면 곱하기 2보다 더 큰 것일지도 모른다). 거기에 돈까지 없으며 나이가 마흔여덟이라는 생각을 하니 몹시 답답해졌다. 그럼에도 그는 살아가고 있었다. 코로나가 잠잠해지기를 기다리며, 육백이라는 개를 보살피면서 말이다.

새벽 한 시가 넘었지만 자리는 끝날 생각이 없었다. 누군가 방금 새로운 안주를 주문했고 다른 누군가는 술이 떨어졌다며 술을 사러 나갔다. 지금이라도 집에 돌아가지 않으면 내일의 루틴이 반드시 깨져버릴 것이라는 생각이 들었고 서소 씨가 앓고 있는 불안장애가 그걸 키웠다. 그는 주섬주섬 짐을 챙기기 시작하였다.

"아, 어딜 가. 단지 아빠, 어딜 가냐고! 왜? 내가 싫어?"

언니 사장이 소리를 빽 하고 지르며 말했다. 취한 줄 몰랐는데 꽤나 취한 모양이었다. 왜 자기를 버리고 가냐며 떼를 썼다.

"아니, 단지가 꾸벅꾸벅 졸길래… 더 노세요. 저는 이만 가볼게요."

"뭐? 단지? 단지가 졸리대? 그럼 가야지. 단지야아-"

그녀가 그의 개를 끌어안고 부벼댔다. 그의 개가 버둥거리며 빠져나왔다.

"단지 너도 언니가 싫어? 단지 아빠도 나 싫고, 단지도 나 싫으면 누가 나 좋아해? 아, 대박이가 날 좋아하지. 우리 대박이 어디 갔어?"

불길하다.

"은경이 너가 알어? 대박이 어디 갔어? 대박이 어디갔냐구우….''

그녀는 울먹거리기 시작하더니 이윽고 통곡했다. 사람들이 한참을 달랬으나 그치지 않았다. 그녀의 친구들이 사람들을 보냈다. 그런데 서소 씨가 자리에서 일어나기만 하면 잠잠해지려던 그녀의 통곡이 거세졌다. 결국 다른 사람들은 먼저 돌아갔고 남편이 있는 그녀의 친구도 돌아갔으며 도도한 승무원 지망생과 서소 씨, 언니 사장만 가게에 남았다.

"허허, 언니 사장님 집 이 근처죠? 택시 부를 테니 집 앞까지 같이 가요. 올라가시는 거 보고 저 돌아갈게요."

"네네, 죄송해요. 언니 그만 좀 해!"

"대박아! 대박아! 엉엉…."

택시를 불러 그녀의 집 주소를 찍어 주었다. 택시가 출발하자마자 멈추었다. 젠장, 20초 거리였다. 황당해하는 택시기사를 보내고 도도한 승무원 지망생에게 그녀를 맡긴 뒤 떠나려는데 언니 사장이 바닥에 주저앉더니 일어나질 않았다. 털푸덕 하고 앉아 발을 동동거리며 어린애처럼 울기 시작했다. 동네 사람들이 시끄럽다고 욕을 할까 봐 걱정되었으나 얼마간 불쌍한 마음이 들어 잠시 울도록 내버려두었다. 적당히 울고 나면 일으켜 집으로 보낼 것이다. 그의 개가 세상을 떠나면 그도 그렇게 울지 모르니까. 대박이는 아픈 것도 아니고 잠시 떠난 것도 아니며 죽어버렸으니까. 무언가를 상실하여 앞으로 다시는, 영원히 볼 수 없어서 슬피 우는 사람에게 아무래도 야박하게 굴 수가 없었다.

그녀의 우는 모습에 도도한 승무원 지망생도 무너져버렸다. "언니 왜 그래, 우리 언니 불쌍해서 어떡해" 하며 울었다. 언니 사장 옆에 주

저앉더니 부둥켜안고 울었다. 애는 또 갑자기 왜. 멀쩡한 줄 알았는데
눈동자를 보니 그녀 또한 흠뻑 취해 있었다. 그만하고 들어가서 쉬라
고 말하려다 서소 씨는 흠칫 놀라 홱 뒤로 돌아 버렸다. 도도한 승무
원 지망생의 치마가 잔뜩 말려 올라가 팬티가 보일락 말락했다. 고개
와 시선을 정말이지 적극적으로 피하느라 그녀들을 부축하기가 영 힘
들었다. 연보랏빛 진달래꽃이 기억나는 것으로 보아 아무래도 보긴
본 것 같다. 내 잘못 아니다.

'정말 미쳐버리겠네.'

팬티를 보지 않도록 고개를 하늘로 들고 조심조심 그녀들을 일으
켜 세운 뒤 하나씩 짊어지고 동생 사장에게 연락해 문을 열어달라고
하여 집에 던져 넣었다.

손수건을 건네지 말았어야 했다.

역시, 손수건을 건네지 말았어야 했다.

123456789012345678901234567890123456789012345
234567890123456789012345678901234567890012345
3456789012345678901234567890123456789001
4567890123456789001234
56789012

정신건강

> '이히히히…'
>
> 그녀는 침을 흘리며 나를 보고 웃고 있었다. 저쪽에서는 어떤 남자가 혼
> 잣말을 중얼거리며 병원 로비를 무서운 속도로 빙빙 돌고 있었고 어딘
> 가 큰소리가 나서 쳐다보았더니 구속복을 입은 사람이 보호사 셋에게 몸
> 을 붙들린 채 병실로 끌려가는 중이었다….

혹시 '정신건강의학과'라는 단어를 들었을 때 이런 이미지를 떠올리
셨는지 모르겠습니다. 요즘은 인식이 많이 바뀌었다고는 하지만 아직
저런 정경을 상상하는 분들이 많으신 줄로 압니다. 그래서 이번 에피소
드에서는 나의 불안, 강박장애 치료기를 나누며 정신과에 대한 오해도
풀고 치료에 도움이 될 만한 몇 가지 경험을 공유해볼까 합니다.

사실 내가 처음 정신과를 찾은 이유는 '정신이 아팠기 때문'만은
아니었습니다. 트라우마를 극복해 보고자 하는 시도가 더 큰 이유였

다고 보는 것이 맞겠습니다. 어렸을 때 나는 부유하지 못한 −좀 더 솔직하게 말하자면 상당히 가난한− 편에 속했는데요, 맞벌이를 하는 부모님은 항상 지쳐 보였고 돈이 없다 보니 부부간의 다툼 같은 것도 필연적으로 많았습니다. 그래서 나는 부모님 속을 썩이며 생떼 좀 부려 보는 행동 같은 걸 별로 못 해봤어요. 눈치가 빨랐고 모범생이어야 한다는 강박을 가진 아이였죠. 강박에 쫓겨 어찌어찌 열심히 살아오다 보니 표면적으로는, 나름 그럴듯한 어른으로 성장할 수 있었습니다. 사실은 그렇지 못했을 수도 있겠지만 아마도 그럴 것이라고 믿고 그냥 살았습니다. 그렇게라도 생각하지 않으면 내가 진짜로 불행한 사람이 되어버린 것만 같았거든요. 서울에 있는 적당한 대학을 나와 이름 대면 알 만한 회사에 취직을 했으면 된 것 아닌가 하는 생각으로 스스로를 달래왔던 거죠. 하지만 그것은 방심이었습니다. 때때로 어린 시절의 기억이 떠오르며 나를 갉아먹었고, 나는 괜찮지 못하며 불안정하다는 생각이 자꾸만 들기 시작했어요. 해소하고 싶었습니다. 그래서 정신건강의학과를 찾아가 보자는 결심을 하게 되었죠.

　나도 처음엔 그랬습니다. 병원 문을 열면 누군가 내게 이상한 말을 하며 달려들 것 같았죠. 하지만 정신건강의학과라고 쓰인 문 너머의 정경은 우리가 알고 있는 내과나 이비인후과의 그것과 다를 바가 없었습니다. 사람들은 따분한 표정으로 휴대폰을 하며 자기 순서를 기다리고 있었고 나도 그렇게 있었죠. 다만 진료실에 들어갔다 나오는 사람 중 울었는지 눈이 퉁퉁 부어서 나오는 분들이 몇몇 있었다는 것과 그분들의 표정이 무척 후련하고 좋아 보였던 것은 조금 달랐습니다. 보통 병원에서 진료를 받았다고 바로 낫는다거나 좋은 표정이 나오지는 않잖아요.

"서소님, 들어오세요."

내 차례가 되었습니다. 쭈뼛거리며 방에 들어가니 살이 통통하게 오른 푸근한 인상의 선생님께서 웃으며 맞아 주었어요.

"서소님은 어디가 불편해서 오셨나요?"

"음… 저는 당장 불편하다기보다 어린 시절의 트라우마를 극복하고 싶어서 왔어요."

"그러셨군요. 일단 이걸 작성해 오시고 결과를 보고 다시 얘기하죠."

서너 장짜리 심리 검사지를 주었는데 거기에는 '죽고 싶다는 생각을 해 본 적이 있습니까', '일주일에 몇 번이나 우울하다고 느낍니까'와 같은 질문들이 있었습니다. 아마 다들 한 번쯤 해보셨을 겁니다. 회사나 군대 같은 데서요. 결과를 받아보신 적은 없었겠지만. 선생님은 내 검사지를 보면서 잠은 잘 자는지, 밥은 잘 먹는지 등을 물어보았습니다. 나는 당시에 밥은 잘 먹는 편이었는데 잠을 좀 못 잤습니다. 너무 많이 자거나 거의 못 자거나 하는 날들이 많았어요.

"음… 서소님은 지금 딱히 우울감을 호소하지는 않네요. 하지만 잠을 못 잔다는 부분이 걸립니다. 서소님에 대해 좀 더 말해주시겠어요?"

사람들이 흔히 하는 오해 중에 하나로 '정신과 의사는 사람들의 제스처, 눈동자의 방향, 목소리의 떨림 등의 정보로 사람을 꿰뚫어 볼 수 있다'와 같은 낭설들이 있는 것 같습니다. 물론 그런 걸 관찰하여 어떤 보조적인 추정을 할 순 있겠지만, 내 경험에 따르면 정신과 의사들은 거기에 크게 의미를 두지 않는 것 같습니다. 의사는 '환자가 스스로 불편하다고 말하는가'라는 자각과 심리검사 결과, 면담 등을 통해 환자의 상태를 확인합니다. 그러니까, 환자가 안 좋은 상태임에도 "아, 나는 별일이 없는데요"라고 하면 의사들은 알 수가 없어요. 정신과에 가면 보태지도, 덜지도 말고 "저는 현재 이러이러한 기분이 듭니다"라고 정확히 말하는 것이 치료에 도움이 된다는 말씀을 드리고 싶습니다.

나는 내 어린 시절의 기억을 극복하고 싶고, 회사를 다니다 보면 접하게 되는 망나니들에게 어떻게 대처하면 좋을지에 대해서도 알고 싶어 찾아왔다고 했습니다.

– 어릴 때 부모님이 다투는 모습을 자주 봤던 게 트라우마가 되어 행복한 가정을 꾸리는 데 지장이 있을까 두렵습니다.

– 완벽하고 싶다는 강박이 있습니다. 제가 완벽한 사람이 아니고 그럴 필요 없다는 걸 알면서도요.

– 누군가 일을 떠넘길 때 '예? 제가요? 왜요?'라고 말하며 거절하고 싶어요!

선생님은 열심히 적으면서 내 이야기를 천천히 들어주었습니다. 그것만으로도 마음이 조금쯤 진정되더군요. 그러니까, 전문 상담사나 정신과 전문의들의 듣는 태도로부터 비롯되는 위안이 있다는 것이죠. 그들이 고개를 끄덕이는 타이밍, 내가 하는 말의 끝부분을 따라 하는 것, 잠시 말문이 막히면 능숙하고 적절한 질문으로 내가 하고 싶은 말을 유도해 주는 것들이 좋았습니다. 선생님은 면담을 마치고 나서 MMPI-II*와 FSIQ 검사, 문장 완성검사 등을 해보자고 제안했습니다. 내가 1차 검사에서는 불안과 강박을 보였는데 특별한 자각이 없다고 하니, 비용은 조금 들겠지만 더 체계적인 검사를 해볼 필요가 있겠다고 하셨죠.

한 달쯤 지나 결과를 들으러 병원에 갔습니다. 결론부터 말씀드리면, 나는 『불안, 강박장애와 약간의 나르시시즘적 성향이⋯ 있다』라는 결과를 받았습니다. 내가 받은 검사들에 대해 조금 더 자세한 설명을 드리자면 이렇습니다.

먼저 FSIQ는 지능 검사인데, 이 검사는 똑똑한지의 여부를 측정하기 위해서라기보다는 언어, 수리, 기억, 추론 등 특정 영역에 지능이 떨어져 있는지를 확인하고 심리장애에서 기인한 것인지 알아보기 위해 하는 것이라고 했습니다. 나는 전 영역에서 되게 높은 지수가 나왔

---

* 미네소타 다면적 인성검사

는데요, 이런 정보는 굳이 밝히지 않아도 된다는 걸 압니다만 내게는 나르시시즘적 성향이 있어서요. 자랑하고 싶었습니다. 죄송합니다.

다음에는 MMPI 검사 결과를 보았습니다. 이 검사에는 재밌는 지표가 하나 있었는데 바로 '타당성 척도'라는 수치가 그것입니다. 심신 미약을 주장하려는 수감자나 군대에 가기 싫어하는 청년들이 과도하게 자신의 상태를 악화하여 보여준다거나, 회사 채용과정에서 진행되는 심리검사를 할 때 자신을 실제보다 과도하게 괜찮은 사람으로 포장하여 보이려는 경향이 있을 수 있는데 그런 걸 잡아내는 지표라고 하네요. 신기하지요. 나는 타당성 척도 검사를 통과했습니다. 즉 나는 솔직하게 답했고 나의 검사 결과는 신뢰할 수 있다는 것입니다. 그리고 불안과 냉소적 태도를 측정하는 수치가 높게 나왔습니다. 불안에 대해서는 나도 자각이 있기 때문에 예상을 했습니다만, 냉소적 태도는 무엇일까요? 물어보았습니다.

"서소 씨 똑똑해요. FSIQ를 봐도 그렇고, 저를 비롯한 상담 전문가의 의견이 그러합니다. 혹시 '회사에서 말도 안 되는 이야기를 하는 사람들'을 보면 기분이 어떤가요?"

"음… 분노감이 듭니다."

"그럼 어떻게 하죠?"

"일단 저 사람의 말이 어디가 틀렸는지 분석합니다. 머릿속에 논리구조 그림을 그려가면서요. 그러니까 순서도 같은 것입니다. 오류는 금방 찾아집니다. 십 년 가까이 마주했는데 오류가 나는 부분이야뻔하죠. 다만 주제나 내용 같은 게 조금 바뀌었을 뿐 헛소리하는 지점은 늘 같아요. 오류를 찾아도 말은 안 합니다. 저는 아직 짬이 안 되니까요. 꼭 직급이나 연차 때문이 아니더라도 그런 류의 사람을 이해시키는 것은 거의 불가능하다고 생각하기 때문에 포기합니다. 괜히 그런 시도를 했다가는 지치기만 하죠. 그래서… 속으로 비웃습니다. 그런데 저는요, 이따위 분석이나 하며 에너지를 쓰는 제가 싫습니다. 그냥 남들처럼 욕이나 한번 하고 잊고 싶은데."

"우리는 이제부터 서소 씨가 그걸 할 수 있도록 할 겁니다. 욕이나 한번 하고 잊는 것."

그다음에는 '강박성이 내면에 공고화되었을 수 있다'라는 말이 무슨 뜻인지 물어보았습니다. 선생님은 내가 '나는 원래 강박적인 사람이다'라고 수용해버린 상태, 그러니까 '나는 원래부터 완벽주의적 성향을 갖고 태어나버린 사람이니 나아지지 않을 거라고 포기한 상태'일 가능성이 높다고 했습니다. 다른 무엇보다 이게 가장 심각한 문제라고 했어요. 초조하거나, 불안하거나, 화가 나거나, 그런 감정이 누적되어 신체적인 반응까지 나타나고 있는데 늘 그래 왔으니 오늘도 그런 것뿐이라며 심각하게 받아들이지 않는 생각이 오히려 나를 갉아먹고 있다고 합니다. 그럼 어쩌라는 겁니까. 강박을 느끼지 않을 수도 없고, 그냥 수용하고 그러려니 해도 안 되고. 좀 쉬라더군요. 에이씨, 어떻게 쉬냐고 따져 묻고 싶었지만 그건 정신건강의학과 전문의가 해결할 수 있는 영역이 아닐 것입니다. 나르시시즘에 대해서는 심하지는 않으나 재수 없다는 소리 듣지 않도록 입조심을 하라고 했습니다(혹시 병원에서 입조심하라는 처방을 받아보신 분이 있으시다면 같이 나눴으면 합니다).

그렇게 상담을 마치고 몇 개의 알약을 받았습니다. 선생님은 내가 먹을 약들에 대해서도 설명해 주었는데, 그중 디아제팜은 긴장과 강박을 완화시키는 항불안제이며 지금 먹는다고 당장 뭐가 어떻게 되는 건 없는 약이라고 했습니다. 2주 정도 꾸준히 먹으면, 조금씩 잠이 잘 오고 긴장이 풀리는 느낌이 드는데 이 약은 의존성이 있으니 담당 의사의 복약지도 아래 약을 조절할 것을 강조했습니다. 조금 괜찮아진 것 같다고 함부로 약을 끊거나 병원에 오지 않거나 하지 말라는 말이었죠. 그러면서 이런 말도 덧붙였습니다.

"약 잘 드세요. 약에 대해 두려움을 가질 필요도 없고, 그렇다고 약 먹는 일을 소홀히 해서도 안 됩니다. 우리 사회는 아직도 정신적인 고통을 호소하면 '정신력이 약하다, 긍정적 마인드로 이겨내라'라는 말로 몰아붙이곤 하죠. 하지만 그건 절대로 틀린 말입니다.

자, 서소 씨의 다리가 부러졌어요. 치료를 받고 붙기를 기다렸다가 적절한 재활 훈련을 해야 다시 뛸 수 있겠죠? 만약 다리가 부러졌는데 굳센 의지를 갖고 노력한다면 어떨까. 그런 짓을 했다간 영영 달리지 못하게 될 수도 있을 거예요. 정신질환, 성격장애란 그런 겁니다. 머릿속 호르몬 같은 것에 불균형이 온 상태인데 노력을 한다고 그게 정상이 되나요. 약을 통해 호르몬의 균형을 맞추면서 좋은 생각도 하고, 운동도 하고 그러면서 조금씩 나아지는 거예요."

나는 선생님의 말에 크게 공감했습니다. 무릎을 탁-하고 칠 만큼 큰 깨달음이었죠. 다리 부러진 사람에게 극기를 강요하며 뛰라고 해선 안 되는 것이었습니다. 나는 선생님의 말대로 꾸준히 약을 먹으며 치료를 받았고 점차 건강해졌습니다. 치료를 시작한 지 몇 달 지났을 때쯤 선생님이 사이코드라마를 해보자고 했습니다. 그걸 하면서 부모님의 인생, 그렇게 강퍅하게 살 수밖에 없었던 그분들의 사정에 대해서도 깨닫게 되었죠. 직접 말은 못 했지만 마음속 아버지와 화해하는 시간을 가졌고 꾸준히 약을 먹으며 스트레스도 잘 조절하게 되었습니다. 그리고 망나니들과의 갈등을 해결하는 건 쉽지 않으니… '가급적, 그냥 피하세요. 그런 사람들을 아예 만나지 않고 사는 방법은 없어요. 대응하지 말고 피하세요'라는 처방을 받았습니다.

병원에 다닌 지 2년쯤 되던 어느 날 선생님으로부터 "서소 씨는 이제 그만 오셔도 되겠습니다"라는 말을 들었습니다(희한하게 그 말이 살짝 섭섭하더군요). 그 말을 듣고 근처 카페에 뛰어가 커피를 잔뜩 사 와서는 선생님과 간호사님, 치료 받으러 온 환자분들께 기운 내고 치료 꾸준히 받으시라고 말하며 한 잔씩 돌리고 집으로 돌아갔던 기억이 나네요.

나는 이제 정신건강의학과 홍보대사라고 스스로 말하곤 합니다. 스트레스를 호소하는 사람들에게 제발, 더 아파지기 전에 병원에 가라고, 누구나 마음에 감기몸살이 들 수 있다고, 정신과는 끌려가는 곳이 아니라 매우 정상적인 사람이 스스로 찾아가는 곳이라고 말합니다. 최근 나는 몇 가지 시련을 겪었습니다. 가슴 아픈 이별, 그러니까 이혼을 했고요. 뒤늦은 꿈에 도전하느라 큰 시험을 치르기 위해 저를 좀 몰아붙였었죠. 회사에서도 몇 가지 특수한 일을 맡아 처리하느라 몇 달간 늦은 새벽까지 일을 해야만 했어요. 육체적으로도 정신적으로도 쉼을 갖기 힘든 일상이 너무나 폭력적이라고 느껴졌던 어느 날, 회사에 앉아서 일을 하고 있는데 갑자기 자이로드롭에서 뚝 떨어지는 기분이 들지 않겠습니까. 그러더니 숨 쉬는 법이 기억나지 않는 겁니다. 이어서 심각한 공포가 찾아왔는데 마치 얼굴에 물이 가득 담긴 어항을 뒤집어쓴 기분이었습니다. 그 순간은 정말이지 아찔했어요. 나는 곧바로 정신건강의학과를 찾아갔고 1년 정도 다니면서 지금은 많이, 아주 많이 좋아지고 있는 중입니다.

　마음이 아프다고 느꼈다면 부디 용기를 내어 정신건강의학과의 문을 톡톡 두드려 보시기를, 간곡히 권합니다.

퍼즈(Pause)

　언니 사장을 바래다주고 집에 들어오니 새벽 네 시였다. 새빨간 실금이 가 있는 눈동자와 개기름이 줄줄 흐르는 때꼰한 얼굴이 신발장 거울에 잠시 스쳤다. 어쩌다 이 시간에 집에 들어온 건지 이해가 어려웠다. 젠장, 다짐했던 것들에 뭐가 자꾸 묻고 오염되는 것 같은 느낌에 속이 상했다. 주섬주섬 집을 치우고 샤워를 마치고 나니 새벽 다섯 시가 되었다. 잠이 올 기미라고는 전혀 느낄 수 없었으나 침대에 들어가 몸을 웅크려 보았다. 이불을 뒤집어쓰고 휴대폰을 뒤적이다 신규 출시 예정인 제네시스 G70 모델의 사진이 공개된 것을 보고 흥분하여 한참을 들여다보았다. 그러다 정신이 더욱 또렷해져감을 느끼고는 침대 어디께에 휴대폰을 던져두었다. 눈을 감은 채 오지 않는 잠을 청하느라 지친 서소 씨는 결국 다시 일어나 옷을 챙겨 입었다.

개를 포대기에 담아 둘러메고 밖으로 나와 자전거를 탔다. 동이 트고 있는지 바깥은 대략 환해지는 중이었다. 차도 사람도 없는 도로를 씽씽 달려 망원 한강공원으로 갔다. 한강 역시 아무도 없었다. 록키에 나오는 실버스타 스텔론처럼 취- 취- 소리를 내며 주먹을 내지르기도 하고, 우와악- 소리도 질러보았다. 드디어 미쳐가는 것인가. 아닐 것이다. 귀양살이를 했던 조선시대의 어르신들도 왠지 이런 짓을 해봤을 것 같았다. 혼자 오래 있다 보니 하루 종일 말을 한 마디도 하지 않은 날이 꽤 되었다. 살아있음을 확인하기 위해 혼잣말을 한다던가 노래를 흥얼거린다던가. 그런 버릇이 조금 생겼다.

그의 삶에 퍼즈(pause) 버튼이 강제로 눌리고, 그렇게 멈추어 뒤를 돌아보니 그는 그동안 그가 낼 수 있는 정상 속도보다 대략 1.6배속쯤으로 살아온 것 같다는 생각이 들었다. 스물다섯이 넘어서부터는 스스로를 달달 볶아대기만 하면서 살아왔다. 이런저런 이유들로 소모해버린 어린 시절을 보충하려면 그러는 수밖에 없었다. 대열에서 낙오하기 직전, 힘껏 몸을 날려 열차 꽁무니에 간신히 매달려 올랐다. 그래, 무척 아슬아슬했었다. 열차에 올라 보니 일등석, 이등석, 삼등석으로 나뉘어져 있었다. 삼등석의 사람들은 대단한 멸시와 조롱을 당하고 있었다. 마치 설국열차처럼. 그는 앞칸에 앉고 싶었다. 그래서 또다시 달렸다. 일등석은 바라지 않았다. 이등석에라도 닿을 수만 있다면. 달리다 보니 더 빠르게 달리는 법을 알게 되었다. 그래서 더 빠르게 달렸다. 이등석에 닿았다. 이등석은 거꾸로 가는 무빙워크처럼 되어 있었다. 달리지 않으면 삼등석으로 밀려나는 구조였다. 다시 빠르게 달렸다. 그렇게 달리는 것은 그의 몸이나 정신 같은 걸 조금씩 부수어 놓았지만, 그는 그런 부작용이 있는 줄 몰랐다. 멈춰서 보니 팔인지 다리인지가 곧 떨어질 듯 덜렁덜렁 달려있었다. 지금은 쉬면서 회복을 하고 있지만, 돌아가면 또 그렇게 달려야 하는 걸까? 그렇게 달리면 부작용이 생긴다는 걸 알았는데도? 이젠 그러고 싶지 않다. 그냥 무빙워크의 속도 정도에 맞춰, 아니 조금쯤 뒤로 밀리더라도 가볍게 걷고 싶다. 업무 같은 건 제때 해낼 테니 제발 건드리지 않았으면 한다. 하지만 내 말이 맞지? 내 말이 맞는 거지? 하는 폭력적인 질문은 아무래도 계속 받아야 하겠지. 그리고 정치적으로, 그러니까 누가 누가 요즘 더 센지 잘 판단하여 대답해야 하겠지. 그러지 않으면 지난번처럼, 이 년 동안 팀장이 여섯 번이 바뀐다던가, 부서가 네 번 바뀐다던가 하는 일들을 또 겪게 되겠지.

생각하지 말자-는 생각을 하루에 백 번도 넘게 하고 있지만 또 해버리고 말았다. 이제 겨우 7월 말이다. 휴식은 아직 두 달 반이나 남았다. 머리를 좌우로 힘차게 털고 달렸다. 서소 씨는 영화에 나오는 것처럼 그의 개와 함께 해가 떠오르는 방향을 향해 달려 보고 싶었으나 안 그래도 어젯밤을 꼴딱 새는 바람에 졸려서 죽을 맛이었던 그의 개가 절대로 뛰지 않겠다는 의지를 담은 자세로 바닥에 딱 붙어 누워버렸으므로 하는 수 없이 안고 달렸다. 숨이 턱에 닿을 때쯤 멈춰 서서 주위를 둘러보니 박명이 공원을 환하게 비추고 있었다. 숨을 고르며 새벽을 음미했다. 한여름이라 그런지 꽃을 피운 식물은 없었으나 장맛비를 담뿍 맞고 고속 성장 중인 잡풀들에게서 나는 생명력 짙은 냄새가 근사하였다. 그도 잡풀 같은 생명력이 갖고 싶어 흠뻑 들이마셨다.

집으로 돌아와 다시 한번 샤워를 하고 몸을 뉘었다. 소록소록 잠이 들락 말락 하는 순간 등에 따스한 감촉이 느껴졌다. 그의 개였다. 그의 개는 서소 씨가 침대에 누우면 소파 밑에 숨어서 기회를 보다가 옆으로 돌아눕는 순간 달려와 그의 등에 자신의 등을 맞대었다. 이 행동은 그들 사이의 오래된 약속이었는데, 서소 씨는 옆으로 눕고 싶지 않아도 그의 개를 위해 옆으로 돌아누워 주어야 했다. 그렇게 하지 않으면 그의 개는 계속 기다렸다.

개는 사람보다 체온이 높다. 그의 개(단지)는 서소 씨의 십 분의 일도 안 되는 자그마한 녀석이었지만 등을 맞대고 있으면 등판 한가운데를 은근하게 덥혀주는 것이 마치 사람과 함께 누워있는 것 같은 기분을 느끼게 했다. 서소 씨는 그의 개가 전수하는 온기에 문득 행복을 느끼며 잠들었다. 잠들기 직전의 마지막 기억은 '항불안제와 녹차 카테킨 깜박하고 안 먹었는데…'였다.

잠에서 깨어나니 시곗바늘이 오후 두 시를 넘기고 있었다. 머리가 깨질 듯이 아파 왔다. 숨이 차오를 때까지 물을 우걱우걱 마셨다. 배가 고팠으나 점심은 굶기로 했다. 회사에 있을 때보다 먹는 양을 절반 가까이 줄였는데도 자꾸만 살이 붙었다. B에 갔더니 언니 사장이 밤새 뺨을 얻어맞은 사람처럼 퉁퉁 부은 얼굴로 나와 있었고 웬일인지 동생 사장도 나와 있었다. 도도한 승무원 지망생 친구도 있었는데 그녀와 눈을 마주치자 어제 봤던 말려 올라간 치마가 자꾸 생각이 나서 그는 얼굴을 붉히며 시선을 피했다.

"단지 아빠, 잠깐 이리로 와봐."

언니 사장이 그를 불렀다.

"왜요? 어제 대단했던 거 기억하시죠?"

언니 사장을 놀리려던 것이었는데 괜히 도도한 친구가 멋쩍어했다. 연보랏빛 진달래꽃이 기억나는 건 아닌 것 같고. 그를 붙들고 울다가 콧물이 늘어지게 달라붙었던 것이 기억나는 모양이다.

"됐고, 우리 고민이 있는데 한번 들어봐 줘. 어떻게 하는 게 좋을지."

"무슨 일인데요?"

"사실… 우리 이 카페 접을까 해요."

동생 사장이 말했다.

"예? 여기 인수한 지 네 달밖에 안 됐잖아요. 테이블 바 새로 만들고 가구 사는 데만 이천만 원 넘게 들었다면서요."

"그렇지. 근데 요 옆집 플리마켓 있잖아. 거기 사장님이 여기를 인수하고 싶다는 거야. 그래서 우리 다 모여서 그거 얘기하던 중이었어."

언니 사장이 말했다.

"그렇군요… 그런데 얼마 전까지만 해도 메뉴 개발한다고 만든 요상한 음료 나한테 테스트하고, 조명도 새로 달아달라고 난리 치고 그랬잖아요. 나야 뭐… 사장님들이 결정할 일이니까 할 말은 없지만 조금 아까워서."

"단지 아빠 말이 맞는데, 사실 우리, 여기 있는 게 너무 괴로워."

그녀는 말하면서 그녀의 팔뚝 문신을 한번 쓰다듬었다. 이제는 적당히 아물어 푸들 개의 형체가 또렷했다. 혀를 내밀고 활짝 웃고 있는 대박이의 얼굴이 새겨져 있었다.

"우리 가게에 대박이가 늘 있었다고 했었잖아. 단지 아빠는 한 번도 못 봤겠지만…. 매일 아침 가게 오픈할 때마다 아직도 대박이가 저쪽 구석에서 우리를 처다보고 있는 것만 같아 힘들단 말이야… 흑."

"아, 언니. 그만 좀 울어. 미안해요, 단지 아빠."

"아뇨. 전 괜찮습니다. 그럴 수 있죠. 사장님들 같은 사정이 있다면… 야심 차게 준비한 가게라도 넉 달 만에 접을 수도 있는 거죠. 그런데 제게 물어볼 말이라는 게 뭔가요?"

"아니, 단지 아빠가 대학교도 나오고 큰 회사도 다니고, 맨날 공부도 하고 그러잖아. 단지 아빠가 이 동네에서 제일 똑똑한 사람, 그러니까 우리한테는 솔로몬 같은 사람이란 말이지. 그래서 카페를 정리하는 게 좋을지 단지 아빠한테 물어보기로 했어."

"아니, 지금이 무슨 쌍팔년도예요? 요즘에 대학 나온 사람이야 널렸는데요. 동생 사장님도 대학교 나왔고 여기 은경 씨도 그렇고… 내가 무슨 유명한 대학을 나온 것도 아니고, 쉬면서 소설책 몇 권 읽고 있는 사람이 뭐가 솔로몬 같다고 그런 걸 물어요….”

“됐고, 아무튼 단지 아빠가 이 동네에서 젤 똑똑해. 내가 여기서 장사하면서 여러 사람 하고 다 이야기해 본 결과야. 내 동생도 공부 지지리 못했어. 그러니까 도박장에서 일했지. 단지 아빠 의견을 좀 말해 줘 봐.”

“아, 도박장 아니라고. 무려 강원랜드 딜러였다고. 언니는 그거 아무나 하는 줄 아냐? 나처럼 예쁘고 똑똑해야 시켜주는 거란 말이야. 언니 니는 뭐가 그리 잘나서 동대문에서 옷 장사하다가 돈 날렸냐?”

동생 사장이 말했다.

“뭐라고? 이게?”

“제발, 쉿. 어허. 스읍. 쉬이 잇.”

그는 그의 개를 조용히 시킬 때 하는 소리를 그녀들에게 했다.

“….”

효과가 있었다.

“아니, 이게 내가 정해줄 문제냐고. 이렇게 중요한 것을? 내가 동쪽에 귀인이 있으니 다 접고 동쪽으로 가라고 하면 갈 건가요? 뭐, 나중에 괜히 뭐 나 때문에 잘못 팔았네, 팔 걸 그랬네, 이런 말할 핑계 만들려고.”

“아, 그런 말 안 한다고요. 그러니까 일단 의견을 좀 줘 봐요.”

"그럼, 의견을 준다기보다 일단 정리를 해보죠. 그러니까 3월에 인수해서 공사하고 4월에 오픈했다는 거죠?"

"네."

"그리고 가게 들어올 때 권리금하고 인테리어 비용하고 보증금하고 전부 다 합한 금액보다 많은 금액을 옆집 플리마켓 사장님한테 제시한 거예요?"

"얼마인지는 말하기 곤란해요." 동생 사장이 말했다.

"몰라도 돼요, 그런 건. 두 분 사장님이 들어올 때보다 높게 제시했느냐, 그걸 저쪽이 수용했느냐, 수용을 못 한다면 두 분은 처음 들어올 때 지출한 금액보다 조금 더 낮게라도 넘길 생각이 있느냐, 그렇다면 그 낮다는 건 어느 정도의 수준이냐. 그리고…."

"아, 제발 천천히 좀." 언니 사장이 말했다.

"거봐. 내가 단지 아빠 알고 보면 말 엄청 많은 사람일 거라고 했잖아." 동생 사장이 말했다.

"후- 그러니까, 쉽게 말해서 서로 금액 맞춰 봤냐고요."

"네, 대략은 말했고 저쪽 사장님도 크게 반발하지는 않는 눈치였어요."

"음, 그럼 다음 질문은요. 두 분 여기 장사 그럭저럭 괜찮지 않았나요?"

"음… 맞아요. 동대문에서 옷가게 할 때보다 매출이 나아요. 덜 힘들고. 더 즐겁고."

"그래요. 대박이 생각나서 괴로운 건 알겠는데… 이거 접으면 뭐 할 거예요? 언니는 다시 옷 장사? 동생은 다시 카지노? 아니면 다른 곳에 카페? 그럴 거면 지금 B 잘되는데 그냥 하지. 단순히 대박이 생각난다고 B를 팔고 잘될지 안 될지도 모르는 카페 자리를 다시 알아봐요? 지금 코로나 시국이라 경기가 어떻게 될지 모르는데 새로 사업을 벌이는 건 좀 아닌 듯해서요."

"와, 나 생각도 못 했어. 우리 B 접으면 뭐하지? 언니 말대로 단지 아빠 진짜 똑똑한 거 같애. 근데 좀 재수가 없긴 없다."

왜 네가 고개를 끄덕거리는 거냐. 도도한 승무원 지망생.

"아이 씨, 나 말 안 해."

"알았어. 알았어. 삐치기는. 마들렌 하나 먹고. 자, 얘기 좀 더 해줘봐."

"그놈의 마들렌. 그것도 맨날 실패한 놈으로만. 퍽퍽해 죽겠네. 딴 거 뭐 없어요? 아무튼. 자, 사장님들 말대로 B를 좋은 값에 잘 팔았어. 그리고 돈을 둘이 나눠 가졌어. 그다음엔 어떻게 할 건지 말해봐요. 그럼 그걸 듣고 내 생각을 말해줄게."

"솔직히 거기까진 생각 안 해봤어요. 요즘 우리는… 그냥 대박이 생각이 자꾸만 나서 미치겠다, 슬프다, 보고 싶어, 괴롭다는 생각밖에 없으니까. 손해 안 보고 가게 넘길 기회가 생겼다는 생각밖에는 없어서… 단지 아빠 말대로 생각도 더 해보고 우리 자매끼리도 얘기 좀 더 해볼게요."

"네, 신중하게 생각하시길. 요즘 같은 때 어디 가서 B만큼 자리 잡기는 힘들다고 생각해요. 그리고 나 내일 카페 못 와요. 조카 보러 갈 거예요. 두 달 전에 태어났는데 코로나 때문에 이제야 만나보네."

"어머, 정말요? 내가 뭐 줄 건 없고? 이거라도 가져가서 나눠 먹어요. 모양만 그렇지 맛은 좋아."

그녀가 손에 쥐여준 것은 새로 개발 중인 호두 타르트의 실패작이었다. 부모님과 동생 부부가 넉넉히 먹을 수 있을 만한 크기라서 고마웠다. 지난번 명절에는 일정이 맞지 않아 동생 부부를 보지 못했다. 잠시 보지 못한 사이에 그들은 둘이 아닌 셋이 되어 있었다.

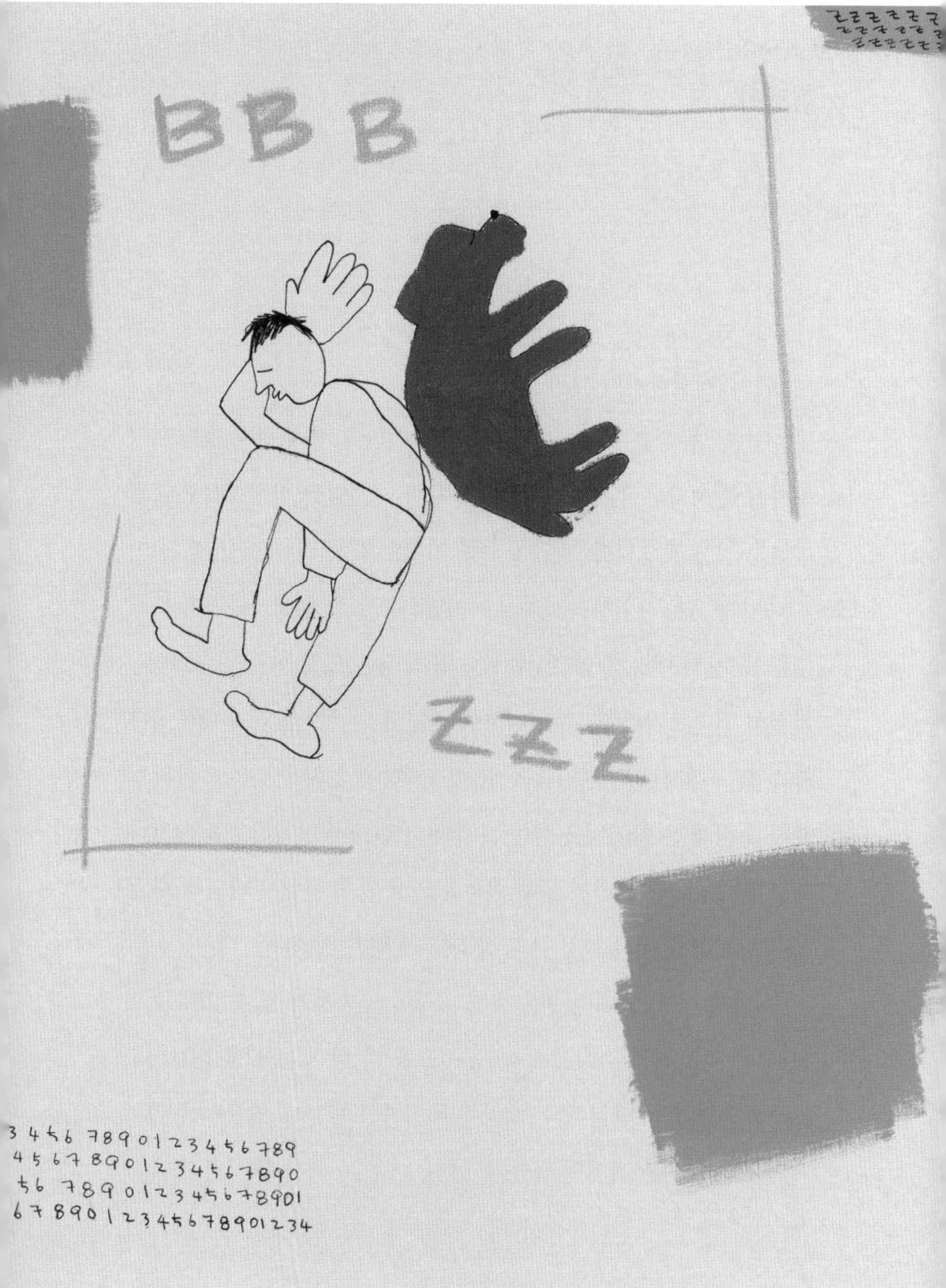

겜보이

"어이, 게임중독자 새끼."

나는 내 동생을 이렇게 부른다. 사실 말만 그렇게 하지 정말로 중독자라고 생각하진 않는다. 그래도 동생이 게임을 비정상적으로 좋아하는 것은 맞으니까, 게임 오타쿠 정도로 해 두면 적절할 것 같다.

내가 동생을 게임중독자라고 놀리면서도 그렇게 생각하지 않는 데에는 두 가지 이유가 있다. 하나는, 내 동생은 그저 이런저런 게임을 열심히 찔러보기만 할 뿐 심취하여 폐인이 되지는 않았기 때문이다. 뉴스 같은 데서 보면 게임중독자들은 PC방에 살림을 차리고 삶의 목표가 오직 좋은 아이템을 줍는 것이 되어 인생을 탕진하고 있다거나, 현실과 게임을 구분하지 못해 현피를 뜨러 가네 마네 한다던데 내 동생은 그간의 삶에서 그런 류의 사고를 친 적은 없었다.

두 번째 이유는, 내 동생은 실력 때문에 중독자가 될 수 없다는 것이다. 게임을 진짜 뒤지게 못한다. 어렸을 적 형 노릇을 좀 해보려고 동생을 데리고 오락실이나 PC방에 데려가곤 했는데, 오붓하게 앉아 게임을 좀 즐겨 볼라치면 정말이지 너무너무 못 해서 한 시간도 안 되어 속이 터져버릴 것만 같았다. 그런 주제에 온갖 들어보지도 못한 희귀 게임을 해보기는 또 다 해보았고, 구십몇 년도에 닌텐도에서 출시된 게임 뭐시기가 이스터 에그니 어쩌니 하는 말은 또 어디서 주워들었는지 오타쿠스러운 말을 잘도 해댄다. 얘는 지금도 산후조리원 소파에 누워 오만상을 쓰고 태블릿을 뒤틀며 꾹꾹 눌러대고 있는데, 무슨 게임을 하는지 몰라도 아마 같은 판에서 계속 죽고 있는 중일 것이다.

나와 동생이 처음 컴퓨터 게임을 접한 건 초등학교 때, 외사촌형들을 통해서였다. 명절이 되면 친척들은 집이 제일 넓었던 이모네로 모였는데, 거기에는 486 컴퓨터가 있었다. 두 사촌형들은 명절 내내 방에 틀어박혀 게임을 하거나 영어로 된 책을 찾아보며 컴퓨터를 괴롭히는 데 열중했다. 형들은 게임에서 미소녀 사진만 추출해 내기도 했고 암호프로그램을 없애놓기도 했는데, 만약 내 동생이 형들의 게임하는 모습만 봤다면 컴퓨터에 그렇게 흥미를 갖진 않았을지도 모르겠다. 나와 동생의 눈에는 형들이 영화에 나오는 해커들처럼 멋져 보였다. 나는 암호를 풀어놓은 게임과 미소녀 사진을 형들 몰래 디스켓에 옮겨다가 학교에 푼 적이 한 번 있었는데 그 뒤로 한동안 '컴퓨터 신동'으로 소문이 나서 곤혹을 치렀다. 애들이 문방구에서 파는 불량식품을 내밀며 더 구해달라고 조른다거나 선생님들이 자꾸 불러내서는 컴퓨터를 고쳐달라는 통에 말이다. 컴퓨터 신동이라는 캐릭터를 유지하기 위해 노력한 덕에 컴퓨터 실력이 무척 많이 늘긴 했지만, 어쨌든.

　형들이 컴퓨터를 하고 있을 때면 당연히 나도 끼고 싶었지만, 자존심이 세서인지 없어서인지 나는 별로 시켜달라는 말을 하지 않았다. 그런데 내 동생은 거절을 당해도 자꾸만 창피하게 "형아, 나도 한 번만 시켜주면 안 돼?" 하고 형들 옆에서 노래를 불러댔다. 나와 세 살 차이인 동생은 형들 하고는 여섯 살 차이가 났으니 같이 놀 군번이 아니기도 했고, 게임도 뒤지게 못해서 더더욱 낄 수가 없었다. 나는 속이 상해서 가끔 형들 모르게 동생에게 악랄한 얍삽이를 가르쳐주곤 했으나 걔는 그걸 써먹지 못했다.

　명절이 지나 집에 돌아오면 동생은 컴퓨터 병에 걸려 난리 발광을 부렸다. 평소 동생이 부모님 속상하게 생떼를 부리면 내가 저지하곤 했었는데, 왠지 이것에 대해서는 별로 다그치지를 못했다. 사실 나도 컴퓨터를 무지하게 갖고 싶었거든. 하지만 방이 하나뿐이고 화장실이 멀리 떨어져 있는 집에서 네 식구가 함께 먹고 자는 우리가 지금 물가로 삼백만 원이 넘는 컴퓨터를 살 수는 없었다. 나는 동생이 안쓰러워 가끔씩 '겜보이'를 갖고 있는 다른 사촌형 집에 동생을 데리고 갔다. 겜보이가 뭐냐면, '팩'이라고 하는 게임 소프트웨어가 저장된 장치를 겜보이에 꽂으면 그 게임이 실행되는, 요즘의 플레이스테이션 같은 기계다. 그 형네도 부유하진 않아서 게임 팩이라고는 더럽게 재미없는 '팩맨'과 극악의 난이도를 자랑하여 첫 판을 깨기도 어려운 악명 높은 게임 '양배추 인형' 그 두 개밖에 없었다. 내 동생은 지겹지도 않은지 몇 시간이고 앉아서 똑같은 게임을 했다. 사촌형 눈치가 보여 거기에 매일은 못 가고, 겜보이가 있는 다른 내 친구네 한번, 돈도 없이 오락실에 데려가 담배연기를 마시며 동네 양아치들 게임하는 거 구경시켜주러 한 번, 이렇게 어찌어찌 달래곤 했었다.

1994년 어느 여름날, 결국 동생이 사고를 쳤다. 그때 동생은 서예학원에 다녔는데 나도 한자 배우는 걸 좋아해서 동생 데리러 간다는 핑계로 가끔 놀러 가곤 했었다(솔직히 말하면 원장 따님이 보고 싶어서 갔다). 그날도 동생의 수업이 끝날 시간 즈음해서 학원에 갔는데… 원장 선생님이 오늘은 동생이 오지 않았다고 했다. 내 동생은 그때 겨우 열 살이었다. 나는 집으로 달려가 엄마에게 말했고 집안은 발칵 뒤집혔다. 시간은 밤 아홉 시를 넘어가고 있었다. 안절부절못하며 경찰에 신고하려는 부모님을 보다가 '오락실!'이라는 생각이 번뜩 들어 아버지에게 말했다. 우리는 동네 오락실들을 흩어져서 찾아보기로 했고 오락실이 문을 닫는 열 시까지 못 찾으면 경찰에 신고하기로 했다.

나는, 내가 평소에 동생 놈을 싫어한다고 생각했었다. 나는 부모님께 갖고 싶은 걸 말도 못 꺼내는데 얘는 막내라는 이유로 귀여움을 독차지했으며(동생보다 내게 훨씬 엄했던 것에 대해 부모님도 여러 번 인정했다) 서예도, 공부도, 게임도 못 해서 바보 같아 싫었다. 그런데 그날은

목이 터져라 소리를 치며 찾아다녔다. 동생이 없으면 내가 정말 죽어
버릴 것만 같았다.

  찾았다.

  이 녀석은 들킬까 봐 자주 가던 오락실이 아닌 조금 떨어진 옆 동
네의 오락실에 숨어 있었다. 나는 동생을 보자마자 뺨을 때렸다. 사람
들이 쳐다봤다. 나는 동생을 밖으로 끌고 나와 다시 뺨을 때렸다. 그
리고 끌어안고 울었다. 안도감 때문인지 때려서 미안해서인지 모르
겠지만 나는 길 한복판에서 그놈을 끌어안고 정말이지 서럽게 울어
댔다.
  동생을 데리고 집으로 갔다. 엄마는 동생을 토닥이며 왜 그랬니-
하고 부드럽게 물어봤지만, 동생은 그냥 난 이제 죽었다는 생각만 하
는 것 같았다. 눈물즙을 쥐어짜면서, 손바닥을 싹싹 빌면서 엄마아-
잘못했어어-라는 말만 반복했고 지켜보던 아버지가 동생을 안아 들
고 밖으로 나갔다. 한참을 안 들어오길래 밖에 나가보았더니 아버지
와 동생이 아이스크림을 하나씩 까먹고 있었다. 엄마가 팔짱을 끼며
한숨을 쉬며 다가가던 중 아버지가 동생에게 물었다.
  "동구야, 요즘 뭐 갖고 싶은 거 있어?"

제발, 제발 겜보이라고는 말하지 말아라.

"응. 흑, 겜보이 갖고 싶어."

"그게 뭔데?"

"흑, 그거 흑, 테레비랑 연결해서 흑, 팩 꽂으면 게임 되는 거 있어, 흑흑."

"그거 어디서 팔어?"

"꿈돌이문방구, 흑."

"꿈돌이문방구 가자."

동생은 눈물 딸꾹질을 하면서도 기어이 겜보이라고 말해버렸다. 나는 걔가 겜보이라고 말하는 순간 아찔함을 느꼈다. 그건 '설마 우리 집에도 겜보이가 생기는 건가'라는 철없는 기대와 20만 원(지금 가치로 60만 원)짜리 오락기를 사 가면 분명 아버지와 엄마가 대판 싸우고 말 것이라는 두려움 때문이었다. 나는 엄마와 아버지가 싸우는 것이 세상에서 가장 무섭고 싫었다. 이미 엄마는 아버지를 어마무시한 눈빛으로 째려보고 있었으나 아버지는 모른 척했고 눈치 없는 동생은 아버지 손을 끌고 문방구를 향해 쫄래쫄래 걸어갔다. 집 근처에는 꿈돌이문방구라고 있었는데 거기는 분식부터 겜보이까지 애들과 관계된 건 다 팔았다. 심지어 조립 컴퓨터도 알아봐 줬다.

마침내, 꿈돌이문방구 앞에 이르렀다. '어? 그런데 동생이 지나쳐 간다. 왜 그러지?' 동생은 꿈돌이문방구를 지나쳐 조금 더 걸어가더니 둘리문방구 앞에서 멈춰 섰다. 거기는 구멍가게만 한 문방구였다.

젤리 펜도 동아 것밖에 안 팔고 투투 일과 이분의 일 책받침도 없어서 인기가 없는 가게였다. 문방구 입구에 '겜보이 팝니다'라고 적힌 종이가 입구에 매달려 팔랑이고 있었다. 아버지는 그걸 보고 동생이 맞게 왔나 보다고 생각하는 듯했다.

"할아버지, 여기 겜보이 있어요?"

"있어요. 하나 줄까?"

"네, 얼마예요?"

"만 오천 원."

"어우, 비싸네. 무슨 오락기가… 네, 하나 주세요."

- 응? 겜보이가 왜 만 오천 원밖에 안 하지?

할아버지는 새시로 만든 철제 선반을 뒤지더니 먼지가 소복이 쌓인 겜보이를 꺼내 아버지에게 건네주었다. 나는 나도 모르게 아버지 손에서 그걸 뺏어 들어 자세히 살펴보았다. 거기에는 'GAME-BOY'라고 쓰여 있었다. 그런데 진짜 겜보이는 한글로 겜보이, 영어로 GAMEBOY라고 되어 있다. 중간에 작대기 같은 게 없단 말이다!

게임-보이. 이거 아니잖아. 빨리 사실대로 말해!

"이거 맞어?"

아버지가 물었다. 나는 그때 동생의 얼굴에서 번뇌가 일백팔 회 정도 스쳐 가는 것을 보았다. 우리가 아는 겜보이는 꿈돌이문방구의 겜보이가 맞는데, 무슨 생각에선지 얘는 거길 지나쳤다. 그리고 테트리스 한 가지 게임만 되는, 팩 같은 걸 꽂을 구멍 따위는 없는 손바닥만

한 짝퉁 게임-보이를 본 순간 잠시 망설인 것 같았다.

"으응… 이거 맞아."

"그래, 이거 주세요. 여기 만 오천 원."

그날 아버지의 등에 업혀 게임-보이로 테트리스를 하면서 집에 가던 내 동생의 모습은 나에게 사진처럼 또렷한 기억으로 남아있다. 영화 인사이드 아웃에서 핵심 기억이라고 부르던, 살면서 몇 개 안 남는 아주 선명한 그런 기억.

나는 그때 동생의 뒷모습을 보면서 떠오른 감정 또한 아직도 분명하게 기억하고 있다. 다만, 해석을 하진 못했다. 뭔가 몽글몽글한 게 느껴졌는데 불쌍하다고 느낀 건 아닌 것 같고, 기특한 거 같기도 하고, 잘은 모르겠지만 하여튼 떠올리면 눈이 뜨끈해지는 감정이다. 나중에 크면 돈 많이 벌어서 겜보이를 꼭 사줘야지 하는 생각을 했던 것도 같다.

게임에 한이 맺혔는지 동생은 커갈수록 점점 덕후스러워졌다. 특히 사춘기 때 심각했다. 게임과 판타지 소설에 빠져 "너의 죄에 따라 피의 대가를 받으리니!" 따위의 대사를 읊조리며 다녔고 성적은 엉망이었다. 부모님은 나만 공부를 똑바로 하면 된다는 생각인 듯했다. 내 성적이 조금만 떨어지면 난리를 치더니 내 동생은 거의 꼴등에 근접한 적이 있었는데도 내버려두었다(결과적으로는 대학 진학할 때 내가 더 큰 사고를 치긴 했지만). 아무튼, 그러던 녀석이었는데 내가 군대에 가 있는 동안 갑자기 정신을 차리더니 공부를 엄청 열심히 했다고 한다. 나중에 왜 갑자기 공부를 열심히 했냐고 물어보니 게임 개발자가 되고 싶어서라고 했다. 결국 녀석은 서울에 있는 근사한 대학교의 컴퓨터공학과에 입학했고, 그 뒤로도 쭉 컴퓨터와 게임을 진심으로 좋아했다.

마침내 동생은 성덕이 되었다. 어릴 때 같이 오타쿠로 지내던 친구들과 벤처 게임회사를 차린답시고 집을 나갔다가 몇 년 동안 아르바이트를 해서 모아둔 몇백만 원을 날리고 울며불며 집에 기어들어온 적이 있긴 했지만 결국 우리나라에서 제일 큰 게임회사에 개발자로 입사하게 되었다. 몇 년 전에는 자기가 만든 게임에 대해 PT를 크게 한다고 부산을 떨더니 그게 인터넷 신문에 나오기도 했다.

나와 동생은 한 번도 인정한 적이 없지만, 우리는 둘이 생긴 것부터 하는 짓까지 똑같다는 말을 노상 들어왔다. 하지만 우리는 우리가 서로 닮았다는 사실을 몹시 싫어한다. 우리는 정말이지 닮아버려서 '저 인간이 지금 무슨 생각으로 저런 말과 행동을 하는 건지'에 대해 아주 깊고 부끄러운 생각까지도 금세 꿰뚫어 볼 수 있기 때문이다. 이것은 내가 동생이 숨어 있던 오락실을 단번에 찾아낼 수 있었던 이유

이기도 하다.

우리는 말은 안 하지만, 서로 힘든 일을 겪고 있을 때 물끄러미 쳐다보는 것만으로도 위로를 얻곤 한다. 우리 형제는 감수성이 다소 독특하여 보통 사람들은 이해하기 어려운 포인트에서 감정이 반응할 때가 많은데, 상대방이 지금 왜 울고 웃으며 분노하는지, 우리 둘만 알아챌 때가 많다. 작년 초, 내가 이혼을 하고 힘들어할 때도 그 녀석은 아무 말도 안 하고 물끄러미 나를 바라보다가 갔다. 나중에 들었지만 티도 안 내다가 혼자 방문을 닫고 한참을 울었다고 제수씨가 말해줬다. 아마 걔는 형이 이혼했다는 사실 때문에 울었다기보다 내가 드라마 보는 걸 무지하게 좋아하는데 혼자서는 재미없어 보지 못한다는 걸 알기 때문에, 그게 엄청 불쌍한 일이라고 생각해서 울었을 것이다.

삶이 힘들고 지칠 때, 나는 그 녀석이 있어 무너지지 않으며 외롭지 않을 수 있다. 뭐 우리 형제가 '뜨끈한 브로맨스'를 자랑하는 사이여서는 전혀 아니고. 그저 비슷한 사고 회로를 갖고 있는 사람이, 비슷한 시기를 살아가면서, 요맘때쯤 동생은, 요맘때쯤 형아는, 아마도 이런 곤란을 겪고 있으며 저런 고민을 하고 있을 것이라는 생각들이 우리 형제를 구원한다.

얼마 전 귀여운 손녀를 부모님 품에 안겨준 나의 동생아,

너는 이 글을 보지 않아 모를 테지만 나는 네게 이런 마음이다.

197

1234567
8901234 5 6 78
9012345678 9
0123456 7890
1234567 8
901234567 8 9
0123456 7890

너의 이름은

서소 씨와 그의 아버지는 멀찍이 서서 구경만 했다. 왠지 두려웠던 것이다. 잘못 손을 대면 부서질 것 같았고 어디선가 묻어왔을지 모를 코로나를 비롯한 각종 바이러스가 옮아 붙을 것만 같았다. 서소 씨야 아이를 가져본 적이 없으니 그렇다 치더라도 그의 아버지까지 그러는 것을 그는 이해할 수가 없었다.

"뭐해, 아빠. 가서 안아봐."

"아이, 싫어. 나중에."

"왜, 무서워서 그래? 병균 옮을까 봐? 오늘 목욕탕도 갔다 왔다며. 방금 손도 여러 번 씻었는데 왜."

"으응… 아니, 아빠는 당뇨도 있고 큰 수술도 두 번이나 했고…."

"하— 아니 그게 무슨 상관이야. 당뇨가 옮는 병도 아닌데. 이번에 못 안으면 한참 뒤에나 안아볼 텐데 후회하지 말고 가서 안아봐."

한 놈은 이혼을 해버렸고 한 놈은 딩크족인지 뭔지 하겠다며 아이를 갖지 않겠다고 선언했었다. 그런데 불행인지 다행인지 동생 부부의 언플랜드 잡에 의해 아기가 생겼다. 내 인생에 손주는 없겠다며 한탄하던 그의 아버지는 손녀가 태어났다는 소식이 전해진 그날 그 시각, 한참을 망연히 서서 울었다고 한다. 칠십 년 만에 보게 된 자신의 3세대 유전체. 몹시도 안고 물고 빨고 싶을 터인데도 그의 아버지는 꾹 참고 있었다. 코로나라도 좀 끝나야 안아볼 수 있겠다면서 말이다. 반면에 그의 어머니는 어화둥둥, 우쭈쭈 하는 소리를 내며 능숙하게 아이를 안고 흔들었다. 그의 어머니는 베이비 시터다.

"야, 말만 하지 말고 그럼 니가 안아봐."

"나도 싫어. 무서워. 떨어뜨릴까 봐…."

"놀구들 있네."

그의 어머니가 아기를 안고 다가오며 말했다. 그와 그의 아버지는 거실 반대편 구석으로 피해버렸다.

"야, 아기 낳을 때 많이 아팠냐? 진짜 고생했다. 축하해. 안 그래도 동구 새끼 무뚝뚝한데 네 수발은 잘 들어주던? 그런데 아기 이름은 아직도 못 지었어?"

서소 씨가 정유진 씨에게 말했다.

"네, 아주버님. 서연이, 서윤이 이렇게 '서' 자가 들어가는 이름으로 짓고 싶은데 이미 다들 엄청 지어 버려서….”

“음… 박 씨니까, 박… 자를 가지고 노는 리듬 천재 서연….”

“아, 형. 헛소리 좀 그만하라고.”

그의 동생 동구 씨가 핀잔을 주었다.

“얘. 너는 제수씨라고 하라고 했지! 유진이한테 냐냐 거리지 말라고 했냐 안 했냐!” 그의 어머니가 말했다.

동생의 아내, 정유진 씨는 서소 씨와 오래전부터 알던 사이였다. 그와 유진 씨는 15년 전 같은 교회에서 아동부 주일학교 선생님을 했었다. 그러니까 “유진아, 이것 좀 붙들고 있어 봐봐. 야! 꼭 붙들어!”라든가 “서소 오빠, 지금 바로 문방구 뛰어가서 글루건 좀 사 와요. 빨리!”라는 말을 주고받던 사이였던 것이다. 그의 동생과 그녀가 사귀는 사이라고 했을 땐 적잖이 놀라긴 했지만 달라질 건 없었다. 그와 그의 동생은 놀라울 정도로 서로 간 대화가 없는 데면한 사이였으므로 그의 동생과 그녀가 사귄다는 것이 서소 씨로서는 별로 실감이 나지도 않았다. 딱히 가족이 된 것도 아닌데 뭘. 그냥 지내던 대로 지내면 되지. 그런데 그녀와 그의 동생은 몇 년 동안 다투고 헤어지고 다시 만나고 그렇게 울고불고 어쩌고 하더니 마침내 결혼을 했다. 정유진 씨가 서소 씨의 가족이 된 것이다. 동구 씨와 유진 씨가 결혼식을 하던 날 친척들은 자꾸만 서소 씨를 보며 혀를 찼다. 동생이 형보다 먼저 장가를 가는 게 왜 이슈가 되는지 그는 이해할 수가 없었다.

그렇게 서소 씨와 유진 씨는 아주버님과 제수 지간이 되었으나 한

동안 말투를 고치지 못했다. 유진 씨는 그에게 '오빠'라고 불렀고 그도 그녀를 '야' 또는 '유진아'라고 불렀다. "무슨 콩가루 상놈의 집안도 아니고 가족이 되었는데 호칭을 지켜야지"라는 어머니의 말에 노력을 해보았으나 도무지 간지러워서 '제수씨'라는 말이 나오지 않았다. 그는 어머니의 아들이었으나 그녀는 어머니의 며느리였으므로 그와는 사정이 달랐다. 삐져나오는 웃음을 참으며 몇 번 '아주버님'이라고 불러보더니 이내 적응하였다. 그녀가 그를 '아주버님'이라고 부른 뒤부터 왠지 서로 간에 농담을 하기가 어려워져 아쉬웠다.

"아주버님도 한번 안아보세요."

"됐어. 됐어. 진짜로 떨어뜨릴까 봐 겁나. 그런데 정말 신기하다. 말도 안 돼. 어쩜 이렇게 닮을 수가 있지?"

경이롭다는 말의 뜻을 조금쯤 이해할 수 있을 것 같았다. 무어라 콕 짚어내기는 어려웠지만, 유진 씨와 동구 씨의 모습이 오묘하게 녹아있었다. 가만 지켜보니 그의 아버지와 어머니의 모습도 조금씩 찾아낼 수 있었는데(서소 씨의 모습은 찾을 수 없었다) 그게 몹시 우스워 그는 큭큭 하고 웃었다. 가족들은 그가 좋아서 웃는 것으로 착각하였으나 그는 정말로 닮은 게 신기하고 웃겨서 웃는 것이었다. 물론 조카가 태어난 것이 좋기도 했지만.

"배고프다. 뭐 좀 먹을까?"

"응, 뭐 시켜 먹자."

"아이, 엄마가 해 줄게. 뭘 시켜 먹어. 안 그래도 서소 니는 맨날 인쓰탄트나 먹으면서."

"엄마가 주방에 있으면 유진이가 참도 편하겠다. 됐고, 초밥 먹자 초밥."

"아니, 코로나가 이렇게 난리인데 무슨 초밥을 먹어. 다른 거 먹어."

서소 씨는 코로나랑 초밥이 도대체 무슨 상관인지 이해할 수 없어 대단히 황망하게 쳐다보았으나 모두들 '깜박했다. 시켰으면 위험할 뻔했다'라는 눈빛을 주고받고 있었다. 모두의 표정이 확고하여 그는 반박할 생각조차 못 했다. 미디어가 이렇게나 무서운 것이다.

결국 중국집에서 꿔바로우와 고추잡채, 해물 짜장과 해파리냉채 – 해파리냉채나 초밥이나 같은 날음식이 아닌가 – 를 시켰다. 정유진 씨와 그의 어머니는 입이 짧기 때문에 분명히 많이 먹지 못할 것이다. 서소 씨는 주문하는 동생을 말렸지만 그의 동생은 기어이 그걸 시키 더니 남김없이 먹었다. 서소 씨의 동생 동구 씨는 그보다 몸무게가 딱 두 배쯤 더 나갔다. 백삼십 킬로다. 어릴 땐 마른 체격의 서소 씨보다 더 말라서 부모님 속을 썩이더니 게임회사에 들어간 지 얼마 되지 않 아 그렇게 되었다. 앞 팀에서 테스트를 끝낼 때까지 기다렸다가, 끝나 자마자 자신의 팀이 투입되어 작업을 하는 형식이라고 했는데 기다 리는 동안 자꾸 먹게 된다고 했다. 아무리 그래도 그렇지, 백삼십이 뭐냐. 백삼십이.

"아빠, 마스크 좀 벗고 먹어."

서소 씨가 꿔바로우를 우물거리며 말했다.

"아이, 싫어. 아빤 다 먹었어."

그의 아버지는 내내 마스크를 쓰다가 잠깐 내려서 음식을 하나 집어 먹고 다시 올리고를 반복했다. 옆에서 보기 답답했으나 처음으로 손녀를 마주하는 일에 대한 경외와 신성함이 느껴져서 더 이상 말하지 않았다. 한두 시간 동안 하루에 열 시간을 운다느니 그냥 우는 게 아니라 두성을 써서 운다느니 하는 박동구 씨의 육아 투정을 들어주다가 호두 타르트를 먹고 동생의 집에서 나왔다. 남양주에 있는 그의 부모님 집으로 가서 하룻밤 자고 가기로 했다.

잠자리가 바뀌어서인지, 어제 밤을 새고 오후 늦게까지 잠들었기 때문인지 잠이 오지 않았다. 결국, 일어나 거실을 서성이다가 소파에 기대어 앉아 멍하니 창밖을 내다보았다. 비가 내리고 있었다. 이번 여름은 도통 덥지가 않다. 조금 더워질 만하면 이내 비가 내렸다. 여기저기 홍수도 났다. 서소 씨는 비 오는 것을 좋아하였으나 홍수는 안타까웠다. 뉴스에서는 수재민 도와줄 생각은 안 하고 '4대 강 공사 때문에 지형에 부조화가 와서 그런 것이다, 아니다'라는 주제로 다투는 사람들의 모습만 보도하고 있었다.

창문을 열고 빗소리를 가만히 들었다. 빗소리에 리듬 같은 게 있는지 찾아보려 집중했다. '툽, 투르르릅. 툽툽, 투투' 하는 소리가 레이스레머드의 No Flex Zone에 나오는 808 하이햇 소리 같았다. 그러나 그럴 리는 없다. 비가 트랩 비트처럼 규칙적으로 내릴 리는 없다. No Flex Zone은 한때 그의 아내였던 여자가 좋아하던 노래였다. 빗소리가 비트 소리와 비슷해서 떠오른 것인지, 그녀가 떠오른 것을 모른 체하기 위해 노래를 떠올렸다고 생각하고 있는 것인지 알 수가 없었다. 어찌 되었든 그녀를 생각하자 못 해 준 기억이 자꾸만 나는 바람에 마음이 아팠다.

"뭐하니?"

그의 어머니가 화장실에 가려다 그를 보고 물었다.

"아니, 그냥. 잠이 안 와서."

"너 무슨 일 있지?"

서소 씨의 가슴이 쿵 하고 내려앉았다. 어찌어찌 노력하면 놀란 기색을 지울 수 있겠으나 꼭 그래야만 하는지 의문이 들었다. '아니, 엄마한테도 고민을 말 못 하면 어디 가서 말하나?', '네가 나이가 삼십팔 살인데 부모님 걱정되게 그런 일을 뭐하러 말하나' 하는 내적 다툼이 심하게 일었다.

"야, 내가 널 모를 거 같냐. 너는 이혼할 때도 너 혼자 가슴 썩어질 때까지 아무 말도 안 하다가 뒤통수 때리더니. 넌 애가 왜 그렇게 맨날 눌러 참냐. 뭔데, 뭔 일인데? 왜, 회사에서 짤렸어? 여자한테 차였니?"

"아냐, 그런 거. 커피 많이 마셨더니 잠이 안 와서 그래."

"야, 너 커피 하루에 몇 잔씩 먹어도 잘 자잖아. 무슨 일 있는 거지?"

"아이, 참. 무슨 일이 있기는. 나도 이제 나이 들어서 커피 마시면 잠 안 와. 아, 얼른 화장실 가."

'탁' 하는 소리가 들렸다.

"윽-"

갑자기 켜진 거실등에 눈알이 번개를 맞은 것 같았다. 눈을 비비며 힘겹게 실눈을 떠보니 그의 아버지가 거실등 스위치에 손을 대고 서 있었다.

"뭐? 회사 짤렸다고?"

그의 아버지가 말했다.

"아, 좀. 아니라고. 잘 다니고 있다니까 왜 그래, 갑자기들."

"내가 모를 것 같냐. 너 요즘 왜 이렇게 집에 자주 오냐. 그리고 표정은 맨날 왜 그 모양이야. 너 짤렸지?"

그는 그의 아버지의 그런 말투를 몹시 싫어했다. 그의 아버지는 같은 말을 해도 꼭 그렇게 말했다. 표정을 보건대 걱정하는 마음은 맞겠으나 '너 짤렸지? 너 인생 실패했지? 내 그럴 줄 알았어. 너, 내가 잘난 척 까불지 말라고 했어, 안 했어?' 도대체 왜 이런 식으로 말하는지 이해할 수가 없었다. 그 말투에 서소 씨 어머니의 가슴은 평생에 걸쳐 찢겼다. 그의 가슴도 여러 번 찢겼다. 하지만 그는 그런 아버지를 놓을 수가 없었다. 그의 아버지는 사실 전반적으로 따뜻한 사람이었으므로 그는 그의 아버지가 그런 말을 하는 이유가 자신이 어찌할 수 없는 상황이 생긴다거나 남들로부터 상처받는 일 따위가 '생길 것 같으면' 타에 의해 상처를 받기 전에 스스로의 의지로 스스로를 먼저 상처 내기 위한 방어기제 같은 것이라는 걸 알고 있었다. 문제는 그 방어기제가 수류탄처럼 터져버린다는 것이었다. 눈이 없어서 아군 적군 가리지 않고 날아들었고 이윽고 괴멸시켰다. 이해할 수 있는 성질의 것이 아니었다. 피하는 것 말고는 도리가 없었다.

"아니, 왜 자주 와도 난리야. 그동안 안 온다고 뭐라 했었잖아. 아, 빨리 들어가 자라고."

"엄마도 너 조금 이상하긴 했어."

귀신들이었다. 거짓말을 잘 못 하는 편에 속하는 서소 씨는 머뭇거리는 시간이 길어지는 것으로 부모님의 직감이 옳다는 것을 자꾸만 입증하고 있었다. 적막한 가운데 그의 개가 일어나서 하품을 하며 기지개를 켰다. 눈치도 없이 폴짝폴짝 뛰며 그에게 안아달라고 졸라댔다. 아버지의 개도 일어나서 둔중한 엉덩이를 흔들거리며 그에게 안겼다. 부모님의 시선을 피해 개들을 끌어안고 가만히 쓰다듬었다.

"너, 우니?" 그의 어머니가 말했다.

대답을 하려 입술을 달싹거렸으나 입이 바싹 말랐는지 떨어지지 않았다. 입 안에 고여 있던 마른침을 삼키고 억지로 입을 뗐다. 그만 들을 수 있는 불쾌한 소리가 입 안에서 쩌적- 하고 났다.

"뭐?"

젠장, 그간 참아왔던 게 자꾸만 올라왔다. 울고 있는 줄은 몰랐는데 앞이 흐릿한 것이 눈물이 고인 게 맞는 것 같다. 한 번 깜박였더니 툭 하고 떨어지면서 앞이 다시 환해졌으나 금세 다시 흐릿해져 버렸다.

"너, 뭐야. 무슨 일이야." 그의 아버지가 말했다.

서소 씨가 주저앉아 울었다. 언니 사장처럼 어린애 같이 울지는 못했다. 고개를 푹 수그리고 소리 죽여 읍읍- 하고 울었다. 개들이 그의 얼굴을 핥아주었다. 그가 겪은 일을 말하려 몇 번 입술을 달싹거리다가 말했다.

"아니, 그냥. 이혼하고, 로스쿨 준비하고, 일도 너무 많고 그래서 무리하다가. 나 공황장애래. 그래서 엄마, 아빠한테 말 못 하고 휴직했어. 미안해, 몇 달만 쉴게."

그게 그가 할 수 있는 말의 한계였다.

456789012345678901234567890123456789012345678901234567890123456789012345678901
5678901234567890123456789012345678901234567890123456789012345678901234567
456789012345678901234567890123456789012345678901234567890123456789012345
4567890123456789012345678901234567890123456789012

5678901234567890123 ♥
6789012345678901234567890123 ♥
7890123456789012345 6
8901234567890123

국제시장과 아버지

얼마 전 남양주 본가에 놀러 가서 부모님과 함께 국제시장을 보았습니다. 황정민 배우를 좋아하는 저는 2014년 12월, 이 영화가 개봉되자마자 봤었는데요, 아버지에게 보여주면 아주 재밌어 하겠다는 생각을 해놓고서는 5년이 지난 이제야 보여준 불효자는 웁니다.

그런데 제가 조금 잘못 생각한 것 같습니다. 영화 국제시장의 전반부가 좀 코믹하지 않습니까. 그래서 저는 아버지와 함께 이 영화를 보면서 많이 웃고, 아버지가 말하는 어린 시절을 들으며 감상에 잠기는 부자간의 모습을 상상했는데 아버지가 영화를 보는 내내 너무 많이 울어 버렸습니다. 10년 전 큰아버지께서 돌아가실 때 아버지의 우는 모습을 보고 그 이후로는 본 적이 없는데 국제시장을 보면서는 자꾸자꾸 우셨습니다. 서럽게 우는 아버지를 보며 엄마도 울었습니다. 나까지 울면 안 될 것 같아 코끝이 땡땡-해졌지만 저는 참았습니다.

아버지는 저를 닮아 말하는 것을 좋아하고 장난기도 다분합니다. 하지만 그동안에는 은근하게 당신의 옛날 이야기만큼은 잘 해주질 않으셨어요. 그런데 이날은 무슨 결심을 한 것처럼 비장하게 어린 시절의 이야기를 들려주었습니다.

아버지는 1950년 1월에 태어났습니다. 1951년 1·4 후퇴가 있었고 아버지는 당시에 두 살이었어요. 국사책 같은 데서 보셨듯이 원래는 연합군의 승리로 끝이 보이던 전쟁이었는데 중공군이 투입되면서 뒤집혔죠. 할머니께서는 자식들을 데리고 부산으로 피난을 떠났습니다. 그러던 중 할머니가 아버지를 리어카에 싣고 가다가 떨어뜨렸는데 알지 못한 채 그대로 가버렸고, 뒤에 가던 피난민이 아줌마, 애 떨어졌어요, 라고 말해줘서 아버지는 겨우 목숨을 건졌다고 합니다.

제가 '에이, 아빠가 그걸 어떻게 알아? 할머니가 그런 얘기를 해줬을 리도 없고.'라고 물으니 여덟 살 많은 큰아버지가 말해줘서 알았다고 합니다. 그리고 사실 할머니는 떨어진 걸 알았었는데도, 그냥 간 것이라고 아버지가 말했습니다. 뒤에서 누가 말을 걸지 않았으면 아마도 그냥 갔을 것이라고요. 그 시절에는 그렇게 죽은 어린아이들이 한둘이 아니었고, 전쟁통에 육 남매를 다 살리기가 쉽겠느냐며 당신 같아도 어쩔 수 없었을 것이라고는 하면서도 아버지는 이때 이야기만 하면 눈물을 글썽입니다. 나는 두 살 때 길에서 밟혀 죽을 뻔했다고.

전쟁이 끝나고 할머니와 아버지 남매는 서울로 돌아왔습니다. 원래 우리 집은 꽤나 알아주는 부자였다고 해요. 아버지가 갖고 있는 할아버지 사진을 보니 정말 그런 것도 같습니다. 도쿄대를 나온 할아버지는 서울에서 높은 공무원을 하셨다는데, 서울로 돌아오니 실종되어 찾을 수 없었다고 합니다. 집도 폭격을 맞아 흔적도 없이 사라졌고요.

아버지의 형님들은 어릴 때 나비넥타이를 매고 도련님 소리 들으며 학교를 다닌 기억이라도 있는데, 아버지는 그냥 의식이 있을 때부터 거지였고 원래 당신은 그렇게 태어난 줄 알고 살았다고 했습니다.

아버지는 구두를 닦고, 깡패 짓(구두닦이를 하려면 깡패가 되어야 한다네요)을 하며 중학교를 다녔습니다. 이때 얕보이지 않으려고 팔에 一心이라는 문신을 친구들끼리 큼지막하게 새겨줬다는데 글자가 많이 삐뚤빼뚤합니다. 나중에 문신을 지워보려고 레이저 치료를 받았는데 화상만 잔뜩 입고 지워지지가 않았습니다. 안 그래도 삐뚤빼뚤한 문신이 살가죽까지 일그러지는 바람에 몹시 흉측해졌지만 그래도 지워보겠다며 병원을 찾은 아버지가 나는 좋았습니다.

원래 아버지는 서라벌 고등학교를 나왔다고 했었습니다. 그런데 이날 얘기해 주시더군요. 사실 아빠는 고등학교를 못 마쳤다고. 2학년 때 등록금이 없어 퇴학당했답니다. 그날도 엄청 울었대요. 아무리 어려웠던 전후세대라고 하지만 등록금을 못 내서 퇴학당한 애들은 한 반에 서너 명 정도였다니 충분히 부끄럽고 서러운 일이라고 생각합니다. 아버지는 학교에서 잘린 뒤 기계를 좋아하던 적성을 살려 전파사 사장님을 따라다니며 전기 기술을 배웠습니다. 이때 필기한 노트 다섯 권을 아직도 갖고 있다며 보여주곤 "아빠, 머리 좋았어"라고 하는데, '에이, 왕년에 머리 나빴던 사람이 있나…'라고 속으로 생각하며 노트를 훑어보니 놀랍게도 $V=IR$, $Rn=R1+R2$… 각종 전기 공식과 미분 문제풀이, 자를 대고 깔끔하게 그린 복잡한 회로도가 빼곡했어요.

스무 살이 된 아버지는 군에 입대했습니다. 그때는 가혹행위와 구타가 만연했던 시절이었습니다. 아버지도 무리한 기합을 받다가 새끼손가락이 뒤틀렸는데, 제대를 하고 병원에 가보았지만 이미 굳어져서 펼 수가 없다더군요. 아버지는 아직도 새끼손가락을 완전히 구부리거나 펴지 못합니다. 그리고 군 말년에는 또 무슨 땅굴 같은 게 나와서 아버지의 제대는 육 개월이나 연기되었습니다. 당시 복무기간은 지금의 두 배인 삼 년이었는데 아버지는 군생활을 삼 년 반 동안 하셨죠.

아버지는 군 복무를 마치고 큰돈을 벌어보기 위해 사우디아라비아 파견 전기 기술자에 지원했습니다. 황정민이 독일 광부 파견 시험을 볼 때 쌀가마니를 들고 했던 장면, 기억하시나요. 아버지도 여기서는 손뼉을 치며 웃었습니다. 비슷했다더군요. 아버지가 지원한 사우디아라비아는 급료는 가장 높았지만 모두들 파견을 기피하는 국가였다고 합니다. 높은 급료에 혹해서 갔다가 만기를 채우지 못하고 자비로 한국에 돌아오는 사람들이 많았다고 해요. 아버지도 사우디아라비아를 그렇게 기억합니다.

– 아빠가 몇 번을 경유해서 사우디 공항에 도착했거든. 비행기 문이 열렸는데 아무도 선뜻 나가질 못하는 거야. 얼굴에 느껴지는 공기가 한 번이라도 숨을 쉬는 순간 콧구멍이 타들어 갈 것만 같았지. '여

기 지금 몇 도예요'라고 승무원에게 물어보니 48도란다. 식사로는 물소로 만든 고깃국이 나왔는데 너무너무 비리고 질겨서 먹자마자 토하고, 며칠 굶으며 버티다 결국 억지로 먹고 토하면 다시 먹어가며 일을 했다. 전 세계 못사는 나라에서 온 남자들 열 명이 군대 내무실 같이 생긴 한 방에서 생활했는데, 세상에 또라이 많잖아. 거기서 남자한테 강간당한 놈도 있고, 도둑질도 비일비재했지. 아빠도 돈을 좀 벌고 카메라가 너무 갖고 싶어 거기서 하나 샀는데 도둑맞을까 봐 분해해서 갖고 있었어. 서울에 와서 다시 조립하는데 부품이 몇 개 남는 거야. 아이고, 몇 번을 뜯고 다시 조립했는지 몰라. 그렇게 이 년을 일해 모아 온 돈을 일부는 할머니 수술비로, 나머지는 사업 자금으로 쓰려고 했는데 고모가 결혼하고 싶다고 조르는 바람에 고모에게 줬다.

- 그럼… 그 고생을 하고 남은 게 없었겠네?
- 그렇지, 카메라 하나 남았지.
- 그런데 왜 그렇게까지 힘든 나라로 갔어?
- 돈 없는 게 진짜 지긋지긋했어.

국제시장 영화에서도 그런 장면이 나오지요. 그 시절 고모들은 모여서 무슨 약속들을 한 겁니까. 아버지는 정말 죽기보다 싫었지만 결국 다시 사우디에 갔습니다. 이 년간 죽을 고생을 하며 작은 전파사를 차릴 정도의 돈을 모아 왔고 엄마를 만나 결혼하셨죠. 그다음 해인 83년 2월에 제가, 85년 7월에 제 동생이 태어났습니다.

이때쯤 아버지는 전파사에서 건축 자재 도매상으로 업종을 바꿨습니다. 엄마와 아버지는 포니를 개조한 작은 트럭에 타일이나 변기, 시멘트 포대 따위를 매일매일 실어 날랐습니다. 그리고 하루 종일 쪼그려 앉아 시멘트를 곱게 바르고 타일을 붙여가며 누군가의 집을 지어주셨지요. 집에 오면 돌가루를 털어내기 위해 한참 동안 몸을 씻으셨습니다. 물론 집에 샤워실 같은 건 없었습니다. 타일도 없이 시멘트 바닥으로 된 부엌에서 씻고 밥 짓고를 다 했고 화장실은 집 밖에 있었습니다. 남의 집 화장실에는 온갖 고급 타일을 붙여 주었으면서 말이죠.

그렇게 젊은 시절을 보낸 아버지는 결국 몹시 거칠고 투박한 사람이 되어버렸습니다. 가족에게 관심을 주거나 애정 표현 같은 걸 전혀 하지 못하는 사람이 된 것이죠. 가난했던 80년대 어린 시절, 건설 붐이 일면서 조금 유복했던 90년대 중학교 시절, 그리고 IMF로 수금을 못해 쫄딱 망했던 고등학교 시절. 제 어렸을 때의 기억을 요약하자면 이렇게밖에 표현이 안 되네요. 아버지는 제가 어디서 무얼 하든 '니 인생 니 거니까'라며 내버려두었는데 나는 그게 별로 싫었습니다. 정말 믿어 주는 건지, 그저 관심이 없는 건지 알 수가 없었어요. 제가 취업에 성공하고 회사에 출근한 지 육 개월쯤 되던 어느 날 아버지는 제게 이렇게 말했습니다.

- 넌 요즘 뭐 하길래 아침부터 어딜 그렇게 싸돌아다니냐.
- 허허, 회사 가지 어딜 가. 나 취직해서 첫 월급으로 아빠 빤스 사

줬잖아. 지금 입고 있는 그거.

－ 어… 그랬냐. 하여튼 나대지 말고 있는 듯 없는 듯 조용히 다녀라. 넌 너무 교만해. 언젠가 그것 때문에 사달이 날 거다.

아버지는 어렸을 때부터 저와 동생을 따뜻하게 안아준다거나 그런 말을 해 준 적이 별로 없습니다. 아버지는 엄마에게도 따뜻한 편은 아니었습니다. 따뜻한 편이 아니라는 표현은… 사실 지나치게 순화한 것입니다. 내가 여자라면 아버지는 남편으로서 정말이지 만나고 싶지 않은 남자라고 말하는 편이 좀 더 맞겠습니다. 엄마와 아버지는 어린 내가 보아도 당장 어쩔 수 없어 보이는 문제들을 놓고 끝없이 다투었습니다. 당최 두 분 사이에서 사랑하는 남녀의 모습 같은 건 발견할 수가 없었습니다. 다른 친구들의 이야기를 들어보면, '엄마 아빠가 갑자기 여행을 가버렸지 뭐야'라던가, '오늘 엄마랑 아빠랑 영화를 보고 늦게 들어온대. 하, 나는 빼놓고.' 이런 이야기를 하면서 곤란한 표정을 짓던데 나는 부모님의 그런 모습을 본 적이 없습니다. 곤란한 표정의 친구들이 부러웠습니다. 지독하게 부러웠습니다.

왜 나의 아버지는 나와 함께 창경궁에 가주지 않는지. 다른 친구들은 아버지와 슈퍼 홍길동을 보고 난 후 영화에 나오는 무전기 장난감을 사서 '아빠, 나와라. 오바!' 하고 노는데 나는 왜 무전기가 갖고 싶다는 말은커녕 영화를 보러 가고 싶다는 말을 못 하고 눈치만 보다가 결국 삼켜야 하는지. 왜 엄마와 아버지는 손을 잡고 걷지 않는지. 왜 아버지는 엄마에게 자꾸 화만 내는지 이해할 수가 없었습니다. 커가면서 '만약 내가 아버지를 닮았으면 어떡하지'라는 생각에 두려웠고 그런 생각이 들 때마다, 나는 아버지를 원망했습니다.

나는 건강한 마음으로 누군가를 사랑하고 싶었습니다. 어린 시절의 기억들이 날카로운 트라우마가 되어 나의 연인, 나의 아이, 나의 가족에게 상처를 입힐까 두려웠습니다. 그래서 정신건강의학과를 찾았습니다. 한 시간에 십만 원짜리 상담을 한 달에 네 시간씩 몇 달간 했었죠. 긍정의 힘이나 내려놓음 따위 말을 하면 당장 상담실 문을 박차고 나가버릴 생각이었습니다. 저도 아버지만큼 비뚤어진 사람이었으니까요. 하지만 거기서 했던 것은 전혀 위로가 되지 못하는 글귀들을 강제로 체화한다거나 'It's not your fault' 따위의 말을 반복시키며 어쭙잖은 힐링을 시도하는, 그런 것은 아니었습니다. 어린 시절부터 하나씩 기억을 꺼내보고 마주하고 싶지 않은 기억을 찾게 되면 정면으로 마주하여 싸우고 때리고 얻어맞고 따지고. 하고 싶었던 말을 다 토해내며 해소하는 것이었어요. 사이코드라마를 하면서 언제나 살얼음판 같았던 집안 분위기에 짓눌려 눈치를 보고, 아이처럼 행동하지 못하며 조숙해야 했던 과거의 나를 만났습니다. 나는 엄마와 아버지에게 소리쳤습니다. 나를 사랑했다면 그러지 않았어야 했다고. 이건… 이건, 당신들이 잘못한 거라고. 소리를 쳤고 화를 냈으며 어린 시절의 나를 위로하고 안아주었습니다. 아버지에게 용기를 내어 책이나 여행을 권해 보지만 그럴 때마다 쓸데없는 짓이라며 거절했던 그 시절의 아버지를 만났습니다. 아버지를 나무랐습니다. 화를 냈습니다. 한참을 그러고 있는데, 선생님께서 이번엔 서소 씨가 아버지가 되어보라고 했습니다. 그리고,

지금 아는 것을 그때 알았더라면.

아버지는 그냥 몰랐던 것입니다. 마음은 사랑으로 들끓는데 도대체 어떻게 해야 하는지를 알 수가 없었던 것이었습니다. 돌이켜보면 아버지는 당신의 방식대로 나를 참 많이 아껴주었습니다. 어느 날 아버지가 제게 초록색 풀이 둥둥 떠다니는 물을 주더군요. 왜 물을 탔는지 알 수 없을 만큼 전혀 물과 풀덩어리는 섞이지 못하고 있었습니다. 이게 뭐냐고 물으니 양상추 간 물이랍니다. 어디 티브이 프로에서 피로에는 양상추 간 물이 좋다며 그걸 잔뜩 사다가 강판에 갈아주신 것입니다. 하지만 티브이에서 나온 말을 잘못 들은 모양입니다. 혹시 양배추를 갈아야 하는 거 아니냐며 막 웃었더니 아버지는 시무룩한 등을 보이며 말없이 나가 슈퍼에서 양배추를 사다가 다시 갈아주셨습니다. 그리고 나는 비려서 못 먹겠다며 한 입 먹는 둥 마는 둥 하고 말았습니다.

아버지는 나와 함께 창경궁에 같이 가주진 못했습니다. 추정컨대, 아마 아들과 창경궁에 가서 무얼 어떻게 해야 할지 모르고 민망해서

가지 않았던 것 같습니다. 대신 아버지는 나와 함께 장난감을 만들어 주었습니다. 손재주가 좋았던 아버지와 함께 우리는 주말 내내 자르고 붙이며 종이 로봇을 만들었습니다. 어느 날에는 집에 있던 책들이 너덜해져 더 이상 읽을 수 없었는데 부모님께 부담이 될까 봐 말은 못 하고 부서진 책에 테이프를 붙이고 있었습니다. 아버지는 그런 내 모습을 보더니 혹독하게 추운 날이었음에도 몇 시간 동안 고물상과 헌책방을 뒤져 한국문학전집을 구해다 주셨습니다. 코가 새빨개진 아버지의 얼굴을 보고 눈물을 훔치며 밤새 현진건의 소설을 읽고 또 읽었던 기억이 떠올랐습니다.

아버지와의 기억들이 수채 물감처럼 가슴에 번져나갔습니다. 더이상 물감을 머금을 수 없자 이윽고 흘러내렸습니다. 미안했습니다. 괜히 원망했습니다. 우리의 아버지들은 기회가 별로 없었을 겁니다. 우리의 아버지들은 생존 이외에는 다른 생각을 할 수가 없었던 겁니다. 아버지에게는 사랑이란, 가족이란, 인생이란, 반려동물이란 그리고 나란 무엇인가에 대해 읽고 고민할 기회가 주어지지 않았습니다. 태어나서부터 은퇴할 때까지 생존만 생각해야 했을 겁니다. 아니, 은퇴를 한 이후에는 아파서 큰돈이 들어갈까 봐 전전긍긍입니다. 아버지에게 글자는 장부를 쓰거나 메모를 할 때 말고는 필요가 없는 것이었습니다. 여기 브랜드 디자인이 그렇게 예쁘다며 구매한 앙상하게 생긴 고가의 책상에 인문학책을 쌓아두고 몇 권을 억지로 읽은 뒤 스스로를 고매하다고 생각하는 내가, 한 달에 사십만 원짜리 상담을 받아왔던 내가 '우리 아빠는 도대체 왜 이러는 거야'라고 따져 들기엔 아버지의 인생은 나의 그것보다 너무도 치열했습니다. 나는 이제 진짜 어른이 되어 아버지의 사정과 아버지가 살아온, 그리고 지금 살고 있는 세상의 한계를 이해하고 포용해야만 합니다. 조금 서글프지만, 이제는 그래야만 합니다. 나는 어른이 되어버렸거든요.

얼마 전 칠순이었던 아버지. 이제는 많이 변했습니다. 은퇴를 하고 피부양자가 되어서인지, 스스로가 약해져 가고 있다는 걸 느껴서인지, 이제야 당신의 인생을 돌아보았기 때문인지는 모르겠지만 몇 년 전부터 아버지는 엄마의 손은 못 잡아도 팔짱을 꼭 끼고 걷고 온전히 엄마만을 위해 맛있는 밥상을 차리기도 하며 다소, 여성스러워지셨습니다.

이제 저도 서서히 글씨가 큼직하고 읽기 쉬운 책을 골라 아버지께 다시 권해 보려 합니다. 만화책이든 고전이든 아버지가 읽을 수만 있으면 됩니다. 그런 책을 찾을 것입니다. 사천 원짜리 커피를 함부로 마시는 나를 비롯한 젊은 애들을 못마땅해하는 아버지이지만, 아버지로부터 얼마간 잔소리를 듣더라도 나는 아버지와 함께 카페에 가서 만 원짜리 빙수와 육천 원짜리 과일 주스를 시켜놓고 나란히 앉아 왕과 나, 대부, 성룡의 취권과 같은 고전 영화를 함께 보려 합니다. 나와 아버지에게 허락된 시간이, 그리 많지 않을 수 있다는 생각이 듭니다. 빨리 말해야겠습니다. 사랑한다고, 당신이 나의 아버지라 참 다행이라고 말입니다.

폐업 카페 'B'

다행히도, 그의 부모님은 대체로 그의 말을 믿는 눈치였다. '뭐, 그 정도면 울적할 만하겠네'라는 생각을 하는 것 같았다. 아마 '징계'나 '정직' 같은 건 상상하지 못했을 것이다. 다음 날 그는 제발 살려달라는 말이 나올 정도로 배가 터지게 집밥을 얻어먹었고, 각종 반찬 또한 한아름 얻어 집을 나섰다. 말린 과메기라던가 창난젓 같은 반찬은 그의 취향이 도무지 아니어서 평소라면 거절했을 법도 하지만 그날은 그러지 못했다. 음식을 준비하고 반찬을 찬합에 담는 부모님의 표정이 매우 비장했으므로 아, 좀. 이런 건 먹기 싫단 말이야-라는 말을 할 수가 없었다.

그는 짐과 개를 안아 들고 뒤뚱뒤뚱 걸어 나와 썬더에 짐을 실었다. 썬더를 마주하자 어제의 우울했던 기분이 얼마간 풀렸다. 썬더는 그가 올해 초 구입한 중고 BMW 1 시리즈 그러니까, 자동차다. 요즘 회사에 가지 않다 보니 차를 탈 일이 별로 없어서 몇 달간 제대로 썬더를 달려주지 못했다. 오늘은 조금 달려 보고 싶었으므로 막히는 시간을 피해 부러 저녁 늦게 집을 나섰다. 남양주에서 망원동까지 보통은 내부순환도로를 타고 다녔지만, 오늘은 외곽순환도로를 타고 빙돌아서 갈 것이다. 오랜만에 엉덩이가 붕- 하고 뜨는 느낌을 느끼고 싶었다. 서소 씨가 썬더를 구입한 지는 벌써 여덟 달이 넘었지만, 그는 아직도 썬더를 볼 때마다 설레었다. 흠집이 날까 봐 기계식 자동세차는 한 번도 하지 않았다. 사실은 중고라서 이미 흠집투성이일 테지만.

핸들을 슥하고 한 번 쓰다듬었다. 핸들에 씌워둔 카프스킨이 기분좋게 손바닥을 스쳤다. '자동차 핸들에 가죽을 씌우는 장인'이라는 직업이 있는 줄 몰랐는데 그런 사람은 있었고, 그 장인을 통해 매끄러운 가죽이 씌워진 고급스러운 핸들을 얻을 수 있었다. 조금씩 붙이고 바꾸고 하면서 썬더는 서소 씨만의 자동차가 되어 갔다. 썬더를 만나기 전까진 후륜구동 방식이라는 게 그렇게 좋은 기분을 느끼게 해 주는지 몰랐다. 속도가 빠른지 느린지의 여부는 자동차를 즐기는 데 있어 그다지 중요한 것이 아니었다. 시속 육십 킬로가 안 되는 느린 속도에서도 액셀을 지그시 밟으면 뒤에서 누군가 엉덩이를 스윽- 하고 밀어주는 것 같은 힘이 곧바로 느껴져 만족스러웠다. 과장이라고 생각할지도 모르겠지만 썬더를 타고 달릴 때면 썬더가 말을 걸어오는 것 같은 기분이 들 때도 가끔 있었다. '자, 어떻게. 오른쪽? 왼쪽? 생각만 해. 핸들을 움직인다고 생각하기도 전에 나는 이미 움직여 있을 거야. 방금 기어를 바꿨어. 네가 원하는 타이밍 맞지?' 이렇게 말이다. 운전이란 마지못해 하는 귀찮은 일이라고만 생각해왔던 그의 생각을 썬더가 바꿔놓았다. 더 좋은 차는 필요치 않았다. (물론 더 재밌게 달려주는 차가 주어진다면 거절할 생각은 전혀 없지만) 망원동에 살고 개를 키우며 썬더를 탈 수 있다면 대략 성공한 인생 아닌가, 하는 생각이 들어 좋았다.

역시나 외곽순환도로에는 차가 거의 없었다. 북한산인지, 도봉산인지 알아낼 순 없으나 어디선가 불어오는 산바람이 상쾌하였다. 문득, B에서 파는 맛없는 커피가 먹고 싶어졌다. 책은 읽지 않고 사장들과 수다를 떨며 목을 축이고 싶었다.

"아, 차 빼요. 여기다 대면 어떡해!"

그는 카페 B 입구 앞에 차를 세워두고 카페에 들어갔다. 반쯤은 장난이었고 반쯤은 집에 차를 두고 다시 걸어오기가 귀찮아서였다. 언니와 동생 둘 다 있었다. 주말엔 두 명이 다 나온다.

"금방 갈 거예요. 일요일 밤 열 시에 무슨 손님이 온다고 거 되게 야박하게 구네. 다른 손님들한텐 찍소리도 못 하면서. 아아 한 잔이요, 물은 적게 얼음은 많이, 물론 공짜로."

언니 사장이 귀를 막고 휘이휘이 손사래를 쳤으나 동생 사장이 눈을 한번 샐쭉 흘기더니 커피를 내려주었다. 그의 개는 그녀에게 달려들더니 배를 뒤집고 오두방정을 떨었다.

"아이고, 단지야. 단지 아빠 오늘 안 온다더니 왔네."

"그냥, 목이 말라서."

"단지 아빠, 뭔 일 있어? 표정이 왜 그래."

"아니, 그냥. 회사 생각나서. 부모님 보고 오니까 더 싱숭생숭하네."

"아, 그만 좀 잊어. 단지 아빠 없을 때 우리끼리 무슨 얘기 했는지 알아?"

"무슨 얘기?"

"단지 아빠 말을 일방적으로 들은 거니까, 우리는 사실 단지 아빠 말이 진실인지 아닌지 알 수가 없잖아."

"…그렇겠지."

"우리 망원동 사람들이 유월, 칠월, 팔월 석 달 동안 거의 매일같이 단지 아빠를 지켜보고, 말을 섞어보고 느낀 건 '단지 아빠는 아무래도 그럴 사람이 아니다'라는 거야. 당신은 그런 잘못을 저지를 위인이 못 돼. 자존심이 너무 세서, 혼자 우월하고 잘나야 되기 때문에 다른 사람에게 의도적으로 피해를 주는 일 같은 건 못 한다고."

"고맙네, 모두. 내가 없을 때 그런 이야기를 했다니 더 감동적이야.

근데 언니 사장이 갑자기 왜 이렇게 말을 잘하는 거 같지? 맨날 '아, 됐고, 됐고'만 하던 사람인데."

"사실 내가 한 말이 아니고 육백이 아빠가 해준 말이야. 모두 공감했고. 그러니까 어깨 좀 펴고 다녀. 우울충아."

"고마워." 서소 씨가 킥- 웃으며 말했다.

"참, 고민 좀 해봤어?"

"어? 어… 우리, 가게 넘기기로 했어."

"그렇구나… 그래. 잘 생각했겠지. 계약서 잘 쓰고, 잔금 다 받기 전까지는 지나가는 낙엽도 조심하고. 그런 건 잘 알지?"

"알지, 그럼. 내가 동대문에서 가게를 몇 개나 했었는데."

"그런데, 사장님들 없다고 생각하니까 나도 좀 섭섭하고 먹먹하네."

"미안해. 나중에 또 보면 되지."

"나중에 또 보기로 한 사람 본 적이 없고, 밥 한번 먹기로 한 사람하고 밥 먹은 기억이 없다. 가면 아마도 못 보겠지."

"가게 넘기면 뭐 할 거야?" 서소 씨가 말했다.

"음… 사실 아직 대박이 물건들을 하나도 정리 못 했는데 그거도 정리하고, 여행도 다녀오고… 그리고 우리 강원도로 돌아갈 거야. 거기서 카페 다시 해보려고."

"그렇구나… 동생은?"

"걔는 플로리스트 자격증이 있거든. 강원도에 가서 꽃집 겸 카페 할 생각인가 봐."

"둘 다 카페 할 거면 둘이 규모를 키워서 같이 하지 왜 따로 해?"

"단지 아빠."

"응?"

"가족 하고는 절대 사업하지 마. 우리, 집에 가면 맨날 싸워. 정말 하루도 안 빠지고 맨날. 쟤는 이제 내가 맛있게 자고 있는 얼굴을 보면 발로 한번 밟고 싶대."

"음… 뭐, 같이 살다 보면 그런 마음이 들 수도 있지."

서소 씨는 양말을 뒤집어서 벗어놓았다는 이유로, 고사리무침을 덜어 먹지 않고 찬합째로 먹었다는 이유로 어머니로부터 충격적인 욕을 얻어먹고 자취를 결심했던 서른 살 무렵을 떠올렸다.

"가게 넘길 분은 어떻게, 믿을 만해?"

"사실 그게… 조금 불안하긴 해. 아, 저기 오시네."

"응?"

그녀가 가리킨 곳에서 포대화상님, 그러니까 보통 절 입구 쪽을 장식하고 있는 뚱뚱한 보살님 석상을 닮은 아주머니가 개 두 마리를 안고 걸어오고 있었다. 덩치도, 얼굴 표정도, 심지어 입고 있는 원피스와 오래전 미용실에서 불법으로 시술받은 것 같은 눈썹 문신까지도 포대화상님처럼 보이는 데에 일조하고 있었다.

"좀 나이가 있으신 분이 인수하나 보네?"

"저분이 인수해서 딸이 운영할 거래."

"나이가 그렇게 많아 보이지는 않은데 이런 거 척척 인수해서 딸

더러 해보라고 척척 내주고. 돈이 많은 사람인가 보네? 잔금에서 잡
음 날 걱정은 안 해도 되겠다."

"그게…." 언니 사장이 잠시 뜸을 들이더니 서소 씨의 귀에 대고
속삭였다.

"저분 비즈니스 클럽 사장이래."

"그게 뭔데?"

"아, 그 왜, 아가씨들이랑 같이 술 마시는…."

비즈니스 클럽 사장 보살님이 벌써 지근거리까지 다가왔으므로 서
소 씨는 미처 뭐?라는 대답을 하지 못했다.

"어머, 이게 누구야. 단지 아빠랑 단지네. 오호호. 안녕하세요?" 보
살 사장님이 말했다.

"네, 안녕하세요. 저를 아시나 보네요?"

"그러엄. 단지 아빠가 얼마나 유명한데."

"제가요? 왜요?"

"비 닮았잖아. 비. 오호호."

"예?" 그는 영문을 알 수 없어 고개를 갸우뚱했다.

"가수 비래요, 비. 됐고, 잠깐 나 여기 사장님하고 이야기 좀 할게
요." 언니 사장이 말했다.

갑자기 그더러 가수 비를 닮았다고 하는 맥락을 이해할 수가 없어
당혹스러웠으나 가게 이전에 관한 중요한 이야기를 하겠다는데 방해
할 수는 없었으므로 일단 자리를 비켰다. 동생 사장도 밖으로 나가 보

살 사장님과 이야기를 했다. 엿들으려 한 것은 아니었지만 이따금씩 그들의 대화가 들려왔는데 대략 똑같은 이야기를 반복하고 있는 것 같았다. 그러니까 개에 관한 이야기를 하다가 단지 아빠가 비를 닮았다는 것에 대한 이야기를 하다가, 권리금을 깎아달라고 하고 안 된다는 이야기를 하다가, 코로나 이야기를 하다가 다시 권리금을 깎아달라고 하고 안 된다는 이야기를 하는 식이었다. 서소 씨는 스무 살 때부터 동대문에서 일하며 장사에 잔뼈가 굵었다는 언니 사장과 어찌 살아왔는지는 모르겠으나 현재 비즈니스 클럽 사장이라는 보살님이 백척간두에 서서 호잇- 하고 무예를 겨루는 장면을 상상하며 혼자 웃었다. 그녀들은 꽤 긴 시간 동안 합을 겨루었으나 승부는 나지 않았다. 보살 사장님이 돌아갔고 그녀들도 가게 안으로 들어왔다.

"뭐라셔?"

"아니, 금액 이야기 끝났는데 자꾸만 더 깎아달라고…."

"뭐, 부동산 거래할 때 마지막에 조금 깎아주긴 하잖아. 요즘 같은 시기에 누가 가게 뺄 때 권리금 다 회수하냐. 적당히 해."

"단지 아빠는 우리가 빨리 가게 뺐으면 하는 것처럼 말한다. 아깐 섭섭하다며."

"그렇긴 해도. 대박이 때문에 힘들어하는 거 다 아는데 마냥 섭섭해할 수만은 없잖아. 지금 넘기면 일단 손해는 없는 거라며. 돈부터 받아두면 어떻게든 되겠지. 망원으로 돌아오든, 강원도로 돌아가든."

"몰라. 아, 머리 아퍼."

"사장님도 막상 카페 접을 생각하니까 싫은 거구나. 그래, 뭐. 잘 고민해보고 결정해. 나도 이제 집에 가야겠다. 졸려."

"응, 들어가. 단지는 놓고 가."

요 며칠, 감정이 요동치는 일들을 집중적으로 겪어냈더니 몸과 마음이 녹초를 부르는 지경이 되었다. 그가 상상하던 고요하고 적막한 오 개월간의 쉼은 이미 멀어져 있었다. 집에 도착하자마자 침대 속으로 기어들어 가서는 발가락으로 벽지 무늬를 따라 그리며 잠을 청하는데 슬며시 배가 고파왔다. 냉장고에 먹을 만한 게 뭐가 있는지 생각하다가 벌떡 일어났다. 부모님이 챙겨준 반찬을 깜박 차에 두고 그냥 온 것이 생각났다. 갑작스레 부산한 주인의 모습에 놀라 왕왕 짖는 개를 뒤로하고 뛰어 내려가 보니 찬합이 후끈했다. 벌써 쉬어버린 건 아니겠지. 냄새를 맡아보니 아슬아슬했다. 음식을 소분하고, 얼릴 것은 얼려두고, 자리만 차지하던 오래된 음식은 버리고 그렇게 냉장고를 정리하다 보니 땀이 솟았다. 녹차를 한 잔 우려 거실 테이블에 앉았다가 에어컨 바람이 나오는 송풍구 바로 밑으로 자리를 옮겨 팬티바람으로 드러누운 채 눈을 감았다.

그녀들이 폐업을 고민하듯 그도 비슷한 고민을 하고 있었다. 글쓰기 모임을 다닌 후부터, 그리고 소설을 읽기 시작하면서부터 자꾸만 쓰고 싶었다. 회사를 떠나 업으로 삼고 싶을 만큼 쓰고 싶어졌다는 말이다. 요즘 서소 씨는 퇴직금이 얼마나 쌓여 있는지를 확인하고 동면하는 수준으로 생계비를 줄이면 얼마간을 버틸 수 있는지 자꾸만 계산해 보는 버릇이 생겼다. 그러나 이내 현실을 깨닫고 고개를 젓는다. 전세대출이 너무 많다. 퇴직금을 다 쏟아부어도 대출 상환이 안 된다. 즉 망원동을 떠나야 한다는 것이다. 돈도 돈이지만, 그에게는 그가 글을 써서 먹고살 수 있을지에 대한 확신이 없었다. 다만, 쓰는 일이 재미있다는 것과 최근 두 달 동안 하루에 열 시간이 넘게 하루도 거르지 않고 내리 읽고 쓰기만 했는데 별로 힘들지가 않았다는 것, 그리고 그가 경험한 일들을 글로 써서 SNS에 올렸더니 몇몇 사람들이 웃기다며 다음 편을 내놓으라고 말해주는 것 말고는 감히 회사를 그만둘 합리가 없었다. 그런 것으로 결정할 수는 없다. 근거가 빈약하다. 집을 줄여서 이사를 하고 간간이 아르바이트를 하면서 살면 가능하겠지만 과연 망원동과 썬더와 가끔 옷을 사 입는 일과 가끔씩 먹어 주어야 하는 소고기 같은 걸 다 포기하고 도전할 만큼 재능이 있는 것인지에 대한 확신은 없었다.

어쩌면, 그저 더 이상 일을 하기가 싫은 걸지도 모른다. 회사를 미친 듯이 다니다가 번아웃이 와서 잠시 미친 걸 거다. 사람에게 실망하여 잠시 딴생각을 하는 것일 뿐이다. 그에게 글을 재촉하는 독자라고 해봐야 겨우 스무 명 남짓이었다. 물론 그중에는 출간 작가라던가 등단 시인이라던가, 무척 좋은 글을 써내는 사람들도 많았고 그런 사람들이 그렇게 말해주어 용기가 솟을 때도 있었으나 그래 봤자 스무 명이었다. 쓰는 게 좋다는 이유 하나만으로, 마흔이 다 되어가는 시점에, 스무 명의 구독자를 믿고 회사를 때려치운다는 것은 정말로 어쩌자는 일인 것이다. 회사에 다니는 것 말고는 할 줄 아는 것도 없는 주제에.

다만, 휴식 기간은 아직 두 달 남짓 남았으므로 일단은, 계속 쓸 것이다. 그가 겪었던 기가 막히는 사연과 — 이를테면 시버러버 같은 — 시시한 사연들을 모아 이백 자 원고지 딱 천 매만큼은 써보고 회사로 돌아가고 싶었다. 삼십 대 후반 즈음의 회사원 남자가 갑작스레 갖게 된 오 개월간의 특별한 쉼을 기록하고 싶었다. 일단은 거기서부터, 시작을 해보고 싶었다.

시버러버(1)

처음부터 음악에 관심이 있었던 것은 아니다. 고등학교 때 교회에서 베이스 연주자를 구한다고 했던 그날, 친구 새끼가 갑자기 겨드랑이를 간질이는 바람에 손을 번쩍 들어버린 일이 음악을 시작한 계기였다. 나는 내가 만화책이나 컴퓨터 게임 같은 것만 좋아하고 시선 받는 걸 못 견뎌 하는 내성적인 소년인 줄 알았으나 착각이었다. 처음 기타를 배우러 가던 날, 기타를 메고 길을 걸으니 사람들이 한 번씩 흘끗 쳐다보았는데 나는 이미 거기에 취해버렸다. 처음 공연을 했던 날, 얼굴을 후끈하게 비추는 무대 조명과 앰프에서 터져 나오는 폭음을 듣고 느낀 감정은 긴장이 아닌 흥분이었다.

대학에 가서도, 취업을 하고 나서도 록밴드 활동 같은 걸 꾸준히 했다. 한창 열심히 했을 때는 드렁큰타이거와 윈디시티 공연의 오프닝 무대에 서기도 했고 초청을 받아 홍대 상상마당에서 공연한 적도 있었다. 어린이날 행사 공연을 하면서 아기공룡 둘리 탈을 쓰고 기타를 치다가 땀이 차서 쓰러질 뻔한 적도 있었고, 무슨 오토바이 모터쇼 행사 공연 때는 무대 앞에 선 레이싱걸들이 팬티인지 반바지인지 모를 것을 입고는 엉덩이가 끼는지 자꾸 손으로 빼는 동작을 하는 바람에 집중이 흐트러져 망친 적도 있었지만 하여간 모두 즐거운 기억으로 새겨져 있다. 대단치 않은 취미였으나 음악을 하지 않는 삶을 생각해 본 적은 없었다.

서른 살 무렵부터는 밴드 활동을 그만두고 힙합비트를 만들기 시작했다. 여자애들의 음악 취향이 바뀌었는지 록음악이 별로 인기가 없어졌다. 라이브 클럽들이 망했고 설 수 있는 무대가 줄어들었다. 어떻게든 하고 싶어도 함께 음악을 하던 동생들이 직장인이 되면서 밴드를 유지하는 것도 어려워졌다. 여러 명의 사람이 시간에 맞춰 모여 연습을 해야 하는데 나이가 들수록 일정 조율 같은 게 힘들어졌고, 예전엔 찍소리도 못 하던 동생들이 머리가 굵어지면서 찍찍 의견을 내기 시작했는데 저들끼리도 의견이 맞지 않아 다툼이 잦아져 운영하기가 여간 까다로운 것이 아니었다. 그런 고민에 빠져있던 와중에 당첨된 로또 3등은 '계획에 없던 꽁돈이 생겼으니 이제 동생들은 놓아주고, 잘 되든 안 되든 장비를 사서 작곡에 도전해보자'라는 결심을 하게 된 계기가 되었다.

재즈힙합을 좋아했다. 재즈 피아니스트나 기타리스트들이 연주한 세련된 재즈 멜로디를 한 구다리 잘라내어 반복되는 루프로 만들고 거기에 거칠고 투박한 드럼 소리를 바른 다음 내가 직접 베이스를 연주해 입히면 그럴듯한 사운드가 되었다. 그걸 랩을 하는 사람들에게 들려주고 마음에 들어 하면 녹음을 했다. 몇 차례 수정을 거치고 믹스, 마스터를 끝냈다. 완성했다는 것만으로도 기쁨과 보람이 충만했으나 조금 더 용기를 내어보기로 했다. 발매를 한 것이다. 그렇게 첫 앨범이 나왔고 내가 만든 창작물이 세상에 나왔다는 사실에 흥분하여 며칠간은 잠을 이루지 못했었다. 그렇게 작곡에 푹 빠진 나는 매일 밤마다 졸린 눈을 비비며 비트를 찍었다.

일 년 정도 지났을 때쯤 한계를 느꼈다. 만들고 싶은 소리가 머릿속에는 있는데 유튜브 너머로 배운 기술로는 표현할 수가 없었다. 작곡가 선생을 찾아갔으나 비싼 레슨비에 비해 딱히 배울 건 없었다. 그 사람이 갖고 있던 음원 소스만 얻은 뒤 두 달 만에 과외는 때려치웠다. 앞으로 어떻게 음악을 공부해야 할지 고민을 하다가 보디빌더로 활동하고 있는 동네 형의 운동하는 모습을 멍하니 보던 중 영감을 얻었다. 그것은 바로 반복이었다.

그때부터는 창작을 멈추고 노래를 들었다. 반복하여 수백 번 듣고 똑같이 만드는 연습을 했다. 궁금하면 유튜브를 찾았다. 아마추어 작곡가들에 의해 산산이 분해된 유명 곡들이 유튜브에 가득하였다. 한 달에 삼십만 원짜리 레슨보다 세밀하게 또 천천히 알려주는 영상들이 자기를 클릭해달라고 아우성이었다. 그 영상들을 보며 따라 만들었다. 그렇게 열 곡, 스무 곡 쌓여가니 어느 순간 눈을 감고 음악을 듣는데 머릿속에 드럼, 기타, 피아노, 베이스, 신디사이저 그리고 뽕뽕대는 각종 효과음들이 머릿속에 공연 무대처럼 펼쳐졌다. 놀라운 경험이었다. 음악을 들으며 머릿속 드러머에게 집중하면 어떤 종류의 드럼 소리인지, 어떤 리듬인지가 구분·확대되어 들렸고 기타에 집중하면 리버브와 딜레이, 오버드라이브 같은 효과가 얼마만큼 적용되었는지 대략 알 수 있게 되었다. 무엇보다도, 무엇이 되었든 새로운 것을 익히려면 이러한 반복의 과정이 반드시 필요하다는 것을 깨달은 것이 가장 큰 배움이었다. 그때부터는 따라 만들기도 그만두고 명반들을 찾아 머릿속으로만 음악을 재현하는 연습을 했다. 그리고 그 감각을 잊지 않기 위해 블로그를 열어 기록을 시작했다.

> 2013년 11월 1일
> Sam Ock. -Beautiful People.
> sign 파형의 일렉트릭 피아노와 클랩 소리로 시작. 클랩은 서로 다른 종류의 클랩 소리를 시간 차를 두고 겹쳐 과자처럼 와그작 하는 느낌을 만들어 주었는데 자꾸만 반복해서 듣고 싶은 좋은 소리가 났다.
> -후략-

대략 이런 식이었다. 글로 정리하다 보니 순수한 곡 분석 내용 이외에도 나의 이야기, 그러니까 그 곡을 들으면서 느낀 그날 하루의 감정, 문득 떠오른 나의 사연들과 곡을 만든 아티스트들의 사연 같은 것들도 덧붙여 기록하게 되었다. 블로그에 일기 같은 걸 쓴다는 게 창피하다는 생각을 했지만, 블로그를 오픈한 뒤로 조회수가 1을 넘는 날이 거의 없었으므로 괜찮았다.

2014년 6월 10일

아티스트 : 피터팬 콤플렉스

곡 : 모닝콜

봉뽕 뽑- 뽑-

베이스 기타를 스타카토로 연주하며 시작한다. 이 베이스 라인이 곡 전체의 메인 선율이 되었다. 기타가 아닌 베이스를 메인 선율로 쓰면 '깔아줘야 하는 베이스 소리'가 사라져 곡을 만들기 쉽지 않았을 텐데 이 곡은 베이스가 옥타브를 오가며 분위기를 잘 전환하고 있다. 단순하지만 곡을 듣는 내내 반복해도 지겹지 않은 좋은 멜로디와 리듬이다. 베이스가 메인이 된 대신 기타를 풀링 주법으로 엷게 발라서 배경 같은 효과를 내주었다. 대단히 좋았다.

오늘, 고객과 회의가 있어 ○○대학병원에 다녀왔다. 무척이나 뜨거운 날이어서 에어컨을 이빠이 아니, 삼빠이 틀고 운전했는데도 등짝과 엉덩이가 흠뻑 젖어버렸다. 사회초년생이므로 통풍시트 옵션이 들어간 좋은 차 같은 건 당연히 살 수 없다는 건 알지만, 팬티가 젖지 않을 방법만큼은 찾아내야겠다는 생각을 했다.

차를 주차하고 나무 그늘에서 잠시 몸을 식히며 옷 매무새를 가다듬고 있는데 저쪽 앞에서 어떤 할아버지가 뒷짐을 지고 저벅저벅 걸어왔다. 그리고 그 뒤에 십

미터쯤 거리를 두고 할머니가 자박자박 따라갔다. 할머니의 보폭이 할아버지를 따라가지 못해 조금씩 멀어졌다. 할아버지가 뒤를 돌아보며 할머니에게 타박을 했다.

"아, 왜 이렇게 못 와."

자세히 보니 잔디밭에서 내려가려면 계단을 통해야 했는데 그 폭이 조금 높았다. 할머니는 허리가 안 좋은지 허리를 붙잡고 우물주물하고 있었다.

"에이, 씨. 더워 죽겠는데."

할아버지가 짜증스러운 표정을 지었다. 그리고 할머니 쪽으로 걸어간 다음, 몹시 살포시 안아 내렸다. 그러고는 누가 볼세라 얼른 다시 멀어졌다.

"걸을 수 있어?"

"네, 영감."

"약 봉투 안 떨궜어?"

"잘 있어요."

할머니의 말이 끝나자 할아버지는 머뭇거리더니 할머니의 손을 꼭 쥐고 걸어갔다. 자신이 빨라지는 것 같으면 잠시 멈춰 가면서 속도를 맞췄다. 그들이 사라지는 모습을 끝까지 지켜보다가 시간이 촉박해져서 회의 장소로 뛰어갔다. 뛰면서 생각했다. 삼십 년 후, 사십 년 후 나도 저런 모습이기를.

이런 글들을 일주일에 서너 개씩 올렸다. 그러던 어느 날, 메일함을 정리하다가 이상한 메일 몇 통을 발견하게 되었다.

2014년 8월 3일

발신 : 김DD

안녕하세요. 블로그 글 재밌게 잘 읽었습니다.

2014년 8월 4일

발신 : 김DD

안녕하세요. 오늘은 쉬는 날이에요.. 추천해 주신 노래를 듣고 있는데 너무 좋습니다.

　광고는 아닌 것 같은데 김DD라는 사람이 누군지 알 길이 없었다. 메일을 하나씩 열어 내용을 확인해 보았다. 거기에는 '블로그에 올린 어떤 노래가 신나고 좋았다', '오늘 슬픈 일이 있었는데 서소 씨가 올려놓은 비틀스의 I Wanna Hold your hands를 듣고 위로를 받았다', '이 밴드에 이런 사연이 있는 줄 몰랐다'와 같은 내용이 적혀 있었다. 문투로 보았을 때 추정되는 내 지인은 없었다. 그리고 나에게 작곡을 하냐며 혹시 자신의 메일을 확인하게 된다면 알려달라고, 꼭 들어보고 싶다는 내용도 있었다. 얼굴도 이름도 모르는 사람의 요청이지만, 어차피 아무도 들어주지 않아 음원 유통 업체의 하드디스크 용량만 차지하고 있는 내 노래들을 들려주는 게 뭐 그리 대수인가 싶어 보내주기로 했다.

김DD님께

안녕하세요, 김DD님. 블로그를 재밌게 보아주셨다고 하니 창피하면서도 고맙습니다. 저는 아마추어라 어설픈 점이 많습니다. 그래도 즐겁게 들어주셨으면 좋겠습니다. 아직 앨범 발매는 안 되었지만 저작권 등록을 마친 곡이니 편하게 들으셔도 됩니다.

한 달쯤 뒤 발매 예정인 노래 파일을 첨부하여 메일을 보냈다. 그리고 며칠 뒤, 그녀로부터 답장이 왔다.

'서소님과 페이스북 친구가 될 수 있을까요? 제 이메일은 OOO@OOO.com이고, 아이디는 jessica입니다.'

그때의 나는 이성에 대한 관심과 호기심이 몹시 많은 솔로 이 년 차 청년이었으므로 메일을 보자마자 페이스북을 열어 그녀가 알려준 정보를 입력하고 검색했다.

허-

굳이 왜 이렇게까지 미인인 거지? 정말이지 말이 안 되게 예쁜 얼굴을 하고 있어서 유흥업소나 도박 사이트 따위를 홍보하는 광고 페이지인 줄로만 알았다. 하지만 천천히 그녀의 피드를 읽어 보니 그런 저속한 광고 따위의 내용은 전혀 없었고 다분히 정상적이며 일반적이라고 볼 수 있는 그녀의 일상들이 게시되어 있었다. 물론 그녀의 의지와는 상관없이 달려있는 '우리 예쁜 제시카님, 예쁜 꽃 보고 힘내셔요' 하는 오십 대 아저씨들의 댓글이나 여기저기 페이스북을 돌아다니며 얼굴, 몸매 평을 하는 남자들이 싸지른 하악거리는 댓글들도 꽤나 있었지만, 거기에 딱히 대응을 하지 않는 것으로 보아서도 나는 이 여자가 이상한 사람은 아닐 거라고 짐작했다.

그날은 추석 연휴가 시작되기 직전의 토요일이었다. 나는 도봉동에 있는 본가에 있었다. 저녁을 먹고 밤이 깊어지자 아버지는 티브이를 좀 더 보다 잔다며 거실에 남았고 엄마는 일찍 잠이 들었다. 딱히 할 게 없던 나는 애꿎은 루비(아버지가 키우는 푸들 강아지)를 만지작거리며 휴대폰을 뒤적거렸다. 그러다 김DD 씨의 얼굴을 다시 한번 보고 싶어 그녀의 페이지를 찾았는데 그때 실수로 그만(정말 실수였다) 친구 추가 버튼을 눌러버렸다. 누를 생각은 없었으나 다시 취소하기도 뭣해서 그냥 두었다. 어떻게 나오는지 내일 하루 지켜보자는 생각을 하며 휴대폰을 던져두고 이불을 머리끝까지 끌어올린 채 눈을 감았다. 내가 잠이 들려 한다는 것을 눈치챈 루비가 팔베개를 해 달라며 목덜미 속으로 파고들었다. 루비를 끌어안고 모로 눕는데 갑자기 간지러운 느낌이 들었다. 루비가 움직거리는 것 때문인 줄 알았더니 휴대폰이 울리고 있었다. 누구지? 이 밤에. 시계를 보니 새벽 한 시였고, 전화가 온 게 아니라 페이스타임이 수신되고 있었다. 발신인은 jessica. 깜짝 놀란 나머지 나는 그만 수신을 거부하고 말았다. 전화기를 이불 위에 툭 놓치듯이 던져버렸다. 잠시 진정을 하고 눈을 비빈 후 휴대폰을 다시 확인해 보았다.

'jessica.'

그녀가 나에게 페이스타임으로 영상통화를 시도한 것이었다. 시계를 보았다. 한 시 십 분. 아예 받지를 않았으면 모르겠는데 수신 거부를 한 게 마음에 걸렸다. 지금은 너무 늦었으니 내일 오전에 다시 걸어서 이렇게 말하면 되겠지.

– 하하, 어제 전화하셨네요. 자다가 실수로 누군지 확인도 안 하고 그만 수신 거부를 눌렀…

이상하다. 좀스러워 보인다고 할까. 이 정도 일에 이렇게까지 신경이 쓰이는 이유는, 아마도 사진 속 그녀가 미인이었기 때문일 것이다. 나는 솔로 이 년 차, 삼십 대 초반의 남성 청년이었으므로 이런 사건에 호기심이 자꾸만 돋아나고 신경이 쓰이는 것은 아무래도 어쩔 수 없는 일이었다.

'지잉– 지잉–'

내일 연락해서 해야 할 말을 생각하느라 머리를 감싸쥐고 있는데 휴대폰이 다시 울렸다. 페이스타임이 다시 수신되고 있었다. jessica로부터. 이번에는 아까보다도 더욱 크게 놀랐다. 수신 거부를 했음에도, 이렇게 늦은 새벽임에도 다시 연락할 줄은 몰랐다. 너무 놀라는 바람에 실수로 받고 말았다.

"여보세요? 서소… 씨?"

어떡하지. 안절부절못하고 있는데 안방에서 아버지가 이 밤에 누가 자꾸 전화하냐고 묻는 목소리에 크게 놀라 종료 버튼을 눌러 버렸다.

아, 아버지시여.

아연한 얼굴로 휴대폰을 힘없이 내려놓았다. 무려 두 번이나 전화를 걸어왔는데 다 끊어먹다니. 페이스북에 친구 추가도 내가 먼저 해놓고 이게 무슨 똥 같은 매너란 말인가. 예쁜 얼굴의 프로필 사진을 보고 호기심이 돋아 한번 건드려보더니 도망이나 가는 쪼다로 생각한다고 해도 할 말이 없었다. 잠시 고민한 끝에 전화기를 들고 루비와 함께 집 밖으로 나갈 채비를 했다. 아버지가 어딜 가냐고 묻기에 루비 똥 누이러 나간다고 했다. 이 밤에 무슨 루비 똥을 누이러 나가냐길래 내가 똥매너라서 그래야 한다고 하니까 아버지는 '세상에 또라이 많아⋯'라고 중얼거리며 문을 닫아버렸다. 엘리베이터에 올랐다. 부모님네 아파트 엘리베이터는 방사능 차폐막을 설치했는지 어쨌는지 신호가 늘 비리비리해서 끊기기 일쑤였다. 부디 내려가는 동안에는 그녀가 연락을 하지 않기를 바랐다. 먼저 친구 추가를 한 주제에 상대방이 용기 내서 연락해 오는 걸 세 번이나 끊어먹는다면, 사람을 가지고 노는 무례한 사람이라고 생각하기에 아주 충분한 것 같다.

엘리베이터를 무사히 통과하여 아파트 앞 놀이터로 걸어가서는 그네에 걸터앉아 다시 전화기를 켰다. 새벽 두 시였다. '너무 늦었나? 에라, 모르겠다'고 구시렁거리며 콜백 버튼을 눌렀다. 페이스타임으로 영상통화가 걸렸고, 그녀가 받았다.

"여보세요?"

"여보세요. 안녕하세요. 저 서소⋯라고 하는데요."

"안녕하세요. 저는 김DD예요."

"아, 네. DD 씨. 아까는 제가 오랜만에 본가에 와서 부모님과 있느라 전화를 똑바로 못 받았습니다. 죄송해요. 오늘 늦었는데 내일 전화할까요?"

"아뇨, 괜찮아요."

나는 그때 조명이 거의 없는 컴컴한 놀이터에 있었기 때문에 상대방에게 내 모습은 시커멓게만 보였을 것이다. 그녀도 어두운 곳에서 통화를 하는지 희미한 실루엣만 보였다. 그런데 방금 그녀가 불을 켰는지 그녀 쪽 화면이 환해졌고 얼굴이 드러났다.

"말도 안 돼!"

"네? 뭐가요!"

페이스북 사진들 속의 그녀와 영상통화 화면에서 실시간으로 눈을 깜박이고 있는 그녀가 일치하고 있었다. 말도 안 돼. 왜 이런 미녀가, 이 새벽에, 화면 속에서 나를 바라보고 있는 거지. 블로그를 시작으로 이메일을 거쳐 초미녀와의 영상통화까지, 보통은 겪어지지 않는 일들이 연달아 일어나고 있었다. 아무래도 이상하다는 생각을 떠올리는 것이 마땅하였으나 영상통화에 눈을 고정하는 것 말고는 다른 생각을 할 수가 없었다.

"아, 아니에요. 아이고. 그런데 정말로 미인이시네요. 무슨 모델인 줄 알았습니다. 제 블로그 재밌게 읽어주시고 응원도 해주셔서 고마워요."

"모델은 옛날에 잠깐 했었지만 미인은 아니에요. 보내주신 노래 잘 들었어요. 너무 좋던데요?"

모델이 맞다고 한다. 그리고 내가 보기엔 미인인 것도 맞다.

"에이, 아니에요. 저는 원래 회사원이고요, 그냥 취미로 작곡을 하는 아마추어입니다. 노래도 촌스러워요. 부끄럽습…."

뚝-

전화가 끊겼다. 뭐지? 수신이 잘 안 되는 건가. 다시 걸어보았다.

뚝-

신호가 불안정한 게 아니라 아무래도 그녀가 일부러 전화를 받지 않는 것 같았다. 갑자기 왜? 상황을 정리해보려 그네에 망연히 앉아 있다가 정리가 되지 않는다는 것을 깨달았다. 저쪽 구석 흙바닥에서 땅을 파고 있는 루비를 불렀다. 그때 메시지가 왔다.

'미안해요. 갑자기 전화할 상황이 안 돼서요. 다시 연락할게요.'

그래 뭐, 그럴 수도 있지. 나도 밤늦게 웬 전화냐고 한소리 듣다가 전화를 끊어먹었는데. 루비를 끌어안고 미끄럼틀에 누워 놀이터 입구에 서 있는 수은등의 푸르고 시린 빛을 조금 바라보다가 몸을 일으켜 집으로 돌아갔다.

　다음 날, 그녀로부터 연락은 오지 않았다. 내가 연락을 해 봤지만 받지 않았다.

　그다음 다음날도 그녀로부터 연락은 오지 않았다. 내가 연락을 해봤지만 받지 않았다.

　그녀에게 호기심은 있었지만, 연락을 받지 않는 것에 왠지 자존심이 상해서 나도 더 이상은 연락하지 않았다.

　본가에서 북아현동에 있는 자취방으로 다시 돌아갔다. 집은 휑하니 비어있었다. 같이 사는 후배 영국이는 본가에 갔다가 여자친구와 여행을 갈 계획이라며 추석 내내 집에 없을 것이라 했다. 방에 누워 티브이 채널을 돌리다가 바람을 쐬고 싶어 밖으로 나왔다. 지하철을 타고 광화문역에서 내렸다. 교보문고에 갈 것이다.

클럽 '거래처'

서소 씨는 그의 개와 맹렬한 사투를 벌이는 중이었다. 사료를 먹이기 위해서.

푸들이라는 종은 정말이지 입이 짧아서 키우기가 여간 어려운 것이 아니었다. 특히 그의 개는 오직 고기, 그것도 반려동물용으로 만들어진 간식이나 가공육 종류는 안 되고 정육점에서 사 온 진짜 고기, 그걸 주사위만 한 크기로 잘라 삶거나 볶아서 사료에 섞어주지 않으면 도통 먹지를 않았다. 바빴거나, 지쳤거나, 어쨌든 힘겨운 하루를 마치고 돌아왔는데 개까지 밥투정을 하는 날이면 정말이지 한 대 쥐어박고 싶었다. 하지만 그가 제대로 쥐어박으면 사 킬로밖에 나가지 않는 그의 개로서는 깨꼬닥- 하고 죽어버릴지도 모를 것이기에 그럴 수는 없었다. 사료만 주었다가 일 분 이내에 먹지 않으면 치워버리고 밥을 주지 않는 것으로 훈련을 시키면 된다는데, 그건 푸들을 우습게 보고 하는 소리다. 그의 개 꿀단지도, 그의 아버지가 키우는 푸들 개 루비도, 사나흘을 굶어도 사료만 있는 밥그릇에는 절대 다가오지 않았다. 냉장고 앞에 앉아 밤새 울었다. 결국 굶어서 토악질까지 하는 걸 보고 포기했다. 먹은 게 없어서 노란 위액만 나왔다.

고심 끝에 사료에 삶거나 볶은 고기를 섞어주기 시작했다. 그건 먹었다. 정육점에서 양지살이나 돼지 뒷다리살 같은 걸 사다가 두 시간 정도 얼리고 단단해질 때쯤 꺼내어 주사위만 하게 자른다. 그다음엔 핏물을 빼고 푹 삶은 뒤 탁구공만 하게 조금씩 소분해서 봉투에 담은 뒤 다시 얼려둔다. 그런 수고를 이 주일에 한 번씩 해야 했다. 손질을 시작해서 완료하는 데까지 대략 서너 시간이 걸렸는데 그걸 하면서 서소 씨는 가끔씩 개가 되고 싶다는 생각을 진심으로 하곤 했다. 그냥 개는 말고, 주인 잘 만난 개.

그날은 마침 삶아둔 고기가 똑 떨어진 날이었는데 도무지 귀찮아서 정육점에 갈 엄두가 나지 않았다. 정육점까지는 어떻게 갔다 오겠으나 어휴, 그걸 언제 다 손질하나. 집에 있던 반려동물용 고기 통조림, 다른 개들은 뚜껑 따는 소리만 들어도 환장을 한다는 그 통조림을 따서 사료에 섞어 비벼 주었는데 그의 개는 신중하게 다가와서 이리저리 냄새를 맡고 몇 번 혀를 대어 보더니, 이윽고 뱉어버렸다. 본 사람들은 알겠지만 개가 사료를 뱉어내는 모습은 정말이지 얄밉다.

사료를 맛있게 냠냠하며 먹는 시늉을 해보기도 하고 (그러다 실수로 몇 개 먹었는데 정말 맛이 없었다. 잠시 미안했다) 무릎을 꿇고 빌어보기도 하였으나 모두 실패했다. 서소 씨는 그만 포기하고 개를 데리고 밖으로 나왔다. 일단 B에 가서 글을 좀 쓰고 돌아오는 길에 정육점에 들러야겠다고 생각했다. 그날따라 걸으려 하지도 않아서 더 속이 상했다. 결국 그는 개를 안고 걸어야 했다.

"어머, 단지 아빠!"

누군가 양팔을 하늘 위로 휘저으며 그를 반겼다. 그가 아는 한 이 동네에 저런 무브먼트는 없었는데. 누구신지 하고 자세히 보니 보살 사장님이었다. 그녀와 언니 사장이 B의 야외 테이블에 앉아 커피를 마시며 이야기하고 있었다.

"어머, 어머. 진짜 비 닮았어. 오호호홍."

"아이고, 아니에요. 그런 말씀하시면 저 어디 가서 욕먹는다니까요…."

그가 손사래를 쳤으나 그녀는 계속하여 큰 목소리로 그가 가수 비를 닮았다고 말하는 바람에 카페 손님을 비롯하여 지나가는 사람들까지 그를 쳐다보았다. 그중에 아는 얼굴도 있어 몹시 창피했다. 특히, 지나가다 가끔 눈이 마주쳐 신경이 쓰이던, 향수 가게를 운영하는 예쁜 사장님이 나를 바라보는 게 느껴져 숨고 싶었다.

"헌드렛 딸러 빌즈. 헌드렛, 헌드렛 딸러 빌즈."

언니 사장이 미쳤는지 갑자기 일어나 그를 바라보며 가수 비의 춤을 추었다. 빨래를 터는 그 춤. 시선은 더욱 집중되었고 지금 그가 정색을 해버리면 보살 사장님과 언니 사장이 대단히 무안할 것 같았다. 향수 가게 사장이 보고 있었으므로 대범하면서 재치 있는 모습을 보여야 할 것이다. 에이씨… 나직하게 읊조리며 그도 언니 사장에 맞춰 빨래를 몇 번 털었다. 사람들이 피식 웃거나 민망하여 고개를 돌렸다. 향수 가게 사장이 피식 웃었는지 고개를 돌렸는지 알 수 없었다. 그녀를 쳐다볼 수가 없었다. 언니 사장이 그칠 때까지, 꽤 여러 번을 턴 뒤에야 마침내 춤사위가 끝났다. 구석에 자리를 잡아 앉으며 주섬주섬 책과 노트북을 꺼내고 있는데 보살 사장님이 그에게 다가왔다.

"아유, 난 단지 아빠 볼 때마다 너무 멋있어. 좋아, 오호호."

"어이쿠, 아니에요. 못생겼어요. 자꾸 그러시면 저 욕먹어요. 그만요, 그만."

"아니야. 단지 아빠 좋은 사람 같애. 언제 한번 우리 가게 놀러 와. 내가 예쁜 동생 소개해 줄게. 가만있어보자, 명함이… 명함 두고 왔네. 아, 이건 있었네."

그녀가 서소 씨에게 검정색 라이터를 건넸다.

'거…래…처?'

앞면에는 '비즈니스 클럽. 거래처', 뒷면에는 '정 실장 : 010-XXXX-XXXX' 그리고 조악한 약도가 그려져 있었다. 그는 비즈니스 클럽이 뭐 하는 곳인지 몰랐지만 '거래처'라는 가게 이름을 보고는 대략 몇 가지를 상상할 수 있었다. 풋- 하고 웃음이 터질 뻔했다. 정말이지 기가 막힌 작명이다. 자신의 아내나 연인에게 "나 오늘 거래처 다녀오느라 좀 늦어"라고 말하며 거기서 노는 사람들이 진짜로 있을지도 모른다.

"아, 감사합니다만… 저는 술을 안 마셔서요. 담배도 전자담배를 피워서 라이터는 필요가 없습니다. 마음만 감사히 받겠습니다."

"그래요. 오호호. 역시 순진하게 생겼다 했는데 술을 안 마시는구나. 우리 가게에 꼭 한번 놀러 와요. 제일 예쁜 동생 소개해 줄게. 오호호."

서소 씨의 기분이 조금 상해버렸다. 그에게는 '군자의 길'이라던가 '선비의 삶' 같은 걸 따르고자 하는 페르소나도 있었다. 요즘 애들 말로 '십선비'라던가 그런 걸 추구했다. 도덕이나 양심에 강박적으로 예민한 성향은 그에게 나르시시즘이라는 진단이 내려지도록 하는 데에도 일웅의 기여를 했을 것이다.

서소 씨는 화류(花柳) 문화를 몹시 혐오했다. 대학을 졸업하고 회사를 다녀보니 생각보다 많은 남자들이 그런 곳을 찾는 것 같았다. 지금 다니는 회사는 외국계 회사이기도 하고 여자 직원이 남자보다 많아 남초 문화 같은 게 거의 없는 편이었으나 (그럼에도 암암리에 그런 곳을 다니는 모임 같은 게 있을 테지만) 예전에 다니던 회사는 그렇지 못했다. 그런 곳에 가는 것을 당연하게 말하는 사람이 많았다. 감춘답시고 하는 말이 "오늘 다 같이 OO공원에 산책하러 갈까?"라는 암어를 만드는 것이었다. 암어는 무슨. 여자 직원들은 다 알고 있었다. 산책하러 같이 가는 사람들이 어디로 가는지 말이다.

서소 씨도 신입사원 환영회라는 명분으로 단란주점에 끌려간 적이 있었다. 그보다 열 살은 많아 보이는 누님들이 곧 터져버릴 것 같은 쫄쫄이 미니원피스를 입고 술을 따르고, 노래를 부르고, 춤을 추며 만져졌다. 그 정도 나이대라면 여기 계신 분들 중 최소한 몇 명쯤은, 아마도 아이나 가정이 있을 것 같은데 무슨 사연을 품고 이곳에 와서 웃음과 노래와 춤을 파는 것일까. 생계? 빚? 사치? 그저 다른 힘든 일이 하기 싫어서? 사실, 어떤 이유가 되었든 그런 일로 돈을 버는 여자가 나쁜 사람이라는 생각을 해 본 적은 별로 없었다. 그런 곳을 만들어서 찾게 만드는 사람과 그런 곳을 찾아서 그런 곳이 생기도록 만드는 사람들을 혐오했다. 처음이자 마지막으로 단란한 주점에 갔던 그날, 평소 그가 술을 먹지 않는 것을 못마땅해하는 선배들은 역시나 술을 강권했고 그는 잘됐다 싶어 위스키와 맥주를 섞은 폭탄주인지 회오리주인지 네 개를 단박에 마시고 단박에 기절했다.

"사장님, 그런데 궁금한 게 있는데요."

"응, 뭔데? 우리 동생들 만나고 싶어?"

"아뇨. 아뇨. 여기 가게 사장님 아니세요? 라이터에 실장이라고 되어 있어서…."

"아, 그건 그냥 다 그렇게 하는 거야. 사장이라고 쓰여 있으면 부담스러워서 누가 전화해. 똑똑한 줄 알았는데 그런 것도 모르나 봐. 오호호. 농담이야, 오호호."

어느 영역이든, 어떤 세계든, 다 나름의 경험과 지혜가 누적되어 있는가 보다. 서소 씨는 어제 쓰던 부분에 이어서 글을 썼다. 서소 씨가 옛 추억을 떠올리며 잠시 감상에 잠긴 사이 그녀들이 대화를 마쳤다. 보살 사장님은 과일주스를 몇 잔 사 들고는 어디론가 사라졌고 언니 사장은 동생 사장에게 전화해 가게로 나오라고 했다. 동생 사장이 가게에 도착하자 언니 사장이 서소 씨를 불렀다.

"하… 미치겠다."

"왜요, 또." 그가 말했다.

"아니, 얘기된 금액에서 삼백만 원을 더 빼주기로 하고 마무리됐는데…."

"그런데?" 동생 사장이 물었다.

"옆집 사장님이 우리가 부른 금액이 권리금하고 보증금 다 합해서인 줄 알았다는 거야. 보증금이 이천인데 이천."

"말도 안 돼. 언니 그냥 넘기지 말자. 그 가격엔 못 넘겨. 나 그냥 참고 B 계속할래."

"나도 그렇게는 못 해. 일단 남편분하고 상의하고 연락 준대. 단지 아빠는 어떻게 생각해?"

"뭘 어떻게 생각해요. 서로 금액 맞으면 거래를 하고 아니면 안 하겠지. 다만….”

“다만?”

“거래처, 그러니까 3층짜리 비즈니스 클럽 사장님이라면서요. 모르긴 몰라도 그런 가게 가지려면 몇십억은 있어야 되는 거 아니에요? 매출도 한 달에 막 억대 그런 거 아냐?”

“글쎄. 그런가? 우리 같은 여자들이 아나. 단지 아빠는 사회생활하면서 그런 데 가봤을 거 아냐. 단지 아빠가 알겠지.”

“나, 그런 농담. 무척 싫어하는데.”

“알았어. 미안해. 무서워라. 미안해요.”

서소 씨가 언니 사장을 살짝 흘긴 후 말을 이었다.

시버러버(2)

혼자서 서점에 가기 시작했던 건 초등학교 때부터였다. 그때 하루 용돈으로 이백 원씩을 받았는데 그 돈을 열흘 정도 모으고 엄마가 교회에 헌금하라고 준 천 원을 삥땅 치면 영풍문고까지 왕복 지하철 요금과 점심 밥값이 되었다. 그런데 왜 삥땅을 쳤냐고? 서점에 가겠다며 돈 달라는데 부모님이 주시지 않겠느냐고? 물론 말하면 주시겠지. 그리고 말도 해 봤지. 말해본 결과는, 엄마와 아버지는 내 말을 듣고 조금 곤란해했다. 아마도 돈보다는 시간 때문이었던 것 같다. 초등학생이 혼자 종로까지 오가는 걸 내버려두기도 뭣하고, 같이 가자니 두 분은 일요일에도 일을 해야만 했으니까. 꼭 그런 이유가 아니더라도 그때의 나는 요구 같은 것을 제대로 못 하는 아이였다. 엄마와 아버지는 늘 힘이 들어 보였고 뭔가 갖고 싶다거나 먹고 싶다거나 하고 싶은 것들이 있어도 말하기가 어려웠다. 졸라대면 한 번쯤은 같이 가주겠지만 나는 그것보다는 더 자주 서점에 가고 싶었다.

사실 영풍문고보다는 광화문 교보문고에 가고 싶었다. 교보문고는 영풍문고보다 두 배는 더 크고 책을 읽을 수 있는 책상이나 의자도 많이 있다고 들었다. 꼭 가보고 싶었지만 국민학생 서소 씨는 도저히 지하철을 갈아타는 시도를 해볼 용기가 나지 않았으므로 집 근처 1호선 도봉역에서 출발해 갈아타지 않아도 되는 종각역에 내려 오직 영풍문고만 다녔다.

서점에 가면 만화책 코너부터 들렀다. 하지만 표지만 몇 번 만지작거리다 이내 코너를 지나쳤다. 만화책들은 비닐로 포장하여 읽지 못하도록 해놓았기 때문이었다. 만화책을 읽지 못하는 대신에 만화로 된 천자문, 역사책, 위인전, 과학책들을 봤다. 어린이 소설 코너의 책들도 많이 읽었다. 『나의 라임 오렌지 나무』를 읽고 제제와 내가 오버랩되는 바람에 서점 구석에 주저앉아 펑펑 울었던 기억이 난다. 위인전을 읽을 땐 가슴이 두근두근했는데 그때 읽은 위인전들이 거짓말투성이었다는 걸 어른이 되어 알고는 잠시 슬퍼했었다. 아무튼 서점은 어린 나에게 배움터이자 놀이터이자 이(異)세계였다.

대형 서점에 있는 사람들은 초등학생이 혼자서 돌아다녀도 이상하게 보지 않았다. 당연히 엄마랑 왔는데 잠깐 어디 갔겠거니 생각하는 것 같았다. 어린이 코너에는 나 말고도 혼자 돌아다니는 애들이 실제로도 많았다. 걔들은 엄마와 같이 왔겠지만. 바라보는 시선이 없으니 놀기도 편했다. 당시 영풍문고에는 '하디스'라는 패스트푸드 체인점이 있었는데 햄버거 하나에 구백 원, 콜라와 감자 세트가 이천 원밖에 안 했을 정도로 가격이 저렴했다. 내가 영풍문고에 가고 싶어 했던 이유는 책보다 하디스 치즈버거를 먹기 위해서였을지도 모르겠다. 책을 읽고 구경하며 놀다가 허기가 지면 하디스 햄버거를 사 먹으러 갔는데, 하디스 버거에서는 정말이지 잊을 수 없는 맛이 났다. 밴드 오브 브라더스에서 치열한 전투를 마친 뒤 주인공 무리가 참호 속에 몸을 파묻고 고기 통조림을 꺼내어 야금야금 먹는 장면이 나오는데 그 장면을 보다가 문득 영풍문고의 하디스 버거가 생각이 났다. 내게 그 햄버거는 바로 그런 느낌의, 야금야금 먹고 싶은 귀하고 아까운 맛이었다. 어른이 되어 그 맛을 다시 느껴보려 하디스를 찾았지만 2004년, 한국에서 완전히 철수했다고 한다.

오후 네다섯 시쯤 집에 돌아오면 엄마는 교회에 갔다가 친구들과 놀다 들어온 줄로만 알았다. 나는 그렇게 서점에 다니기 시작했고 서점을 사랑했다. 나는 무슨 일이 있어도, 아무 일이 없어도 서점에 간다. 서점은 호객이 없고 알아보는 사람이 없어 좋다. 사실 이번 추석에도 내내 교보문고에 있으려고 생각했는데, 갑자기 김DD 씨가 나타나 마음속을 휘젓는 바람에 어제와 그제 오지를 못했다. 이제라도 와보니 역시나 좋다.

이 코너 저 코너를 쏘다니며 구경을 시작했다. 이제 나는 돈을 버니까, 마음에 드는 책이 보이면 그대로 집어서 사면 된다. 학생 때처럼 어떻게든 그 자리에서 다 읽으려 애쓰지 않아도 되는 것이다. 나도 드라마 속 부자 주인공처럼 "여기서부터 여기까지 다 주세요" 같은 걸 할 수도 있을 것 같은 느낌이 좋았다. 책을 구경하다가 심심하면 아트박스나 전자기기매장 또는 음반매장에 구경을 갔다. 그러면 새로운 장소에 온 것처럼 또 새롭다. 실내에 오래 있는 게 답답해지면 밖으로 나가 광화문 광장을 한 바퀴 돌고 오는데 그게 또 새로운 기분을 느끼게 해 준다. 나는 아마도, 광화문 데이트를 할 수 없는 여자와는 연애를 할 수 없을 것 같다.

추석 연휴에 휴가를 붙여 십이 일을 쉴 수 있었는데 아직 칠 일이나 남았다. 그래서 남은 휴가 기간 동안 실컷 읽으려고 양손 가득 책을 샀다. 흐뭇한 마음으로 쇼핑백을 들고 뒤뚱거리며 지하철로 걸어가고 있는데 전화기가 울렸다. 에이 설마.

'Face Time – Jessica'

김DD, 그녀였다. 오늘 하루 광화문을 돌아다니며 즐겼던 사색과 집에 가서 뭐부터 읽어볼까 들떴던 생각들에 지직하고 실금 가는 소리가 들리는 듯하다. 그의 연락을 무시했던 것이 생각나 조금 화가 났으나 내심 반가운 마음도 들었다. 나는 그녀의 연락을 기다리고 있었나 보다. 그녀의 연락이 반가웠든 아니든 심장이 조금 빠르게 뛰기 시작했다는 것만큼은 사실이었다. 일단 전화를 받았다.

"DD 씨. 죄송한데 저 짐을 좀 들고 있어서 금방 다시 걸게요."

"네네, 우리 통화하기 참 힘드네요. 다시 연락 주세요."

통화하기 힘든 게 내 탓인가. 잠시 구시렁거리다 짐을 들고 지하철에서 나와 적당히 조용해 보이는 카페에 들어갔다. 무어라 말하면 좋을지 잠시 고민을 하고 전화를 걸었다.

"안녕하세요."

"안녕하세요."

"…."

"잘 지냈어요?" 그녀가 물었다.

"뭐 그냥요. 저는 DD 씨가 이제 연락 안 하시려는 줄 알았어요. 저 갖고 장난치는 줄 알았습니다."

"그런 건… 전혀 아니에요. 사정이 있었어요."

"그랬겠죠."

"… 화났어요?"

"DD 씨. 메시지로 전화번호 보낼게요. 페이스타임 말고 전화해요. 신호가 약하면 자꾸 끊겨서요. 그리고… DD 씨, 우리 만날래요? 저 그쪽 궁금해요. 저도 용기 내서 말하는 거니까 그쪽도 조금만 용기 내 주세요. 맛있는 거 먹으면서 얘기해…."

뚝-

만나자는 말을 마치자마자 그녀가 또다시 뚝- 하고 전화를 끊어버렸다. 다시 걸어 보았지만 받지 않았다. 뭐지 이 여자? 그렇게 끊어버릴 건 뭐람. 싫으면 싫다고 하면 되지. 혹시 히키코모리인가 하는 생각도 잠시 들었다. 아니면 대인 기피증? 영화 김씨표류기에 나오는 정려원 같은 캐릭터 말이다. 어찌 되었든 '내가 조금이라도 궁금했다면 반응을 하겠지'라는 마음으로 메시지를 보냈다.

'010-XXXX-XXXX 서소입니다.'

그날은 2014년 9월 30일이었다.

처음에는 그쪽에서 먼저 메일을 보내와서.
그다음에는 사진 속 얼굴이 예뻐서 호기심에.
그다음에는 자꾸 연락이 엇갈리니 오기가 생겨서 어떻게든 연락을 해보려 했던 것 같다. 하지만 교보문고에서의 통화를 마지막으로 그녀는 연락이 없었고 나도 그녀를 잊고 지냈다. 솔직히 완전히 잊지는 못하고, 짜증을 동반한 신경 쓰임…이라는 감정인 듯하다. 연락이 잘 안 되는 사람들과는 친구로든 연인으로든 모두 좋지 않게 끝이 났었다. 뭐, 어쩌다 연락을 받지 못하는 경우가 있을 수도 있겠지만 그게 아니라 매번 모든 연락이 무척 닿지 않는 사람들이 있다. 그런 사람들을 보면 내가 별로 소중하지도, 아쉽지도 않은 사람들인가 보다 하고 나도 거리를 둔다. 추석을 포함한 열흘의 휴가가 끝나고 회사로 돌아왔다. 며칠 쉬었다고 출근하자마자 여러 부서들과 거래처에서 연락이 빗발쳤다. 쌓인 업무들을 처리하면서 정신없이 한 달을 보냈다.

나는 일 년 중 9월 30일을 가장 좋아한다. 나뿐만 아니라 아마 우리 회사 사람들 대부분이 9월 30일을 가장 좋아할 것이다. 거기에는 두 가지 이유가 있는데, 하나는 10월 1일이 창립 기념 휴일이고 10월 3일은 개천절이며 10월 9일은 한글날이라는 것 때문이다. 사실 9월의 연휴, 그러니까 추석이라 봐야 결혼한 사람들은 말할 것도 없고 처녀총각들도 고향을 가든 본가를 가든 어딘가에서 잔소리를 듣느라 푹 쉬고 돌아오기 어려운 것이 보통이지만, 10월 초에는 약간의 휴가와 주말을 이용하면 추석 때보다 훨씬 저렴한 가격의 비행기 표를 구해 여행을 다녀올 수도 있고 오롯이 혼자 여유 있는 시간을 보낼 수도 있다.

두 번째 이유는, 우리 회사의 연말이 9월 30일이기 때문이었다. 이게 무슨 말이냐면, 어떤 조직이 1년 단위의 결산을 할 때 12월 31일을 마지막 날로 두는 것보다 다른 날로 두는 것이 편하면 그렇게 바꿔 버리는 경우도 있다는 이야기다. 이를테면 학교는 3월 1일에 개학을 하고 그때부터 애들이 학교에 나오면서 일이 돌아가기 시작하니까 대부분 학교들의 1년은 3월 1일을 새해 첫날로 하고 2월 28일을 마지막 날로 정하는 경우가 많다는 것이다. 우리 회사는 10월 1일을 새해 첫날로, 9월 30일을 마지막 날로 정해놓았는데, 9월 30일이 되었다는 것은 어찌 되었든 업무들을 한 번 끊고 간다는 말이다. 다만 며칠이지만 우리는 당분간 해방이다.

그날은 9월 30일이었다. 빨리 집에 가고 싶어서 나는 네 시부터 짐을 싸고 다섯 시부터 엉덩이를 들었다 놓았다 하며 들썩이고 있는데 어라- 전무님이 연휴 잘들 쉬라며 먼저 나가셨다. 그래, 회사 어르신들도 이런 날은 다 잊고 빨리 집에 가서 쉬고 싶으시겠지. 전무님이 퇴근하자 짬밥을 순서로 하여 질서정연하게, 하나둘씩 스르륵 사무실에서 사라져갔다.

"야, 우리도 일찍 나가서 커피나 한잔 마시고 가자."

동갑내기 동료 수달이었다. 수달이는 나랑 동갑이긴 하지만 대학교를 졸업하자마자 이 회사에 다녀서 나보다 연차는 사 년이나 높았다. 짬이 좀 된다는 것이다. 속으로 아자봉을 외치며 수달이 뒤를 졸졸 따라 나갔다. 수달이는 결혼한 지 일 년이 조금 안 되었는데, 올 추석에 처음으로 시댁에서 먹고 자고 했다더니 몹시 피폐한 모습으로 돌아왔다. 딱히 뭐라고 하거나 일을 하는 건 없는데 그냥 긴장되고 피곤하다는 수달이의 추석 썰을 들으며 커피를 마셨다. 서로 휴가 잘 보내라는 인사를 하고 헤어지려는데 처음 보는 번호로 전화가 왔다. 나는 번호를 바꾼 거래처 직원인가 싶어 수달이를 서둘러 보내고 카페 조용한 자리 쪽으로 가서 전화를 받았다.

"안녕하세요. 서소입니다."

"…."

"여보세요?"

"오빠, 지금 던킨도너츠에 있지?"

나는 회사 후배가 장난을 치는 줄로만 알았다.

"그렇습니다람쥐."

"속으셨네요. 서소 씨. 저 김DD예요."

"누구시라고요?"

"김DD요. 김.D.D. 저 지금 그쪽 지나가는 길인데 서소 씨가 보여
서 연락해봤어요. 잘 지냈죠?"

"예? 누구시라고요?"

"저 김DD라고요! 놀랐어요?"

"무… 물론 놀랐죠. 이게 어찌 된 일입니까?"

밀려오는 수많은 물음표를 한 문장으로 뭉쳐본다는 게 겨우 '어찌
된 일입니까' 따위를 뱉고 말았다. 나 같아도 이렇게 물으면 답을 못
할 것 같다.

"서소 씨. 우리가 할 얘기가 많죠? 이따 열한 시쯤에 시간 돼요? 그
때 통화할 수 있어요?"

"네, 네. 됩니다. 그때 통화해요."

전화를 끊고 나니 잠시 어지러운 느낌이 들었다. 정리를 좀 해 봐
야겠다. 지난달, 내가 만나자는 말을 하자마자 김DD 씨는 나와의 연

락을 끊어버렸다. 나는 만나자는 말이 부담스러워서 연락을 끊었다고 생각했으나 오늘 다시 연락이 왔다. 오락가락하는 이 여자가 꽤씸하긴 하지만 너른 마음으로 이해해보자면, 뭐, 용기가 없으면 그럴 수도 있겠다 싶었다. 문제는 내가 어디서 무얼 하고 있는지 알고 있다는 것이다. 어떻게 알았을까. 페이스북 사진을 통해 내 얼굴을 봤다고 하더라도, 실제로는 한 번도 본 적이 없으며 건물 안 불투명한 유리창 너머에 있는 사람을 스쳐 지나가면서 알아보았다고 생각하기는 어렵다.

미행을 했던 걸까?

미행을 했다면 왜 나 따위에게? 나를 지켜보고 있었다면 지난 한 달 동안은 왜 연락을 하지 않았을까. 예쁜 얼굴 사진으로 나처럼 헬렐레 홀린 남자들을 잡아다 어디 팔아먹으려는 건가? 여기까지 생각하다 보니 조금 무서워졌다. 하지만 차분하게 다시 생각해보니 '나'라는 사람을 이렇게 공들여 지켜본 다음 납치 같은 걸 해봤자 경제적 실익이 없다. 나를 잡아다가 어디 원양어선 같은 데 팔아먹어도 나는 비리비리하고 일도 못 해서 이 복잡한 작업을 하는 비용 대비 효용이 안 나온다. 나에게 사기를 쳐봤자 나는 사회초년생이라 모은 돈도 얼마 없다. 아마 다른 이유가 있을 것이다. 집으로 가서 그간의 이야기를 영국이에게 해줬다. 사진도 보여주고 영상통화 기록도 보여주었다.

영국이는 대번에 이렇게 말했다.

"장기네, 장기. 형 이제 곧 장기 털리는 거예요? 아니, 그렇게 예쁜 여자가 형을 왜 쫓아다녀요."

"미친놈아, 무슨 말 같지도 않은 소리야. 내 장기가 필요하면 그냥 뒤에서 방망이로 때려서 실어가면 되지. 뭘 이렇게 복잡하게 해."

"장기를 노리는 게 맞다니까요. 각막, 신장, 심장, 간 이런 거요. 뭐 형이랑 유전자가 맞는 어떤 부자가 사주해서 형의 몸을 뺏으려나 보죠. 형, 저 졸려서 오늘 일찍 자요. 그럼 안녕히 주무세요."

영국이는 대학교 후배로 나와 친하게 지낸 지는 십 년이 넘었고, 함께 산 지는 삼 년이 되었다. 예전에 학교에 있을 때는 내가 어흥하면 으윽하던 비리비리한 후배였는데 이젠 머리가 굵어져서 그러지도 못하고, 그 녀석이 아껴놨던 요플레를 하나 까먹는 걸로 복수를 했다.

가을 바람이 선선하여 조금 걷고 싶었다. 집에서 나와 골목길을 걸으며 김DD 씨에 대해 곱씹었다. 한참을 걷다가 시계를 보니 열 시 반이었다. 이제 30분 뒤면 전화가 올 것이라는 생각을 하니 가슴이 조금 두근거렸다. 나는 기다리는 것을 좋아한다. 막상 그 일이 일어났을 때보다 일이 일어나기 전 상상하면서 기다리는 시간이 더 좋다. 그럼 예상되는 안 좋은 일을 기다릴 때도 좋냐고? 안 좋은 일을 왜 기다리

나. 그건 그냥 때가 되면 오는 거지. 기다리고 있다는 것 자체가 이미 내게 좋은 일로 규정되었다는 방증이다. 빨리 그녀의 목소리가 듣고 싶었다. 약간 쉬어 있는 듯 걸걸한 소리가 나는 내 목소리에 콤플렉스가 좀 있었는데 그녀는 맑고 듣기 좋은 톤의 목소리를 가졌다. 예전부터, 만약 사귀는 여자가 생긴다면 나처럼 쉰 목소리가 나지 않았으면 좋겠다는 생각을 종종 했었다. 어느덧 열한 시가 되었다.

"여보세요. 서소입니다."

"와, 칼같이 받으시네요. 이제는 특별한 일 없이 우리 통화 가능하겠죠?"

"네, 저는 같이 사는 후배 자는 데 방해될까 봐 밖으로 나왔어요. 보조배터리도 들고 나왔으니 걱정하지 마세요."

"무슨 얘기부터 할까요?"

"음… 자초지종이요."

나는 우리가 처음 알게 된 날로 돌아가 그때부터 궁금했던 것들을 시간순으로 물어보았다. '왜 내게 페이스북 아이디를 알려주었나요?'라고 물으니 의외로 시원한 대답을 해 주었다.

"서소 씨가 좋아서요. 서소 씨 글을 읽는데 요즘에도 이렇게 순수하게 사는 사람이 있구나 하는 생각이 들어 좋았어요. 그리고 글이 슬퍼요. 그래서 자꾸만 생각이 났어요. 울컥하게 하는 글들이 많았어요. 웃긴 글도 많았는데… 웃긴 글들이 더 슬펐어요. 서소 씨는 슬픈 사람인데 자꾸 웃기려고 하니까 그게 너무 슬퍼요. 서소 씨의 글을 읽으면서, 서소 씨에 대한 상상을 오래도록 해왔어요."

"음… 저…는 전혀 순수하지 않은데요. 그리고 눈물이 많으신가 봐요. 글들을 다시 읽어봤는데, 울컥할 만한 내용은 없는 것 같은데…"

사실 그녀에게 어떤 정신병증이 있는 게 아닐까 생각을 하기도 했다. 그녀는 혹시 오프라인에 나갈 수 없는 마음의 병이 있는 것 아닐까 하고 상상했던 기억이 떠올랐다. 감정의 기복이 심하고 우울해서 내 글과 음악에 예민하게 반응하고, 혼자만의 환상을 갖고, 만나자고 하면 도망가고, 그로부터 회복하는 데 한 달쯤 걸린 게 아닐까 하는 생각이 들었다. 그럴듯하였으나 말하지는 않았다.

DD 씨는 이어서 자신의 소개를 했다. 이름은 김디디가 본명이었다. 이름을 밝히기 싫어 거짓말을 하는 것 같아 재차 물었으나 정말 김디디가 맞다며 주민등록증을 이름만 보이도록 사진을 찍어 보내주었다. 나이는 스물여섯. 나보다 여섯 살이 어렸다. 집안이 어려워 고등학교는 검정고시로 대신했고, 어려서부터 일을 했으며 현재는 집과 연이 끊어진 상태라고 했다. 디디 씨는 자신의 20대가 몹시도 각박했기 때문에 음악 같은 걸 듣고 즐길 여유가 없었다고 했다. 이제는 조금 안정되어 책도 읽고 음악도 듣기 시작했는데 스트리밍 이용권이라는 걸 몰라서 한 달에 이삼십만 원을 들여 듣고 싶은 음원을 모두 구매했다고 한다. 스트리밍 이용권 구매 방법을 알려주겠다고 하자 자기는 돈이 많아서 괜찮다고 했다. 돈을 주고 노래를 사면 그 돈이 노래 만든 사람에게 지급되는 것 아니냐며 내 앨범도 나오게 되면 잔뜩 사주겠다고 했다. 사실 나는 이때 앨범이 이미 나와 있었는데 사주겠다는 말에 앨범 나왔다는 말을 못 하고 얼버무렸다.

음악을 듣기 시작하면서, 처음에는 무얼 들어야 할지 몰라 높은 순위의 음악을 하나씩 들어보았는데 으르렁거리고 잔뜩 화가 난 것 같은 분위기 일색인 아이돌의 노래는 그녀의 취향이 아니었다고 한다. 인터넷에 '좋은 음악 듣는 방법'이라고 검색을 했는데 검색 결과에 내 블로그가 나와서 (나는 그런 말을 블로그에 쓴 적이 없는 것 같은데 검색에 걸렸다고 하여 신기했다) 그걸 읽었다고 했다. 내 글을 읽고 거기에 적힌 음악들을 찾아 들으니 여러 명의 왕자님이 탑에 갇힌 라푼젤 같은 자신을 위해 찾아와 바깥세상의 이야기를 들려주는 것 같은 기분이 들었다고 한다. "디디 씨가 왜 탑에 갇힌 라푼젤이죠?"라고 물으니 우물거리며 말을 피했다.

그녀는 이소라의 '바람이 분다'라는 노래에 얽힌 사연을 읽고 나서 노래를 들으니 가슴이 미어지는 것 같았다고 했다. 크라잉넛 같은 펑크 밴드는 내 블로그를 통해 처음 알게 되었는데 나쁜 놈들을 잡아가지 않는 귀신의 직무유기를 노래한 '귀신은 뭐하나'를 듣고는 배를 부여잡고 한참을 웃었다고 했다. 나는 그녀의 이야기를 조용히 듣고 있었다. 그녀는 정말 그런 것 같았다. 정말로 음악을 처음 들어본 사람처럼 말했다. 그녀의 말을 듣고 있자니 가슴이 조금씩 아파왔다. 그래서 위로를 했다.

"음… 디디 씨 이야기를 들으니 저도 가슴이 먹먹하네요. 블로그 귀찮아서 접으려고 했는데 독자가 디디 씨 한 명이라도 계속 써볼게요. 위로가 되었으면 좋겠습니다."

말을 마치자 그녀가 갑자기 펑펑 울었다. 점점 울음이 심해졌고 꺽꺽 하는 소리까지 들렸다. 울게 내버려두었다. 그녀는 '위로가 되었으면 좋겠다'와 같은 말을 태어나서 처음 들어봤다고 했다. 울음을 그치게 하고 싶어 나의 이야기를 시작했다. 나의 어린 시절, 나의 학창 시절, 음악 이야기, 회사에서 있었던 웃기는 이야기 같은 것들. 그렇게 한참을 울고 웃으며 이야기를 나눴다. 통화하면서 한 번도 시계를 보지 않았는데 시간이 많이 흘렀나 보다. 동이 트고 있었다.

"디디 씨, 지금 해가 뜨고 있어요. 안 자요? 저야 내일 회사 쉬니까 괜찮지만 디디 씨는…."

"괜찮아요. 저 원래 잠을 안 자서."

"사람 걱정하게 만드는 타입인가 봐요. 원래 잠을 안 자서 괜찮다니 그런 말이 어딨어요. 많이 안 자면 빨리 늙는대요. 잘 자야죠."

"알았어요. 꼭 잘게요. 아, 그리고 이제 서소 오빠라고 부를래요. 괜찮죠? 오빠 지금 졸립죠?"

사실 꾸벅 졸고 있었으나 갑작스레 훅- 하고 귀를 파고드는 오빠 소리에 잠이 달아났다.

"아니, 오빠는 무슨… 우리가 원래 알던 사이도 아니고, 여… 연인도 아니잖아요."

"제가 그게 편해서 그래요. 앞으론 오빠라고 부를게. 오빠, 얼른 들어가서 자. 졸리겠다."

나는 얼결에 "으응" 인사를 하고 전화를 끊었다. 집에 돌아와 씻고 자리에 누우니 아침 여덟 시였다. 눕자마자 잠이 들었다. 한숨 자고 일어났더니 영국이가 시끄러운 무술영화 같은 걸 잔뜩 다운 받아 보고 있었고 눈이 마주치자 "형, 아직 장기 안 털리셨네요"라며 히죽거렸다. 아무래도 요플레를 하나 더 까먹어야 정신을 차릴 듯하다.

디디와 나는 그때부터 연락을 자주 하기 시작했다. 그녀는 일하다 짬이 날 때마다 문자를 보내왔다. 내가 무언가 하느라 연락을 늦게 해도, 통화를 하다가 말없이 잠이 들어도 다그치지 않았다. 이해심이 많은 사람 같다는 생각을 했다. 예전 여자친구에게는 그런 문제로 쥐 잡듯 잡혀 살았었거든. 연락하는 횟수가 늘어감에 따라 서로에 대한 감정 또한 깊어져가는 것을 느꼈다. 때때로 "보고 싶어"라는 말이 오갔다. 그러자 그 생각이 또다시 슬금 고개를 들었다. 만나고 싶다는 생각. 이 정도 무드라면, 이제는 만나서 밥도 먹고 목적 없이 걸으며 데이트를 하고, 손을 은근슬쩍 툭툭 치다가 갑작스레 꼭 움켜쥐며 고백 같은 걸 해도 괜찮은 것 아닌가? 디디의 실제 모습은 사진이나 영상통화와는 많이 다른 것일 수도 있겠지만, 디디의 실체가 못생겼든, 팔이 하나 모자라든 더 있든 이제는 별로 상관이 없다고 생각했다. 영화 조제, 호랑이 그리고 물고기들 속 츠네오의 마음을 조금쯤 알 수 있을 것 같았다. 그녀는 내 이야기를 잘 들어줬고, 많이 웃어주었으며, 입에서 나오는 한마디 한마디마다 따뜻함이 느껴지는 사람이었다. 그날 나를 미행한 건지, 내가 있는 곳을 어떻게 알았던 것인지도 그다지 궁금하지 않았다. 그녀를 만나 당신이 좋다. 당신과 사귀고 싶다, 는 말을 하고 싶었다. 아니, 이미 많이 늦었다. 벌써 통화만 한 달을 했다.

"디디야."

"응?"

"우리 만나자. 나 만나서 너에게 할 얘기가 있어."

"지금 하면 되잖아."

"만나서 해야 해."

"……."

한참 말이 없더니 수화기 너머로 흐느끼는 소리가 들렸다.

"오빠, 미안해. 나는 오빠를 만날 수가 없어⋯."

"왜⋯ 지?"

"오빠, 믿기지 않겠지만⋯ 믿어줘. 나⋯ 감시받고 있어."

제임스 딘

서소 씨가 말했다.

"자, 봐봐. 비즈니스 클럽에, 플리마켓에. 그걸 다 갖고도 돈이 남아서 여기를 인수한 다음에 겨우 스물세 살짜리 딸에게 '한번 해보라'며 턱하고 내준다고? 작은 카페도 아니고 테이블 열네 개짜리 카페를? 돈이 많은 사람이 아니면 그렇게 못 하지. 내 말은, 술이 됐든 플리마켓이 됐든 부동산이 되었든 간에 싸게 사서 비싸게 파는 거, 그러니까 장사에 도가 튼 사람인 거 같다는 거야. 여기가 하고 싶으면 하는 거지 사장님들하고 돈 몇백 안 맞아서 포기할 사람이 아닌 것 같다는 말이지."

"그런가? 그럼 어떡해, 버텨? 그러다 안 한다고 하면 어떡해. 나 사

273

실 매일이 괴로워. 찔찔거리면서 우는 거 단지 아빠가 워낙 싫어하니까 참고는 있지만 나 더 이상 이 카페 못 할 거 같아."

"아니, 무조건 버티라는 게 아니라 사장님도 장사해 봤잖아. 기분 나쁘지 않게 잘 말하고, 기분 나쁘지 않은 정도로 금액 조금만 더 맞춰줘 보라고."

"그게 얼만데."

"내가 그걸 어떻게 아냐. 보증금 이천만 원이 별도인 줄 몰랐다고 하니 일단 삼백과 이천 사이겠지. 둘이 상의해서 적당한 마지노를 정해봐. 그분이 정말 포기할지, 이번에 다시 정한 금액에 만족할지 그런 건 나도 모르지. 그냥 그럴 것 같다는 거야. 뭐가 됐든 사장님들이 선택하는 거니까 잘 고민해봐. 다만, B를 계속하든 하지 않든 고민을 너무 오래 하느라 시기를 놓쳐버려서 강제로 결정 당하지는 않았으면 해."

그로부터 며칠간 보살 사장님은 매일 카페에 들렀다. '거래처'를 운영하려면 바쁘지 않나, 어떻게 매일 같이 올 수 있는 거지? 하는 생각을 했는데 다시 생각해보니 코로나 때문에 작은 개인 카페나 식당을 제외한 어지간한 규모의 요식업종은 문을 닫아야만 했다. 보살 사장님이 한가한 이유를 알 수 있었다. 거래처가 돌아가지 않고 있으면 하루마다 손실이 어마어마할 텐데도 보살 사장님은 별로 걱정하는 기색이 없어 보였다.

보살 사장님은 하루에도 몇 번씩 B에 와서 언니 사장과 끝도 없는 대화를 했다. 본론은 피하고 변죽만 울리다가 툭 한 번씩 기습적으로 네고를 시도하고 그걸 정색하지 않고 받아 넘겨내야 하는, 에너지 소모가 많은 대화였다. 보살 사장님이 가고 나면 기가 쭉 하고 빨린 언니 사장의 눈 밑이 어두워졌다. 그녀들이 '어떻게, 생각 좀 해봤어?'라는 포문으로 시작하는 차가운 전쟁을 매일같이 치르는 동안, 서소 씨는 평화로운 며칠을 보낼 수 있었다. 구석에 앉아 기척을 지우고 이어폰을 귀에 꽂은 뒤 화이트 노이즈를 틀었다. 그리고 그의 이야기를 쓰기 시작했다. 글들이 이제 꽤나 많이 모였다. 물론 '개그 코드에 따른 인간 종특 분석'이라던가 '본격 무협 철학 소설' 따위를 쓰다가 스토리가 산으로 들로 강으로 가서 돌아오지 못하는 바람에 영구삭제를 하기도 했지만, 그의 마음에 썩 드는 글이 써질 때도 있었다. 가족, 회사, 친구, 그가 했었던 연애 또는 연애 비스무리한 것들을 떠올려 글로 옮겨보았다. 지금 생각해보면 대부분이 아름다운 기억이었던 것 같은데 왜 다투고 헤어졌던 것인지 알 수가 없다.

쪼옥-

빨대로 한껏 들이켠 아이스 아메리카노의 맛이 묵직하고 썼다. 이건 언니 사장이 내린 것이다. 처음에는 몰랐는데 석 달 가까이 매일같이 마시다 보니 언니 사장과 동생 사장이 내리는 커피 맛이 다르다는 걸 알게 되었다. 그리고 동생 사장의 커피 맛은 일정한 반면, 언니 사장의 커피 맛은 들쭉날쭉하다는 것도 알게 되었다. 회사에 있는 커피 머신에서 내려 먹는 커피 맛이 오늘 마신 커피 맛과 비슷했다. 잠 깨서 일 많이 하라고 그런 건지 어쩐 건지 모르겠지만 아무튼 회사 커피는 무척 썼다.

문득 회사가 궁금해졌다. 간간이 들리는 소식으로는, 역시나 그가 없다고 회사가 망했다거나 문제가 생긴 일은 없다고 한다. 그렇다고 그가 진행하던 일들이 그가 없이도 잘 돌아가는 것은 또 아니라고 했다. 그러니까, 그가 주문받았던 무슨 데이터니 무슨 검토 보고서니 하는 일들의 대부분은 사실 딱히 하지 않아도 되는 일이었던 것이다. 그도 그걸 알고 있었다. '그거…는 도무지 쓸모가 없는 보고서일 텐데요'라고 말하면 화를 내니까 그저 시키는 대로 만들어 바쳤다. 결과도 원하는 대로 만들어줬다.

'이 더하기 이'가 얼마인지 만들어 오라고 했을 때 '사'라는 결과가 나온 보고서를 들고 가면 안 됐다. '제가 멍청해서 그런데요, 이 더하기 이는 얼마입니까?'를 미리 물어보고 거기에 맞춰 와야 했다. 회사 생활은 '이 더하기 이는 사'라는 계산을 잘하는 사람이 아니라, '이 더하기 이는 아마도 오일 것이다'라는 상사의 말에 맞추어 '오'를 만들면서도 별로 마음 쓰이지 않는 사람들이 잘하는 것이었다. 어쨌든 '오'는 틀렸으므로, '오'가 틀렸다는 것은 이내 밝혀진다. 그게 밝혀졌을 때 머리를 긁적이며 나타나 "아, 제 계산에 미스가 있었습니다. 분명히 '오'가 아니라 '사'라고 말씀하셨는데 제가 틀려버린 겁니다"라는 말을 할 수 있는 사람이 쭉쭉 올라갔다. 참, 한 가지 더. '사'가 되었든

'오'가 되었든 열심히 만든 보고서는 '역시 이 더하기 이의 결과는 이런 것이었구나'라는 걸 확인하는 것 말고는 의미 없이 버려지는데, 거기에도 별로 마음 쓰이지 않을 수 있어야 한다.

사실 '오'가 되었든 '사'가 되었든 아무것도 아닌데 '사'라는 것을 이해하지 못하는 사람이면 상사든 선배든 후배든 바득바득 달려들었던 게 후회가 되었다. 틀렸다는 걸 공개적으로 입증해가며 망신을 준 적도 있었다. 잘못했다. 반성한다. 지금은 그 벌을 받고 있는 것이다.

회사를 나온 지 몇 달이나 되었다고 거기서 있었던 일들이 무척 머나먼, 오래된 기억으로 느껴졌다. 하지만 회사로 돌아가면 멍청한 서소 씨의 머리는 지금의 소중한 추억들을 금세 오래되고 머나먼 기억으로 바꿔놓겠지. 가끔 회사 동료들이 그를 보러 찾아오거나 연락을 주고받는 일도 이제는 조금 뜸해졌다. 그 사건도 희미하다. 돌이켜보니 별것도 아닌, 너무나 별 게 아니라서 벌써 기억도 나지 않는 그런 일이었는데 그때는 왜 그렇게 매달리고 흥분했었는지 알 수가 없다. 선선한 바람이 살랑살랑 부는 카페 B의 야외 테이블에 앉아 있기 때문에 별것 아니라고 느낄 수 있는 걸까? 미생물 같은 시간벌레들이 다갉다갉 갉아서 분해시켜 주었기 때문인 걸까.

반골이었던 서소 씨가 그간 무사히 회사에 붙어있을 수 있도록 붙잡아준 사람이 있었다. 중역이었으나 얼마 전 정년퇴직한, 그에게는 은사와 같은 사람이다. 문득 그분이 보고 싶어졌다.

"전무님, 저 서소예요. 잘 지내셨죠?"

"오, 서소 차장. 허허. 자네 이야기 들었어. 하여튼 너는 내가 없으니 바로 사고를 치는구나. 밥이나 먹자. 보고 싶다."

"네, 지금 갈까요? 내일도 좋고요."

"지금 와."

서소 씨는 몇 월 며칠이 되네 안 되네 어쩌네 하며 약속 정하는 일을 그다지 좋아하지 않았다. 불쑥 연락해서 보고 싶다고 해도 덥석 나와 주는 사람을 만나는 걸 좋아했다. 그가 좋아하는 사람들은 아주 긴박한 일이 있지 않은 한 그가 보고 싶다고 하면 곧바로 그를 위해 시간을 내어주었다. 그날 바로는 아니어도 가까운 시일 내에 만날 수 있었다. 서소 씨는 그런 사람들하고만 어울리다 보니 주변에 사람이 별로 없었지만, 그는 그의 인간관계가 이미 충만하다고 생각하여 굳이 더 많은 사람을 사귀려 노력하거나 쫓아다닐 필요를 느끼지 못했다. 개를 B에 잠시 맡겨두고, 썬더를 타고 그분을 만나러 갔다.

"살쪘네. 서소 차장. 편한가 봐. 근신을 해야지, 이런."

오랜만에 만난 전무님은 청바지에 골든구스 스니커즈를 신고 나왔다. 시카고 불스인지 뭔지 하여튼 큼직한 소머리가 장식된 버클 벨트도 하고 있었다. 하얗게 센 머리를 올백으로 넘기고 노란 스트라이프 무늬의 폴로셔츠를 입고 나왔는데, 썩 근사했다. 제네시스 신형

G80을 타고 온 것도 그랬다.

"그게… 별로 안 먹는데도 움직임이 없다 보니 자꾸 살이 붙네요. 그런데 벨트 너무 큰 거 아닙니까."

"너는 여전히 조동아리가 나발나발 하는구나, 껄껄. 나 어릴 때 제임스 딘처럼 사는 게 꿈이었거든. 그동안에는 사복도 정장처럼만 입었었는데, 퇴직하니까 이렇게 입을 수 있어서 좋다. 나 어떠니?"

"벨트 빼고는 멋진 것 같습니다."

"패션도 모르는 게. 벨트가 포인트여. 배고프지? 얼른 먹고 싶은 걸로 시켜봐."

"요즘 맨날 혼자서 먹다 보니 좀 부실하게 먹거든요. 이거 먹어도 되죠?"

서소 씨는 삼만 원짜리 한정식 코스를 가리켰다.

"이거 먹자."

제임스 딘 전무님은 오만 원짜리 한정식 코스를 가리켰다.

오랜만에 보는 성찬이었다. 허겁지겁, 한참을 말도 없이 먹기만 했다. 그보다 일찍 숟가락을 놓은 전무님은 그가 먹는 것을 물끄러미 보더니 말했다.

"천천히 먹어. 다 먹으면 내 사무실로 가자."

"예. 예? 사무실 내셨어요? 무슨 사업하세요?"

"일단 먹어."

밥을 다 먹을 때까지 그는 서소 씨에게 달리 묻지도, 말하지도 않왔다. 정말 밥을 먹이려 부른 것 같아 꺽꺽 트림을 해대며 열심히 먹었다. 식사를 마치고 그가 말한 사무실로 갔다. 빌라촌들 사이에 솟은 사 층짜리 작은 건물. 거기에 있는 열 평짜리 사무실이었다. 간이침대 하나, 테이블 하나, 소파 하나와 책상 하나만 두고 있는 아늑한 공간이었다. 커피를 내려서 마시는지 문을 열자 구수한 원두 향이 뭉근 피어올랐다.

"아늑하네요."

"응, 좋지?"

"네, 여기서는 뭐 하세요?"

"책도 읽고, 술도 먹고, 남은 인생 뭐 할지 계획도 세워보고. 와이프랑 빔프로젝터로 영화도 보고, 친구들 불러다가 수다도 떨고 그러지. 집에 있으면 왠지 안 하게 되는 일들을 여기 오면 하게 돼. 집에선 자꾸 잠만 자게 되더라고."

"좋네요. 부럽습니다. 저도 딱 이렇게만 살면 좋겠습니다. 무사히 정년하고, 제네시스도 타고, 이렇게 내 공간을 만들어 유지할 정도의 돈도 있고. 어릴 땐 몰랐는데 무사히 정년하신 분들이 얼마나 대단한 일을 해낸 건지 알겠더라고요. 저도 이번에 확 퇴사해버릴 뻔했으니까…."

"너무 욕심이 많은 거 아니냐? 내 청춘 30년 하고 바꾼 건데 벌써부터 이런 게 갖고 싶으면 어떡해. 부럽지?"

"네. 아, 아뇨. 대신 저는 아직 청춘이니까요."

"하여튼 조동아리 나발나발 대는 거 보니 아직 기운은 있구만. 솔직히 나도 잘 모르겠어. 지금 좋기는 한데, 자네처럼 젊은 사람 볼 때면 나라고 왜 안 돌아가고 싶겠어. 나도 자네 나이로 돌아가서 다른 인생을 살아보고 싶다는 생각을 가끔 하지. 나 원래 군인이 꼭 돼보고 싶었거든. 전투기를 모는 공군 장교. 그런데 그러지 않는 것이 나을 것 같아. 솔직히 그때로 돌아간다고 해도 지금보다 더 잘 해낼 자신은 없으니까. 지금보다 더 운이 좋을 자신도 없고 말이야. 생각해보면 다 운이었어. 나는 내가 잘나서 임원이 된 줄 알았는데 그게 아니었어. 우리쪽 업계 경기가 좋았어. 장사가 잘돼서 실적이 좋았어."

"그렇겠죠? 저도 사실, 스무 살로 돌아간다고 해도 지금보다 더 나아질 자신은 없어요."

"서소 차장이 지금 내가 좋아 보이는 건, 내가 가진 것들 때문이 아닐 거야. 퇴직을 하고, 생각을 하고, 책을 읽고… 그러면서 뭔가 깨달은 게 있었어. 내려놓고 만족하는 법을 배웠지. 아마 자네는 그게 부러운 걸 거야. 만족하며 사는 사람한테서 느껴지는 그런 여유 같은 것 말이야. 나 사실 회사에서 나오기 직전까지, 그러니까 재작년 이맘때까지만 해도 어떻게든 정년 연장하고 싶어서 실적 내려고 아등바등 무리하고, 직원들한테 못된 말하면서 닦달도 하고 그랬었어. 매일매일 똥줄이 탔었지. 그까짓 게 뭐라고. 어차피 다 운이었는데."

"저는… 사실 그게 이해가 안 갔어요. 정년에 즈음하신 분들 보면, 퇴직하고 여유 있게 살 만큼 충분히들 번 것 같은데 왜 다들 무리를 하는 건지. 그리고 저도 그렇게 될까 봐 무섭기도 했어요. 아랫사람으로서, 보기에 썩 좋지는 않았거든요."

"그래, 너도 마지막 내 모습에는 실망을 했을 거라 생각했어."

"아뇨, 아뇨. 그렇다기보다는…."

"뭘 아니야. 껄껄. 하긴, 넌 옛날부터 겁도 없이 나한테 하고 싶은 말 다했었지. 서소 차장은 제발 그런 것 좀 감추고 살아라. 나니까 받아줬지 자존심 센 상사 만나면 넌 바로 아웃이야. 내가 그 자리에 그렇게 목을 맸던 건 돈 때문이었다기보다는 권력 욕심, 명예 욕심을 내려놓지 못해서였어. 내 밑에 직원이 얼마나 많이 있었냐. 내가 '알아봐!' 한 마디만 하면 다들 난리였지. 나는 그런 힘을 잃어버리는 게 두려웠어. 그리고 회사를 나오게 되면, 왠지 내가 한순간에 폭삭 늙어버릴까 봐 두려웠단 말이지. 그런데 이렇게 나와서 보니 별것 아니더라고. 정말 별것도 아냐. 지금 자네 커피 내가 타 줬잖아. 그게 뭐 어때. 내가 커피 타줄 수도 있지. 아니지, 나는 오히려 자네 커피를 타면서 기분이 좋았어. 방금 나는 성공한 인생을 산 것 같다는 기분이 들었어. 자네가 나를 찾아왔잖아. 내가 보고 싶다고. 그럼 나는 성공한 거야. 내가 임원이라서가 아니라 자네가 날 찾아왔기 때문에 나는 성공한 거라고. 그런 게 중요한 거였어. 누구를 좌천시키고 누구를 승진시킬 수 있는 힘을 가졌다고 성공한 게 아니라 후배가 찾아오는 인생이 성공한 거였더라고. 그리고 퇴직했다고 딱히 늙는 것도 아니야. 회사에 있지 않는다고 갑자기 폭삭 늙거나 하는 일은 없었어. 내가 늙었다고 생각하는 순간 늙는 거지. 난 요즘 제임스 딘처럼 살아. 매일 선글라스를 끼고, 주먹만 한 벨트를 하고, 머리에 포마드를 발라 멋지게 넘기고, 개를 데리고 집을 나오지. 아 글쎄, 동네 산책 나가면 아줌마들이 흘끔흘끔 쳐다본다니까. 내가 노인이라는 생각이 안 들어."

"저도… 이제 마흔이 보이는 나이가 되니 조금씩 그런 말을 듣게 돼요. 이제 넌 몇 살이다, 곧 몇 살이 된다, 주변에서는 자꾸 그런 걸 저한테 주지시키는데 사실 암만 생각해도 스무 살 때의 저랑 지금이랑 별로 머릿속에 달라진 게 없거든요. 유치한 생각부터 진지한 생각까지 모두요. 로스쿨 도전할 때도 다들 뜯어말렸어요. 네 나이에 머리가 돌아가겠냐, 공부할 체력이 되겠냐 그런 말들을 하면서요. 그런데 공부하면서 느꼈어요. 별로 다르지 않아요. 고3 때나, 취업 준비하던 시절이나, 업무를 파악하기 위해 밤을 새울 때나, 로스쿨 시험공부를 할 때나 비슷한 느낌이었어요. 비슷한 시간에 지치고, 비슷한 분량을 이해했죠. 사십 대가 가까워졌어도 딱히 멍청해지지는 않았더라고요.

저는, 그런 말을 하는 사람들은 그냥 게을러졌기 때문에 그런 말을 한다고 생각해요. 나이가 들수록 직급이 높아지고 편해지니까. 다시 어릴 때처럼 파고들고, 에너지를 써서 집중하고 그러기 귀찮으니까 머리가 굳었다는 말을 핑계처럼 하는 것 같아요. 그리고 그런 말들이 나이가 들었지만 무언가에 용감히 도전하는 사람들의 마음에 훼방을 놓는 것 같습니다. 저도 그런 말들 때문에 시작도 해보기 전부터 머리가 굳었을까 봐 괜히 위축되었으니까요. 그런데 어느 날 티브이를 보는데 정치인 할아버지들이 나오더라고요. 매일매일 뉴스를 읽고,

통계를 확인하고, 정책을 검토하며 사람들을 만나는 모습이 나왔어요. 나이가 칠십이 넘은 분들도 새벽부터 밤늦게까지 그런 삶을 살아내는데 서른여덟인 제가 머리가 굳어서 못 한다는 건 핑계겠죠."

"어이쿠, 서소 차장 이런 일 겪더니 좀 컸나 보네. 맨날 눈 벌게져서 일만 쫓아다니더니. 그런데 잘 알고 있으면서 뭐가 고민이야 왜 이렇게 축 처졌어."

"그냥… 열심히는 살 수 있는데요, 음… 제가 열정을 쏟아부을 대상이 회사가 아니라는 걸 이제 깨달아서 좀 방황하는 거예요."

"회사가 아닌 대상이 로스쿨이야?"

"원래는 그랬는데 아니에요. 거기는 포기했습니다."

"왜? 시험에서 떨어진 거야?"

"아뇨. 그렇다기보다는… 사실 성적은 잘 나왔어요. 진짜 열심히 준비했거든요. 그런데 그냥 포기했어요."

"아니, 그러니까 왜 포기해. 내가 그거 계속해보라고 했잖아. 자네 변호사들이랑 일할 때 보면 딱 그쪽 적성이던데."

"로스쿨에 진학하려면… 회사를 그만두고 퇴직금을 다 거기에 써야 하잖아요."

"그렇게 하면 되잖아. 나중에 변호사 돼서 돈 많이 벌면 되지."

"그게, 그때는 제가 가족이 있었잖아요. 와이프는 그런 인생의 방향 전환이라든가 퇴직금을 등록금에 올인한다든가 그런 결정을 몹시 두려워했어요. 우리는 거기서 갈등이 생겼고 서로에게 상처를 주게 되었습니다. 결혼을 하고 보니 저 혼자만의 인생이 아니더라고요."

잠시 시선을 옮겨 창밖을 바라보았다. 전무님도 그를 따라 창밖을 보았다. 창가에 놓인 몬스테라 화분이 에어컨 바람에 하늘거렸다. 이 파리가 세 개였는데 그중에 하나는 이제 막 피어난 것인 듯 연둣빛을 띠었고 나머지는 아주 짙은 녹색을 띠었다. 연둣빛 이파리와 녹색 이 파리 중에 무엇이 아름다운 것인지 결정하기가 힘들었다.

"그래, 그럴 수 있겠네. 와이프로서도 고민이 되었겠지. 이혼은… 내가 경험이 없어서 네게 뭐라고 말을 못 하겠다. 오히려 그쪽은 네 가 선배네."

"에이, 선배는요. 무슨 그런 말씀을… 오늘 갑자기 전화드렸는데 시간 내주셔서 감사해요. 확인하고 싶었어요. 제가 따르던 분이 은퇴 하고 어떻게 지내시는지, 제가 상상한 모습일지. 오늘 많은 답을 얻은 것 같습니다."

"그래, 도움이 되었다니 다행이네. 또 놀러 와. 나 심심해. 그런데 너 징계도 받아서 빨간 줄도 생기고, 회사 말고 다른 데서 인생을 찾 겠다고 네 스스로 말하는 거 보니 일도 열심히 안 하려나 보구나. 이 제 승진은 그른 것 같다야."

"계실 적에 저 많이 승진시켜 주셨잖아요. 이젠 천천히 해도 돼요. 아니, 안 해도 돼요. 제 생각이 또 바뀔지도 모르지만, 지금은 천천히 살고 싶어요."

시버러버(3)

나도 나이가 있는 만큼, 별의별 기상천외한 핑계를 대며 요리조리 빠져나가는 이상한 사람들을 꽤 겪어보았다고 생각했다. 하지만 이건 정말이지 천외천이다. 신선하지 않은가. 감시를 받고 있어서 만날 수 없다니. 물론, 얼굴을 본 적도 없는 여자와 오직 대화만으로 사랑에 빠지게 된 나도 어이없는 사람이지만, 감시를 받고 있기에 만날 수 없다는 말을 하는 김디디 씨보다 어이가 없는 사람은 아니라고 생각한다.

나는 우리가 서로를 진지하게 여긴다고 믿었다. 두 달 가까이 매일같이 대화했다. 그동안 나름 묵직한 감정들을 주고받았다고 생각했다. 그래서 기분이 상했다. 감시당하고 있다는 말을 들었을 때 그녀가 나를 가지고 노는 것만 같았다. 그동안 만나보는 것에 대한 이야기가 나올 때마다 그녀가 은근하게 피하는 건 알았지만, 그럼에도 용기를 내어 말해 본 것인데 말 같지도 않은 거짓말을 하며 무시를 한 것 같아 화가 났다.

"디디야, 왜 그래. 왜 그런 말을 하는 거야? 네가 내게 보여준 사진들이 다 보정된 거고 실제로 그런 외모가 아니라서 그래? 만났을 때 내가 실망할까 봐? 그래, 처음엔 그런 생각도 했지. 하지만 지금은 달라. 난 네가 하는 말들이 좋고 네 웃음소리가 좋아서 너를 만나고 싶다고 한 거야. 이제는 네가 어떻게 생겼든 상관없다고! 차라리 그동안 네가 호기심에 장난을 친 거였다면, 그냥 그렇다고 말해. 디디야, 나는 거짓말을 정말, 정말 싫어해. 우리는 고작 두 달 동안 통화만 한 게 전부였지만, 그럼에도 나는 진지했어. 그래서 너를 거짓말이나 하면서 나를 가지고 놀았던 나쁜 사람으로 기억하고 싶지 않아. 방금 그 말, 사실이 아니라고 해줘. 내가 지겨워진 거라면 차라리 그렇다고 말을 해."

디디는 말이 없었다. 우는 소리가 들리지는 않았다. 발걸음 소리와 냉장고 문을 여는 소리가 가볍게 들린 뒤 물을 꿀꺽꿀꺽하고 마시는 소리가 났다. 크게 한숨을 쉬더니 디디가 말하기 시작했다.

"오빠, 내가 하는 말이 거짓말이라고 생각할 수 있는 거 이해해. 그래, 말이 안 되지. 요즘 세상에 감시라니 말도 안 돼. 그런데 사실인 걸 어떡해? 나도 이런 얘기를 하는 게 오빠가 처음인데, 좋아. 다 말해줄게. 하지만 하나만 약속해. 듣고 나서 바로 도망가지는 말아줘. 제발 갑자기 전화를 끊어버리거나 그러지만 말아줘."

그녀를 알게 된 이후 처음으로 그녀의 말이 거슬렸다. 나는 '이건 정말 당신한테만 말해주는 건데…'라고 말하는 사람들을 믿지 않는다. 나는 '감시를 당하고 있다'는 말보다 '당신에게만 해주는 이야기다'라는 말에 더 혼란을 느꼈다. 연필을 하나 꺼내 들어 뾰족한 심을 만지작거렸다. 서랍에서 노트를 한 권 꺼내며 말했다.

"그래, 도망 안 갈 테니 말해봐. 왜, 네가 조폭 애인이라도 돼?"

"기분 상한 건 아는데 비꼬지는 마. 지금 내가 말하는 건 모두 사실이야. 조폭 애인? 뭐, 비슷해."

"뭐라고?"

"도망치지 말고 끝까지 잘 들어줘."

디디는 그녀가 살아낸 지난 십 년 동안의 이야기를 차근차근 말하기 시작했다. 디디는 어릴 때 꽤 부유한 집안에서 태어난 장녀라고 했다. 그런데 중학교 졸업에 즈음했을 때 아버지 사업이 망하는 바람에 빚쟁이들에게 쫓겨 다녔고 결국 온 가족이 뿔뿔이 흩어졌다고 한다. 디디와 그녀의 남동생은 친척집을 전전했고, 디디는 간신히 중학교까지만 나올 수 있었다. 아마도 그랬을 것 같긴 하지만 친척들은 디디와 그녀의 동생에게 따뜻하게 대해 주지 않았다고 했다. 디디는 구박을 받으면서 학교를 다니는 데 지쳐 아르바이트를 시작했고 이백만 원이 모이던 날, 고등학교를 자퇴하고 편지 한 통과 동생에게 써 달라며 백만 원을 두고 집을 나왔다고 한다. 그 후로 가족들과 연락해 본 적은 없다고 했다.

디디는 백만 원을 들고 미리 알아봐 둔 여성 쉼터로 갔다. 거기서 먹고 자며 검정고시 준비를 했고 호프집이나 카페에서 서빙 아르바이트도 했다. 힘들긴 했지만 나름의 안정을 찾아가고 있었다. 그러던 어느 날, 디디는 카페에서 일을 하던 중 어떤 엔터테인먼트 업계 사람의 눈에 들게 되었고 그의 소개로 여성의류 쇼핑몰에서 모델 일을 시작하게 되었다. 키가 백육십을 넘지 못했기 때문에 생각을 해본 적도 없는 일이었으나 인터넷 쇼핑몰 창업 붐이 일면서 키가 작은 모델의 수요도 꽤 있었다고 한다. 모델 일은 돈벌이가 괜찮았고, 자신의 외모가 돈이 된다는 사실을 깨달은 디디는 더 많은 돈을 원했다. 그때만 해도 디디는 자신이 돈을 많이 벌어 빚을 갚으면 가족을 구원할 수 있다고 믿었다. 돈이 필요해 보이는 자신의 모습이 티가 났는지, 모델을 하는 동안에 나쁜 유혹도 많았다고 했다. 디디는 모델이나 연예인 지망생들이 스폰서에게 몸을 팔면 한 번에 삼백만 원 정도를 받는다느니, 몸을 많이 팔아서 점점 가격이 떨어지면 한 번에 이십만 원짜리 오피 창녀 또는 조건 만남으로 떨어지는 애들을 많이 봤다느니 하는 말들을 스스럼없이 입에 올렸다. 나는 어려서 사회를 잘 모르는 여자애들을 속여 화류계로 유혹하는 남성 자본가들에 대해 상당한 적개심을 갖고 있는 편이었으므로 그 이야기를 들을 때는 속이 부글부글 끓었다. 하지만 그녀는 자존감이 강했고 다행히 그런 장르로 빠지지는 않았다. 다만, 모델을 하면서 이게 업계 사람과 인맥을 넓히자는 건지 술시중을 들으라는 건지 모를 어떤 자리에 나가게 되었는데, 거기서 사십 대쯤 되어 보이는 어떤 돈 많은 아저씨가 디디를 눈여겨보았고 나중에 연락을 해 온 일이 있었다고 했다.

그 남자는 아무 일도 하지 않는 백수였다. 물려받은 유산 같은 것도 없었고 조폭도 아니었다. 그런데 돈이 많았다. 어떻게 하면 그렇게 될 수 있느냐고 물었더니 그 남자의 마누라가 어디 지역 대단한 조직폭력배 가문의 딸이라고 했다. 그래서 마누라 돈인지 조직의 돈인지 알 수 없는 자금으로 몇 개의 사업장을 운영하고 있었는데, 성인오락실처럼 불법적인 것도 있고 아닌 것도 있다고 했다. 처음 그 남자가 디디에게 연락했던 이유는 지금 우리가 상상하고 있는 그런 이유 때문이었다. 그는 디디를 돈으로 사서 자고 싶어 했다. 하지만 그 남자도 디디에게 그런 제안을 선뜻 하지는 못했다고 한다. 그 이유가 양심 때문이라거나 디디를 위해서는 아니었다. 디디가 말하길, 그 남자는 이혼을 하고 싶어 했지만 그랬다가는 자신의 팔다리가 각각 다른 곳에서 발견될 것이며, 디디와 잤다가 그 사실이 발각되어도 디디와 그 남자 모두 그런 일을 당하게 될 것이라고 했다. 그 남자는 디디를 가질 수 없다는 걸 알면서도 일단은 디디를 소유하고 싶었던 것 같았다. 그는 자신이 비록 마누라에게는 잡혀 사는 인생이긴 하지만, 마누라의 친족만 빼면 조직 내에서 자신을 거스를 수 있는 사람은 없다며 디디를 협박했다. 그럼에도 디디는 거절했다. 디디는 그런 걸로 협박이 될 것 같으냐, 나도 부모님 빚쟁이들한테 쫓겨 다니면서 나를 잡아다 어디 창녀촌에 팔아먹네 마네 이런 일들을 다 겪어내며 여기까지 왔고 사실 별로 살고 싶지도 않으니 마음대로 하라고 그 남자에게 말했다고 한다. 그러자 그 남자는 디디에게 이런 제안을 했다.

'내가 운영하는 사업체 중에 유전자 검사 대행업체가 있는데 그걸 디디 네가 운영해 달라. 불법적인 일은 전혀 없는 깨끗한 회사다. 앞으로 돈이 될 것 같아서 하고 있을 뿐이지. 나는 너를 건드리지 않겠다. 나는 너를 따로 만나지도 않을 거고 업무 외적인 일로 연락을 하지도 않을 거다. 다만, 어떤 누구도 너를 건드릴 수 없다. 너는 남자를 만나서는 안 된다. 감시를 붙이겠다. 만약 네가 내 말을 어기고 다른 남자를 만나다가 들킨다면, 너는 그 남자의 몸이 조각나는 모습을 직접 보게 될 것이다. 대신 나는 너에게 네가 살 집과 5억 원, 먹고사는 데 필요한 생활비를 주겠다. 그냥 주겠다는 것은 아니다. 빌려주겠다. 너는 나에게 10억 원으로 갚아야 한다. 다만, 몇 년이 걸려도 상관없다. 이자를 명분으로 금액을 늘려가는 짓 따위는 하지 않을 테니 그런 건 걱정하지 않아도 된다. 물론, 계약서나 차용증 같은 것도 쓰지 않는다. 그리고 네가 10억을 다 갚으면 나도 너에게 더 이상 접근하지 않겠다고 약속하겠다. 그저, 돈을 다 갚을 때까지만 처녀로서 내 옆에 머물러달라는 이야기다. 너는 아름답다. 나는 그런 너를 소비할 순 없지만 소유하고 싶다. 구속하여 내가 지켜볼 수 있는 거리에 두고 싶다. 어떻게, 해볼 테냐.'

디디는 그러겠다고 했다. 그게 벌써 4년 전이고 디디는 그 남자의 유전자 검사 대행업체에 직원으로 입사하여 일을 배우다가 재작년부터는 경영에 참여했다고 한다. 그녀는 그때쯤 그 남자로부터 5억 원을 받아 유전자 분석기계 두 대를 구입했고, 사람들을 고용해 그 회사 내에 있는 하나의 부서 형태로 자기 사업을 시작했다. 디디가 하는 일은 전국의 병원과 약국을 돌며 유전자 검사 오더를 받아오는 영업 활동이라고 했다. 디디가 구입한 그 기계에서 나오는 수익은 디디가 갖기로 했는데 현재 3억 정도를 모았다고 했다. 계산해 보니 이 속도라면... 디디는 대략 5년쯤 뒤에 그 남자의 돈을 다 갚게 된다. 그럼 나에게 남은 선택은 5년을 기다리거나, 디디와 헤어지거나, 무리해서 만나다가 사지가 찢겨 죽거나… 이 정도인가.

나는 디디에게 잠시 말을 멈춰달라고 했다. 잘 때만 입는 낡은 츄리닝 바지에 일어난 보풀을 뜯으며 생각했다. 거대한 힘과 돈을 가진 조폭 남편이라는 사람이 나의 인생 근방에 있다는 것과 그가 취하고 싶은 여자가 있는데 마누라 눈치를 보느라 육체적으로 건드리지는 못하지만 5억을 빌려주겠다는 것까지는 너른 마음으로 어떻게 믿어본다 치더라도, 디디가 10억을 다 갚으면 정말로 해방이 되는지에 대해서는 믿을 수가 없었다. 이제 내가 할 수 있는 건 그녀가 말하는 것들을 수용하든지 안 하든지, 단지 그뿐이다. 더 이상 물어볼 말도, 확인해 볼 방법도 없었다. 그래서 자신을 라푼젤이라고 했었구나. 내가 두 달 동안 대화했던 김디디라는 여자는, 순식간에 이렇게 복잡한 거짓말을 꾸며낼 사람처럼은 보이지 않았다. 복잡한 거짓말을 하는 사람이라 하더라도 어차피 만나지도 않을 남자에게 뭐하러 이렇게까지 꼬아서 거짓말을 할까 싶은 내적 의견도 있었고, 무엇보다도 그녀를 그냥 믿어보고 싶었다. 그저 '미친 여자 아닌가'라며 연락을 끊기에는, 두 달간의 대화가 지나치게 농밀했다. 그래서 더 들어보기로 했다.

"그래서 나는 그렇게 돈을 벌고 있고 집은 그 사람이 해준 집에서 살고 있어. 우리 집에 나 운전해주는 기사 아저씨가 같이 살고 있는데 나는 그 기사 아저씨한테서 24시간 감시를 받고 있어….."

"뭐? 남자랑 같이 산다고?"

"아, 그런 이상한 생각하지 마. 그 기사가 나 건드리면 그 기사는 죽어. 그게 중요한 게 아니고… 오빠도 나와 만나다 잘못하면 죽을 수도 있어. 그래도… 만날 거야?"

그녀의 물음에 대답하기까지 별로 긴 시간이 필요하지는 않았다. 무섭지 않아서라기보다는(사실 조금은 무서웠다) 너무도 비현실적인 이야기라 내 일처럼 느껴지지 않았으므로 결정이 쉬웠다는 편이 맞겠다. 그 조폭 남편이라는 사람에게 잡혀가서 녹슨 드럼통에 들어간 다음 얼굴에 시멘트가 부어질 때쯤이면 그녀의 말을 온전히 실감할 수 있을까.

"응, 만날 거야. 사실 너를 안 지 이제 겨우 두 달이 되었는데 너를 위해 죽을 수도 있다, 이런 건 아마 거짓말이겠지. 디디야. 아무도 안 죽어. 여기는 대한민국이고 법치국간데 감히 누가 누굴 감시하고 죽이고 막 그래. 만나자, 우리."

디디는 내가 자신의 말을 믿지 않고 있다고 생각하는지 약간의 비웃음을 섞어 후후- 하는 소리를 낸 뒤 말했다.

"오빠, 우리 크리스마스 때 만나자."

"크리스마스? 그럼 두 달 뒤인가?"

"아니, 내년 크리스마스. 그때까지만 기다려주면 안 돼? 나 아마도 그때까지 5억은 갚을 수 있을 것 같아. 나머지 5억 원도 곧 갚을 테니 감시만 풀어달라고 할게. 그렇게만 된다면 나머지 5억 갚을 때까지 자주는 아니더라도, 우리 가끔은 만날 수 있을 거야. 믿기지 않고 당황스럽겠지만, 나도 오빠에게 어떻게 설명하고 이해시켜야 할지 모르겠지만 말이야, 나를 믿고 내년 겨울까지 기다려주면 안 될까?"

목이 따끔했다. 잘 피우지도 않던 담배를 오늘은 연달아 피워댔다. 재떨이 깡통 한가득 담배꽁초가 수북했다. 디디의 말이 모두 사실이고 내가 그 남자라면, 너무나도 사랑스러워 5억 원을 계약서도 없이 빌려줄 수 있는 여자를 영원히 풀어주지 않을 것 같았다. 디디의 거래는 아마도 통하지 않을 것이다. 디디는 고작 스물여섯이고 스물여섯은 아직, 어른들의 거짓말에 잘 속아 넘어갈 나이다.

"그래, 그러자. 기다릴게."

부산행

부산에 갈 것이다. 사실은 갈까 혹은 가지 말까를 놓고 열차가 출발하기 직전까지도 망설였다. 몇 년 전 퇴사를 하고 부산에 내려간 회사 후배와 만나기로 했는데, 막상 부산행 열차에 오르고 보니 배가 살살 아프고 긴장이 되어 손바닥에서 땀이 솟았다. 마지막으로 그녀를 본 지가 삼 년인지 사 년인지 하여튼 오래되었으므로 어색할까 봐 걱정이 된 것…이라기보다는 예전에 있었던 그 일 때문에 아무래도 걱정이 되었다.

육 년 전 그녀는 서소 씨의 회사에 신입사원으로 입사했다. 입사

당시 그녀의 나이는 스물다섯으로 회사에서 가장 어린 축에 속했다. 이름은 장혜리. 혜리 씨는 이름처럼 예쁘게 생겼다. 이목구비가 오밀조밀한 게 몹시 귀여워서 그 애가 지나다니면 남자들이 흘끔흘끔 쳐다보곤 했었다. 걔는 그걸 모르는 것 같았지만(어쩌면 다 알고 있었을 수도) 몰래몰래 그녀를 훔쳐보던 남자들이 시선을 회수할 때 눈이 마주쳤으므로, 남자들은 서로를 알 수 있었다.

혜리 씨는 걸음걸이가 무척 독특했다. 머리와 어깨는 고정되어 미동도 하지 않는데 다리만 움직이는 느낌이랄까. 그녀가 지나가는 모습을 파티션 너머로 보면 스르륵- 지나가는 것이 마치 유령 같았다. 서소 씨는 그녀의 그런 걸음걸이가 귀엽다고 생각해서 친해지고 싶었으나 대화를 할 수는 없었다. 서로의 업무에 도무지 겹치는 부분이 없었다. 게다가 예쁜 외모 탓인지 질투가 되었든 경외가 되었든 최근 장혜리 씨는 회사에서 몹시도 집중을 받고 있는 중이어서 지나가다 슬쩍 농담이나 인사 한마디만 건네도 회사 사람들이 별의별 이야기를 다 할 것만 같았다. 서소 대리가 찝쩍거린다는 둥, 혜리를 좋아한다는 둥 어쩌고 하는 이야기들 말이다. 그래서 그녀가 먼저 말을 걸어오거나 다른 누군가가 함께 대화를 할 수 있도록 엮어주기 전까지는 말을 걸 수가 없었다. 하지만 아무리 기다려도 그녀는 먼저 말을 걸어오지 않았고 대화가 엮이는 일도 없었다. 어쩌다 가끔 눈이 마주치기는 했다.

한번은 그녀가 그의 앞을 지나갔는데 서소 씨는 또 스르륵 하고 걷는 게 우스워서 픔- 하고 웃어버렸다. 그가 웃자 혜리 씨는 영문도 모르면서 따라 웃어주었다. 거기까지는 견딜만 했는데 그다음 행동에 서소 씨가 반해버렸다. 그녀가 서소 씨 근처에 놓여 있는 화분에 다가와서는 "목말랐지? 늦게 와서 미안해"라고 말하며 물을 주는 모습을 보고 서소 씨는 넋이 나가버렸다. 그렇게 반해버린 대가로, 서소 씨의 짝사랑이 시작되었다. 다음 날부터 매일 아침 일찍 회사에 출근해서는 그녀의 자리에 사탕이나 요구르트 같은 것을 올려두는 일을 하기 시작했다. 지금은 그렇지 않지만 그때의 서소 씨는 쫄보였으므로 연락처 같은 건 남기지 못하고 간식만 놔두고 도망쳤다. '좋은 하루 보내세요!'라는 간단한 메모와 함께. 혹시 그의 글씨체를 알아보지 않을까 하는 기대와 함께. 그걸 알아보고 "혹시 이거 대리님이 준 거예요?"라고 말하며 싱긋 웃는 그녀의 모습을 볼 수 있었으면 하는 기대와 함께 말이다. 그렇게 며칠 동안 새벽잠과 씨름을 하며 간식을 놓아두던 어느 날, 동료들과 밥을 먹고 있는데 혜리 씨와 동갑내기인 후배가 혜리 씨 이야기를 했다. '혜리'라는 단어를 듣자마자 귀를 레이더처럼 움찔거리며 후배 방향으로 각도를 틀었다. 듣고 있지 않은 척, 후배의 이야기를 듣는데 그 녀석은 하필이면 가장 듣고 싶지 않은 이야기를 했다.

"혜리 남자친구 있어요. 사귄 지 좀 됐는데."

서소 씨가 먹고 있던 짬뽕인지 짜장인지가 목에 걸리고 말았다. 쿨럭거리며 휴지로 입을 틀어막고는 밖으로 나와 버렸다.

'아이, 쪽팔려.'

그다음 날부터 서소 씨는 사탕을 갖다 두는 일을 멈추었다. 혜리 씨가 그 일을 알 리가 없다고 생각은 했지만, 가끔 마주치면 생글거리는 것이 왠지 아는 것도 같아서 한동안 피해 다녔다. 그녀가 회사를 다니는 동안 그녀는 남자친구와 헤어지기도 했고 다른 사람을 만나기도 했으며 서소 씨도 그렇게 지냈다. 시간이 지나면서 서소 씨는 혜리 씨에 대한 감정을 잊었고 언젠가부터는 편안하게, 웃긴 말들을 나눌 수 있었다.

혜리 씨는 잘 웃었다. 원래 잘 웃는 것인지, 서소 씨의 이야기에 유독 웃어주는 것인지는 모르겠으나, 혜리 씨는 서소 씨의 주변 사람들 중 그의 이야기에 가장 많이 웃어주는 사람이었다. 그는 반응을 잘해주는 혜리 씨와 말하는 게 즐거웠고, 조금만 장난을 쳐도 금세 얼굴이 발그레해지는 혜리 씨를 자주 골려주었다. 서소 씨는 그녀가 그에게 전혀 마음이 없다는 것쯤은 알고 있었으나 그의 이야기에 배를 감싸 쥐고 웃는 모습을 볼 때면 예전처럼 사탕을 주고 싶은 마음이 스멀스멀 피어오르곤 했다.

이 년쯤 후, 그녀는 다른 회사로 이직을 했다. 마지막으로 그녀가 출근하던 날 서소 씨는 자신도 모르게 밥을 먹자고 말했다. 회사 근처에서 시간에 쫓겨 먹고 들어오는 점심 말고, 근사한 시간에 근사한 곳에서 저녁을 먹자고 했다. 한 번도 단둘이 밥을 먹어 본 적이 없었고 따로 연락을 주고받은 적도 별로 없는 사이였으나 스르륵— 하고 사라지는 그녀의 귀여운 모습을 더 이상 볼 수 없다는 사실에 서소 씨는 마음이 달아 밥을 먹고 싶다고 말해버렸다. 다행히도, 혜리 씨는 싱긋 웃으며 그러자고 했다.

이태원인지 녹사평인지 아무튼 거기를 갔다. 이국적인 분위기의 식당에서 요리 이름에 쌍자음이 여덟 개쯤 들어간 태국 요리를 먹었고 자리를 옮겼다. 그녀는 가벼운 칵테일을 마셨고 그는 커피를 마셨다. 처음으로 단둘이서 만나는 자리였기에 어색할까 봐 걱정했는데, 그녀가 그의 이야기에 잘 웃어주려 노력을 하고 있는 것인지는 모르겠으나 다행히 대화는 끊이지 않았고 웃음소리도 많이 났다. 시간이 천천히 흘렀으면 했지만 금세 밤 열두 시를 넘겼다. 그녀를 바래다주었다. 그녀의 집에 도착하는 마지막 횡단보도에서 신호를 기다리던 중 서소 씨는 문득 이렇게 말했다.

"사탕, 나였어."

혜리 씨는 별다른 말을 하지 않고 조용히 웃었다. 왜 웃냐는 질문에 그녀는 대답하지 않고 미소만 지었다. 그렇게 그들은 헤어졌고 누군가의 결혼식에서 보거나 하는 일 외에는 만나거나 연락하는 일 없이 각자의 삶을 살았다. 그녀는 회사를 한 번 더 옮겨서 고향인 부산으로 내려갔고 서소 씨는 결혼과 이혼을 했다. 더욱 마주칠 일이 없었다.

'과장님, 뭐 해요?'

B에서 책을 읽다가 지겨워서 몸을 비비 꼬고 있었는데 문자메시지가 왔다. 혜리 씨였다. 그 애는 원래 그런 구석이 있었다. 불쑥 나타나서 연락하고 불쑥 사라지는 그런.

'아니, 승진한 지가 언젠데 자꾸 과장님이라고 해? 나 차장님이야.'

'입에 안 붙는다고요. 그냥 과장님으로 해요.'

그녀가 불쑥 연락했기에 그도 불쑥 물어봤다.

'보고 싶다. 부산 갈 테니 만나 주라.'

'와, 정말요? 좋아요!'

그렇게 부산행 KTX에 오르게 되었다. 알아보니 캐리어에 넣으면 강아지도 KTX를 탈 수 있다기에 데리고 갔다. 두 시간 반이 걸린다고 하는데 다행히 그의 개는 그 정도는 얌전히 참아내는 편이었다. 미리 산책을 시키며 소변을 누이고 열차에 올라탔다. 오랜만에 타보는 열차에 기분이 좋아졌는지 서소 씨는 삶은 계란과 사이다를 사서 그의 개와 함께 나눠 먹었다. 열차는 금세 대전을 지나고 대구를 지났다. 막상 만날 시간이 다가오니 이태원에 갔던 그날 일이 생생해지면서 걱정이 되었다. 어색하면 어떡하지.

"과장님!"

처음은 서로 다소 수줍은 인사로 시작하였으나 택시에 오르자마자 웃음이 터져 나왔다. 혜리 씨는 예전과 똑같았다. 아니, 조금 더 예뻐진 것 같다. 서소 씨는 이제 많이 늙었는데…. 그들은 옛날 이야기를 하며, 회사의 근황들을 이야기하며 그녀가 알아봐 둔 식당으로 갔다. 반려동물 입장이 가능한 식당을 알아봐 주어서 고마웠다. 그는 부산 지리에 대해 전혀 모르는데 그녀는 자꾸 "화명동 쪽, 화명동 쪽에 좋은 곳이 많아요"라고 말해서 어리둥절했지만 대충 아는 척을 했다. 그녀가 데려간 식당은 음… 뭐랄까, 매우 본격적인 반려동물 동반 식당이었다. 그러니까 사람에 집중된 식당에 개를 데려갈 수 있다기보다는 개에 집중된 식당에 사람이 앉아 있는 느낌이었다. 인스타그램으로 알아봤다는 혜리 씨도 조금 당황한듯했지만 그는 아주 마음에 드는 장소인 것처럼 행동했다. 피자인지 케첩빵인지 모를 음식을 시켜놓고 개들이 뛰어다니는 것을 구경하며 이야기를 나눴다. 밥을 먹은 뒤 서소 씨는 그녀에게 바다가 보고 싶다고 말했다. 그녀는 그 식당에서 걸어갈 수 있는 바다를 보여주었다. 비가 와서 날씨는 조금 흐렸지만 나름 운치가 있었다. 오랜만에 탁 트인 공간에 나오니 기분이 좋았다. 그날은 그의 개가 바다를 처음 본 날이었다. 개와 함께 바다를 배경으로 사진을 찍고, 작은 우산을 같이 쓰고 걸었다. 서소 씨는 사실 부산에 비가 오고 있음을 알았지만, 부러 우산을 가져오지 않았다.

"요즘에도 면도하니?"

서소 씨가 혜리 씨의 입가에 잔털이 조금 있던 것을 가지고 놀린 것이다. 그는 그녀가 몹시 민망해하며 입을 가리는 그 모습을 보는 것을 좋아했다. 하지만 계속 그러면 정말로 화를 낼 것이므로 상황을 봐가며 딱 두 번 정도만 그 이야기를 했다. 어떻게 지냈는지, 어떻게 지낼 것인지, 누구는 어떻게 지내고 있는지 그런 이야기들을 한참 나누었다. 즐겁고 행복한 시간은 빠르게 지나갔다. 하늘이 점차 짙은 푸른색을 띠기 시작하더니 금세 박명을 거쳐 땅거미가 졌다. 열차를 예약한 시간이 거의 다 되었다. 그의 개도 피곤한지 자꾸만 졸았다. 그와 그녀는 자리에서 일어나 부산역으로 가는 택시를 기다렸다. 아침에 택시를 탈 때 좋았던 기분만큼 울적했으나 내색은 하지 않았다. 혼자서 책만 읽는 게 조금 답답했었는데 부산 구경을 시켜줘서 고맙다고 말했다. 두 사람이 동시에 말하는 걸 미루는 바람에 적막했던 시간이 잠시 있었는데 그때 그녀가 이런 말을 했다. 그녀도 오랜만에 만나 어색할까 봐 걱정했었다고. 하지만 전혀 그렇지 않았고 오히려 아쉽다고. 서소 씨를 보러 조만간 서울에 가게 될 것 같다고 말이다. 그때 서소 씨는 그녀의 말을 들으며 혜리 씨의 손을 꼭 잡고 깍지를 끼고 싶다는 생각을 하고 있었다. 하지만 그런 일은 없었다.

부산역에 도착했다. 열차 시간은 아직 삼십 분 정도 남았으나 굳이 그녀가 같이 기다릴 이유는 없었으므로 그만 돌아가라고 했다. 그러나 혜리 씨는 서소 씨가 열차에 타는 모습 보고 돌아가겠다고 말했다. 그러지 않아도 된다고 수차례 말했으나 그녀는 계속 고집을 피웠다. 문득 사탕을 놓고 가던 때의 마음이 다시금 피어올랐다. 그녀가 잠시 화장실에 간 사이 꽃집에 달려가 꽃을 샀다. 안개꽃으로 만든 파란색

드라이 플라워. 그걸 전해주자 혜리 씨는 환하게 웃었다. 끌어안고 싶었으나 그러지 못했다.

그는 서울을 벗어날 생각이 없었고 그녀는 부산을 벗어날 생각이 없었다. 왠지 이제는 그녀를 정말로 다시 볼 수 없을 것 같다, 는 생각을 하며 기차에 올랐다. 개가 그의 무릎에 자리를 잡느라 부산한 틈에 열차가 출발했다. 창밖에 혜리 씨가 파란색 드라이 플라워를 들고 열심히 손을 흔들고 있었으나 보지 못했다. 뒤늦게 혜리 씨를 본 서소 씨가 세차게 손을 흔들었으나 열차는 야속하게 빠른 속도로 플랫폼을 빠져나갔다.

시버러버(4)

"그 사람하고 결혼은 안 하려고…."

이렇게 말하며 연애하는 사람들을 나는 이해하지 못한다. 끝을 예정해 놓았는데 어떻게 사랑을 이어갈 수 있는가. 왜 그런 감정 낭비를 하는가. 그래, 아예 원나잇이든 뭐든 육체적인 만족을 위해서 그랬다면 조금쯤 이해를 해 볼 수도 있겠다. 하지만 좋아하지도 싫어하지도 않는 누군가와 헤어지지 못해서 또는 단순히 지금 당장 외로워서라는 이유로 만남을 지속하고 있는 사람들을 나는 이해하지 못한다. 내가 만약 누군가와 만나고 있다면 스무 살의 풋연애든 마흔 살의 농밀한 연애든 아마 결혼을 전제하고 있을 것이다. 반드시 결혼할 사람과 연애한다기보다는, 끝이 있다는 것을 정해놓는 만남을 배제한다고 보는 것이 맞겠다. 당장에 결혼할 여건이 되지 못해서 미루는 것이라면 이해를 하겠으나, 이 사람과는 끝이 있다는 것을 예견하면서 사랑한다고 말하는 사람들의 마음이 어떤 것인지 도통 알 수가 없다. 손을 잡고 걸으며, 입을 맞추며 머릿속으로는 무슨 생각을 하는 걸까. 이별을 생각하며 만나면 그렇지 않은 사랑보다 덜 상처 받기 때문에 그렇게 말하는 건가? 그건 비겁하다.

나는 방금 우리의 관계에 끝이 있다는 것을 예견하면서, 디디에게 기다리겠다고 말했다. 비겁했다. 나는 그날 우리가 어떤 관계인지 정의하지 않았다. 그런 말을 피했다. 나와 디디는 언젠가 분명히 헤어지게 될 것 같았다. 그날 이후 우리는 서로에게 달콤한 말을 시작했고 때로는 질투를 내보이며 서로를 구속하기도 했지만, 한 번도 서로를 연인이라고 말하지는 않았다. 그것에 관한 생각이 가끔 떠오를 때면, 차갑고 시린 마음이 들어 입 밖으로 내지 않고 묵인하였다. 서로가 그랬다.

"그래, 그러자"라는 말을 한 이후로, 그래도 몇 가지 변화는 있었다. 우리는 좀 더 깊은 이야기들을 나누기 시작했다. 야한 이야기, 스스로 추하게 느끼는 모습, 말 못 할 고민들에 대해서 이야기를 나눴고 진심으로 죽이고 싶은 사람에 대해서도, 왜 그렇게 미운지 또 어떻게 죽이고 싶은지에 대해서도 말했다. 서로의 가치관, 서로 그려보는 미래, 언젠가 만나면 하고 싶은 일들도 말했다. 그런 이야기를 할 때는 가슴이 아팠다. 이야기를 나눌수록, 디디는 나와 몹시 잘 어울리는 사람이라는 생각이 들었다. 그런 생각이 들 때마다 보고 싶다는 마음은 커져갔다. 너무나 보고 싶어 참기 어려울 때면 영상통화를 했다. 영상통화로 영화나 만화책을 같이 보기도 했고 공원에 나가 서로에게 풍경을 보여주기도 했다. 물론 이런 짓을 할 때마다 어이가 없어서 혼자 히죽거리며 웃곤 했지만, 그런 짓을 아무렇지 않게 할 만큼 나는 그녀에게 빠져있었다.

    언젠가 샤워를 하는 사이에 그녀가 내게 영상통화를 걸었는데 영국이가 대신 받은 적이 있었다. 나 몰래 내가 어떤 사람인지 떠보기 위해, 그리고 말로만 듣던 영국이가 반가웠는지 디디는 전화를 끊지 않고 통화를 했다. 나는 영국이가 그녀와 영상통화를 한 줄은 몰랐는데, 회사에서 영국이가 여자한테 차였다며 놀려댔던 어느 날, 내가 요즘 디디와 이렇게 지낸다는 걸 영국이 자식이 모두의 앞에서 말해버리는 것을 듣고 알게 되었다. 애들이 내 주변에 몰려들어 진짜냐고 물었고 나는 사실이라고 말해주었다. 그때부터 애들은 나더러 '허(Her)*소'라고 부르거나 '시버러버'라고 놀려댔다. 다만 '씨버러버'라고 발음하는 것은 듣기가 불편하여 제지를 했다. 아무튼 뭐, 그런 건 아무래도 상관없었다. 사지가 따로 발견되는 일도 있을 수 있다는데 그깟 놀림쯤이야. 나는 디디와 만나지 않아도 나눌 수 있는 게 많다고 생각했고 매일이 즐거웠으며 행복했다.

---

* 영화. 인공지능이 발달한 미래가 배경이며 영화 조커로 유명한 호아킨 피닉스가 인공지능 소프트웨어와 사랑에 빠진다는 플라토닉 러브스토리.

조폭 집안 사위가 유전자 검사업체를 운영한다는 것이 신기하다고 느낀 날이 있었다. 그게 돈이 되나? 디디에게 물어본 적이 있었는데, 유전자 검사라고 하면 보통 드라마 같은 데서 나오는 '네가 바로 나의 아들이렷다' 할 때의 친자확인 검사를 떠올리지만 요즘은 건강검진센터로부터 유전에 따른 암 발병 확률을 계산해 보는 유전자 표지 검사 요청이 많다고 한다. 그래서 다시 물었다. 그런데 조폭이 왜 그런 복잡한 사업을 하냐고. 디디는 이렇게 설명해 주었다.

　"음… 병원장들 중에 뒷돈 필요한 사람 많아 오빠. 세컨드, 써드 애인과 살림을 차리든 도박을 하든 하여튼 그런 사람들이 있어. 그 남자는 병원장들과 거래하면서 뒷돈을 만들어 주는 일을 하고 있어. 검사비를 일부러 비싸게 받고 차액을 빼서 리베이트 같은 걸 주는 거지. 그리고 친자확인 검사도 절차대로 하려면 시간도 많이 걸리고 복잡한데 우리 같은 사람들이 절차 없이 친자확인 검사를 해주는 거야. 물론 그 대가로 꽤 많은 돈을 내야 하지만."

　사실 이건 내가 디디를 떠본 것이다. 몇억을 들여 그쪽 사업을 운영한다는 사람이 자신의 비즈니스 구조를 모를 리 없다고 생각했다. 나도 의료기기 회사에서 일을 하고 있었기 때문에 병원들이 어떻게 돌아가는지는 대략 알고 있었다. 따라서 섣부르게 말하면 들통이 날 것이다. 하지만 그녀는 깔끔하게 설명해냈고 나는 더 이상 의심할 수 없었다. 우리는 만나지 못하는 것만 빼면 모든 게 좋아 보였다. 그녀는 나에게 예상치 못한 타이밍에 따뜻한 말을 하곤 했다. 예상치 못

한 시점에 위로와 응원을 듣는 것은 대단히 감동적이었다. 나는 그녀를 많이 웃겨줬다. 어떻게 하면 그녀가 웃을까 고민하는 시간이 많았다. 하지만 시간이 갈수록 감동은 감쇄되었고 웃기는 이야기도 밑천이 떨어져 갔다. 아무래도 보고 싶었다. 답답함에 지쳐가고 있었다. 어느 날 문득, 감시를 받으면 받는 거지 우리가 '어쩌다 우연히 서로 스쳐 지나가도 안 되는 것인가, 그걸 누가 어떻게 알겠는가'라는 생각이 들었다. 나는 디디에게 이런 이야기를 하면서 이번 크리스마스 때 네가 올 때까지 교보문고에서 기다리겠노라 일방적으로 말해버렸다. 그녀는 갑자기 또 왜 그러냐며 울었고 자신은 나갈 수가 없다고 했다.

설득했다. 그날 우리 마주치게 되면, 한마디도 하지 말자. 루돌프 사슴이 그려진 예쁜 편지지와 봉투를 샀다. 그저 스쳐 지나가면서 네게 '메리 크리스마스'라고 적은 손편지 한 통을 전해주고 싶을 뿐이다. 직접 주지도 않겠다. 사람이 잘 안 가는 종교 코너의 몇 번째 칸에 편지를 놓아두고 멀리서 지켜보겠다고 했다. 하지만 디디는 그것조차 안 된다고 했고 나는 그런 디디를 이해할 수 없었다. 미웠다. 이유라도 말해달라고 했지만 디디는 그것조차 말하지 않았다. 디디가 말없이 전화를 끊어버렸다. 이제 사흘 뒤면 크리스마스다.

나는 연애를 할 때 좋다고 느낄 때면 곧바로 표현을 잘하는 편이다. 섭섭함이 느껴질 때도 쌓아두지 않고 바로 말을 하며 다툼이 생겼다면 – 반드시 미안하다고 느끼진 않더라도 – 일단 사과를 하고 갈등하는 시간을 오래 갖지 않으려고 노력하는 편이다. 만약 내가 여자친구의 속을 터지게 했다면, 그건 여자친구가 화가 났다는 것을 눈치 채지 못해서이거나 어설픈 개그 욕심에 잘못된 드립을 날려서 그런 경우들이 대부분이지 자존심을 세우느라 그러지는 않는다는 것이다.

하지만 그날의 나는 평소와 조금 달랐다. 디디가 오지 않겠다고 했음에도 크리스마스 날 광화문에서 기다리겠다며 계속 고집을 부렸다. 그 때문에 디디는 몹시 화가 났고 연락이 두절된 지 이틀째다. 평소의 나라면 이런 무의미한 신경전을 피하기 위해 미안하다, 잘못했다며 싹싹 빌었을 것이다. 하지만 그날의 나는 고집을 꺾지 않았다. 우리의 상황이 일반적이지 않다고 생각했기 때문이다. 연인들이 싸우는 보통의 주제들, 그러니까 연락이 늦었다거나, 대답을 건성으로 했다거나 그런 것이었다면 조금 억울해도 내가 먼저 사과하고 그녀의 자존심을 세워주는 일을 나도 잘할 수 있다. 하지만 아무리 디디의 사정을 이해하더라도 단 한 번도 만나보지 못한 나의 연인에게 '같은 공간에서 아주 잠시만이라도 함께 있어 보고 싶다'라는, 지극히 사소한 고집조차 부려볼 수 없다는 걸 받아들이고 싶지 않았다. 그녀가 정말로 잠시 스쳐 지나가는 것조차 거부한다면, 나는 그녀를 만나지 못하는 서러움을 제대로 느끼고 그녀를 미워할 수 있게 되길 바랐다. 솔직히 말하자면, 그만 그녀를 잊고 싶었다. 지쳐버렸다.

크리스마스 이브여서인지 직원들 대부분이 휴가를 갔고 일도 별로 없는 날이었지만 나는 일부러라도 피로해지기 위해 그간 미뤄뒀던 우선순위가 낮은 일들과 굳이 할 필요 없는 일들을 만들어 해가며 일에 열중했다. 효과가 있었는지 집에 들어오니 몸이 노곤했다. 샤워를 하고 누우면 곧바로 잠이 들 수 있을 것 같았다. 하지만 막상 침대에 눕자 몸만 피곤하고 정신은 또렷해지는 바람에 무척 괴로웠다. 디디에게 처음으로 반항하며 벌이는 신경전이 나를 초조하게 만들고 있었다. 미워하고 싶기는 개뿔, 보고 싶었다. 어제부터 이미 문자메시지를 썼다가 지웠다가를 반복하고 있었다. 우리가 보통의 연인이었다면 이렇게 기다리는 싸움에서는 아마 난 디디를 절대로 이기지 못했을 것이다. 디디는 나를 무척 궁금했었다고 말하면서도 한 달이나 연락을 하지 않고 버틸 수 있는 애였으니까.

2014년 12월 25일 오전 9시 30분

교보문고의 문이 열리자마자 개장 안내 방송을 들으며 서점에 들어갔다. 일단 핫트랙스에 가서 천 원짜리 공책을 하나 사들고 식당코너 쪽 카페에 앉아 커피를 시켰다. 노트를 펼쳐 '김디디, 나 광화문 교보문고에서 기다리기 시작한다'라는 내용을 어떻게 하면 좀스러워 보이지 않게 전달할 수 있을지 고민하며 낙서를 했다.

'그런 방법이 어딨냐. 있어 보이려면 연락을 안 하는 게 낫지.'

'만약 그러다 내가 오지 않은 줄 알고 디디가 안 나오면?'

'아니, 이 멍충아. 김디디가 바보도 아니고 날 만나러 올 요량이었으면 오기 전에 전화를 하겠지. 전화도 없이 와서 어, 없네 하고 뒤돌아서 가겠어?'

'신경 쓰이게 전화를 1초 정도 하고 끊어볼까?'

'그렇게 해. 빨리. 참 좋은 방법이다!'

'안 한다, 시발.'

이런 글들을 끄적이며 커피를 마셨다.

오전 11시

시간을 때우기 위해 준비해 온 책 같은 건 없었다. 어차피 교보문고에 가면 나는 분명 또 이런저런 책들을 한아름 사 들고 나올 것임을 알고 있기 때문이었다. 디디는 뭐 하고 있을까. 지금쯤이면 일어났겠지? 디디도 아마 내 생각을 하고 있을 것이다. 서소 이놈이 고집부리지 않고 그냥 집에 좀 갔으면 하겠지. 나도 서소가 보고 싶다, 방법을 찾아볼까? 이런 생각도 하려나. 오늘은 하루가 길 것이다. 느긋해지기 위해 일부러 뒷짐을 지고 느릿느릿 걸었다. 과학코너부터 구경을 시작했다. 과학이 주는 위로가 있다. 포도당이 ATP로 전환되는 세포의 물질대사를 곰곰이 생각한다거나, 끈이론을 읽으며 우주 반대편에 혹시 나와 똑같은 개체가 있을지도 모른다는 생각을 하다보면 현실의 복잡한 일들이 먼지처럼 느껴지곤 한다.

오후 1시

슬슬 배가 고파왔다. 교보타워 옆 디타워로 갔다. 조금 비싸지만 분위기 좋고 맛있는 음식점이 많아 평소 자주 찾던 디타워인데 건물 입구에 들어서자마자 당황했다. 나는 머릿속에 오늘을 '김디디를 만나기 위해 광화문에서 기다리는 날'이라고만 입력해 두었나 보다. 오늘이 크리스마스라는 걸 까맣게 잊고 있었다. 디타워에는 커플들이 바글바글했다. 하지만 나는 오늘 시간이 많으니까. 좀 오래 기다리더라도 3층으로 올라가 좋아하는 중식당 차알에서 밥이라도 먹고 갈까 하는 생각을 했는데 그만두었다. '나는 너희 커플들 틈바구니에서 너희에게 불편을 끼치기 위해 일부러 혼자 와서 자리를 차지하고 앉은 파워 솔로다'라고 생각할까 봐 싫었다. 여기까지 나온 김에 차알의 볶음밥을 꼭 먹고 돌아가고 싶었는데. 디타워를 나와 근처 국밥집에서 순댓국을 시켜 입에 욱여넣었다.

오후 3시

카페 테이블에 엎드려 한숨 자려 한다. 그 사이에 디디에게서 연락이 왔는데 자다가 못 들으면 안 되니까 벨소리를 최대로 해놓고 귀 옆에 두고 자야겠다.

오후 5시

사람들이 더 많아지기 시작했다. 가판 귀퉁이에 바싹 붙어 서서 읽는데도 자꾸만 사람들과 부딪혔다. 재미있어 보이는 책 두 권을 골라 계산을 하고 서점 밖으로 나왔다. 물론 아직까지 디디로부터 온 연락은 없었다. 만약 디디가 여기에 온다면, 반드시 감시인이 운전하는 차를 타고 올 것이므로 교보타워 주차장 입구에 쪼그려 앉아 들어가는 차들의 뒷좌석을 유심히 보았다. 선팅이 되어 잘 보이지도 않는 차들을 노려보면서 자꾸만 쥐가 나는 다리를 주물렀다. 나는 디디에게 화를 내고 싶어서 일부러 나를 못살게 굴고 있었다.

오후 8시

이제는 완전히 어두워져서 아무리 유심히 자동차들을 노려보아도 아무것도 보이지 않는다. 사실 아까부터 알고 있었다. 디디는 결국 오늘 나타나지 않을 것이라는 것을. 내 인생의 서른세 번째 크리스마스는 이렇게 보내게 되나 보다. 사실 다른 크리스마스라고 해서 딱히 대단한 추억이 있었던 건 아니지만 그래도 매년 기대 같은 건 해왔다. 아침에는 캐럴송들이 기쁘고 힘찬 소리로 들렸는데 이제는 오래 들어 늘어나 버린 카세트테이프처럼 어둡고 우울하게만 들린다. 나는 어쩌다가 지금 여기서 이러고 있는 걸까. 내가 무얼 잘못했을까. 김디디를 좋아한 거? 연락은 누가 먼저 했는데? 그녀는 들어줄 수 있을 법도 한 내 부탁을 왜 들어주지 않는 걸까. 우리는 왜 이런 궁상을 떨어야만 하는 걸까.

오후 9시 30분

이제 곧 서점은 문을 닫을 것이다. 사람들도 거의 없어졌다. 아트박스를 돌아다니며 디디가 좋아한다고 했던 기린 모양의 인형을 하나 샀고 만 원을 더 들여 포장 서비스도 받았다. 편지지와 펜을 하나 샀다. 다시 서점 안 카페에 들어가 앉았다. 하도 들락거렸더니 카페 종업원이 이상한 눈으로 보는 바람에 서러웠다. 디디와 나누었던 이야기들을 하나씩 펜을 꾹꾹 눌러 편지를 써 나갔다. 다섯 장을 썼다. 다 쓴 편지는 종교학 코너 가장 높은 칸의 제일 안 팔려 보이는 책 사이에 넣어 두었다가 10분도 못 되어 다시 꺼냈다. 구겨서 인형과 함께 휴지통에 버려 버렸다.

오후 10시

교보문고를 나와 광화문 광장을 한 바퀴 돌았다. 이순신 장군 동상이 나오도록 셀카를 찍고 싶었는데 혼자서는 불가능했다. 지하철로 터덜터덜 내려갔다. 지난 몇 년 동안 차만 타고 다니다 보니 지하철을 어떻게 타는 건지 가물가물했다. 표를 사기 위해 매표기 앞에서 한참을 헤맸다. 지하철에는 데이트를 마치고 돌아가는, 좋아 죽겠다는 눈으로 서로를 그윽하게 바라보는 커플들로 가득하였다. 물론 사람이 많이 오가는 지하철 개찰구 앞에서 울고불고 싸우며 시선을 받고 있는 커플도 있었다. 그것조차 부러웠다. 나는 그녀의 화난 표정을 본 적이 없다. 나를 좋아한다고 말하는 여자가 분명하게 있음에도 혼자 거리를 쏘다니고 있는 내가 우스워 킥킥 웃었다. 종일 걸어 다녔더니 다리가 아팠고 먼지를 많이 마셨는지 목이 칼칼했다. 서러웠고 화가 났다. 디디는 아무리 그래도, 나에게 연락은 했어야 했다. 못 나간다, 미안하다, 이해해달라는 말이라도 했어야 했다. 나는 냉정한 사람이 싫다. 몹시 싫단 말이다! 디디에게 전화를 걸었다.

"디디야, 나 이제 그만 기다리고 집에 들어가려고."

"…"

"잘 지내고, 10억 꼭 갚아서 자유로워지길 바랄게."

"오래… 기다렸어?"

"끊을게."

"오빠, 나 오빠 보러 못 가… 나 도청도 당하고 있는 것 같아. 내가 두 달 전에 오빠랑 통화하려고 새 휴대폰을 어떻게 개통했으며, 오빠와 전화 한번 하려면 매번 내가 어떤 난리를 쳐야 하는지 오빠는 모를 거야…"

"…"

"그래… 알았어. 우리 너무 힘들다 그치? 잘 지내, 서소 오빠."

뚝-

나는 지하철역에서 다시 광화문 광장으로 터덜거리며 걸어갔다.

눈앞에는 화려한 크리스마스의 것들이 밝게 웃으며 일렁이고 있었다. 한 발짝씩 걸어가면 그것들이 내 시선 뒤로 한 발짝씩 사라지고, 그러고 나면 표정을 바꿔 나를 비웃으며 병신이라고 손가락질을 할 것만 같았다. 집으로 돌아가는 길에 탔던 텅 빈 지하철 막차. 어찌나 쓸쓸한 기분이 들었던지 지금도 생생하다. 거기다 새로 산 책들까지 어디다 뒀는지 잃어버려 더욱더 병신 같았던 크리스마스였다. 우리는 그날을 마지막으로 서로 연락하지 않았다. 이제 나는 디디가 충분히 미워졌다. 나는 다시 일상으로 돌아왔고 심리치료와 작곡 그리고 회사 일에만 몰두하며 지냈다. 시간은 흘러갔다. 잘 흘러갔다.

"여보세요."

"응, 아빤데."

"응, 아부지. 무신 일?"

"아니, 집에 뭐가 왔는데. 김디디가 누구야? 니가 아는 사람이야?"

뭐?

"집에 택배가 큰 게 왔는데 받는 사람이 니 이름이고 보낸 사람이 김디디야. 네가 보낸 거니?"

"나 지금 집으로 갈게."

나는 전화를 끊고 그 길로 차에 올랐다. 도봉동 본가로 간다. 그날은 2015년 2월 7일이었고 토요일이었으며 나의 생일이었다. 더럽게 막히고 빵빵대는 토요일 오후의 동부간선도로를 간신히 통과해 거의 두 시간 만에 집에 도착했다. 헐레벌떡 문을 열고 들어가니 아버지는 택배를 풀어 거실 바닥에 늘어놓고 있었고 루비가 하나씩 코를 대보며 킁킁거리고 있었다.

"이게 다 뭐니? 이거 서소 네 친구가 보낸 거니? 김디디가 누구야?"

나는 대답을 하지 못하고 늘어져 있는 물건들을 살펴보았다. 발신인이 김디디라고 쓰여 있고 보내는 사람 주소가 비어있는 택배 상자였다. 그 안에는 보약이 한 상자, '하루 한 번 넛쯔타임'이라는 견과류 큰 거 한 상자, 엄마, 아버지, 내가 받는 사람으로 되어 있는 편지가 세 통, 그리고 십만 원짜리 백화점 상품권 스무 장이 들어있었다.

선덕여왕

"단지 아빠."

"응?"

"우리 방금 합의 봤어. 우리… 이제 여기에 8월까지만 있을 거야. 9월부터는 클럽 사장님 딸이 운영하게 될 거야."

"그래? 그렇구나. 잘됐네. 축하해."

"막상 잘됐다는 말 들으니까 엄청 섭섭하다."

"너희가 결정해 놓고 섭섭하기는. 그리고 나도 여기에 영원히 있는 건 아니잖아. 시월이면 다시 돌아가야 하니까."

"그렇긴 하네. 금액은 잘 합의했고, 이제 계약서에 사인만 하면 돼."

"아, 아직 계약은 안 했나 보구나. 마음 변하기 전에 얼른 계약서부터 쓰지 왜 안 했어?"

"그게… 나도 점집에 가서 날짜를 받아야 하고, 클럽 사장님도 점집에서 날짜를 받아야 해서…."

"그래, 그랬구나. 점집에서 날짜를 받아야 하는 것이었구나. 참으로 복잡다단들 하게 사신다. 그치?"

"그게… 중요한 결정을 내릴 때마다 꼭 참고했던 거라… 단지 아빠가 잘 몰라서 그래. 나 봐. 이 나이에 이 정도 카페 차릴 만큼 돈 벌기가 쉬운 줄 알아? 큰돈이 움직일 땐 잡귀가 들지 않게 이런 액막이를 잘해둬야 하는 거라고."

"그래, 뭐. 그럴 수 있지. 요기 시장 앞에 무슨 동자인가 보살인가 하나 있던데. 옆집 사장님 손잡고 거기 가서 날짜 받고 얼른 마무리해라. 나도 지겹다."

"무슨 소리야. 그런 곳은 안 돼. 영험한 데서 해야 해. 추천받은 곳이 있어."

"그랬구나. 거기는 어떤 신을 모시기에 영험하대?"

"선덕여왕."

서소 씨는 입에 머금었던 커피를 푸학- 하고 뱉어 버렸다.

"크크크큭. 미안, 미안. 아, 웃겨 죽겠다. 선덕여왕? 선덕여와앙?"

"아, 웃지 마. 유튜브에도 나오는 유명한 분이야."

"아니이, 크크크큭. 아, 나 배 아파 죽겠네, 저기 내 배꼽 날라간 거 좀 주워주라. 아니, 천년 전에 신라를 구하느라 공사다망하게 지내시다가 영면에 드신 분이 언니 사장님 계약날짜를 봐주러 이쪽 세상에 잠시 들르신다고? 무슨 선녀나 산신령이면 내가 그러려니 하겠다. 미치겠네, 선덕여왕이라니. 크크큭."

언니 사장이 눈을 흘기더니 유튜브에서 선덕여왕을 모신다는 무당을 검색해 보여주었다. 어떤 남자가 사주를 말하자 선덕여왕님이 몸을 부르르 떨고 주문 같은 걸 외더니 그 남자의 인생을 읊어대기 시작했다. 그 남자는 그걸 듣더니 과도한 반응을 보이기 시작했다. 헉 소리를 내며 기겁한다던가 뒤로 나자빠진다던가 눈알 흰자를 보인다던가. 서소 씨는 십여 분쯤 서로 합을 맞춘 뒤 찍은 듯한 어설픈 콩트를 보며 낄낄대고 웃었으나 언니 사장은 다시 봐도 놀랍다는 표정으로 몰입하고 있었다. 서소 씨는 산 사람의 일은 산 사람이 해결해야 한다고 믿는 사람이었다. 신이든 귀신이든 저쪽 세계에서 이쪽 세계를 도와줄 수 없으며 설사 있더라도 그런 일을 하면 커다란 대가를 치러야 한다고 믿었다. 복채 몇만 원으로는 거래가 안 맞는다. 인생을 위기에서 구해준다는데 아무래도 '수명' 정도는 바쳐야 하지 않을까.

"여기서 점 보는 데 얼만데?"

"몰라. 십오만 원인가."

"하이고, 비싸네. 나 옛날에 봤었을 때는 오만 원이었는데."

"어머, 단지 아빠도 그런 거 봐? 혼자 잘나서 그런 데 근처도 안 갈 것 같더니."

"옛날에 취직이 하도 안 돼서 본 적 있었어. 나도 유명한 데 갔어. 무슨 가수가 앨범 내기 전에 찾아간다는 곳."

"그래? 어땠어? 맞췄어?"

"맞추긴 개뿔. 내가 의심이 많잖아. 그래서 하루 만에 세 군데를 가봤지. 신점을 본다는 곳 두 군데랑 철학관 하나. 그런데 세 군데 다 틀렸어."

"왜? 어떻게 틀렸는데."

"내가 점을 보러 간 게 이월이었거든. 한 군데는 유월에 취직이 된다고 했고, 하나는 사월에 된대. 그리고 마지막 한 군데는 뭐라는지 알아?"

"뭐라는데?"

"벌써 취직되었으면서 자기 떠보려고 왔다고 호통을 치는 거야. 다른 고민 때문에 왔으면서 자기 시험한다고. 기가 차서 나도 돈 안 내고 나왔지."

"어머, 점 보고 복채 안 내면 큰일 나. 귀신한테 해코지당한대."

"그래, 그런가 보지. 아직 살아있으니 해코지는 나중에 당하려나 보다. 그리고 취업은 시월에 됐어. 아무튼, 불안해서 점도 보고 뭐 그러는 거 이해는 하는데, 괜히 부적을 써야 된다느니 굿을 해야 된다느니 그런 큰돈 들어가는 일 요구받으면 부디 그러지는 마."

"알았어. 그럴 돈도 없어."

"꼭 그렇게 말하는 사람들이 없는 돈 끌어다가 그런 데 갖다 바치더라."

"됐고, 술 한잔할까? 오늘이든 내일이든. 단골들 모아서."

"그래, 그러자. 그럼. 며칠 남은 거야? 그러니까 B에 있는 날."

"구월부터 넘기기는 하지만, 그래도 일주일 정도는 음료랑 디저트 레시피 인수인계해 주기로 했어. 구월 초까지는 나올 거야. 그다음에는 여행 좀 다녀오려고."

"그래⋯ 솔직히 너네 없어도 내가 B에 계속 올진 모르겠다. 너네 B 그만두기 전에 꼭 술 한잔하자. 날짜 잡히면 연락 줘."

"알았어."

원래 주말 말고는 언니와 동생 사장이 번갈아 가며 나왔으나 그 무렵부터는 항상 둘 다 나와 있었다. 그녀들은 B의 구석구석을 배경으로 하루 종일 사진을 찍었다. 한번은 그녀들의 친구가 놀러 왔는데 미술을 전공한 사람이라고 했다. 친구는 언니와 동생을 모델로 그림을 몇 장 그려주었는데 그림 속에 대박이를 상상해 그려 넣었다. 그 그림을 보고 그녀들이 또 한참을 울었다. 그 모습을 보기가 먹먹하여 서소 씨는 읽고 쓰는 일에 집중하기가 어려웠지만 집으로 돌아가지 않고 그녀들을 계속 지켜보았다. 어쩌다 보니 여기까지 인연이 이어지게 된 그녀들의 마지막을 기억해 두고 싶었다.

그림을 다 그린 후 그녀들과 과자를 몇 봉지 사서 야외 테이블에 앉았다. 벌써 가을이 오려는지 불어오는 바람과 온도와 습도가 하루가 다르게 바뀌었다. 바람이 상쾌했다. 무언가 대화를 할 것처럼 둘러 앉았으나 다들 말없이 과자를 한두 개 집어먹으며 날씨를 느꼈다. 이런 날씨는 겨우 2~3주만 누릴 수 있다. 조만간 북쪽에서 내려온 찬

공기에 쫓겨 도망을 쳐야 할 것이다. 이런 날씨에는 데이트를 해야 하는데.

"하- 가지가지 한다. 정말."

동생 사장이 말했다.

"응?"

그녀가 가리키는 곳에는 비쩍 마른 청년 한 명과 패션으로 입은 건지 어쩐 건지 알 수 없는 핑크색 수술복 같은 옷을 입은 덩치 큰 남자가 대화를 하며 지나가고 있었다. 다리가 부러졌는지 깁스를 하고 절뚝이며 걸어가고 있었다.

"아, 저 사람 진짜 싫어."

"왜?"

"아니, 우리가 가게 처음 열 때부터 맨날 왔거든. 이 건물 위층에 사나 봐."

"매일 오면 좋은 거 아니야? 나도 매일 오잖아. 나도 가버려? 나도 별로야?"

"아니, 자꾸 나한테 추근거리고 팬이라는 둥, 여기서 아르바이트를 하겠다는 둥 그러잖아."

"크큭, 그랬어? 인기 많으면 좋지 뭘."

"그뿐이 아니야."

"뭐가 더 있는데?"

"아니, 커피를 시키더니 나갈 때 계산한다고 계산을 안 하는 거야.

그러다가 나랑 언니랑 교대하면 모를 거라 생각하는지 교대하고 나면 슥 간다? 아, 진짜 싫어."

"그래서 돈 안 받았어?"

"언니한테 말해주고 퇴근했거든. 그래서 언니가 그 사람 갈 때 '계산하셔야죠' 하고 말했더니 카드를 내미는데 전부 다 거래정지. 어이없지? 일단 나중에 달라고 하고 보냈는데 결국 안 주더라고. 몇 번 더 그런 걸 시도했었어. 아마 나랑 언니 정신없을 때 도망간 적 꽤 있을 거야. 맞다, 머그잔 가져간 적도 있었어. 몇 달을 그러다가 단지 아빠 오고 나서 우리가 단지 아빠랑 친해지니까 오지 않는 것 같아."

"오, 나도 모르게 내가 어떤 역할을 한 건가?"

그는 다시 그 두 청년을 바라보았다. 둘 다 이십 대 중반쯤으로 보였다. 비쩍 마른 청년은 옷이 큰 건지 몸이 가는 것인지 펄럭이는 반팔 티셔츠가 애처로웠고, 덩치 큰 청년은 부목이라도 좀 들고 다니면 덜 안쓰러울 텐데 다리를 직직 끌고 다녀 안쓰러웠다. 커피값을 삥땅치고 머그잔을 훔치며 핑크 수술복을 입은 다리 부러진 청년. 그녀의 말대로 가지가지 한다는 생각에 피식 웃었다. 직업이 뭘까. 세상엔 다양한 사람이 참으로 많다.

"아! 맞다!" 서소 씨가 말했다.

"응?"

"저기… 정말 죄송한데요…."

갑자기 벌떡 일어난 서소 씨가 그녀의 친구에게 말을 걸었다.

"네? 저요?"

"아, 저는 단지 아빠라고⋯."

"예?"

"여기는 단지 아빠라고 우리 가게 단골이야. 좋은 사람이야."

언니 사장이 말했다.

"아니, 알긴 아는데⋯."

"다름 아니라⋯ 저도 단지랑 같이 그림 하나 그려주실 수 있을까요? 돈 드릴게요."

"그럼이요? 네네, 그려 드릴게요. 돈 안 주셔도 돼요. 말을 하시지."

"갑자기 미안해요. 생각해보니 단지랑 둘이 같이 찍은 사진이 별로 없어서⋯ 사장님들 그림 보고 너무 부럽기도 하고 해서요. 반드시 보은하겠습니다."

"보은은 무슨, 괜찮아요. 마음에 드실지 모르겠네."

그는 소파 의자에 그의 개를 안고 앉았다.

"웬일이래. 그 자리는 한 번도 앉은 적 없잖아."

"원래 여기 늘 앉고 싶었어."

"그럼 앉으면 되지 왜 그동안 다른 데 앉았어?"

"여기 제일 인기 많은 자리잖아. 나처럼 종일 죽 때리는 사람이 여기 앉으면 커플 손님들이 못 앉을까 봐."

"뭐 그런 말을 하고 그러냐. 미안하게. 그냥 앉지 그랬어."

"지금 앉았잖아. 아, 친구분. 정말, 정말 죄송한데요, 십 분만 기다려 주실 수 있을까요?"

"네? 네. 그러세요."

그는 집으로 뛰어가서 옷을 갈아입은 후 다시 B로 왔다. 서소 씨와 그의 개를 보고 언니 사장과 그녀의 친구가 낄낄대며 웃었다.

"푸하하, 그거 입었네."

"응, 단지랑 커플룩."

그와 그의 개는 멜빵이 달린 오버롤 데님진과 똑같은 무늬의 셔츠를 입고 나타났다. 어떻게 구했는지 완전히 똑같은 옷이었다.

"그럼, 부탁드려요."

친구가 그와 그의 개를 그리기 시작했다. 바깥에는 노을이 지고 있었다. 주황색과 노란색의 중간쯤, 은은한 노을빛이 그와 그의 개에게 내려앉은 모습이 B의 회백색 벽면과 엔틱한 디자인의 소파와 잘 어우러졌다. 왠지 좋은 그림이 나올 것 같다, 고 언니 사장의 친구는 생각했다. 창밖으로는 막걸리 아저씨가 종을 딸랑이며 지나가고 있었다.

시버러버(5)

"얘는… 진짜…."

물건들을 만지작거리다 편지 세 통만 집어 들고 집 밖으로 나왔다. 디디와 나는 오래전에 이런 이야기를 한 적이 있었다.

  - 디디, 너 몸은 괜찮아? 아니, 맨날 밥도 잘 안 먹고 잠도 잘 못 자고 그러잖아.

  - 아이고, 걱정 마셔요. 오빠 몸이나 잘 챙겨. 근데 오빠 부모님은?

  - 엄마, 아빠? 왜?

  - 아니, 편찮은 데 없으시냐고. 결혼을 늦게 하셔서 연세도 많으시다며.

  - 그냥 그렇지 뭐. 요즘 엄마가 자꾸 소화가 안 된다고 해서 신경이 쓰이네.

  - 그거, 민들레하고 영지버섯하고 노니하고 와송하고 말린 거 달여 먹으면 금세 좋아지는데. 천평탕이라고 내가 아는 집에서 잘 달여주거든. 거기서 탕약 한 재 해드리고 싶다.

- 뭐? 노니? 와송? 그게 다 뭐야?

디디가 보내온 한약 상자에 '천평탕'이라고 큼지막하게 쓰여 있었다.

- 오빠네 아버지는?

- 아빠야 뭐. 당뇨가 좀 있는데도 자꾸 면이나 빵을 먹어서 걱정이지. 탄수화물 중독이야 중독. 그래서 그런 거 먹지 말라고 내가 집에 갈 때마다 '하루 한 번 넛쯔타임'이라고 견과류랑 블루베리 섞어 놓은 거 가끔 사 가는데, 다행히 그거는 아빠가 잘 먹어.

- 그거 말고 좋아하시는 거 또 있어? 평소에 뭐 좋아하셔?

- 음… 크큭. 생각났다. 아빠는 루비를 아기 포대기 같은 거에 싸서 둘러업고, 인사동 풍물시장이나 의정부에 있는 미군 PX 가서 잡다한 물건 사 오는 거 좋아해. 하여간 이상한 취미야. 거기서 미제 전투식량, 이천 원짜리 가짜 가죽 벨트나 짝퉁 나이키 양말, 어떤 얼룩이든 지워낸다는 약 같이 쓸데없는 걸 자꾸 사 와서 엄마한테 맨날 혼나지. 그냥 잡동사니 쇼핑을 좋아하는 것 같아.

- 호호호, 재밌다, 아버님.

다른 상자에는 석 달은 족히 먹을 법한 '하루 한 번 넛쯔타임'이 들어 있었다. 손을 덜덜 떨면서 편지를 조심스레 뜯어보았다. 요즘 여자애들답지 않은, 큼직하고 시원한 글씨가 빼곡하게 적혀 있었다.

〈첫 번째 편지〉

안녕하세요, 어머님. 저는 김디디라고 해요. 서소 오빠를 좋아해서 쫓아다니는 스물여섯 살 아가씨랍니다.

(중략)

어머님, 장은 제2의 뇌라고…

(중략)

한약 꼭 챙겨 드시고, 우리 서소 오빠 낳아주셔서 감사합니다! 건강하세요!

〈두 번째 편지〉

안녕하세요, 아버님. 저는 김디디라고 해요. 오빠가 예전에 아버님 사진을 보여준 적이 있었는데 두 분이 정말 똑같이 생겨서 많이 웃었어요.

(중략)

아버님, 서소 오빠가 '하루 한 번 넛쯔타임' 사가는 걸 까먹고 집에 가면 서운하시죠? 그래서 제가 넉넉하게 사봤어요. 국수 드시지 말고 견과류 드세요.

(중략)

서소 오빠가 그러는데 아버님께서 풍물시장이나 미군 PX 가서 쇼핑하는 거 좋아하신다면서요. 오늘은 거기 가지 마시고 백화점 가서 좋은 옷, 예쁜 옷 사 입으세요. 어머님께도 예쁜 옷 하나 선물해서 점수 좀 따시고요. 우리 막내 루비도 맛난 거

꼭! 잊지 말고 사주셔요!

〈세 번째 편지〉

오빠.

생일 축하해!

곁에 있어 주지 못해 미안해!

사랑해!

세 번째 편지는 종이가 쭈글쭈글하게 울어 있었다. 젖었다가 마른 것처럼. 그걸 보고 눈이 시큰해졌다. 디디에게 전화를 걸었다. 받아줄지는 모르겠지만, 걸지 않을 수가 없었다.

"오빠."

"으흐흑."

"오빠 울어? 울지 마… 나도 눈물 나잖아…."

"응, 흑… 미안해."

"오빠, 오늘 생일이잖아. 좋은 날 왜 울어…."

두 달 만에 듣는 그녀의 목소리에 숨이 막혔다. 역시나, 그리웠던 것이다. 디디는 나에게 일 년이라고 말했다. 그 정도의 시간이 지나면 우리는 만날 수 있게 될 것이라고 약속했다. 그런데 나는 몇 달도 기다리지 못하고 멋대로 크리스마스날 만나 달라고 떼를 썼고, 멋대로 나를 괴롭혀가며 디디에게 상처를 주었다. 그리고 내가 디디를 원망하는 두 달 동안, 디디는 이런 걸 준비했다.

"이거 무슨 영화 허(Her)도 아니고."
"야, 너 병신이야? 거기서 걔를 왜 하루 종일 기다려."
"형, 그 여자랑 어울리다가 형 장기 털려요. 크큭."
"에이, 서소 너 진짜로 좋아하는 건 아니지?"

디디의 이야기를 들은 주변 사람들은 내게 이렇게들 말했다. 디디는 분명 이상한 여자일 거고, 그런 사람을 도대체 왜 기다리는 거냐고. 나는 디디에 대해 말할 때, 여자친구도 없고 하니까 그저 잠깐 연락이나 하고 말 사이라고 말해왔다. 디디가 나에게 얼마나 소중한 사람인지 생각하는 것보다 사람들의 수군거림을 더 신경 썼으며 이상한 사람처럼 보이지 않는 것이 디디보다 우선이었다. 나는 비겁했던 것이다. 생각해보면 디디와 연락하는 게 정말 그렇게나 부끄러운 일인 걸까? 나와 디디의 방식은 독특한 것일 뿐이지 잘못된 것은 아니다. 가벼운 것도 아니다. 겉으로 보이는 무언가에 매몰되어 사랑을 시작했다가 그 사람을 좋아한 이유가 사라지고 나면 끝나버리는, 그런

관계들보다는 훨씬 따뜻한 것이었다. '서로를 사랑한다, 우리는 서로를 사랑하고 있다'는 감정을 분명하게 느끼고 있었다. 그런데 나는 비정상적인 여자와 비정상적인 연애를 한다는 손가락질이 두려워서 디디를 감추고만 싶어 했다.

디디에게 미안해서 눈물이 멈추지 않았다. '하루 한 번 너쯔타임'이라는 발음하기도 힘든 땅콩 따위를 구하러 여기저기 마트를 돌았을 디디가 떠올랐고, 컴컴한 방에서 감시인의 눈을 피해 편지를 쓰고 있었을 디디가 떠올랐다. 몸무게가 사십이 킬로밖에 안 나간다는 그녀가 땅콩만 한 체구로 땅콩과 한약이 들어있는 무거운 택배 상자를 낑낑대며 우체국까지 들고 갔을 모습에 가슴이 미어졌다.

"디디야, 미안해….."

"아니야. 울지 마 좀. 내가 미안해. 오빠는 날 보고 싶어 하는 것뿐인데 내가 이 모양이라서…."

우리는 그렇게 두 달 만에 서로의 마음을 다시금 확인했다. 나는 받기만 해서는 배겨내질 못하는 성격이라 어떻게든 무언가를 해주고 싶었지만 디디에게 주소를 물어본다거나 만나자거나 하는 류의 이야기가 나오면 분위기가 또다시 냉랭해질 것 같아 가만있었다. 잘 받고, 잘 쓰고, 잘 미안해할 것이다. 그리고 언젠가 그녀를 만나면 몇 배로 잘해줄 테다. 통화를 끊고 편의점에서 물을 한 통 사서 머리에 부었다. 울었던 티를 내지 않으려 얼굴을 마구 비벼댔다. 한겨울에 찬물을 뒤집어쓰고 오들오들 떨며 집에 들어갔다. 아침에 교회에 갔다던 엄마가 와 있었다.

"어디 갔다 와? 뭐야. 왜 다 젖었어?"

"아, 친구랑 통화하면서 걷다가 빗물이 고여 있는 천막을 잘못 건드렸어. 에이 씨."

"조심 좀 하지. 그런데 이게 다 뭐니?"

"응, 그게….."

울었던 것을 눈치채지 못한 것은 다행이었으나 이게 다 뭔지에 대한 대답이 곤란했다.

"음… 사실 나 여자친구 생겼어."

"뭐? 정말? 드디어? 그런데 왜 말을 안 했어. 뭐 하는 아가씨야? 우리 것까지 그 아가씨가 챙겨서 보내준 거야? 어머, 어머. 너무 착한 아가씨네. 사진 있어?"

엄마의 질문 중 사진 있어? 하나만 알아들을 수 있었다. 휴대폰에서 사진을 찾아 몇 장 보여주었다.

"어머. 무슨 인형처럼 예쁘게 생겼네. 예쁜 여자, 예쁜 여자 노래를 부르더니 성공하셨구만. 그런데 이런 아가씨가 널 왜 만난대?"

"내… 내가 언제 예쁜 여자 노래를 불렀어! 한 가지씩 물어봐. 얘는 김디디라고 하고, 음… 유… 유학생이야!"

"그래? 그럼 지금 한국에 없어? 에이, 엄마가 집에 초대해서 샤브샤브 해 주려고 했더니만."

"한국에 없고 있어도 집에 안 데려와. 만난 지 얼마나 됐다고 집에 데려와. 애 부담스럽게."

"알았어. 왜 승질을 내. 아니, 우리한테까지 이렇게 신경 써주니까 고마워서 그러지."

본가에 더 있으면 디디에 대한 질문이 길어질 것 같아 서둘러 아현동 자취방으로 돌아왔다. 그날 밤 디디와 통화하다가 가볍게 다투었다. 디디가 어떻게 내 계좌번호를 알아냈는지, 며칠 전 내 통장에 백만 원을 입금해놨다고 말했기 때문이었다. 디디는 상품권은 부모님 드리라고 보냈고 내 생일 선물로는 뭘 좋아할지 몰라 갖고 싶은 걸 샀으면 한다며 돈을 보냈다고 했다. 나는 도저히 삼백만 원씩이나 되는 돈을 받을 수는 없다고 말했지만 디디는 그럼 버리든 말든 마음대로 하라며 우겨댔다. 돈은 부담스러웠지만 그렇게 빽빽 우겨대는 디디는 좋았다. 디디는 기분이 좋을 때 빽빽거린다. 주말이 지나고 나는 은행에 갔다. 삼백만 원을 인출해 새로 만든 예금통장에 넣어 두었다. 디디에게 통장을 사진 찍어 보내주었다.

"디디야, 이 돈 내가 잘 모아 놓을 테니 나중에 만나면 우리 여행 갈 때 쓰자."

디디는 갖고 싶은 것 사라고 준 돈이라며 구시렁댔지만 무시했다. 나와 디디는 다시 또 잘 지내는 듯하였다. 디디가 감시자 운전기사 아저씨를 어떻게 구웠는지 삶았는지 통화하기도 예전보다 많이 수월해졌다. 매일 아침 안부를 물었고, 저녁이 되면 그날 있었던 일들을 이야기하며 잠들었다. 디디의 정체를 묻지 않으니 별다른 갈등도 생기지 않았다. 그렇게 몇 개월이 흘렀다.

　엄마가 한약을 다 먹고 아버지도 '하루 한 번 넛쯔타임'을 다 먹었을 때쯤, 그러니까 여름이 스멀스멀 다가오고 있는 것이 느껴질 때쯤 문득 이런 생각이 들었다. 이렇게만 시간이 흘러가 준다면 크리스마스는 의외로 금방 다가와 버리고 말 것이다. 그때 과연 디디가 나와 만나기로 했던 약속을 지킬 수 있을까? 다 먹고 텅 빈 한약 박스를 내다 버리면서 고개를 들기 시작한 궁금증이 가라앉지 못하고 머릿속을 맴돌았다. 디디는 그날 어떻게 내가 회사에서 '평소보다 일찍' 나와 카페에 있다는 걸 알았을까. 내가 다니는 회사의 정보는 페이스북 피드 어딘가에 한두 번 정도 언급되어 있을 테니 쉽게 알 수 있겠지. 하지만 정말 미행을 했던 걸까? 디디는 어떻게 부모님의 집 주소를 알아냈으며 내 계좌번호도 알아냈을까.
　노트북을 들고 나와 카페에 갔다. 커피를 주문하고 페이스북 페이지를 열었다. 그녀의 계정을 찾아가서 사진, 그녀의 친구 목록, 그녀의 게시물과 댓글들을 찬찬히 읽어보았다. 처음엔 몰랐는데 다시 보니 몇 가지 특이한 점을 발견할 수 있었다. 그녀의 게시물에 달린 댓글 중에는 그녀를 실제로, 그러니까 오프라인에서도 알고 지내는 사람이 달아놓은 것으로 보이는 댓글은 하나도 없었다. '소통해요', '페

친해요' 따위의 메시지와 서로를 누구님 하고 부르는 사람들의 댓글만 있었다. 그녀가 말한 (업무 외에는 전혀 인간관계를 맺고 있지 않다는) 그녀의 일상대로라면 현실 세계의 친구가 전혀 없을 수도 있겠다는 생각이 들긴 했지만, 그녀가 올린 사진들 중 식당에서 찍은 사진이라던가 바닷가에서 찍은 사진 같은 것을 보면 전혀 인간관계가 없는 것 같지도 않았다. 함께 찍은 사진은 한 장도 없었지만, 사진의 구도로 보았을 때 분명히 누군가가 찍어준 사진이었다.

이름 김디디.

나이 27세.

친구 없음. (알 수 없음)

주소 모름.

돈 많음.

감시자 있음.

도청 위험 있음.

디디의 일과.

아침 일찍 기사 아저씨(감시자)와 함께 집을 나와 병원이나 약국에 간다. 외근을 마치고 회사에 가서 업무를 하다가 퇴근 시간이 되면 기사가 태워주는 차를 타고 집에 간다. 저녁 시간 이후에 집에 있다는 것은 거의 확실해 보인다. 나는 몇 달 전부터 저녁 일곱 시쯤에 디디에게 전화를 걸어 통화가 되는지 여부를 확인하곤 했는데 디디는 늘 통화가 잘 되었다. 나는 귀가 예민한 편이다. 특히 스피커나 이어폰 등 전자신호로 변환된 소리에 더욱 예민해서 상대방이 집이나 방 같은 공간에서 통화하는지, 차 안인지, 회사 건물의 회의실 같은 공간에서 통화하는지 잘 알아채는 편이다. 공간의 크기에 따라, 마감재에 따라 통화의 질감이 조금씩 다르다. 단번에 알 수는 없지만 여러 번 통화해보면 대략 알 수 있다. 내가 느낀 디디의 통화 공간은 일관되게 '방'의 질감이었다.

한동안은 그녀가 술집이나 오피스텔 같은 곳에서 2차를 하는 여자가 아닐까 생각했었다. 그렇게 생각하면 많은 것들이 설명되었다. 정체를 밝히기 싫어하는 이유, 모델 같은 얼굴과 몸매, 돈, 감시 등. 하지만 이내 틀린 판단이라고 생각했다. 그렇다고 하기엔 저녁이나 새벽 시간에도 통화가 잘 되었다. 그런 곳에서 일하는 사람이라면 밤 열한 시에서 새벽 두세 시가 가장 바쁜 시간대 아닌가? 나는 부러 그 시간대에 집중적으로 통화를 시도한 적도 꽤 많았는데 디디는 한 번도 지금 뭘 좀 해야 한다며 끊은 적이 없었다. 내가 원하는 만큼 통화는 이어졌다. 그렇다면, 돈이 많은 유부녀일까? 하지만 이 생각도 곧 틀렸다고 생각했다. 유부녀도 화류계 여성과 마찬가지로 밤에는 통화가 안 될 것이다. 남편이 집에 돌아오지 않겠는가. 남편이 해외로 장기 출장을 가버린 유부녀가 바람피울 자신은 없고 나처럼 순진하고 모자란 놈 하나 잡아 플라토닉을 즐기는 건가? 생각해보았다. 이 상상은 현재 알고 있는 디디의 정보 조합에서 크게 벗어나지 않는 합리적인 추론이었지만 기분이 더러워져서 하다가 말았다. 설마.

초여름을 지나 장마가 시작되었다. 우산을 놓고 와서 퇴근길에 비를 조금 맞았다. 몸에 붙은 빗방울을 털어내며 집에 들어갔더니 큼지막한 택배 상자가 하나 놓여 있었다. 영국이가 젖을까 봐 안에 들여다 놓았다며 생색을 내었다. 디디로부터 온 것이었다. 상자를 뜯어보니 한약과 편지, 그리고 또다시 백화점 상품권이 들어있었다. 백만 원어치였다. 한약은 고마웠지만 자꾸만 돈을 보내오는 것은 기분이 나빴다. 현금이나 상품권 다발 같은 걸 받고 나면 디디가 돈 많은 유부녀이고 멘탈 바람을 피우는 여자이며 나는 거기에 기생하는, 용돈 받는 제비 창남이라는 가정이 왠지 맞는 것 같은 기분이 든단 말이다. 그녀에게 따지려 전화기를 꺼냈다가 멈칫했다. 택배 상자의 발신 주소란에 '대전 ○○약국'이라고 쓰여 있었다.

페어 웰 파티

"여– 안녕하세요." 육백이 아빠가 인사했다.

"안녕하세요. 오랜만에 뵙네요." 연탄이네도 왔다.

도도한 승무원 지망생 친구가 고개를 까딱했고 그림을 그려주었던 친구도 있었다. 보살 사장님은 가게(클럽 거래처) 동생인 듯한 요염한 여자와 우람한 체격의 남자, 개 두 마리를 데리고 나타났다. 대략 일고여덟 명쯤의 사람과 그만큼의 개가 모였다.

"안녕하세요. 어휴, 비가 많이 오네요. 큰 우산 쓰고 왔는데도 다 젖었네."

"어머, 비 오빠 왔네. 민아야. 이분이 내가 말한 단지 아빠야. 봐, 비 닮았지?"

"안녕하세요. 어머, 어. 닮았다 언니."

"아, 사장님. 제발 그만 좀 하세요…."

보살 사장님이 민아 씨에게 서소 씨를 소개했다. 민아 씨는 이목구비가 시원한 것이 서구형 미인이었다. 다만 현대 의학의 도움을 조금 (사실 조금보다는 많이) 받은 듯했다. 수수한 트레이닝복 차림이었으나 큰 키와 볼륨 넘치는 몸매에 비해 많이 작은 사이즈를 입는 바람에 트레이닝복이 수수하지 못했다. 그 자리에 있던 남자들이 시선 둘 곳을 찾기 힘들어했다. 허리까지 내려오는 긴 생머리를 하고 있었고 샴푸 냄새가 진하게 났다. 서소 씨가 쓰는 제품과 같은 향이라 향수가 아니라 샴푸 냄새인지 금방 알 수 있었다.

"이쪽은 우리 가게의 시큐리티를 가드하는 훈이야."

"안녕하세요."

"네, 안녕하세요."

'거래처'의 시큐리티를 가드한다는 훈이 씨는 우람한 덩치에 맞지 않게 꾸벅하고 공손하게 인사했다. 서소 씨도 똑같이 인사했다. 인사하는 모양만으로 봐서는 수줍음을 많이 타는 보통 청년 같지만 시큐리티에 위협을 받으면 헐크가 되겠지.

홈파티를 하듯, 사람들은 각각 음식과 아끼던 술을 들고 모였다. 서로 말을 맞추지 않았는지 참치회, 피자, 떡볶이, 주꾸미 등 메뉴의 조합이 오묘하였다. 술도 사케와 보드카와 와인, 위스키까지 종류별로 모였다. 서소 씨 앞에는 참치회가 놓여 다행이었다. 서소 씨는 음식은 준비하지 않았고 사탕을 사 왔다. 스펀지밥, 피카츄, 미키마우스

등 다양한 캐릭터 모양으로 만들어진 수제 사탕이었다. 나름 한 시간 가까이 줄을 서서 사 온 것이다.

"어머, 어머. 단지 아빠 센스 봐." 보살 사장님이 말했다.

"와, 이거 엄청 신기하게 생겼다. 어디서 샀어요? 나도 여자친구 사다 줘야겠다. 음, 맛도 좋네. 사탕이 부드럽네?" 훈이 씨가 말했다.

"망원동은 정말 별걸 다 팔더라고요. 저쪽으로 쭉 내려가면 수제 사탕가게 있어요. 아이고, 이제 고만 드세요, 밥 먹고 먹어야죠."

훈이 씨가 사탕을 한 주먹씩 집어먹는 바람에 금세 사 분의 일이 줄어버렸다.

"이럴 거 같아서 세 분 것은 따로 사 왔어요. 세 분 모두 새 출발 축하드려요."

서소 씨는 언니 사장과 동생 사장, 보살 사장님을 위해 따로 포장한 사탕을 내밀었다.

"어머, 어쩜 좋아. 내 것도 있어?"

"네, 사장님도 새출발하시는 거잖아요. B 잘 부탁드려요. 제가 정말 좋아하는 카페거든요. 망하면 안 됩니다."

"아이고, 내가 열심히 배워서 맛있는 커피 꼭 내려줄게요. 고마워요. 어머, 나 이런 선물 처음 받아 봐."

서소 씨는 사탕을 주는 게 눈물을 흘릴 정도로 감동적인 일까지는 아니라고 생각하였으나 보살 사장님은 눈물을 조금 훔쳤다. 그 모습이 순수해 보였다. 순수하기 때문에 그런 거친 사업을 해낼 수 있는 걸까.

음식을 먹으며, 술을 마시며, 음악 소리까지 섞여 오랜만에 B가 왁자지껄하다. 크게 웃는 사람이 있었고 알게 된 지 얼마나 되었다고 소곤거리며 진중한 표정으로 대화하는 이들도 있었다. 그러던 중 가벼운 소동이 있었다. 경찰이 출동한 것이다. 시끄럽다는 신고가 들어왔다며 조용히 해달라고 부탁하고는 돌아갔다.

"아니, 지금은 우리가 잘못했는데. 하– 이 건물에 이상한 사람이 있어요."

"이상한 사람?"

"네, 아니 가게에 아무도 없고 혼자서 마감 정리만 하고 있을 뿐인데 자꾸 시끄럽다고 신고한다니까요? 경찰들도 힘든가 봐요. 신고받고 왔는데 아무 일 없으니까."

"우리도 맨날 당해요." 연탄이네가 말했다.

"아, 연탄이네도 신고당해요?"

"네, 우리는 B보다 이른 열 시 마감인데도 그래요. 그냥 자기들 기분 나쁘면 우리한테 푸는 것 같아."

서소 씨는 그들의 이야기를 들으며 자영업은 정말이지 쉬운 일이 아니라고 생각했다. 가게 앞에서 담배를 피우고 꽁초를 그냥 버리고 가는 철없는 청년들과 쓰레기를 몰래 버리고 도망가는 사람들, 술을 먹고 들어와서는 시비를 거는 사람들과 가끔 식자재 물량을 속이는 식품 납품업자들, 이유 없이 신고하는 사람들까지 신경 쓸 일이 한두 가지가 아니라고 했다. 심지어 몇몇 못된 사장들이 거리를 돌면서 잘되는 가게 근처에 쥐나 바퀴벌레를 몰래 풀어놓고는 구청 보건과에 신고한다는데 그건 정말 치사했다. 하지만 어쩔 수 없겠지. 이상한 사람은 어디에나 있을 테니까, 비율이 문제지.

"여기 사장님들이 여자라서 그런 거 아닐까?" 서소 씨가 말했다.

"뭐야. 여자라고 무시한다고?" 보살 사장님이 말했다.

"제가 한번 다녀올까요?" 훈이 씨가 말했다.

"아뇨, 아뇨. 어딘 줄 알고 다녀와요. 지금은 우리가 시끄러운 게 맞으니까. 조금 조용히 해요. 음악도 줄이고." 동생 사장이 말했다.

"아니, 여기 골목 뒤로 돌아가면 카페 겸 술집이 하나 있거든. 그런데 거기는 오토바이 동호회 사람들을 대상으로 하나 봐. 매번 지나갈 때마다 무시무시한 오토바이랑 무시무시한 문신을 한 사람들이 있어. 가게 앞에서 담배 피우고, 아니 피우는 정도가 아니라 거의 캠프파이어 수준이지. 술 마시고 음악 틀고 오토바이가 으르렁거리고 난리도 아닌데 신고 안 당하는 거 같더라고." 서소 씨가 말했다.

"나 거기 어딘지 알아. 신고하기 무섭긴 하겠더라."

"거기 손님들도 센데, 사장도 세 보여. 여잔데도."

"왜? 뭐가 세 보이는데? 문신이라도 했어? 나도 있어, 문신."

언니 사장이 팔을 걷어 올리며 문신을 보여주었다. 대박이가 혀를 내밀며 방긋 웃고 있었다.

"거기 사장은, 문신도 문신인데."

"그런데?"

"눈썹을 밀었어. 그거 엄청 세 보이던데. 어떻게, 한번 밀어볼래?"

"찐이네."

"응, 찐이지."

사람들이 웃었다. 다시 각각 흩어져 조곤조곤 말을 나누고 작게 웃곤 했다. 서소 씨는 말을 하지 않고 테이블에 엎드려 누운 뒤 고개를 돌려 그들을 지그시 바라보았다.

지난 몇 달간의 기억이 머릿속에 흘렀다. '서소 차장님. 지금 즉시 회사 출입카드를 비롯한 모든 물품 반납하십시오'로 시작해 며칠 뒤 그에게 적용된 혐의를 듣는 일, 경악, 혐의가 사실이 아니라는 자료를 만드느라 꼬박 밤을 지새운 나날들, 자료를 만들며 들었던 배신감, 억울함, 당혹감과 징계위원회 당시 설명을 해보라 해놓고 말을 조금 할라치면 끊어 먹으며 즉시 퇴사감이라고 고래고래 소리를 치던 어떤 간부의 얼굴이 떠올랐다. 서소 씨는 도무지 제대로 말할 기회를 잡을 수 없었고 징계위원회 말미에 '모든 내용은 제출한 소명자료에 근거와 함께 정리해 두었습니다. 부디 이것만큼은 꼼꼼히 읽고 판단해 주시기 바랍니다'라는 말 한마디만 간신히 전할 수 있었다. 다행히도 그들은 그의 말대로 그걸 꼼꼼히 읽었는지 회사로부터 약간의 이해와 위로를 받을 수 있었다. 그럼에도 사 개월의 정직 결정은 내려졌고 그렇게 시작된 휴식의 첫날, 할 일이 없어 망원동을 그저 배회했던 그날의 기억이 떠올랐다.

카페 B에 하루 종일 있으면서 본의 아니게 듣게 되었던 애니 덕후 남자들, 아이돌 덕후 아이들, 부동산 청약 덕후 아줌마들, 육아용품 덕후 엄마들의 대화를 떠올렸다. 그들을 통해 다양한 사람들의 모습과 다양한 세상의 모습을 조금쯤 배울 수 있었다. 용기를 내어 다가간 여자애들에게 사인을 안 해주겠다던 별로 안 유명한 래퍼의 재수 없는 말투와 얼굴이 떠올랐다. 망했으면 좋겠다. 누추한 복장으로 들어와서는 B에서 가장 비싼 칠천 원짜리 과일주스와 팔천 원짜리 와플을 시켜달라는 손녀의 말에 곤란해하던 할머니와 갑자기 오늘부터 할인이 시작되었다며 돈을 반도 안 받았던 언니 사장의 마음에 따뜻함을 느꼈던 기억이 떠올랐다.

이가 아픈지 볼을 감싸 쥐며 셀카를 찍던 여자애들과 꿍냥거리며 들어와 놓고는 크게 다투는 바람에 구경거리가 되었던 연인들이 생각났다. 그는 별로 신경을 쓰지 않았으나 그와 경쟁하듯 책을 읽으며 그가 일어나기 전에는 절대 일어나지 않았던 어떤 이상한 남자와 그의 개를 한 번만 안아보면 안 되겠냐며 사정하던 눈, 코, 입에 피어싱을 한 러시아 여자들 그리고 다리가 부러진 핑크 수술복 머그컵 도둑 청년과 비쩍 마른 그의 친구가 생각났다.

그가 읽은 책들의 줄거리와 도무지 지구인이 아닌 듯한 정세랑, 최은희, 손원숙, 장류진 작가의 상상력과 표현들이 떠올랐다. 그런 이야기를 떠올리는 것이 내게도 허락되길 바라며 필사를 했다. 허술한 내용에 돈이 아까워 그를 펄쩍 뛰게 만들었던, 인공지능 시대에 일자리를 뺏기지 않게 해 준다는 책과 1990년대 이후에 태어난 세대들의 특징을 알려주겠다는 책도 생각이 났다. 사실 그가 글을 써볼 용기를 갖게 된 가장 큰 원천은 뜻밖에도 그 두 권의 책이었다. '뭐야, 이렇게 썼는데도 베스트셀러가 되었다고?'라는 생각에 힘이 나서 글을 쓸 수 있었다.

SNS에서 그의 글을 응원해 주던 작가와 구독자들이 생각났다. 그의 시답지 않은 이야기가 재미있다며 읽어주는 사람들이 있었다. 다음 편을 내놓으라는 댓글을 읽었을 때는 가슴이 두근두근해서 며칠 동안 밤을 새워가며 써내기도 했었다. 그들이 없었다면 쓰는 것을 시작하지 못했을 것이다. 오 개월 동안, 제대로 읽지도 못할 책들을 사서 기웃거리다가 게을러질 테고 결국 넷플릭스만 실컷 보며 시간을 죽이다 회사로 돌아갔을지도 모를 일이다.

그를 찾아와 준 동료들, 전화로 그를 위로해 준 동료들, 독서모임의 사람들과 술에 취해가고 있는 눈앞의 망원동 사람들에 대해 생각했다. 집과 회사가 전부였던 그의 세계가 몇 달 사이 몇 배로 확장된 것 같았다. 독서를 통해서, 만남을 통해서, 씀을 통해서 말이다. 문득 감격하였다.

"단지 아빠!"

동생 사장이 울고 있었다. 사탕 속에 편지를 넣어두었는데 이제 발견했는지 그걸 들고 울면서 그의 등을 퍽퍽하고 때렸다.

"아, 아파."

언니 사장도 그걸 보고 울었고 사람들이 위로해 주었다. 서소 씨도 눈물을 조금 훔쳤다. 아무도 보지 못한 것 같아 다행이었다. 망원동 사람들은 걸핏하면 운다.

시버러버(6)

전화기를 꺼내 '대전 OO약국'을 검색해 보았다. '대전 OO약국'
과 일치하는 상호는 두 군데밖에 없었다. 지금 일곱 시. 대전 도착까
지는 넉넉잡아 두 시간 정도면 충분할 것이다. 약국이 문을 닫는 시
간은 보통 열 시이니까 아슬아슬하지만 가볼 만하다고 생각했다.

출발할 때는 하늘이 맑았는데 절반쯤 왔을 때부터 비가 후두둑 하
고 쏟아지더니 십 분도 안 되어 이러다 차 천장이 찌그러지는 거 아
닌가 싶을 정도의 굵은 빗방울이 내렸다가 그쳤다가를 반복했다. 마
음은 급한데 속도를 낼 수 없어 답답했다. 다행히 내비게이션에 찍혀
있는 시간은 아직 여유가 있다고 말하고 있었으나 돌발 상황이 생길
수도 있으니 서둘러야 했다. 비가 내리지 않는 잠깐 동안마다 액셀을
힘껏 밟아대며 대전으로 향했다.

'대전 OO약국'. 왜 대전일까. 그녀는 대전에 살고 있는 걸까? 아
니면 대전에 큰 거래처가 있는 걸까? 대전에 있는 그 약국 앞에서 버
티고 있으면 디디를 발견할 수도 있는 건가? 머릿속에서 그동안 궁금
했던 것들이 나타났다 사라졌다를 빠르게 반복하고 있었다. 하지만

제대로 확인할 수 있는 것은 아무것도 없었으므로, 혹시 모를 단서를 기대하기 때문에 나는 지금 대전으로 향하고 있는 것이다.

대전 시내에 들어올 때쯤 비가 그쳤다. 속도를 줄이고 내비게이션을 꼼꼼히 살피며 다닌 끝에 첫 번째 ○○약국을 찾아냈다. 골목 안쪽 구석에 있는 작은 약국이라 도로가에 차를 대고 꽤 걸어 들어가서야 약국 간판을 발견할 수 있었다.

9시 10분

"안녕하세요. 저, 말씀 좀 물으려는데요."

약국에는 나이 많은 할아버지 약사 한 분이 꾸벅 졸고 있었다.

"네, 뭐 드릴까."

"아뇨. 약 사러 온 게 아니라… 혹시 김디디라는 사람 아시나요?"

"아뇨. 그런 사람 몰라요."

"네… 죄송합니다. 정말 죄송한데 한 가지만 더 여쭤볼게요. 혹시 한약도 만들어 파시나요?"

"아뇨. 여기는 양약만 있고 한약은 만들어 파는 거 말고 제약회사에서 만든 한약만 몇 개 있어요."

"네…."

여긴 아닌 것 같다. 나머지 한 곳으로 이동하기 위해 가게를 나오다가 멈칫했다. 갑자기 비가 세차게 쏟아졌다. 대전에 오는 내내 딴생

각을 하는 바람에 우산을 깜박했다. 트렁크에 파라솔만 한 우산이 있
는데 에이 씨,라는 생각을 하는 도중 하늘에서 찢어지는 소리가 났다.
잠시간에 그칠 비가 아니었다. 차를 대 놓은 곳까지 삼 분은 걸어가
야 할 텐데, 이 정도 비라면 삼 분은커녕 열 걸음 안에 꼴딱 젖은 생쥐
꼴이 되어버릴 것이다.

"으휴, 이거라도 쓰고 가세요."

우물쭈물하며 눈치를 보았더니 할아버지 약사님이 문 닫을 시간
에 와서는 약은 안 사고 폐를 끼치고 있는 내가 무척 짜증스럽다는 표
정을 지으며 가녀린 우산을 한 개 내어주었다. 우산을 쓰고 약국을 나
와 골목길을 걸었다. 비는 위에서 아래로가 아니라 좌에서 우로 쏟아
지고 있었다. 우산을 바람 방향에 잘 맞춰 걷지 않으면 뒤집어지겠다
는 생각을 하는 순간 우산이 펑 하고 뒤집어졌다. 순식간에 거지꼴이
되었다. 옷이라도 갈아입고 올 걸. 아직 몇 번 못 입어본 정장인데…
우산을 다시 뒤집어 펴려고 노력해 보았으나 이미 여기저기 우그러
져 없느니만 못한 물건이 되어 있었다. 아 따거. 우산을 펴다가 살점
이 집혔는지 엄지손가락에서 피가 배어 나왔다. 그때 지나가던 버스
가 물웅덩이를 밟고 구정물을 튀기는 바람에 또다시 구정물 한 바가
지를 뒤집어써야 했다. 이런 씨팔 개씨팔 소리가 절로 나왔다. 차라리
비가 많이 와서 다행이었다. 얼굴에 튄 구정물이 조금 씻겨 내려갔다.
올 때는 삼 분도 걸리지 않은 것 같은데 한참을 걸어도 차가 보이지
않았다. 세워둔 차가 멀리서 희미하게 보일 때쯤, 전화기가 울렸다. 디

디였으므로 전화를 넘겨버렸다. 헐레벌떡 차로 뛰어가 문을 닫고 숨을 고른 다음 아무 일 없는 척 디디에게 전화를 걸었다. 신호음이 가는 동안 왠지 너무도 서럽다, 라는 생각이 들었다.

'스읍- 후우-'

"디디야, 전화했었네?"

"응, 오빠 지금 뭐 하는 중이야? 갑자기 수신 거부를 하길래."

"응, 별일 아니야. 짐을 들고 있는데 우산 때문에 손이 모자라서."

"그렇구나. 근데 내가 보낸 택배 받았어?"

"응, 받았어. 디디야, 근데…."

"아무 소리 말고 약 챙겨 먹고, 그 돈으로 오빠 필요한 거 사. 저번에 오빠가 마이크인가 뭔가 갖고 싶다고 했잖아."

"그래, 그거 갖고 싶어 했지. 내가 사면 되는데 왜 자꾸 돈을 보내. 얼른 돈 모아서 10억 갚아야지…. 돈은 네가 처음에 보낸 거부터 오늘 보낸 것까지 다 예금통장에 넣어 둘 거야. 나 현금도 별로 없는데 은행 가서 또 백만 원 찾아야 하잖아. 앞으론 보내지 마. 알았지?"

"아니, 오빠가 마이크 갖고 싶다고 해서…."

다행히 디디는 내가 대전에 와 있다는 것을 모르는 것 같았다. 그녀가 이해할 수 없는 정보력을 동원하여 "오빠, 지금 왜 대전에 있어?"라고 불쑥 물어오면 얼음이 되어 아무 말도 못 할 것 같아 내심 걱정했는데 다행이었다. 온몸에서 물이 뚝뚝 떨어졌다. 백미러에 비춰보니 머리가 흠뻑 젖어 양 갈래로 갈라진 것이 일본 순사놈 같았다. 지금 꼴로 약국에 가면 몹시 이상한 사람처럼 보일 테지만 어쩔 수 없다. 두 번째 약국으로 향했다.

9시 50분

아직 불이 켜져 있는 것으로 보아 다행히 문을 닫기 전에 도착한 것 같다. 차에서 내린 뒤 대강 휴지로 몸을 닦고 약국이 있는 상가 입구로 들어갔다. 쇼윈도에 내 모습이 잠깐 비쳐 보였는데 얼굴과 정장에 젖은 휴지가 더덕더덕 붙어있었다. 나는 점점 더 기괴해져 가고 있었다. 약국에 들어서니 약사복을 입은 할머니 한 분이 계셨고 이제 막 불을 끄려는 참이었던 것 같다. 처음에는 비 때문에 정신없어 몰랐는데 약국 문을 지나 안으로 들어가자 짙은 한약 냄새가 뭉근하게 올라왔다.

'여기다.'

"안녕하세요."

"어머나, 깜짝이야. 아니, 우산이 없으셨나 보네… 그래요, 뭐 드릴까요?"

"안녕하세요. 저는 약을 사러 온 건 아니고요… 혹시 김디디라는 사람을 알고 계신가 해서요."

"응? 디디 아가씨? 알지. 한약 지으러 자주 와요."

머릿속에 천둥이 치는 것 같았다. 드디어, 그녀를 실제로 본 사람을 만나게 되었다. 일단 디디는 영화 허에서처럼 전자인간은 아니었던 것이다. 뛰어다녀서인지 그녀에 대한 실마리를 잡을 수 있다는 생각 때문인지는 모르겠지만 심장이 터질 것처럼 두근거렸다. 숨을 크게 한 번 내쉬고 차분하게, 다시 물어보았다.

"그 아가씨 혹시 여기 근처 사는지 아세요? 아니면 명함 받아두신 게 있으신가요?"

그 질문을 했을 때부터 할머니는 나를 경계했다. 위아래로 훑어보더니 따지듯이 말했다.

"왜요? 뭐 하는 분이세요? 제가 왜 그걸 알려드려야 하죠? 약 안 살 거면 나가세요."

나는 속으로 바보 병신을 읊조리고 있었다. 집에서 한약 상자와 대전 ○○약국이라는 발신 주소 흔적, 디디의 편지 중 하나만 갖고 왔어도 상황이 쉽게 설명되는데 급한 마음에 맨몸으로 와버렸다.

"저… 이상하게 보이시겠지만 이상한 사람은 전혀 아니고요, 여기 제 명함입니다. 디디와 최근에 사귀게 된 남자친구인데 오늘 갑자기 연락이 안 돼서요. 너무 걱정이 돼서 찾아다니는 중이에요."

나는 천평탕과 디디에 대해, 내가 아는 것들을 구구절절 몸에서 물

을 뚝뚝 흘려가며 설명했다. 그 이야기를 듣고 할머니는 조금 경계를
풀었다.

"디디 아가씨는 보통 한약을 주문해놓고 다 만들면 직접 가져가곤
했는데, 가끔은 서울 홍제동으로 택배를 보내달라고 했었어요. 그리
고 이번에는 총각이 받았다는 그거. 아현동으로 하나 보내준 게 하나
있고. 참, 그리고 디디 아가씨가 당분간 못 온다고 했어요. 그 이상은
나도 모르고, 알아도 알려주기 싫으니 총각도 이제 그만 나가보세요.
문 닫을 거니까."

"혹시 한약을 보냈다는 홍제동 주소를 알려주실 순 없을까요?"

"이 사람이? 당신 뭐야?"

"아닙니다. 죄송합니다."

나는 다시 서울로 올라갔다.

"아니, 형. 우산 없으면 전화를 하시지."

"…."

삼 년째 같이 살다 보니 이제 서로 궁금할 것도 없는 영국이는, 내
가 왜 이 꼴로 서 있는지 말을 안 해도 별로 묻지 않았다. 샤워를 하고
자리에 누워 생각해 보았다. 홍제동. 그 정도의 정보로는 디디가 누군
지 알아낼 수 없었다. 그간 디디의 정체에 대해 알고자 했던 마음을

눌러왔던 반작용이 컸는지 한번 궁금하기 시작하자 참을 수 없을 지경이 되었다. 다음 날 나는 회사에서 점심을 먹지 않고 사무실에 남아 흥신소 사이트 따위를 검색했다. 수십 개의 업체들과 관련 글들이 검색되었는데, 돈만 떼먹고 연락이 안 된다, 엉뚱한 사람 찾고 찾아줬으니 돈 달라고 사기치는 업체 조심해라, 단가가 어느 정도다 하는 글들을 볼 수 있었다. 더 뒤적거려 봐야 어차피 거기서 거기인 것 같았으므로 그냥 이름이 마음에 드는 업체를 하나 골랐다. 다찾아닷컴. 하지만 흥신소라는 암흑세계에 발을 들인다는 두려움과 디디의 정체를 안들 어차피 만나지도 못하는데 무엇 하나 하는 생각에 선뜻 전화를 못 하고 망설였다. 결국 그 주 주말 즈음에나 용기를 내어 전화를 해보았다.

"저… 다찾아닷컴 맞나요?"

"네, 무엇을 도와드릴까요?"

"사람을 좀 찾으려고 하는데요."

"네, 말씀해 보세요."

"헤어진 여자친구고, 아는 정보는 전화번호, 이름, 사는 동네 정도압니다."

"여자분을 찾으시는군요. 음… 그런데 선생님, 나쁜 일하시려는 건 아니죠? 이런 경우에는 저희가 선생님의 신분증 사본과…."

뚝—

통화하는 동안 숨을 쉬지 않고 있었는지 몰랐다. 전화를 끊자 그제야 터헉- 하고 숨이 쉬어졌다. 아무래도 이 방법은 조금 아닌 것 같다. 흥신소를 알아보는 것 외에도 유전자 검사 대행업체를 검색해 김디디가 근무하는지 전화를 걸어보는 등 몇 가지 시도를 해보았지만 모두 실패했다.

김디디.

너는 대체 누구니?

2015년 9월 1일

디디와 전화통화만으로 사귀어 온 지도 1년이 다 되어가고 있었다. 그녀를 찾는 일을 완전히 포기한 지는 좀 되었다. 그저 크리스마스가 다가오기만을 목이 빠지게 기다리고 있을 따름이었다. 무난한 성격의 그녀와 다툼을 싫어하는 내 성격 덕분인지 그동안 큰 갈등 같은 건 별로 없었다. 하지만 우리는 둘만의 추억이나 강렬한 사건도 그만큼 없었다. 서로가 살아온 인생에 대한 이야기들은 쥐어짤 만큼 짜서 말했고, 대화의 주제가 티브이 프로그램이나 뉴스 기사 따위로 옮겨진 지도 좀 되었다. 언제 마지막으로 열정적인 대화를 했는지 기억이 가물가물했다. 그녀가 나에게 갑작스레 다가왔듯, 우리의 마지막도 갑작스러웠다. 나도 디디도 전혀 다툴 마음이 없었던 그런 날이었는데 우리는 그냥 헤어져 버렸다.

"디디야."

"응, 오빠."

"이제 세 달 뒤면 다시 크리스마스야."

"응…."

"우리 그때 뭐 할까?"

"…."

"응?"

"오빠…."

"응? 왜 그런 목소리로 불러. 불안하게…."

디디가 울기 시작했다. 슬프다거나 위로를 해야겠다는 생각이 들지는 않았고 '마지막으로 울었던 날부터 몇 달이 지났군' 따위의 생각이 났다. 내 마음이 이미 차갑게 식어있었다는 것을 새삼 알 수 있었다. 디디의 흐느끼는 소리는 점점 커져 통곡이 되었다. 디디의 울음소리가 듣기 싫었다. 디디는 올해 크리스마스에도 우리가 만날 수 없다는 말을 우는 것으로 대신하는 것이다. 우리가 만날 수 없다는 걸 알았다면, 그걸 알았을 때 왜 미리 말을 안 해줬을까. 디디는 왜 이런 이야기가 나오면 울기만 하는 걸까. 차라리 당당하게 "몇 달만, 몇 달만 더 기다려!"라고 말하면 어차피 기다린 거 좀 더 기다릴 수도 있는데. 그런 것도 아닌가 보다. 또 기약이 없나 보다. 그리고 나는 이제 확실히 지쳤나 보다.

"크리스마스 때 못 보는구나. 알았어."

"오빠, 미안해…."

"괜찮아. 나 더 기다릴 수 있어. 얼마나 더 기다리면 돼? 세 달? 여섯 달?"

"미안해… 미안해…."

디디에 대한 마음이 살얼음처럼 바스락거린 지는 이미 좀 되었다. 아마 작은 충격에도 산산이 부서져 버릴 것이다. 그리고 '미안해'라는 망치질 한 방에 다 부서졌다.

"디디야, 우리 그만하자."

디디는 그 말에 울음을 그쳤다. 잠시 후 담담한 말투로 알겠다고 했다. 전화를 끊었다. 2015년 9월 2일, 자정을 조금 지나고 있었다.

도봉동 본가에 갈 때마다 부모님은 매번 디디는 유학생활을 잘하고 있냐고 물었다. 나는 갖은 핑계를 대가며 곧 한국에 온다고 말해왔는데 이번에 갔을 때는 디디와 헤어졌다고 말했다. 엄마는 이제야 이놈이 정신 차리고 연애도 하고 결혼도 하려나 하고 품었던 기대가 무너져서인지 어두운 얼굴을 했다.

"혹시… 네가 못생겨서 그런 거 아니니? 엄마가 이번에 삼백만 원 정도 적금 타는 거 있는데… 그걸로 성형 수술해줄까?"

나는 펄쩍 뛰며 (나중에 곰곰이 생각해보니 이때 뭐라도 할 걸 그랬다) 무슨 소리냐고 절대로 싫다고 했다. 엄마로부터조차 못생겼다는 소리를 듣다니. 외모에 대한 강렬한 콤플렉스가 이때부터 생긴 게 아닌가 싶기도 하다. 9월 2일 새벽을 마지막으로 디디와 연락한 적은 없다. 연락할 생각도 없었고 번호도 지워버렸다. 전화번호 말고는 지울 사진이나 버릴 물건이 없어서 편한 이별이긴 했다.

디디와 나는 '만날 수 없다'라는 점에서는 같은 상황이었지만 견뎌야 했던 것은 서로 달랐다. 디디는 마음만 먹으면 나를 볼 수 있었지만 자신이 처한 상황 때문에 그러지 못했고, 나는 그녀를 만날 수 없는 상황 따윈 없었지만 그녀에 대해 아는 것이 없었으며 그녀를 자꾸만 의심해야 하는 괴로움이 있었다. 뭐, 아무튼 디디와는 끝이 났다. 이제 와서 누가 무얼 견뎠고 어떤 게 더 힘든 것인지 가늠해봐야 소용없다. 한 번도 못 만나봤기 때문인지, 지쳐서인지, 그녀의 정체에 의심을 품고 있어서인지는 모르겠지만 이별을 받아들이는 게 그리 힘들지는 않았다. '이제 나는 새로운 마음으로 책도 많이 읽고 잔잔바리하게 회사도 잘 다니며 소개팅도 많이 받아야지'라는 생각을 하며 잠이 들었다.

하지만 이놈의 인생은 나를 조용하게 둘 생각이 도무지 없나 보다. 디디와 헤어지고 조용한 시간을 보내던 어느 날 남자친구가 있는데도 나를 만나겠다는 또 다른 여자에게 빠져 버리는 일이 있었다. 이 년 전, 땡칠이 때문에 그렇게 마음고생을 했던 기억이 생생했음에도 나는 남자친구가 있다는 그 여자의 "곧 헤어지려고 해요" 하는 말에 흔들려 그녀를 기다렸으나 그녀는 결국 남자친구와 헤어지지 않았다.

그때부터 나는 '그저 나를 좋아하는, 아니 나만을 좋아한다고 분명히 말하는 사람'이라거나 '전자인간이 아닌 세포를 가진 현실 세계의 인간'과 같은 당연한 조건의 여자가 이상형이 되어버리고 말았다. 세 번의 비정상적인 연애를 거치면서 연애 스타일도 바뀌었다. 예전에는 그녀들이 기다려 달라고 하면 그 말을 믿고 기다렸지만 이제는 좀 약아졌다. 상대방이 뭉그적거리면 미련 없이 돌아설 줄 알게 되었다.

같은 건물에서 일하는 다른 회사 직원인 듯한 어떤 여자가 자주 눈에 띄었다. 그 회사는 명찰이 있었으므로 이름을 알 수 있었다. F였다. F와 나는 로비를 지나다닐 때마다 자꾸만 눈이 마주쳤다. 나는 그녀가 마음에 들어서 부러 처다본 것인데 그녀는 왜 날 처다보았는지 궁금했다. 어쨌든, 한 번만 더 눈이 마주치면 나는 말을 걸어 버리겠다고 다짐했다. 그리고 다음 날, 그녀는 한 번 더 나를 처다보았다.

나를 지나쳐가는 그녀를 불러 세워 함께 밥을 먹고 싶다고 말했다. 그녀는 "네? 제가 왜요?"라고 말했다. 긍정적인 신호였다. "왜요?"라고 말하면서 살짝 웃었다. 그렇게 우리는 만나게 되었다. 그녀는 곧 헤어질 예정이라는 남자친구 같은 게 없었고 감시받는 일 따위도 없었다. 그녀는 디지털 신호가 아니었으며 존재가 분명하게 확인되는 실제 사람이었다. 그리고 아름다웠다. 그녀와의 대화가 즐거웠고 서

로의 손이 따뜻했다. 몇 번째쯤의 데이트에서 나는 그녀에게 "좋아한
다"고 말했고 그녀도 망설임 없이 내게 "좋다"라고 말했다. 우리는 그
렇게 연인이 되었고 서로에게 지나치게 격정적으로 끌린 나머지 사
귄 지 2주 만에 상견례를 하게 되었다. 그리고 결혼을 했다.

2019년 2월

"잘… 지내."

"응, 오빠도….'

우리는 방금 합의이혼을 위한 마지막 절차, 그러니까 판사 앞에서
'이혼하는 것에 동의합니다'라는 선언을 마치고 서부지방법원을 나
오는 길이었다. F와 나는 같은 지하철을 타고 같은 집에 들어가야 했
지만, 나는 그녀와 반대 방향으로 걸어갔다. 법원 옆 작은 공원의 공
중화장실 뒤에 쪼그려 앉아 담배를 꺼내 물고 하늘을 바라보았다. 목
이 메는 듯하더니 이윽고 눈물이 터져 나왔다. 바닥에 주저앉아 어린
애처럼 울고 싶었으나 그럴 수는 없었으며 미어지는 가슴만 부여잡
았다. 손을 깨물고 화장실 벽을 잡은 채 울었다. F는 이제 곧 집에 도
착하여 짐을 싸기 시작할 것이다. 그녀가 짐을 다 싸고 나갈 때까지
있을 곳이 마땅치 않아 서글펐다.

어릴 때부터 지금까지의 굵직한 기억들을 하나씩 떠올려 보았다. 아무래도 마지막에 헤어진 F와의 기억이 많이 떠올랐다. 좋았던 기억들에 조금 더 예쁘게 색이 칠해져 떠오르는 바람에 가슴이 웅웅 아팠다. 하지만 금세 F와 헤어질 수밖에 없었던 이유들이 생각났고 시간을 되돌려도 나는 같은 결정을 할 수밖에 없을 거라고 생각했다. 그렇게 생각하니 쓸쓸한 기분이 조금 나아졌다. 전화기가 울렸다. 문자 메시지가 왔는데 모르는 번호였다.

'오빠, 잘 좀 살지 그랬어… 우리 서소 오빠, 마음 아파서 어떡하누….'

고개를 들어 주변을 둘러보았다. 아무도 없었다. 법원 주차장 구석에 세워져 있던, 짙은 선팅을 한 까만 세단 한 대가 시동을 걸더니 법원을 빠져나갔다. 그 차를 물끄러미 보다가 누가 보냈는지 알 수 없는 그 메시지를 지워버리고는 터덜터덜 지하철로 발걸음을 옮겼다.

'그런데, 크리스마스 날 잃어버린 내 책은 누가 가져갔을까.'

에필로그

그녀들이 떠났다. 보살 사장님과 그녀의 딸이 인테리어를 바꾼다며 며칠간 B의 문을 닫았다. 다시 오픈한 카페 B에 몇 차례 가보았으나 커피 맛도, 분위기도, 심지어 혀끝에 닿는 공기의 맛도 달라져 버렸으므로 별로 가고 싶은 마음이 들지 않았다. 인사차 한두 번 들르다가 결국 발길을 끊게 되었다.

집에서 책을 읽어 보았지만 역시나 집은 지나치게 고요했고 그래서 고독했다. 서소 씨는 고독한 기분이 싫었다. B에서 듣던 소음과 활기가 그리웠다. 결국 아까부터 같은 부분을 반복해서 읽던 책을 아니, 읽지 않던 책을 덮어두고 그의 개와 함께 밖으로 나왔다. 은행나무가 슬슬 구린내를 풍기기 시작하는 것으로 보아 가을이 바짝 다가선 듯하다. 선선히 불어오는 가을바람을 눈을 가늘게 뜨고 음미하던 그의 개가 문득 그를 끌고 달리기 시작했다. 그도 개의 속도에 맞춰 달려 주었다. 개가 가고자 하는 방향대로 끌려가 주었다. 그의 개는 그를 B로 이끌었다. 문 앞에서 서소 씨의 눈치를 보며 헥헥거리더니 주저앉아 버렸다.

"야, 이제 언니들 없어."

그는 움직이지 않는 개를 달래 보다가 결국 안아 들고 집으로 돌아갔다.

돌아가는 동안 쓸데없는 상상이 떠올라 곤란했다. '징계'라는 풍랑을 만나 '망원'이라는 무인도에 잠시 안착한 사내가 있다. 사내는 동굴에 숨어 구조를 기다렸다. 다섯 달이 걸린다고 했다. 그는 동굴 속에서 매일 아침 눈을 뜰 때마다 와르르 쏟아지는 정적, 내지는 고독, 내지는 고요 따위와 맞섰다. '꿀단지'라는 배구공만이 오직 그의 상대였다. 고독에 지친 사내는 동굴 밖으로 나왔다. 높은 곳에 올라 바다를 굽어보았다. 보고 있자니 뛰어들어 죽고 싶다는 못된 생각만 불러일으키는 바람에 고개를 저었다. 열대 나무 군락을 찾았다. 몹시 마음에 들어 B라는 이름을 붙여주었다. 사내는 B에서 언니 새와 동생 나무와 육백이 사슴 같은 동물을 만나 같이 놀았다. 그러던 어느 날, 그것들이 불현듯 사라졌다. 여러 날을 기다려 보았으나 그것들은 돌아오지 않았다. 멍청한 배구공이 자꾸만 B 군락으로 굴러 들어가는 바람에 속이 상했다. 다그쳐 보았으나 무용했다. 배구공은 사내의 말을 알아들을 수 없었으므로 소용이 없었다. 사내는 배구공을 들고 동굴로 돌아갔다. 고단하고 시무룩한 어깨를 늘어뜨리며 느릿느릿 돌아갔다.

띡띡띡-
문이 열렸습니다.

문득 그에게 말을 걸어주는 도어록의 목소리가 새삼 반가웠다. 정말이지 반가운 마음이 드는 바람에 서소 씨는 문밖으로 나갔다가 다시 들어왔다. 들어오면서, 도어록에 '오늘도 수고하셨습니다' 라던가 '이곳은 아늑하고 평안한, 당신의 집입니다.' 따위의 목소리를 낼 수 있도록 하면 히트일 것 같다는 생각을 했다. 그만큼 목소리가 그리웠다. 이러쿵저러쿵 고민하고 생각을 가다듬어 말을 걸지 않아도 그냥 공짜로 건네오는 한마디. 그게 그리웠다.

'카페 B는 더 이상 없다'라는 사실 때문이었는지, 복귀가 얼마 남지 않았다는 부담 때문이었는지, 지난 5개월 동안 그가 겪고 읽고 사유한 것들이 그에게 어떠한 고민거리를 던져주었기 때문인지 알 수는 없었지만, 아무튼 그는 밝은 기분을 내기가 도무지 어려웠다. 이럴 때 어떻게 했더라. 처음 느끼는 기분도 아니잖아. 생각났다. 이럴 때 청소를 하면 기분이 나아졌어. 서소 씨는 신나는 음악을 틀어놓고는 청소를 시작했다. 창문을 활짝 열고 창틀을 닦았다. 여름내 무성했던 날파리, 모기, 이름을 알 수 없는 벌레, 입안 구석구석을 혓바닥으로 그러모아 뱉어낸 침 덩어리처럼 사방으로 늘어진 거미줄 따위를 치우고 벅벅 닦았다. 기분이 얼마간 나아지는 것 같았다. 책장의 책을 쏟아내고 읽고 싶은 순서대로 정렬했다. 가장 읽고 싶은 책을 서소 씨의 눈높이에 곧바로 닿는 위치에 올려 두었다. 거기서부터 채워나갔다. 땀이 뚝뚝 떨어졌다. 아직 여름이 온전히 지나가지는 않았으므로 창문 밖에서 불어오는 바람이 후끈했다. 청소를 마쳤으나 노래가 끝나지 않았다. 그래서 춤을 추었다. 영화 관상에서 조정석이 췄던 춤. 몸을 으드드 떨면서 춘 그 춤. 그걸 똑같이 따라 췄다. 푸하하, 웃음이 나다가 문득 눈물이 솟았다. 얼굴을 부여잡고 주저앉아 한참을 울었다. 눈물이 나올 때쯤에야 서소 씨는 울적한 감정의 정체를 알 수 있었다. 외로움이었다. 그냥 외로움이라기보단 그리움에서 비롯된 외로움. 엄마와 아버지와 헤어진 아내와 디디와 언니, 동생 사장과 겜보이 동생과 유진이와 그들의 아기와 남궁비와 호발이와 봉남이와 땡칠이와 장혜리와 제임스딘 전무님이 동시에 보고 싶었다.

B에서 만난 사람들과 거기서 있었던 일이 한참이나 먼 과거의 일처럼 느껴졌다. 이제 고작 보름쯤 지났을 뿐인데 말이다. 그리고 보름이 더 지나면 서소 씨는 회사로 돌아가야 한다. B에 대한 기억이 멀어지는 대신 회사에 대한 기억이 점차 가깝게 느껴졌다. 복귀 이후의 생활에 대해 딱히 생각해 본 것은 없지만 돌아가면 아마 이전과는 많이 다를 것이다. 서소 씨에 대해 별다른 생각이 없던 사람들도 이제는 그를 측은하게 생각하거나, 이상한 소문을 듣고 믿는 바람에 그를

나쁜 사람으로 알고 지내거나. 아무튼 조금쯤 시선과 수근거림을 받을 것이다. 누가 무슨 생각을 하고 있는지 알 수가 없다. 따라서 서소 씨는 예전처럼 솔직할 수 없으며 마음을 열 수가 없을 것이다. 잠시 서글펐으나 곧 괜찮다고 생각했다. 인생의 희락을 오직 회사에서 찾을 필요가 없다는 사실을 깨달았으므로.

선택이 쌓여 인생이 되었다. 가급적 평범한 선택을 해 왔다고 생각했는데 어디서 어긋난 선택을 했던 것인지, 어디서 시작된 나비의 날갯짓이 태풍이 되어버린 것인지, 이제 그는 평범하지 않은 사람이 되어버렸다. 어차피 평범하지 못할 바에야 독특한 선택도 한번 해볼 걸 그랬나 보다. 약간 가난하고 몹시 평범하게 태어나는 바람에 다양한 선택을 고려해 볼 여지가 별로 없었던 사람의 인생도 서른여덟 살쯤 되어 돌이켜보니 평범하지 않은 선택지를 고를 뻔한 순간들이 꽤나 있었다. 대체로 예술에 관한 것들이었다. 음악, 문학, 철학, 법학 같은 것들(서소 씨는 법학을 상식과 합리를 통해 공감을 이끌어내는, 일종의 예술이라고 생각한다). 버린 선택지들을 주섬주섬 모아 찬찬히 들여다보니 아쉬움이 남는다. 나이를 먹어갈수록 버려야 하는 선택지는 많아지고 고를 수 있는 선택지는 적어질 것이다. 신중해야겠지만, 서소 씨는 날이 갈수록 과감해지고 있는 중이다. 아무리 평범한 선택을 해도 평범해지지 않을 수도 있다는 것을 이제는 알게 되었기 때문이다.

그가 가장 좋아하는 소설가, 현진건은 마흔넷에 요절했다. 윤동주.

김광석. 아쿠타가와. 다자이 오사무. 커트 코베인. 프레디 머큐리. 존 레논을 떠올리며, 서른여덟 살까지 평탄하게 살아왔다는 것은 어쩌면 대단한 축복일지도 모른다는 생각을 했다. 여태까지 무사히 살아왔으므로 이제는 과감한 선택을 하고 그게 뜻대로 잘 되지 않아 무사하지 못하게 되더라도 괜찮은 것일지도 모른다. 젊은 나이에 요절을 하기 전에 한 번쯤은, 하고 싶은 대로 해 봐도 되는 걸지도 모른다. 무섭지만, 두렵지만, 한 번쯤의 일탈은 괜찮은 걸지도 모른다.

서소 씨는 요즘 이런 생각들을 하며 지내고 있었다. 현재의 삶을 이어가며 보통 사람으로 남고 싶은지, 아니면 지금까지와는 다른 선택을 하여 탐험을 시작하고 싶은지 가늠을 하는 중이다. 서른여덟 살이라는 젊지도 늙지도 못한 애매한 나이에.

'여행이나 갈까.'

남은 보름 동안 썬더를 타고 언니 사장이 강원도에 새로 오픈했다는 카페 '대박이네'에 한 번 다녀와야겠다고 서소 씨는 생각했다. 대박이네에 갔다 온 뒤에는, 어쩌면 아주 긴 여행을 떠날지도 모르겠다. 그녀들이 시작했다는 새로운 터에서의 새로운 삶을 보고 거기서 반짝이는 무언가를 발견하게 된다면 그도 버린 선택지를 다시 꺼내어 가지 않았던 길을 가볼 수 있을 것만 같았다. 만약 서소 씨가 긴 여행을 떠나게 된다면 그의 여행을 많은 사람이 지켜봐 주었으면 좋겠다고 생각했다.

서소 씨는 외로운 걸 싫어하니까.

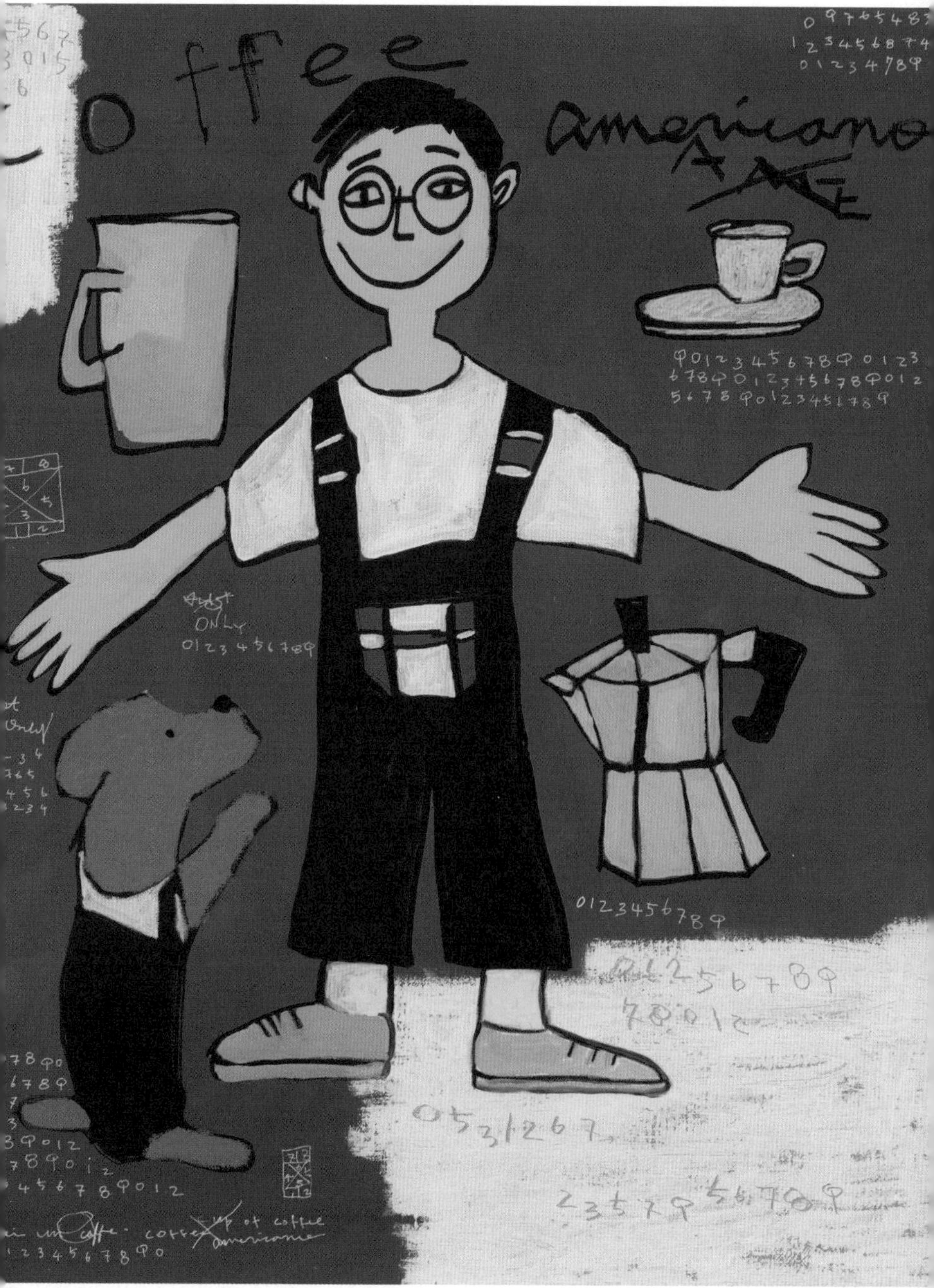
americano
ONLY
0123456789

회사원 서소 씨의 일일

초판 1쇄 발행 2021년 6월 5일
개정판 1쇄 발행 2023년 2월 10일

지은이 서소
그린이 박현주
발행인 정혜윤
발행처 SISO
디자인 한희정
출판등록 2015년 1월 8일
이메일 siso@sisobooks.com
카카오톡채널 출판사SISO
인스타그램 @sisobook_official

정가 16,800원

ISBN 979-11-92377-30-8 03800